짐새의 깃털

짐새의 깃털 - 통일 영웅 김유신 야, 당교대첩

짚새의 깃털 —통일 영웅 김유신 아, 당교대첩—
김병중 장편소설

초판 인쇄 2023년 01월 25일
초판 발행 2023년 01월 30일

지은이 김병중
펴낸이 신현운
펴낸곳 연인M&B
기 획 여인화
디자인 이희정
마케팅 박한동
홍 보 정연순
등 록 2000년 3월 7일 제2-3037호
주 소 05056 서울특별시 광진구 자양로 73(자양동 628-25) 동원빌딩 5층 601호
전 화 (02)455-3987 팩스(02)3437-5975
홈주소 www.yeoninmb.co.kr
이메일 yeonin7@hanmail.net

값 18,000원

ⓒ 김병중 2022 Printed in Korea

ISBN 978-89-6253-551-8 03810

김병중 장편소설

짐새의 깃털

짐새의 깃털 — 통일 영웅 김유신 아, 당고대첩

" 이제 짐새의 볏과 날개는 봉황을 닮고
부리와 다리는 학처럼 길어져 평화의
불사조로 날아오른다. "

연인M&B

왕관이란 빗물이 새는 모자이고, 왕의 지위란 모자에 꽂은 깃털에 불과하다. 그런데 욕심이 과해 지위를 남용하면 아름다운 짐새가 흉조로 변하고, 그 나라엔 살기가 가득해진다. 백성들이 서로 뒤엉켜 다투고, 나라와 나라끼리 피를 흘리며, 싸움이 커진즉 멸망을 낳는다.

창보다 방패를, 무기보다 지략을 앞세우고 전쟁보다 평화를 사랑한 김유신, 그는 '한 가문의 5대가 한 나라에 큰 무공을 세우면 천년평화가 온다.'는 말을 굳게 믿는다. 초지일관 평화를 위해 거둔 백전백승, 그 마지막 '당교대첩'에서 하늘이 내린 축복으로 당나라 소열 군대를 몰살시킨 후 고구려와 백제를 합해 작은 통일을 이룬다. 나아가 신라 반도를 중심으로 당나라 대륙과 왜나라 섬을 하나로 아우르는 큰 통일을 꿈꾸는 짐새는 비상 중이다.

동이족이 새의 발자국을 보고 만든 한자, 서로 소리는 달라도 뜻이 통하는 세 나라는 반도와 대륙과 섬에 사는 한자 겨레이니 가장 높이, 가장 멀리, 가장 멋있는 짐새가 그 하늘을 자유롭게 비상하게 되리라.

　"후에, 백성들이 그 칼을 쳐서 보습을 만들고, 그 창을 쳐서 낫을 만들 것이며, 이 나라 저 나라가 다시 칼을 들고 서로 치지 아니하며, 다시는 전쟁을 연습치 아니할 것이다."

2022. 가을
김병중

|차례|

짐새의 깃털

짐새의 깃털- 통일 영웅 김유신 아, 당교대첩

짐새의 깃털

짐새였다. 푸른 날개를 펼쳐 하늘을 위엄 있고 도도하게 맴돈다. 사람들은 화들짝 놀라 순식간에 매 앞에 병아리처럼 숨는데 급급하다. 언뜻 보면 독수리를 닮았고, 녹색의 깃털을 가졌으며, 부리는 구리색으로, 몸은 검고 눈알이 붉은빛을 띤다. 살모사와 야생하는 칡을 먹고 살며 온몸에는 독이 퍼져 있는데, 그 새가 논밭 위를 날면 그림자가 지나간 자리에는 곡식들이 다 말라 죽는, 이름만 들어도 소름이 돋는다.

어디 이뿐인가? 새의 깃털이 술잔에 스치기만 해도 이 술(鴆酒, 짐주)을 마시는 사람은 곧 독사(毒死)하므로 깃털로 술을 담그면 수만의 목숨을 일시에 독살할 수 있다. 돌 아래 숨어 있는 뱀을 잘 잡아먹는데, 새의 발이 닿기만 하면 단단한 차돌마저도 힘없이 부서져 버린다. 짐새의 독은 무미, 무취한 데다 물에 잘 녹아 독을 타도 분간이 안 되므로 옛날 황제나 귀족들은 짐독의 독살이 두려워 코뿔소 뿔로 만든 잔을 가지고 다니며 사전에 독을 제거했다.

원래 짐새에게는 독이 없었다. 그런데 이 새의 깃털을 꽂고 다니면 희망하는 것을 모두 이루고 최고의 복을 누리게 된다는 말이 돌기 시작한다. 그러자 사람들이 신비한 깃털을 가진 짐새를 잡으려고 사면

팔방으로 나서면서 새는 점점 맹독을 갖게 되었고, 그 후 깃털에까지 강한 독이 생겼다. 그냥 두면 선하게 사는 아름다운 새를 욕심을 가진 사람들이 잡으려 하면서부터 불행의 날이 시작되었다.

짐새는 하늘을 날면서 "악, 으악!" 땅을 향해 무섭게 울부짖는다. 그것은 노래가 아닌 외마디 비명이다. 사람들은 그 새가 우는 이유를 알지 못하고 눈부신 깃털만 탐하므로 평화로운 세상이 열리기는 요원하며, 짐새가 화를 몰고 오는 일은 사라지지 않는다. 사람들은 문제와 답을 동시에 알고 있지만 행동으로 옮겨서 고치지 못하고 그냥 입으로만 욀 뿐이다.

"사람들에게 욕심이 사라지지 않고, 나라 간에 싸움이 사라지지 않는 한, 큰 화가 있으리라. 사람들은 서로 뒤엉켜 싸우고, 나라와 나라끼리 피에 피를 부르게 되리라. 후에 욕심이 과한즉 싸움을 낳고, 싸움이 커진즉 전쟁을 낳으리라."

그럼 누가 이 새를 보았는가? 아니면 누가 잡아서 깃털을 꽂고 다녔는가는 아무도 알 수 없다. 다만 이 새를 본즉 사망에 이른다는 말이 구전되어 올 뿐이다. 사람들이 짐새를 찾지 못하자 마음속으로만 그리면서 아예 무서운 상상의 새로 간주해 버린다. 새의 몸에는 희망의 깃털이 달려 있어 우리 영혼에 사뿐히 날아와 가사 없는 생명의 노래를 멈추지 않고 있는데도 사람들의 욕심으로 인해 언제부터인가 짐새가 소리 없이 사라져 버린 것. 축복의 길조가 화를 불러오는 흉조로 모습을 감추자, 사람들은 근심이 늘어 가고 희망은 오그라들며 싸움이 격해지기 시작한다.

기원전 2333년, 천제가 아들 환웅이 인간 세상을 탐하는 것을 보고,

11

홍익인간(弘益人間)의 이념을 펼칠 수 있는 곳으로 천부인 3개와 바람, 비, 구름을 거느리고 태백산 신단수(박달나무) 밑에 내려가 신시를 베풀게 한다. 환웅은 웅녀와 교혼하여 단군을 낳고, 단군은 널리 인간을 이롭게 하라는 홍익을 이념으로 정하고 인류를 선정으로 다스렸으니 그 나라가 바로 고조선이다.

곰과 호랑이가 서로 사람이 되고 싶다고 애원한다. 환웅이 신령스럽고 영험한 쑥과 마늘을 주며 이것을 먹고 굴속에서 백 일간 햇빛을 보지 않고 견디면 사람이 된다고 했다. 곰은 이를 견디어 사람이 되고 호랑이는 견디지 못해 사람으로 화하지 못한다. 결국 사람과 호랑이는 승자와 패자의 관계가 되어 서로 좋은 관계를 터지 못하고 사람은 호랑이 가죽을 벗기고 호랑이는 사람을 해치게 되었다.

천부인은 덕과 힘과 영험을 모은 보물로, 단순한 물건이 아니라 영이 있으며 스스로 의지를 갖춘 신물로 빛과 같아 사람의 눈으로는 잘 볼 수 없다. 그 힘은 무소불위하여 수월하게 이루지 못하는 일이 없으니, 이런 보물은 누구나 가지려고 탐을 내지만 그것은 하늘이 정하는 자에게 내려진다는 것이다. 그걸 누가 가지느냐에 따라 신비한 권위에 힘입어 곡식과 수명, 질병과 형벌과 선악까지 다스리며, 천하를 얻을 수 있다 하므로 천부인은 하늘로부터 선택받은 자의 소유가 될 것이다.

"오직 선정을 베푸는 자는 신단수 아래 숨겨져 있는 천부인을 얻으리니, 그 힘으로 독수리가 날개치며 올라감 같을 것이요, 경계를 나누며 창고를 채우려 하지 아니하겠고, 힘이 강하여 이기는 것이 아니라 평화로 이겨서 강해짐으로, 고난을 벗고 태평성대를 누리게 되리라."

사라져 버린 짐새와 영험한 힘을 가진 천부인을 찾는 일은 인간의 힘으로는 불가능에 가깝다. 희망의 새가 이미 맹독을 가진 짐새로 변했고, 천부인은 신단수 아래 이 땅 어디엔가 있다 하더라도 그것이 어떤 형태로 있는지 찾을 길이 막연하다. 하지만 하늘이 내린 자에겐 축복의 짐새가 보이고, 영험을 가진 천부인도 모습을 서서히 드러내게 될 것이다. 고조선에서는 왕이 백성을 위해 이롭게 선정을 베풀다 보면 신이 내린 성지를 찾게 된다는 전설이 구전되어 오고 있었다.

집새의 깃털을 찾아서

　한반도를 처음으로 다스리기 시작한 나라는 고조선, 인간을 널리 이롭게 하겠다는 홍익인간 이념은 주변 여느 국가와는 차원이 달랐다. 이로움을 주면 백성들이 모이고, 백성들이 많이 모이면서 살기 좋은 나라가 되어 나간다. 백성들은 다툼을 싫어하고 욕심이 없으며 흰색을 매우 좋아하여 백의민족이라 불리었다. 왕도 큰 욕심이 없으며, 백성들을 위한 선정에 관심이 특별했다. 선한 집새의 깃털은 복을 가져다 주고, 천부인은 나라를 다스리는 데 특별한 힘을 준다는 예언을 고조선의 준왕(準王)도 철석같이 믿으며 통치를 하고 있었다.

　"여봐라, 대신들 중에서 집새에 대해 좀 아는 사람이 있느냐?"
　"예, 독수리 정도의 크기에 신비하도록 푸른 깃털을 가졌다는 이야기는 들었습니다만, 그런 새를 본 적은 없사옵니다. 푸른 깃털을 가진 '물고기를 잡는 호랑이(漁虎)'라고 부르는 물총새는 보았지만, 그 새는 깃털만 푸른 색깔이지 집새와는 비교되지 못할 것이옵니다."
　"그럼 누가 세 개의 천부인이 어디쯤 있을 거라는 소리를 들은 적은 없느냐?"
　"천부인은 워낙 신령스러운 것이어서 사람의 눈으로는 찾기 어렵지만, 백성들은 신단수 아래쪽 이 땅 어디엔가 반드시 존재할 것이라 믿고 있사옵니다."

그렇다. 천부인 세 개를 찾으면 백성들의 평안은 물론 천하를 얻을 수 있다는 말에는 어느 왕이나 욕심이 생길 수밖에 없다. 그렇다고 백성들을 풀어 그것을 찾으러 나선다고 하여 찾을 수 있는 것도 아니다. 왕들은 언젠가 꿈은 이루어질 것이라는 생각을 간직한 채 선정을 베푸는 근본을 잃지 않았다. 오히려 세상을 널리 이롭게 하는 일이 무엇인가에 더 마음을 두면서도, 한편으로는 백성들의 수가 늘어나자 나라의 경계에 대해서도 차츰 관심을 갖게 된다.

"우리나라 형상을 호랑이나 토끼로 본다는데 대신들의 생각은 어떠하오?"

"예, 호랑이가 입을 벌리고 대륙 쪽을 향한 모습으로 보이기도 하고, 반대로 머리를 남쪽 바다로 두고 섬을 먹잇감으로 노리는 호랑이같이 보이기도 하옵니다. 어떤 이는 유약한 토끼 모습이라고 하고, 또 어떤 이는 요하를 향해 노인이 읍을 하며 허리 굽히고 절하는 형상처럼 보인다고 하옵니다."

준왕은 대신들의 말이 마음에 들지 않아 호랑이 형상을 그려 두고 며칠을 고민한다. 아무래도 호랑이는 건장한 몸에 날카로운 이빨과 위풍당당한 자태가 먼저 떠오른다. 백수의 왕이라고 불리면서 이마에는 왕(王)자 주름이 거만하게 보여 왕의 마음을 거슬리게 만든다. 게다가 몸엔 황색의 긴 털 위에 검은색 줄무늬가 뒤섞여 위엄이 있어 보이긴 하지만, 발과 송곳니는 강철로 만든 칼보다 날카로워 싸움의 명수이고, 가끔 백성들을 해치는 점이 아주 싫었다. 그랬으니 싸움을 싫어하는 준왕으로서는 이 땅의 형상이 호랑이 같다는 말은 맞지 않다고 생각한다.

그러던 어느 날 준왕이 갑자기 무릎을 탁 치더니 신하들을 불러모은다. 그리고 대강 그린 한반도 형상을 신하들에게 함께 보라고 가리키며, 얼굴 가득 자신감 있는 미소를 띤다.

"내가 여러 날 우리나라 생김에 대해 고민해 봤소. 그 이유는 나라의 형상을 어떻게 읽어 내느냐에 따라 백성들에게는 힘이 될 수도 있고 해악이 될 수 있을 것이오. 지난번 말한 호랑이라고 단정하면 나라 안이 온통 약육강식의 살벌한 싸움터가 될 것 같고, 토끼라고 하면 작은 소리에도 놀라 도망치기에 급급할 것 같소. 그래서 여러 날을 고민하다 기어코 우리나라를 쏙 빼닮은 형상을 찾아냈소. 그것은 하늘을 지배하는 바로 독수리 형상이라 생각하오."

그 말에 신하들은 의아하다며 동의할 수 없다는 표정들이다. 그때 한 신하가 왕의 눈치를 보며 조심스럽게 말을 꺼낸다.

"대왕마마, 아뢰옵기 황공하오나 우리나라는 거열형(車裂刑)으로 알고 있사옵니다. 거열형은 형벌의 하나로 죄인의 다리와 팔을 두 개의 수레에 각각 묶은 후 수레를 반대 방향으로 돌려 몸을 찢는 가혹한 벌이옵니다. 우리나라 주변엔 강국들이 강하게 사지를 당기고 있지만, 이에 대비를 잘하면 도리어 완충 역할을 기회로 삼아 4국을 지배할 수 있는 역전의 기회를 잡을 수 있다는 말씀을 감히 드리옵니다."

그 말을 들은 준왕은 몇 차례 고개를 끄덕이더니 나중 다시 한 번 생각해 볼 문제라는 듯 다음 말을 잇는다.

"그럼 왜 독수리를 닮았는지 과인이 말해 보겠소. 무엇이건 어디에서 보느냐가 매우 중요하오. 자아, 그림을 상하로만 보지 말고 좌우로 돌려서 보면 반도의 북쪽이 우측 날개이고 남쪽이 좌측 날개이다. 그리고 중간에 튀어나온 곳을 머리로 보면 영락없는 독수리가 되어 보이는데 대신들의 생각은 어떠시오?"

왕의 이 말을 듣고 신하들은 상상도 할 수 없는 독수리 형상을 어떻게 찾아냈는지 감탄을 금치 못한다. 왕은 만족한 미소를 머금으며 앞으론 백성들이 우리나라 형상을 짐새와 비슷한 독수리라 알도록 널리 전파하라고 지시했다.

고조선을 품은 한반도는 준왕 말대로 한 마리의 독수리였다. 태양을 가장 가까이 나는 새로, 신과 인간을 이어 주는 영적인 동물이며, 지혜롭고 용맹스러운 새 중의 새다. 그 새의 우측은 바다 방향으로 가려고 뒤로 젖힌 날개의 모습이다. 좌측은 비상을 위해 힘차게 앞으로 펼친 날개이며, 용연반도(현 장산곶)에 해당하는 머리는 산둥반도를 하나의 먹잇감으로 삼아 날렵하게 돌진할 기세가 아닌가.

대륙과 반도와 섬을 자유롭게 오가며 하나의 영토로 지배하는 새, 보다 넓은 세계를 향해 비상하는 기품 있는 그 새는 비록 호전적인 새가 아니어도 따로 천적이 없다. 가만히 앉아 있어도 눈과 부리와 발톱의 위엄만으로도 하늘과 땅의 금수들이 높이 우러러본다.

새는 몸통이 하나지만 깃털은 수만 개로 비상을 위한 날개를 가졌다. 그래서 몸통 하나로는 날지 못하지만 깃털의 힘으로는 날 수 있어, 이는 곧 몸통이 왕이고 깃털은 백성이라는 뜻이다. 준왕은 늘 백성이 나라의 주인이며 백성의 힘으로 고조선이 비상하고 있다는 자부심을 갖고 있었다.

이렇듯 고조선 왕들은 홍익인간의 이념을 내세우며 선한 기상을 품고 살면 전쟁이 일어나지 않을 것이라고 안심했다. 인간이 인간을 죽인다는 것은 가장 잔인한 범죄로 짐새의 독보다 해로운 것이요, 하늘의 뜻을 크게 거스르는 일이기 때문이다. 말을 키우고 무기를 만들거나 군대를 양성하지 않고, 그저 백성들이 잘 살 수 있도록 의식주를 융성하게 하는 것을 최우선시했다.

　이렇듯 전쟁은 꿈에도 생각하지 않은 채 백성들을 위해 남쪽의 진국과 북서쪽의 한나라 사이에서 징검다리 상거래로 이익을 얻으며 나라가 점점 강성해지기 시작했다. 이를 지켜보고 있던 한나라가 고조선을 시샘하여 갑자기 대군을 보내 고조선의 도읍지인 왕검성을 공격했다. 이 공격에 고조선은 1년간을 방어하며 버텼지만 기원전 108년, 결국 성이 함락되고 고조선은 멸망에 이르고 만다.

　"아, 나라를 세우는 데는 천년이 걸리지만, 망하는 데는 이렇게 일년도 안 걸리는구나. 때로는 악이 간혹 승리하기도 하지만 우리 백성을 완전히 정복하지는 못할 것이다. 천제여! 이 나라를 악으로부터 지켜 주시고, 부디 선한 백성들을 구하여 주시옵소서."
　준왕은 고조선을 빼앗기면서 땅을 치고 통곡을 한다. 선정으로 나라를 다스리고 백성들을 극진히 위했으나 이미 나라는 적에게 넘어가고 말았으니 얼마나 슬픈 일인가. 비록 나라는 잃었으나 독수리의 기상은 아직 살아 있어 그래도 끝내 절망하지 않았다. 평화란 천년의 한때에 불과하므로 앞으로 백성들의 힘을 강하게 키워 나가겠다는 말을 남기고 왕검성을 떠나 남진의 길을 택한다.

　나라는 사라졌어도 정신은 살아 있고, 새로운 국왕이 지배해도 백성들의 이념은 변하지 않았다. 백성들의 가슴이 끓는 온도는 같았고, 천부인은 이 나라 어디엔가 숨겨져 있어 그걸 찾으면 반드시 이 땅에 태평한 날들이 오리라 믿었다.
　한나라가 고조선에게 왕검성을 빼앗긴 했어도 신념이 굳은 백성들을 직접 지배한다는 게 그리 쉬운 일이 아니었다. 한나라는 낙랑, 진번, 임둔, 현도에 4군을 설치한 다음 항복한 귀족을 내세워 다스리는 간접적인 방법을 택했다. 이후 많은 고조선 유민이 남쪽으로 내려가 변한, 진한, 마한이라는 삼한의 소국이 생겨나는데 큰 영향을 끼친다.

깃털이 고우면 새도 멋지다. 곧 나라를 이루는 백성들이 고우면 통치하는 왕도 멋지다는 말이다. 이처럼 백성을 주인으로 모시는 왕이 만백성의 숭앙을 받는다는 건 지극히 당연하다. 한반도라는 독수리가 둥지에서 비상할 때를 기다리고 있는데, 그것을 시기하는 무리들의 공격을 받아 독수리 깃털에도 위엄이 생기고 그 독수리가 집새의 모습을 닮아 가고 있는 듯했다. 욕심 많은 주변국들이 전쟁이라는 악의 고리를 만들어 내면서부터 이 땅 어디에선가 자꾸 피의 냄새가 모락거리기 시작한다.

한반도에는 목지국, 백제국(伯濟國), 사로국, 구야국 등의 소국들이 우후죽순처럼 생겨나 열국 시대가 도래한다. 마한지역(현 천안, 익산, 나주 등)에 54개국, 변한지역(현 김해, 마산 등)에 12개국, 진한지역(현 대구, 경주 지역 등)에 12개국이니 무려 78개국이나 된다.

이렇게 많은 소국들이 나름의 정치체를 만들고 저마다 왕들이 나라를 다스리기 시작한다. 그리고 소국이지만 힘을 키워 어느 정도 세력이 강해지자 벌써 영토부터 넓히려고 나선다. 이즈음 새들의 전쟁에서 몸통과 깃털이 둘 다 상하는 일이 다반사로 일어난다. 결국 힘을 가진 나라가 되면 침략을 하고 그로인해 나라 간의 전쟁이 일어나 평화의 땅이 죽음의 땅으로 바뀌고 만다.

'강대한 나라도 호전적이면 반드시 망하고, 아무리 태평한 나라도 전쟁 준비를 소홀히 하면 위기를 맞는다.'는 말이 생기면서 태평한 날들이 점점 적어진다. 이런 와중에 소국들을 흡수 통합해 신라가 기원전 57년, 고구려가 기원전 37년, 백제가 기원전 18년에 각각 나라를 세운다.

이 땅에는 난쟁이들끼리 싸움이 거인들의 싸움판으로 커지고 공존 공생의 나라가 약육강식의 나라로 바뀌어 가고 있다. 독수리는 비만하면 날지 못한다. 뼛속까지 비우는 새, 가슴에 공기주머니를 가진 새, 둥지에 곳간을 두지 아니하고 사는 그 새의 나라에도 이제는 피를 흘리며 죽이고 죽는 비극이 벌어진다.

가야의 아침이 밝다

서기 42년(신라 유리왕 19) 3월 15일, 계욕일(액을 없애기 위해 물가에서 목욕하며 노는 날)에 가락국 북쪽 구지봉에서 서광이 비치더니 하늘에서 자주색 줄이 늘어져 땅에까지 닿는다. 사람들이 모여들어 줄 끝에 달린 붉은 보자기에 싸인 금합을 열어 보니 알 여섯 개가 있는데 눈부시게 황금 빛으로 빛났다.

그때 하늘에서 들려오는 음성이 있었다. "거북아 거북아 머리를 내놓아라. 그렇지 않으면 구워서 먹겠다는 노래를 부르라." 한다. 그렇게 노래를 부르니, 장차 가야국을 다스릴 여섯 왕이 태어나게 된다.

여섯 개의 황금알 중에서 제일 크고 먼저 깨고 나온 사람이 수로, 둘째가 고로, 그 아래로 대로, 벽로, 아로, 말로이다. 얼마 되지 않아 귀골선풍의 장성한 모습이 된 수로 여섯 형제들은 구지봉 아래서 형제결의를 하기에 이른다. 검은 소와 흰 말과 제수용품 등 제물을 차려놓고 하늘에 제를 지내며 맹세를 한다. 수로가 큰 형으로서 결의 내용을 선언하는데, 제단 앞에는 잠시 눈부신 해도 숨고 바람도 숨을 죽이며 산천이 달밤같이 적막하다.

"우리 형제들은 하늘이 내려보낸 소국의 왕들이다. 우리는 피를 같이 나눈 형제이자 세상 누구와도 견줄 수 없는 벗들이기도 하다. 그러므로 형제간 서로 돕고 의지하며 만백성이 태평성대를 누릴 수 있도록 나라를 잘 다스려 나가야 한다. 그러기 위해선 피를 흘리는 전쟁은 절대로 해선 안 될 것이다. 피는 언제나 물보다 진하여 한번 얼룩이 지면 오래 지워지지 않는다. 우리는 한 뿌리라는 정신을 잊지 않기 위해 어머니 젖과 같은 이 황산강(黃山江, 낙동강의 옛 이름)의 물줄기를 따라 올라가면서 각자 좋은 자리를 잡아 도읍을 정하기로 한다. 저마다 도읍을 정해 서로 형제 나라로 전쟁 없이 천년을 살면 하늘에서 이 땅에 만년의 축복을 내려 줄 것이다. 그때 하나의 대국을 만들어 선민이 될 것을 선언하며, 그 약조로 오늘 이 자리에서 금석맹약을 함에 우리 형제 여섯이서 이에 흔쾌히 동의한다."

이 말이 떨어지자 6형제들은 나란히 제단을 향해 정성껏 큰절을 두 번씩 올린 다음 말의 피로 입술을 씻는다. 이때 둘째인 고로(古露)가 수로에게 묻는다.

"형님, 어젯밤 꿈에 노인이 한 분 나타나 제게 이렇게 말했습니다. '넌 황산강을 따라 올라가다 보면 산봉우리가 함박꽃을 닮아 있고 그 산꼭대기에는 거북처럼 생긴 바위가 엎드려 있을 것이다. 그 산에 올라 동쪽을 바라보면 큰 들이 펼쳐져 있으니 그곳은 세 개의 강이 합수하는 천하의 대길지로 그곳에 터전을 잡고 그 땅을 지키면 천하를 누리는 왕이 될 것'이라 하고 홀연히 사라졌습니다."

"고로야, 함박꽃은 번영의 상징이고, 거북바위는 신령한 구지봉의 의미를 담고 있으니 내가 세울 나라의 국운이 대길함을 알려 주는 꿈이다. 그러므로 그 꿈을 이루기 위해 그 길지를 찾아야 하며, 후일 나라가 강해지더라도 우리 형제의 결의를 잘 지켜 가야 할 것이다.

특히 삼수가 합수하는 곳은 너른 들판을 품고 있어 굶주림이 없는 축복의 땅으로, 네 꿈대로라면 그 어디엔가 천부인이 있을지도 모른다. 부디 백성들을 잘 다스리기 바란다."

며칠 후 고로는 행장을 꾸려 도읍지를 찾아 나선다. 황산강을 따라 북쪽으로 거슬러 오르며 천천히 주변을 살핀다. 몇 날 며칠을 그렇게 걸었지만 꿈에서 본 함박꽃 봉오리를 가진 산을 찾는다는 건 쉬운 일이 아니었다. 비슷한 것 같으면서도 다른 것 같고, 다른 듯하면서 같아 보였다.

그 뒤 날이 갈수록 비슷한 산 하나 보이지 않고 도무지 감도 잡히질 않았다. 점점 강폭은 좁아지고 산이 높아지며 골은 깊어진다. 고로는 지치고 힘이 들자 서서히 자포자기의 마음으로 변해 간다. 마음이 지쳐 갈수록 그냥 적당한 자리에 터전을 잡을까 하는 생각이 들기도 했다. 그래도 함부로 꿈을 무시한다는 건 하늘의 뜻을 거스르는 것이기에 그럴 순 없었다.

여러 날을 더 걸어가니 전보다 큰 산들이 더 많이 보이고 봉우리들이 기괴한 형상으로 다가온다. 고개는 넘을수록 높고 내는 건널수록 좁아져 간다. 모든 봉우리가 아른아른 함박꽃 같기도 하고 가끔씩 어디서 미세한 함박꽃 향기가 나는 것 같기도 했지만 다시 눈을 부비고 보면 꽃과는 전혀 다른 윤곽만 보였다. 그러고도 얼마를 더 가서 700여 리쯤 걸었을 때 고로 일행은 일시에 발걸음을 멈추었다.

바로 눈앞에는 소리 없이 강물이 합류하고, 멀리서 울멍줄멍한 산들이 사이좋게 너른 들판을 감싸고 있다. 산이 달리고 있어도 물이 빠르게 빠지지 않고 천천히 굽이를 돌아서 흐르게 되는 복이 맴도는 자리였다. 선달산 옹달샘에서 발원한 내성천물과 대미산 눈물샘에서 오는 금천의 물이 황지연못에서 흐르는 큰 물과 만나는 곳이다. 그 강들이 서로 순하게 몸을 섞어 흐르며 삼강(三江)이 잘 어울리는 그곳은 농사짓기 좋고 생기가 충만한 '세물머리' 길지가 아닌가.

그런데 신비로운 것은 강들이 합하기 전에 각각 회룡포와 하회를 돌며 미리 부드럽게 몸을 푼다는 것이다. 물이 도는 곳은 연화부수형(蓮花浮水形)의 길지(吉地)로 하늘이 내린 푸른 금이 되어 들판을 넉넉하게 적셔 주고 있다. 그 아래서 천천히 합수한 황산강(黃山江)은 더 큰 들을 이루고 주변으로는 들판을 감싸 안은 산들이 모두 편하게 앉아 있으며, 뒤로는 다시 큰 무리들의 산들이 줄을 지어 겹으로 보듬고 있다. 말하자면 분지를 중심에 두고 배산임수도 되고 좌에는 청룡이 꿈틀대고 우로는 백호가 지켜 주는 천혜의 지형이다.

위로 더 거슬러 올라가면 강이 사라져 버릴지도 몰라 고로는 이쯤에서 도읍지를 찾아보기로 했다. 가야연맹으로서 기본은 같은 강을 끼고 살자는 것이므로 일단 삼강 부근에서 행장을 푼다. 강을 조금 더 거슬러 올라가자 곶천(현 영강)과 저천(현 이안천)이 반제이천과 합류하고, 서북 방향으로 올라가면서 나지막한 금대산과 두산으로 둘러싸인 윤직리와 윤직 동쪽으로 수통미기들과 영신들이 넓게 펼쳐진다. 남부와 서북부는 들판을 품은 구릉성 산지가 두르고 있어 이 정도면 충분히 지리적으로 왕도가 들어설 여러 조건들을 두루 갖추고 있었다.

고로는 며칠 뒤 한 신하로부터 그리 머지않은 곳에 함박꽃을 닮은 산이 있다는 소식을 접하고 뛸듯이 기뻐했다. 함박꽃을 닮은 산을 찾는다면 얼추 꿈에서 본 그곳을 찾게 된다는 게 아닌가. 그가 가리키는 손은 멀리 서쪽 방향으로, 정말로 눈앞에 산 하나가 막 피어나려는 함박꽃 형상으로 신기루처럼 희미하게 다가오는 것이 꿈만 같았다.

다음 날 고로는 들뜬 마음을 가라앉히고 신하들을 대동해 그 산을 찾아 나선다. 아침을 먹고 출발해 새참 때쯤 대가산(大駕山) 아래 약수터에서 잠시 쉬면서 산 쪽을 조망했으나 때마침 뭉게구름이 몰려와 진경을 볼 수 없다. 신비한 것은 쉽게 모습을 보여 주지 않는 법, 다시 걸음을 재촉해 무릉리쯤에 이르러 발걸음을 멈추게 된다. 눈앞에 펼쳐진 마루금의 매무새는 독수리가 둥지를 틀고 살 법한 급한 기운이 뭉우리재와 깔딱재를 넘어 한 숨을 고르더니 그 우측으로는 산세가 부드럽고 송림이 우거진 꽃봉오리 같은 산이 다가와 보인다.

"그래, 꿈에서 노인이 가리킨 게 바로 저 산이야. 여러 산들의 수호자처럼 우뚝 솟아 있는 저 산의 기세를 보아라. 세 개의 봉우리를 하나로 오므리고 있는 산의 모양새가 흡사 함박꽃이로구나. 꽃 중의 꽃이라는 함박꽃을 닮았는데, 그것도 꽃이 막 피어나려는 꽃봉오리 형상을 하고 있으니 필시 저 산에는 신령한 거북바위가 있을 것이다."

고로는 자신이 헛것을 본 게 아니길 바라는 마음을 확인하려고 혼잣말로 가야를 외쳐 본다. 그러자 귀에 분명히 "가야 가야!"라는 다소 흥분된 자신의 목소리가 들려오자 눈앞의 풍경이 꿈이 아님에 감사한다.

구슬땀을 흘리며 없는 길을 내어 한 시간여 이상을 더 걸어 드디어 재악산(宰嶽山) 정상에 오른다. 마치 재상같이 당당하고 기품 있는 산의 기세, 광명산(현 속리산)에서 힘차게 달려온 작약지맥이 아름다운 함박꽃을 피워 놓은 것이다. 그 산 옆에다 다시 용이 승천을 꿈꾸는 어룡산(魚龍山)을 만들어 놓아 비상하는 용의 등에 꽃이 핀 지형으로 단박에 천하의 영지임이 느껴진다.

게다가 멀리 남쪽으로는 세 줄기 강이 합수하여 넓고 기름진 들판을 펼쳐 내고 있어 누가 봐도 한 나라 도읍의 천군만마 역할을 하는 진산으로 부족함이 없다. 산은 조종산(祖宗山)이 멀수록 좋고, 물은 수역이 넓으면 넓을수록 기운이 산줄기와 물줄기를 따라 흐르며 지맥과 강물의 힘이 더욱 커지기 때문이다.

이제 한 가지 남은 것은 거북바위를 찾는 일이었다. 산봉우리가 완만한 곡선을 가진 육산이다 보니 그 산상에 큰 바위가 존재할지 의문이 든다. 고로는 정상에서 좌우를 살피다가 어룡산 방향으로 나아갔다. 그때 화강암으로 보이는 크고 넓적한 바위 하나가 엎드려 조용히 고로를 기다리고 있고, 바위의 면면을 살펴보니 임금왕(王) 자를 짊어지고 엎드린 잘 생긴 거북이었다. 그 바위 앞에 서서 보니 사방으로 많은 산들이 재악산을 향해 매무새를 고치고 읍을 하는 느낌을 준다. 고로는 거북바위 앞에서 잠시 무릎을 꿇고 하늘을 향해 두 손 모아 기도를 올린다.

그러고는 산을 내려와 구미(龜尾) 고을을 안고 서서 재악산을 올려다보니 봉우리 하나가 흡사 거북을 닮아 보인다. 그렇다. 멀리서는 함박꽃, 가까이서는 거북을 닮았다. 거북이가 앉은 자리 남쪽에는 입구가 좁고 안이 너른 이상형의 승지를 품고 있어 실로 요람 같은 편안과 장수(長壽)의 복록을 겸비한 산이라 할 법하다.

이곳은 거북의 꼬리 부분에 해당하여 구미라고 불렀다. 그 꼬리 아래는 삼태성(三台星)이라는 거북 알 같은 세 개의 동산이 있다. 그런데 동쪽에는 사맥등(蛇脈嶝)이라는 뱀의 형상을 한 긴 능선이 있으니, 말하자면 거북의 알을 탐하는 뱀이다.

　다행히 그 아래쪽에 날개를 반쯤 펴고 뱀을 먹잇감으로 노리는 짐새가 산다는 짐마^(鴆魔)골이 있다. 그러니 뱀은 감히 그 알을 훔치지 못하고 몸을 숨기거나 낮춘다. 서로 견제를 통해 살생이 없고 함부로 남의 영역을 범할 수도 없는 절묘한 조화의 힘이 재악산에다 신령한 함박꽃을 피워 낸 것이다. 사람들은 이 언덕을 무릉^(武陵)이라 부르고, 오순도순 무릉도원처럼 축복받은 선민으로 살아가고 있었다.

함박꽃 속의 고령^(古寧)가야국

이리 보고 저리 봐도 다 예쁜 사람을 두고, "서 있으면 작약, 앉으면 모란, 걸으면 백합."이라 한다. 고로의 눈에 비친 재악산이 바로 그렇다. 이 산은 보는 장소에 따라 다르게 보이므로 새롭기도 하지만 쉽게 참모습을 찾아내기가 어렵다. 고로는 왕이 서 있는 장소와 원근에 따라 백성들의 마음을 읽어 내는 것도 산의 모습처럼 각각 다를 수 있다는 자각을 하게 된다.

백성들이 함박꽃같이 웃을 수 있는 선정을 베풀기 위해서는 하늘의 도에 순응하고, 자연의 이치에 따르며, 서로의 덕으로 사는 것이다. 그런 만큼 형제의 나라가 서로 다툼 없이 이익을 주고 도우며 살아간다는 것은 어떤 철학보다 더 지고지순한 이념이 된다.

고로는 백성들이 격양가를 부를 수 있도록 차근차근 일을 시작해 나간다. 꿈에서 말한 땅을 찾아 나라를 세우게 되었으니 무엇이 더 부러우랴. 산 중의 재상이라 하는 재악산의 영험한 정기를 안고 강 하나만 끼고 살아도 행복한 삶을 꾸릴 수 있을진대, 삼강을 바라보며 넓은 들판을 가졌으니 배고픔이 없고, 대문이 필요 없으며, 싸움이 없는 나라를 만드는 것은 그닥 어려워 보이지 않았다.

먼저 우물부터 파고 궁궐을 짓고 사직단을 세웠다. 백성들이 농사를 잘 지을 수 있도록 궁궐 안에 작은 논밭을 견본으로 만들어 농사 짓는 방법을 가르치고, 누에치기와 명주실 뽑기와 옷감 짜기, 맛있는 곶감 만드는 방법을 지도하는 곳도 따로 만들어 놓았다. 고령가야국의 영역은 고릉(古陵, 현 함창)을 포함해 모전과 윤직, 호측현(虎側縣, 현 호계)과 관문현(冠門縣, 현 문경, 마성), 가해현(加害縣, 현 가은, 농암) 정도로 강과 산과 들이 적절히 조화를 이루었다.

큰 촌락 단위로 족장들을 두고, 고로는 족장들의 뜻을 소상히 물어 나라를 다스려 나간다. 온화하면서도 평화로운 소국이 부족함 없는 나라로 점차 성장해 간다. 쌀농사는 풍년이고, 누에를 길러 비단 옷을 해 입으며, 하얗게 분을 낸 곶감을 저장해 두고 먹을 수 있으니 백성들의 얼굴에는 웃음꽃이 피어난다. 이에 사벌국(沙伐國, 현 상주), 감문국(甘文國, 현 김천), 음집벌국(音汁伐國, 현 안강), 다벌국(多伐國, 현 대구) 등 인접 소국들의 부러움의 대상이 되기도 한다.

칠팔월에는 길쌈대회를 개최했다. 여자들을 두 패로 가른 뒤 붕당(朋黨)을 만들어 7월 16일부터 날마다 궁궐의 뜰에 모여 이른 아침에서 밤늦게까지 경쟁을 벌인다. 8월 보름에 이르러 결과의 다소를 살펴 진 편에서 음식을 마련하여 이긴 편에 사례하고 같이 노래와 춤 등의 놀이를 함께 즐겼다.
추수가 끝난 시월에는 수확한 쌀을 놓고 품평하는 자리를 만들어 서로 떡을 나누고 상을 준다. 섣달에는 호랑이도 맛이 좋아 무서워한다는 예쁘게 깎아 곱게 분을 낸 곶감 경진대회를 열어 향연을 펼치니, 너도 나도 나라에 감사하는 마음을 갖는다.
그리고 처녀들이 달빛에 비추어 바늘귀에 실을 꿰는 시합도 했다. 그건 바느질 재주가 는다고 하여 벌이는 다소 여유로운 놀이였다. 그리고 왕은 농사와 양잠의 신을 위한 제사로 선농제(先農祭)와 선잠제(先蠶祭)도 올렸다. 백성들에게 농사와 양잠에 모범을 보임으로써 그들을 통솔하는 당위성을 보장받는 계기로 만든다.

이렇게 서서히 나라의 기반이 잡혀 간다. 그러자 방어 개념으로 숭덕산(崇德山) 둘레에는 궁성(宮城)을 쌓고, 성내산(城內山) 주위로는 도성(都城)을 쌓는다. 읍내(邑內)에는 오봉토성(五峯土城)을 쌓아 만일의 사태에 대비하는 방어선을 구축했다. 외곽으로는 낙동(洛東)에 가야성(伽倻城)을 쌓고, 중동(中東)에는 봉황성(鳳凰城), 관문현에는 마고산성(麻故山城)과 고모산성(姑母山城) 등을 쌓아 고령가야국을 지키는 데도 힘을 쏟았다.

고로는 심신이 지치면 신령한 힘을 받기 위해 가끔씩 재악산을 찾는다. 그 산을 갈 때면 중간쯤에 있는 대가산(大駕山)을 빼놓지 않고 들러 약수로 목을 축이며 쉬어 가기를 반복했다. 또 산책하기를 좋아해 도성 안에 있는 상감지(上監池)를 찾아 유람(遊覽)하며 국사를 생각하고 국태민안을 위해 고뇌하기도 한다. 그리고 백성의 뜻을 잘 수렴하기 위해 내전에서 좀 떨어진 곳에 별채의 정전을 지어 족장들과 회의하는 장소를 따로 만들었다.

이름 부쳐 '윤직전!' 이는 '임금이 곧으면 신하가 곧다(君直則臣直)'는 의미를 담았다. 윤(允)은 임금을 뜻하고, 직(直)은 곧고 청렴한 신하가 일하는 곳이라는 뜻이다. 궁전의 배산이 되는 두산(頭山)은 산모양이 마치 용머리 같아서 '머리미'라고 했으며, 여기서 용은 임금의 상징인 만큼 윤직전은 중요한 국사를 논의하는 성스런 장소로 쓴다.

특히, 남쪽 공검에서 동쪽 관문현으로 가기 위해서는 반드시 반제 이내를 건너야만 한다. 그런데 이 개울을 중심에 놓고 보면 길과 물목의 지세가 사람의 목구멍과 흡사했다. 음식을 삼키면 목구멍을 통해 내려가듯 오가는 사람들이 이곳을 거쳐야 했으므로 동태를 살피기 적격인 천연요새 역할을 한다. 고로는 이렇게 작은 것 하나에도 소홀하지 않았다. 매달 족장들과 정기 조회를 하고 중요한 행사를 개최하며, 백성들과 만남의 자리를 통해 민의가 반영되도록 했다.

도읍지의 형태가 갖추어지자 함박꽃처럼 피어나는 재악산을 진산으로 두고 좌우 전후로 군사를 거느린 장수같이 동쪽에는 덕봉과 국사봉, 서쪽에 대가산, 남쪽에 오봉산, 북쪽에는 금대산과 두산이 왕도를 든든하게 호위해 준다. 들이 넓으며, 주변의 산수가 수려하고 인심이 순후하여 백성들은 서로 다툼이 없고 농사에 힘써 풍요하고 평화로운 시대가 한동안 지속되어 간다. 이렇게 평온한 날들이 이어지며 강산이 몇 번이고 바뀌었다.

해마다 한해의 농사가 시작되는 삼월과 추수를 끝낸 시월에는 천신에게 제사를 올리는 의식이 거행된다. 제사를 올리는 장소는 윤직전에서 동쪽 곳천으로 치우쳐 있는 너른 영신 들판에 단을 쌓은 그곳에서 행해진다. 모닥불을 담아 부은 듯한 햇발이 구름 사이로 비추자 조용한 도읍의 분위기가 더 근엄하게 느껴진다. 백성들은 의식주가 넉넉하여 제물로 제단을 가득 진설하고 축문을 읽고 오래 소지를 올린다.

> 이 땅에 백성을 맡아 다스릴 사람이 없었는데
> 하늘에서 특별히 정령(精靈)을 보내 주셨네
> 실로 덕을 쌓아서 세상을 위해 질서를 만들었네
> 반제이 내를 사이에 두고
> 쌀과 누에고치와 곶감의 남삼백(南三白)과

31

흰 바위와 박달나무와 은구어의 북삼백(北三白)을 주시니
이 나라에 쌍삼백의 축복을 받았고
집과 집이 서로 사이좋게 연이었네
왕이 나라를 성심껏 다스리니 온 세상은 밝아지고
기울지도 치우치지도 않으니 오직 평화롭네
길 가는 자는 길을 양보하고
농사짓는 자는 밭을 양보했네
사방은 모두 안정이 오고
만백성은 태평을 맞이했네
천지의 기운이 넘치고 조야(朝野)가 기쁨이네
천제여! 평화의 나라 잘 지켜 주시옵소서.

   고로왕 즉위 50년, 강산이 다섯 번은 변했을 즈음, 왕은 나라가 이제 어느 정도 자리를 잡고 안정되어 가고 있는 것에 감사하며, 3월 제사를 천신에게 올린다. 왕이 제주가 되어 재배하고, 신하가 축문을 읽는다. 참석자들이 다 같이 절하고 난 뒤 왕이 나라의 안녕을 기원하는 사직 소지와 고을별 개별 소지를 한 장씩 올린다. 소지불이 하늘로 잘 타올라 재를 남기고 사라지자 천신이 잘 흠향한 제사라며 만족해한다. 이때 갑자기 마른 하늘이 컴컴해지더니 하늘에서 번쩍 서광이 비치며, 그 빛을 타고 거룩한 음성이 들려 왔다.

   "고로야, 네가 다스리는 이 땅은 최고의 승지로 세상에 단 한 곳밖에 없는 작약동천이다. 함박꽃이 피는 모양의 길지로 이곳은 전쟁과 흉년, 전염병이 미치지 못하는 땅이다. 이곳에 너희들을 위해 천부인을 내려 주려니 너희는 백성들과 더불어 이 땅을 대대손손 잘 지켜나간다면 이곳이 중심 도읍이 될 수 있을 것이다. 하지만 피를 흘리

는 전쟁을 일삼게 되면 축복은 서서히 사라지고 말 것이니, 부디 명심하고 나라를 잘 다스려 나가야 할 것이다."

고로는 떨리는 가슴을 부여안고 빛이 사라진 하늘을 향해 감사의 큰절을 올린 다음 정신을 가다듬는다. 하늘의 음성을 듣는다는 것은 천만 뜻밖의 일이었다. 갑작스런 일에 얼떨떨했지만 얼굴에는 웃음이 감돌고 있었다. 제사 후 백성들이 골고루 음복을 나누는 자리에서 고로는 담화를 낸다.

"백성들이여! 과인의 이름은 '백진(白珍)'으로, '흰 빛깔의 보배'라는 뜻이다. 이름의 의미대로만 된다고 해도 삼백의 축복이면 여한이 없는데, 쌍삼백(雙三白)의 축복까지 받은 것은 하늘이 특별히 내린 선물이 아니겠소. 명주로는 고운 옷을 지어 입고, 쌀로는 이로운 밥을 지어 먹으며, 흰바위(화강석)로는 튼튼한 집을 지어 살 수 있으니 이 얼마나 큰 축복인가? 여기에 더해 은구어는 귀한 반찬으로, 곶감은 별미의 간식으로, 그리고 박달나무는 홍두깨, 절구공이와 농기구 자루와 얼레빗까지 만들 수 있게 된 것을 우리가 어찌 잊고 살겠는가. 50년 전 수로 6형제들은 구지봉 결의에서 절대 싸움을 하지 말자고 맹세하였소. 그 결의를 나는 고령가야국 왕으로서 지금까지 지켜 왔고, 앞으로도 지켜 나갈 것이니 백성들도 모두 이 뜻에 따라 주길 바라오. 인간에겐 칼보다 손이 먼저 생겼으니, 칼을 들고 싸우지 말고 서로 손을 잡고 하나가 되어야 할 것이오. 칼을 든다는 건 욕심이 과하다는 것이고 남의 것을 탐낸다는 것 아니겠소. 욕심으로 가득한 손은 칼날만 있는 칼로, 그 칼을 사용하는 손은 피를 흘리게 되어 스스로 불행을 자초하게 된다는 것을 명심하길 바라오. 백성은 왕의 보배요, 왕은 여러분들의 보배로운 백진이 되도록 최선의 노력을 다하겠소."

물을 다스려야 복이 온다

고령가야국을 건국한 고로는 서기 156년^(즉위 115) 세상을 떠나면서,
태조왕이라는 이름을 남긴다. 나라를 건국한다는 것은 불멸의 신화
하나를 만드는 것이고, 한 사람이 백년이 넘는 동안 전쟁 한번 없이
나라를 통치한다는 것은 극히 드문 신의 가호이다. 이런 고로의 신화
를 이어 2대왕으로 마종이 오른다.

선왕의 덕을 업고 통치를 이어 가는 것은 그리 어려운 일은 아니다.
고로가 그랬듯이 마종도 늘 백성들의 편에 서서 이민위천^{(以民爲天, 백성}
^{을 하늘같이 소중히 여김)}하면서 하늘이 내린 축복에 감사하며 왕위를 이어
나갔다. 그는 서기 156년 즉위해 서기 220년까지 65년간 다스린 뒤, 3
대왕 이현이 뒤를 그 잇는다.

이현은 화강암이 우뚝 솟은 바위산을 영적 상징으로 신성시한다.
봉황의 날개가 구름을 훑는 듯한 희양산의 백운대, 앞에서 보면 정자
관 같고 옆에서 보면 고깔을 쓴 양반 같은 주흘산 신선암봉, 도인이
허연 삼베^(布)를 두른 듯한 포암산 바위, 이 세 곳에 매년 산신제를 올
리며 백성들과 머리 숙여 하나가 된다. 제사란 손쉬운 방법으로 백성
들을 단결시킬 수 있는 하나의 의식으로 왕의 권위를 확립하는데 도
움이 된다. 셋 중에서도 봉황을 닮은 희양산의 백운대는 왕이 특별한

애정을 갖고 섬겼다.

"겹산이 병풍처럼 사방에 둘러쳐져 봉황이 하늘로 웅비하려는 기세를 자아낸다. 또 산이 강물에 둘러싸여 있어 뿔 없는 용의 허리가 돌을 덮은 것 같은 승지이니, 이 땅을 얻게 된 것은 필시 하늘이 내린 것. 이곳에 제사하지 않고 방치하면 천신의 거처가 되지 못하고 오히려 도적의 소굴이 될 것이다."

이현은 희양산을 이렇게 극찬했다. 신비한 희양산 바위의 기운을 마음의 지주로 세우고, 일 년에도 여러 차례 제사를 통해 백성들에게 고령가야국의 애국심을 은근히 자극했다. 봉황은 어진 성군의 덕치를 나타내기에 이현은 백운대를 연모하며 자신의 상징으로 삼을 수밖에 없었다.

"새 중의 왕은 봉황새요, 꽃 중의 왕은 모란이며, 백수의 왕은 호랑이다."라는 말을 믿으며, 마음이 무거울 때마다 찾아가 경건한 마음으로 정성껏 제사를 올렸다.

수로왕과 석탈해가 다툰 이야기를 이현은 예전부터 들어서 알고는 있었지만, 백성들은 가야가 새의 민족이라는 것은 잘 모르고 있었다. 이런 이야기를 백성들에게 두루 알려 가야인의 자부심을 갖도록 하는 것이 필요하다고 생각한 나머지 왕은 어느 날 백관들이 모인 가운데 수로왕과 석탈해의 이야기를 들려준다.

어느 날 석탈해가 수로왕의 자리를 빼앗으려고 금관가야국을 찾아왔다.

"나는 가야 왕의 자리를 빼앗으러 왔소."

"가소롭구나 석탈해! 하늘이 나 수로에게 명해 이렇게 왕위에 오르게 했소. 장차 나라를 안정시키고 백성을 편안하게 하려 하오. 내가 천명(天命)을 어기며 왕위를 남에게 넘겨줄 수 없고, 또 감히 나라와 백성들을 맡길 수도 없소."

"그렇다면 둘이 기술(奇術)로써 승부를 결정하는 게 어떻겠소?"

"좋소이다. 하지만 후회하지는 말 것이다."

잠깐 사이에 탈해가 변해서 매가 되니 수로가 변해 독수리가 된다. 또 탈해가 변해서 참새가 되니 수로가 변해 새매가 된다. 그동안이 촌음(寸陰)도 걸리지 않았고, 얼마 후 탈해가 본 모습대로 돌아오니 수로도 본 모습으로 되돌아온다. 탈해는 수로에게 엎드려 항복을 한다.

"제가 기술을 다투는 장면에서 매가 독수리에게, 참새가 새매에게서 죽음을 면함은 아마 성인께서 죽이기를 싫어하는 인덕(仁德)을 가지셨기 때문입니다. 소인이 왕과 다툰다 해도 이기기는 진실로 어렵겠소이다."

곧 탈해는 하직하고 나갔다. 수로는 그가 이곳에 머물면서 반란을 꾸밀까 염려하여, 급히 수군을 실은 배 500척을 보내 그를 뒤쫓는다. 탈해가 계림의 영토 안으로 도망하니, 수군은 이내 모두 안심하고 돌아왔다.

이현은 가야국 왕이 새 중에서도 하늘을 지배하는 독수리의 후손이라는 점을 강조했다. 그것은 석탈해가 수로왕의 자리를 빼앗으려 금관가야를 쳐들어 왔을 때, 수로왕이 독수리와 매로 변장하여 매와 참새로 변장한 석탈해를 물리쳤고, 또 칼이 아닌 기술로 싸움을 벌임으로써 약자를 죽이는 것을 싫어하는 인덕 있는 성군이라는 점을 거듭 부각시켰다. 이는 곧 마을이나 나라가 서로 다투지 말라는 것으로 전쟁을 피하고 백성들을 사랑하는 가야 정신을 지켜야 한다는 점을 확인시켜 준 특별한 사건이라고 설명했다.

그러면서 전투에 참여하지 말라는 뜻으로 새의 흰색 깃털보다 아예 백성들을 전쟁터에 내보내지 않는다는 뜻으로 파란 깃털을 꽂고 다니게 했다. 깃털은 인간에게 상서로운 징조이자 갈망의 대상이고 영혼의 움직임을 느끼게 하는 것으로 몸에 지니고 다니면 축복을 받는다고 믿었다.

"우리 가야국은 물론이고 이웃한 나라들도 같은 새의 후손이다. 고구려 시조는 유화 부인이 낳은 알에서 동명성왕(주몽)이 태어났다. 백제는 동명성왕의 아들인 온조가 세웠는데 그 역시 알의 후예이다. 신라는 흰 말이 낳은 큰 알에서 박혁거세가 태어나 나라를 세웠고, 신라 석탈해도 용성국 왕비가 낳은 알에서 태어났으니 어찌 새의 후손이 아니라 할 수 있겠는가. 특히, 우리 가야국은 하늘에서 내려 준 붉은 보자기로 싼 금합의 알 속에서 여섯 왕이 태어났으니, 그 어떤 나라의 왕들보다 우두머리에 해당되는 것이다. 가야에 하늘의 상서로운 뜻이 있어 황금알을 여섯 개나 한꺼번에 내려 준 은혜에 감사하고 평화를 숭상하며 살아가야 할 것이로다."

이현이 이렇게 대신들에게 말하면서 가장 고귀한 새인 봉황은 눈으로 보이는 새가 아니라 마음으로만 볼 수 있었으니 왕은 봉황을 기억하기 위해 도읍을 특별하게 꾸민다. 봉황이 왕의 상징이라 생각하여 궁문에 봉황을 장식하고 '봉궐(鳳闕)', '봉문(鳳門)'이라 부른다. 또한 수레를 장식하여 '봉거(鳳車)'나 '봉련(鳳輦)', '봉여(鳳輿)'라 하고, 좋은 벗을 '봉려(鳳侶)', 아름다운 누각을 '봉대(鳳臺)', 아름다운 피리 소리를 '봉음(鳳音)'이라고 부르게 했다.

또, 도읍의 금곡은 높은 산도 봉우리도 아니지만 멋지고 장엄한 절경이 하나 있어 누구나 지나다 보면 올라가고픈 충동을 느끼는 곳이라며, 그곳을 '봉황대(鳳凰臺)'라 부르게 했다. 곳내와 저천의 두 물이 앞에서 합치고 알운, 비봉, 덕봉이라는 산 셋이 어울려 삼산이수(三山二水)의 경승을 이루고 있어, 왕은 자주 이 대(臺)를 소요(逍遙)하면서 산수를 즐기기도 한다. 그러면서 봉황의 어미는 희양산에 살지만 작은 둥지는 도읍의 봉황대에 깃들어 있다고 생각한다. 왕이 봉황처럼 신성한 존재라는 인식과 비상을 꿈꾸는 가야국 사람들만의 선민의식을 이렇게 심어 가고 있었다.

고령가야국 땅에 쌍삼백의 축복이 내려 반도의 단전호흡이 힘차게 시작된다. 그 구심력과 원심력이 호기와 흡기를 반복하면서 점점 좋은 기운이 생성된다. 반도의 배꼽 아래서 시작된 단전의 팽창 효과로 백성들의 사기를 지진처럼 북돋우고 일깨우며 그 기운이 점점 확장되어 나간다.

이현왕 20년 그해 겨울, 소설과 대설에도 눈이 거의 내리지 않더니 봄에도 비가 오지 않고 극심한 가뭄이 들기 시작했다. 하늘에 구름이 몰리기는 해도 비는 내리지 않았고, 경칩이 지나도 개구리 울음소리가 들리지 않았다. 큰 강이 여러 개가 있지만 강바닥이 서서히 보이더니 모내기철이 되어도 비가 오지 않는다. 논이 밭처럼 말라 가더니 급기야 거북이 등처럼 흉하게 갈라진다. 백성들은 하늘만 쳐다보며 원망하지만 이현은 자신의 부덕으로 하늘이 노했다면서 불안감을 감추지 못한다.

하늘이 내려 준 우사(雨師)는 어디로 갔는지 너무 야속하다는 생각도 들었지만, 모든 것을 자신의 탓으로 돌린다. 이런 천재지변은 왕이나 조정의 대신들이 덕이 없어 정치를 잘못한 것이라고 믿는다. 왕은 궁궐을 피해 밖에서 정무를 보고, 반찬의 가짓수도 줄이면서 왕과 백관들이 먼저 자진해서 근신한다.

그리고 먼저 시조인 고로왕의 묘와 사직단을 찾아 제사를 올린다. 궁성 내에 모든 이들이 더위를 피해 모자 쓰는 것, 부채질하는 것조차도 금지시켰다. 관마(官馬)를 먹이는 데는 곡식을 쓰지 못하게 했으며, 도살도 일절 금했다. 이렇게까지 몸을 낮추고 보름이 지나도록 비를 기다렸으나 오히려 가뭄은 더 극심해진다.

왕은 급기야 대신들을 불러 가뭄을 극복할 수 있는 특단의 대책을 마련하는 회의를 연다. 그 자리에서 몇 가지 의견이 나온다. 남북 고을 사람들을 편을 갈라 줄다리기를 하자는 의견이었는데, 이것은 연중행사의 하나로 대개 정월대보름에 행했던 것이다. 그런데 줄다리기의 줄을 용으로 인식해 벌이는 쌍룡상쟁(雙龍相爭)을 하면서 비구름이 몰려들어 둘 중에 이긴 편에 강우와 풍년이 보장되므로 가뭄 때에 줄다리기를 벌이면 비가 반드시 내린다는 거였다.

다른 하나는 부정화(不淨化), 이것은 용신이 산다고 하는 용소(龍沼)·용연(龍淵) 등에 개를 잡아서 생피를 뿌리거나, 개의 머리를 던져 넣어 신성성을 더럽히는 것이다. 그렇게 되면 이 부정을 자취 없이 깨끗이 씻어 내기 위해 용신이 노해 하늘에서 큰 비를 내린다는 것이라 했다.

또 산상분화(山上焚火)를 하자는 의견도 나왔다. 여러 마을 사람들이 밤중에 모여 장작·솔가지·시초(柴草) 등을 각각 산 위에 산더미처럼 쌓고 불을 지르는 것이다. 밤중에 사람들이 같이하므로 대단한 장관을 이루는데, 이렇게 하는 까닭은 백성들의 기원을 천신께 알리는 것이다. 그러면 천신이 오르내리는 길을 밝히고, 양기(陽氣)인 불을 크게 지피면 음기인 비구름을 불러 비가 내린다고 했다.

그리고 뽕나무를 많이 심으면 가뭄 걱정은 하지 않게 된다고도 했다. 그 이유는 뽕나무 잎은 누에의 밥으로 주는데, 누에는 워낙 깨끗한 명주실 벌레여서 사람들이 우는 소리, 성내는 소리, 욕하는 소리를 싫어하고, 비처럼 깨끗한 것을 좋아하여, 누에가 뽕잎을 먹을 때는 비 오는 소리를 내어 하늘에서도 같이 비를 내린다는 것이다.

이외에도 영이 맑은 사람이 목욕재계를 하고 버들가지로 땅을 치며 "두껍아, 두껍아!" 하고 노래 부르며 비 오기를 빈다는 것이다. 그것은 달의 여신인 항아가 두꺼비로 변신해 양의 세계에 대치되는 음 세계를 지배하면서 지상의 비를 관장하고 있기 때문에 두껍이를 간절하게 부르면 비가 온다고 했다.

왕은 이런 다양한 의견들을 모두 받아들여 비를 오게 하는 행사를 즉시 시행하도록 지시했다. 그중 뽕나무는 외동딸인 애련 공주가 앞장서서 도읍 주변에 나가 백성들과 함께 심었다. 공주는 땀을 흘리면서도 후일 가뭄도 이기고 머지않아 뽕도 따게 된다는 걸 상상하며, 이보다 의미 있는 일은 없을 것이라 생각한다.

하지만 이런 갖가지 노력에도 불구하고 비의 신은 조금도 움직이지 않았다. 왕은 고민 끝에 마지막 비장의 수단으로 가야국의 진산인 재악산 거북바위에 제사하는 것을 추진하기로 했다. 함박꽃 같은 축복을 내려 주는 영험한 산을 수호하는 거북바위에 제사를 올리면 거북이는 물과 같이 사는 영물이어서 반드시 비를 내려 줄 것이라 철석같이 믿었다.

"가뭄은 다 내 탓이오. 내 덕이 부족하고 재악산에 매년 올리는 제사가 소홀했던 것 같소. 그래서 과인은 목욕재계하고 며칠간 금식한 다음 기우제를 드릴 것이니, 백관들은 그리 알고 제사를 정성껏 준비하길 바라오."

며칠 뒤 이현은 제사를 지내기 위해 신하들과 함께 재악산을 오른다. 천신에는 피가 흐르는 생고기를 준비하고, 상하지 않은 쌀만 골라 떡을 빚었다. 거북바위 앞에다 소머리·돼지·닭·술·과실·포·은구어(은어) 등의 제물을 차리고, 강신(降神)·헌주(獻酒)·독축(讀祝)의 순으로 제사를 지낸다. 바위 아래로 도읍이 일망무제로 내려다보이지만 얼마나 가뭄이 심했던지 화염이 치솟아 오르는 느낌이다.

왕은 제사가 끝나고도 하산할 생각을 하지 않는다. 비가 올 때까지 그 자리에서 기도를 올릴 심산이다. 지붕도 없는 높은 산에서 하루가 지나 이틀이 지나고 3일째가 되는 날에도 하늘은 무심하게 붉은빛 노을을 드리우고 있다.

"산은 구름을 탓하지 않고, 구름도 산을 탓하지 않듯, 이 나라 왕은 백성을 탓하지 않고 백성도 왕을 탓하지 않습니다. 지금 하늘에서 비가 오지 않는 것은 백성 탓이 아니라 왕이 부덕한 탓이오니 부디 노여움을 푸시고 소인을 벌하여 주시옵소서. 이제 소인은 청명에 바치나 한식에 바치나 오직 이 한 몸 통째로 고령가야국을 위해 산 제물로 바치오니, 천제이시여 비를 흠뻑 내려 주시옵소서."

목숨을 건 왕의 기도에 신하들은 경이를 표하면서도 혹여 왕이 병이 날까 걱정이 되기도 했다. 오후가 되면서 왕이 피로에 지쳐 자신도 모르게 스러진 채 토끼잠에 든다. 꿈에서 물총새 수백 마리가 나타나 왕의 머리 위에 물을 뿌리고 사라진다.

아, 눈을 뜨니 꿈이었다. 왕이 경이로운 꿈 이야기를 신하들에게 전하기도 전에 희양산 봉암에서 구름이 하늘로 치솟더니 갑자기 주위가 어두워지고 번개와 천둥이 치며 우르르 하늘이 무너져 내린다. 두 손을 번쩍 들어올린 왕은 빗물에 눈물까지 흘리며 거북바위에서 만세를 불렀고, 이 비는 사흘간이나 이어져 해갈이 되고도 남음이 있었다.

그 후 왕은 백성을 사랑하는 마음과 물을 귀히 쓰고 철저히 관리하겠다는 다짐을 항시 새기기 위해 물빛을 상징하는 물총새의 파란 깃털을 옷깃에 꽂고 다녔다. 이는 신성시되는 짐새의 파란 깃털과도 맥을 같이하는 표식이기도 했다. 그리고 백성들에게는 물을 좋아하는 오리가 인간에게 물로 구원하는 새라며, 오리의 깃털을 꽂고 다니도록 권했다.

"태초에 세상은 온통 물바다였소. 그때 오리가 잠수해 흙을 파다 쌓아서 땅을 만들었다 하고, 홍수 때는 범람하는 강물에 오리말(鴨馬)을 타고 나가 백성을 구한 이야기도 전해 내려오고 있소. 선조들은 사람이 죽으면 영혼을 인도하는 안내자의 구실로 새의 뼈나 새의 깃을 무덤 안에 넣기도 하는데, 이처럼 오리는 인간을 구원하는 신적인 존재이자, 영혼의 인도자라 생각하오. 특히, 오리는 천둥새로서 비를 가져다 주어 농사의 풍요를 이루게도 하고, 나아가 암수의 애정이 깊어 사랑을 상징하기도 하니 백성들은 앞으로 오리 깃털을 꽂고 다니면서 만복을 받을 수 있기를 바라오."

백성들에게 마을 어귀마다 솟대를 만들어 세우라고도 했다. 이후 물을 상징하는 오리를 나무로 깎아 장대 위에 세웠고, 기 모양으로 꿩털을 장식하고 헝겊을 둘러 만든 것, 볍씨를 주머니에 담아 높이 달아매는 것, 붉은 칠을 한 장대 위에 푸른 칠을 한 나무로 용을 달아 나라의 안녕과 풍농을 보장하는 마을 신의 하나로 삼았다. 이런 처방은 결국 가야국은 천신을 믿고 백성들이 먼저 행복해야 한다는 점이었다. 정의와 불의를 떠나 피를 부르는 전쟁은 결코 용납하지 않겠다는 이념 그 자체였다.

다행히도 그해 가야국의 농사는 흉년을 면하며 식량이 부족하지는
않았다. 그런데 왕은 추수가 끝나고 동지가 지났음에도 눈이 오지 않
자 다시 물 걱정을 하게 된다. 12월 납일(臘日, 동지로부터 세 번째 戌日)까지
눈이 세 번 오면 이듬해에 풍년이 들고, 눈이 오지 않으면 흉년이 든
다고 했는데 눈이 한 번도 내리지 않았으니 그냥 있을 수 없어 기우
제처럼 기설제를 지내게 된다.

길례(吉禮, 나라 제사의 모든 예절) 중 기설제는 소사(小祀)에 속하나 왕이 대
사(大祀)로 행한 것은 그만큼 지난해 겪은 가뭄에 대한 불안 때문이었
다. 기설제를 지낸 후 때마침 눈이 오긴 했지만 생각보다 양이 많지
않아 여전히 고민은 남았다.

농자천하지대본이라 했으니 나라의 모든 근본은 농사가 우선한다
는 것을 왕이 모를 리 없었다. 왕은 하늘의 뜻에 순종하면서 정성껏
천신과 사직에 제사를 올리지만 그렇다고 가뭄이 올 경우 하늘만 쳐
다보고 기우제만 올린다는 것은 너무 힘든 일이어서 물을 모아 두는
큰 못이 필요하다는 생각을 하게 된다. 벼고을로 불리는 넓은 들을
가진 남쪽의 다른 소국에서도 만일의 가뭄에 대비해 큰 못을 만든다
는 소문이 몇 군데서 들려오기도 했다.

"큰 못 하나 만드는 것은 작은 나라 하나를 세우는 것과 같소. 그리
고 못 하나 만들면 작은 통일 하나 이루는 것이라 생각하오. 못을 만
들려면 전쟁터에서 목숨 걸고 싸우는 병사 그 이상의 단합된 힘이 필
요하고, 그 힘으로 백성들이 나라를 사랑하게 되는 일거양득의 복을
받는 일이 아니겠소. 곳천과 저천, 금천과 내성천이 젖줄 역할을 하
며 들판을 휘감아 흐르고 있지만 지난해 극심한 가뭄으로 나라가 감

당이 안 되는 끔찍한 위험에 빠졌소. 이런 재난에 대비해 이제부터 온 백성들이 힘을 모아 큰 못을 하나 만들어 볼 것이오. 아무리 너른 들판이 있어도 물이 없다면 농사는 풍년을 기대할 수 없는 법, 시간이 걸리고 힘이 들더라도 큰 못을 하나 만들어 살기 좋은 나라로 만들어 보고자 하오."

이현은 통 큰 결단을 내린다. 이는 수많은 백성들을 장기간 동원하는 거대한 토목사업이니 그것이 어찌 쉬운 일인가? 피땀을 흘려야 하는 백성들에게는 눈앞의 것보다 후일 후손들이 잘 사는 부강한 나라를 만들어야 한다는 것을 잘 주지시켜 이를 반대하는 사람은 없었다. 들판의 지형을 감안할 때 큰 강을 막는 것이 아니라 논에 둑을 쌓아 물을 인위적으로 가두는 것이 좋으므로, 우선 적절한 장소를 물색하는 것이 중요한 일이었다. 그 장소를 결정하기 위해 백성들의 뜻을 물어 결국 도읍의 남서쪽 들판에다 인공못을 만들기 시작한다.

못 둑을 만드는 데는 많은 백성들의 노역으로 진행되었다. 하루 이틀이 아닌 몇 년이 걸렸고, 둑을 사람 키 높이 이상으로 쌓아 물을 가두어 나가면서 서서히 습지와 웅덩이도 생겼다. 그리고 몇 년의 노고 끝에 드디어 거대한 인공못이 완성되기에 이른다. 우공이산의 정신으로 온 백성이 힘을 모았으니 해서 안 되는 일이 무엇이 있겠는가? 그동안 이현은 못을 거울 들여다보듯 자주 시찰하여 일하는 백성들을 따뜻이 격려하자 일의 진척도 빠르고 성취감도 컸다.

그런데 마무리가 문제였다. 둑을 쌓아 나갈 때는 별일이 없었으나 못의 완성을 위해 마지막 둑을 쌓는 과정에서 자꾸 알 수 없는 일이 생긴다. 수문을 달기 위해 돌기둥 두 개를 좌우에 세우기는 했으나 그 사이를 메우는 밑둑이 자꾸 터지는 것이었다. 한두 번도 아니어서 더 높고 큰 돌로 쌓고, 그래도 안 되어 점토로 막지만 아무 소용이 없었다. 못의 완성은 수문이었고, 수문을 만들지 않으면 물막이가 되지 않으니 못의 기능을 할 수 없는 일이었다. 왕이 몇 날 며칠을 고민하다 끝내 식음을 폐하자 공주 애련이 보다 못해 자기가 해 보겠다고 나섰다.

애련은 신하들을 대동하고 못으로 나간다. 백성들이 한숨을 쉬고 있을 뿐 마무리 공사는 별반 진척이 없었다. 막으면 터지는 보를 공주가 나선다고 해도 별다른 방도가 없었다. 그때 아낙 한 사람이 공주 만나기를 청한다.

"그 둑은 그냥 막으면 번번이 터진다고 합니다. 터지지 않는 방법은 그 둑에 아이를 같이 묻고 박달나무 말뚝을 박아야 된답니다. 그래서 저는 나라를 위해 사랑하는 제 아들을 이 못에 바치기로 했습니다."

"아니 눈이 반들반들한 살아 있는 아이를 어떻게 둑에다 묻는다는 말이오? 만일 사람을 희생 제물로 드려야 한다면 차라리 내가 희생되겠소."

공주가 단호한 어조로 거절했으나 아낙은 엎드린 채 울음 섞인 목소리로 말을 잇는다.

"우리 공갈이는 제 속으로 낳은 아이라 해도 어찌 부모가 맘대로 묻을 수가 있겠습니까? 그동안 저희 집엔 일할 사람이 없어서 못을 만드는 노역에 한번도 참여하지 못했는데 며칠 전 꿈에 도사님이 나타나 이 아이를 바쳐야만 못이 터지지 않고 완성된다며 공갈이를 바치지 않으면 나라가 큰 화를 당할 것이라 했습니다. 나라는 어머니 아버지, 또 그 밖의 아이들이나 조상들보다도 숭고하고 신성한 것입니다. 하오니 우리 아이는 필시 나라를 위해 하늘이 보내신 것이오니 부디 받아 주시옵길 빕니다."

공주는 의외의 상황에 놀라면서도 아낙의 충성심에 같이 눈물을 흘렸다. 그 후 좋은 날을 잡아 산 제물을 드리는 매아의식과 박달나무 말뚝박기가 진행되었고, 이후 더 이상 못 둑은 터지지 않았다. 왕은 장한 뜻을 기려 못 이름을 아이의 이름을 넣어 '공갈못'이라 부르도록 했다.

공주는 큰 일을 해냈지만 늘 아이의 희생이 가슴 아프고 눈에 밟혀 이 못을 자주 찾아와서 공갈못에 희생된 넋을 위로했다. 그해 여름, 못 가장자리에서 예쁜 연꽃 수천 송이가 눈부시게 피어났으니 사람들은 세상에서 가장 아름다운 못이라 부르기도 했다.

"공갈못 개구리들은 왜 이상한 소리로 우는 것이더냐?"
"사람들은 공갈이의 원혼을 달래 주기 위해 개구리들이 '공갈공갈' 공갈이 이름을 부르며 운다고 합니다."
애련 공주의 물음에 슬픈 낯빛으로 궁녀가 답했다.
"그렇구나. 한갓 미물인 개구리도 공갈이의 고마움을 아는데, 우린 공갈이의 희생을 절대 잊어서는 안 될 것이야."

못의 둑 길이는 860보^(약 645m), 못 주위의 길이가 1만 6천 647척^(8.56㎞)이었고, 또 못에 물이 차면 수심이 다섯 길이나 되었다. '볶은 콩 석 되를 한 알씩 먹으면서 말을 타고 못가를 돌아도 콩이 모자란다.'는 말이 생길 정도로 큰 규모였다. 사람들은 못에 얼음이 어는 것을 보고 흉년과 풍년을 점치기도 했다. 못 인근에서 농토의 얼음갈이(언 땅이 완전히 다 녹기 전에 논밭을 가는 일)를 하는 소가 땀을 많이 흘리면 그해는 엄청난 흉년이 온다는 것이다. 그만큼 짐승에게도 너무 일을 시키지 말라고 경계하는 고령가야국 백성들의 심성은 그곳 베틀로 짜내는 명주보다 더 곱고 보드라웠다. 이러구러 풍요하고 평화로운 태평성대가 계속되었다.

고령가야국의 눈물

"그래, 공갈이의 혼이 연꽃으로 환생한 것이야. 그 아이는 죽지 않고 매년 연꽃이 되어 우리들을 만나고 있어. 우리 가야국은 하늘의 축복을 받는 것이 분명해."

애련의 얼굴에는 연꽃 같은 환한 미소가 피어난다. 그 후 공갈못의 물이 넉넉하여 모내기를 적기에 할 수 있었고, 십 리 밖 언저리 천수답은 수리답이 되어 고령가야국의 논은 다른 지역보다 3~4배를 더 수확하여 매년 풍년가가 울려 퍼진다. 이런 소문이 국경을 마주하고 있는 이웃 나라 사벌국(沙伐國)으로 금세 퍼져 나갔다. 사벌국에서는 왕자 화달을 공갈못을 배우러 보냈고 그러기를 몇 차례 반복했다.

그때 공주의 행렬과 겹친 화달은 애련을 보자마자 첫눈에 전율을 느끼며 시선이 고정된다. 공갈못이 눈에 들어오는 게 아니라 애련의 얼굴이 공갈못보다 더 크게 다가왔다. 그 뒤 왕자는 애련을 그리워하며 병이 날 정도였지만, 정작 자신의 마음을 표현하지 못했으니 벙어리 냉가슴 앓는 짝사랑이었다.

화달과 애련은 못을 수시로 드나들었지만 서로 직접 대면의 기회는 이뤄지지 못했다. 그러니 화달의 연모하는 감정을 애련이 눈치마저도 채지 못했고, 화달은 용기 있게 애련에게 마음을 전하지도 못했다. 사랑의 문을 서로 열어 놓고 있어도 그 문을 통과하지 않으면 사랑이 시작될 리 만무하다.

못이 생긴 이래 두 나라 사람들이 공갈못을 중심으로 모여들기 시작해 1년이 지나면서 주변에는 큰 마을이 생긴다. 2년이 지나면서 시장이 서서 물물교환이 이뤄지는 장소가 되어 두 나라에는 서로 득이 되었다.

사벌국은 강한 군사력과 곡창지대, 금·철 등 풍부한 지하자원을 바탕으로 삼한시대 진한 12국의 맹주국이던 사로국과 대등한 힘을 겨룰 정도였다. 고령가야국도 군사력을 빼고는 사벌국에 크게 뒤지는 정도는 아니었으니 두 나라가 상생하는 관계로 발전되어 나간다.

하지만 단결에 의해서 작은 나라는 점점 번성하게 되지만, 아무리 태평한 나라도 전쟁 준비를 하지 않으면 위기를 맞게 된다는 것을 가야국에서는 별로 염두에 두지 않았다. 곧 전쟁이 없는 상태가 평화는 아니었다. 이웃 나라 백제는 사벌국에 딴마음을 두고 있었고, 신라는 아달라왕 3년(서기 156) 계립령으로 길을 개척해 놓고 고령가야국을 호시탐탐 탐하고 있는 줄 누가 알았으랴. 백제와 신라는 영토를 확장하기 위해 전쟁이 정당하다는 생각이었지만, 소국들은 선하게 살면 된다며 하늘의 뜻만 믿고 있었으니 차츰 불행의 날이 가까워진다.

신라 첨해왕 때 사벌국은 신라에 귀속되어 있었으나 당시 신라보다 거리가 가까운 백제의 화친 제의로 사벌국이 갑자기 태도를 바꾸어 백제에 귀부했다. 이를 알고 신라에서 사신을 보내 사벌국을 설득했으나 왕이 이를 듣지 않았다.

서기 249년(첨해왕 3), 석우로 장군(신라 10대 내해왕의 아들)이 군사를 거느리고 사벌국 정복에 나섰다. 이 과정에서 사벌국은 이미 역부족임을 알고 크게 저항하지 않고 대부분 순순히 투항했다. 이후 신라는 사벌주(沙伐州)를 설치하여 사벌 사람 이등(伊登)을 군주로 삼는 등 크게 우대해 주는 정책을 폈다.

그러나 신라는 사벌국 복속에 머무르지 않고, 고령가야국을 점령한 다음 하늘재(계립령)를 통해 고구려로 북진하는 계획을 일찍부터 갖고 있었다. 석우로 장군은 사벌국 정복 후 서라벌에 도착해 왕에게 승전 소식을 알리고, 자신이 더 큰 공을 세우기 위해 왜구들과 일전을 벌일 요량으로 그들의 자존심을 자극했다.

"왜왕과 왜왕의 아내를 내 노비로 삼아야겠다."

그 말을 듣고 크게 분노한 왜구들이 침략을 해 왔는데, 석우로는 이 싸움에서 이기지 못하고 왜군에게 잡혀 바닷가에서 화형당하고 만다. 이 때문에 사벌국의 복속은 이루어졌으나 성급하게 과욕이 앞선 석우로의 전사로 고령가야국 정복은 뒤로 미뤄지고 말았다.

5년 뒤인 서기 254년 7월, 신라는 여전히 영토 확장의 꿈을 버리지 않고 전열을 정비한 다음 고령가야국을 침략해 왔다. 이에 고령가야국은 성을 굳게 지키며 신라군에 대항하여 방어 작전에 돌입했다.

이현왕에게는 애련 공주 외에 잘 생긴 건장한 세 명의 아들이 있었는데, 대평과 호평과 화평이었다. 신라의 공격 소식이 전해지자 이현은 좀 당황했으나 지혜로운 왕자들이 있었기에 든든했고 그에 대한 조치도 빨랐다. 방어보다는 공격이 우선되는 게 맞을 수 있지만, 가야인들은 전쟁을 하지 않는다는 것을 근본으로 삼았기 때문에 방어가 더 중요하다는 전략으로 이미 여러 곳에 성을 쌓아 이에 대비했다.

도읍이 위치한 윤직은 사람의 인후에 해당하는 천혜의 요새지이므로, 이곳만 잘 지키면 적으로부터 방어가 불가능한 것도 아니었다. 하지만 이웃 나라인 사벌국이 이미 신라 손에 넘어가고 말아 이현에게는 순망치한이었고 위기감이 점점 커지는 건 당연지사였다. 고령가야국은 두 개의 국경을 맞대고 있는 위협, 즉 남으로는 세력을 키워 가는 신라, 북으로는 하늘재 너머 막강한 고구려군이 도사리고 있었다. 신라는 고령가야국 지방을 점령해 한강 수계와 낙동강 수계를 하나로 묶어 내적 교류를 원활히 하고, 백제와 고구려의 남하를 막으며 북진을 위한 전진기지로 삼으려는 속셈을 갖고 있었다.

그렇다고 이현은 사벌국처럼 나라를 신라에게 순순히 물려줄 수는 없었다. 하늘의 뜻으로 이 나라를 세웠고 쌍삼백의 축복을 받았으며, 그동안 하늘에 정성껏 제사하고 백성들에겐 선정을 베풀어 남부럽지 않은 태평한 나라를 만들어 왔으므로 신이 절대로 가야국을 버리지 않을 것이라는 굳은 신념이 있었다.

"대신들과 만백성들은 들으시오! 전쟁은 왕들의 거래가 아닌데, 신라는 길을 내 달라며 우리나라와 거래하려고 검은 손을 내밀고 있소. 전쟁이란 가장 비천하고 죄 많은 무리들이 하는 저열한 짓임에도 우리에게 백기를 들지 않으면 전투를 하여 이 땅을 강제로 빼앗으려 하고 있는 것이오. 그러나 우리는 하늘이 지켜 주고 있고, 또한 선하고 하나 된 백성들이 살고 있지 않겠소. 이 나라는 공격을 하지 않고 방어만으로도 충분히 지켜 낼 수 있을 것이오. 우리가 힘을 모아 공갈못의 기적을 만들었듯이 신의 선택을 받은 이 나라 백성들의 심장에는 남다른 가야인의 푸른 피가 흐르고 있어 고령가야국의 기적은 계속될 것이오. 우리 모두 가야인의 자부심이 훼손되지 않도록 신라군의 방어에 다함께 전력투구하도록 하시오."

이현의 담화에는 힘이 있고 자신감이 묻어났다. 각 성마다 왕자를 포함한 성주를 두고 그 아래 군사들을 결집시킨다. 방어용 무기와 군량미도 넉넉히 비축한데다 적의 침투가 어려운 천혜 요새지를 철통같이 지키고 있으니 얼마든지 방어가 가능할 수 있었다.

"황산강이 가야인의 푸른 피로 물든다 해도 하늘이 세운 이 땅을 반드시 목숨 바쳐 지켜 내고야 말 것이다."

둘째 왕자 호평의 대장부다운 패기와 나라를 지키려는 결의는 하늘을 찌를 듯했다.

이때 신라는 석우로 장군의 유고로 첨해왕이 직접 군사를 이끌고 원정길에 나섰는데, 군대의 숫자는 꼬리가 보이지 않을 정도로 길었다. 첨해왕은 사벌국이 백제와의 싸움에 전방기지로 활용되는 군사적으로 중요한 지역임을 확인하며, 그 경로를 통해 올라오고 있었다. 사벌국에 도착해서는 고령가야국의 동향을 파악하기 위해 조용히 주둔지 경계만 하면서 사벌국 왕자이던 화달을 불러 주변 정세와 전투 계획 등을 논의하고 챙겼다.

화달은 고령가야국이 신라에게 침략을 당하면 자기가 사랑하고 있는 애련의 신변에 문제가 생길 것이 크게 우려되었다. 이런 고민 때문에 밤에는 잠이 오지 않았고, 공주가 꿈에 나타나 자기를 구해 달라는 꿈을 꾸기도 했다. 이에 화달은 신라의 군사 규모, 무기 소유, 작전 계획 등의 정보를 캐 낸 다음 다른 사람이 몰라보도록 변복하여 고령가야국으로 달려갔다.

호평 왕자를 만나서 본인이 사벌국 왕자 화달이라고 소개한 다음 신라군의 정보를 전달하고 이에 철저히 대비할 것을 권고했다. 호평은 그렇지 않아도 신라의 정벌이 개시됨에 따라 여러 가지 궁금증이

증폭되었는데 화달의 이런 정보는 방어에 매우 유익한 것이었다.

"화달 왕자님, 우리에게 제공한 정보는 너무 고맙지만 좀 이해가 안가는 부분이 있소. 어차피 사벌국은 신라로 복속되어 왕자님은 신라편을 들어야 옳을 텐데, 오히려 가야국 편을 드는 이유가 뭔지 궁금하오?"

"당연히 그럴 것이오. 호평 왕자님, 제가 위험을 무릅쓰고 월경하여비밀리에 고령가야국을 온 것은 가야국을 지켜 주기 위함이오. 그 이유는 공갈못에서 애련 공주님을 뵌 다음부터 연모하는 마음이 계속불타오르고 있소이다. 그래서 공주님을 지켜 주기 위해 자진하여 이렇게 첩자 노릇을 하는 것이오."

화달은 첨해왕에게는 고령가야국이 생각보다 매우 강한 군대를 갖고 있고, 여러 곳이 천혜의 요새지라서 잘못 공격할 경우 대패할 것이라고 했다. 고령가야국에게는 군사의 이동이나 작전 실행에 대한정보를 사전에 알려 주어 성문을 닫고 더 견고하게 버티는 작전으로일관해 거의 한 달이 넘도록 가야 정벌에서 신라는 한 번의 공격도하지 못했다.

그러자 신라는 군량미도 얼마 남지 않은 데다 수많은 병력이 동원되어 싸움 한번 제대로 하지 못하고 돌아간다는 것은 말이 안 되는일이어서 금명간에 최후의 결전을 계획하고 있는데 이때 문제가 터지고 만다. 화달이 변복하고 고령가야국을 넘어가다가 신라군의 검문에 걸려 신분이 노출되고 그가 첩자 역할을 했다는 것이 첨해왕에게 보고된다.

"무엄한지고. 우리 신라를 어찌 보고 이런 짓을 벌였단 말인가. 의당히 우리를 도와야 할 화달 왕자가 적국인 고령가야국을 돕다니. 그

자를 끌어내어 결박하고 우리는 지금 당장 전 병력이 출격을 개시하도록 하라."

신라군은 화달에게 속았다는 것이 오히려 그들의 사기를 결집하는 계기가 된다. 그동안 고생하면서 지낸 한 달간의 주둔에서 아무것도 얻지 못했다는 점도 그들을 강하게 자극했다. 처음에는 신라 군사들이 맹렬히 진격했지만 가야국 성문은 쉽게 열리지 않았다. 얼마가 더 지났을까? 호평 왕자가 지키던 오봉토성이 신라군에 의해 빼앗기자 왕자는 포로로 잡히고 만다.

그것은 화달 왕자로 위장해 마치 정보를 제공하러 몰래 숨어들어 온 것처럼 계략을 꾸민 줄도 모르고 그냥 성문을 열어 준 실수 때문이었다. 호평이 성을 굳게 지켜 내며 나라의 주춧돌 역할을 했으나 그가 포로로 잡히자 이후 다른 성들도 신라군에게 현저히 밀리기 시작했다.

그렇게 한 치레 정도가 지나자 가야국의 방어 전략도 현저히 힘이 빠지는 느낌이다. 대장이 포로로 잡혔으니 그럴 수밖에 없었다. 이런 상황을 파악하고 있던 이현은 급기야 중신들을 불러모아 윤직전에서 긴급 회의를 개최한다.

"지금 이 상태로는 우리가 지는 것이 시간문제다. 하지만 고령가야국은 하늘이 세운 나라로 끝까지 지켜 내야 하오. 그렇지 않을 경우이 나라 백성들은 천벌을 받고, 옥토는 신이 버린 황무지가 되어 죽음의 땅이 되고 말 것이오. 그래서 우리는 일단 수로왕이 세운 금관가야로 피신할 것이다. 지금 소나기를 피한 후 후일 우리나라를 반드시 찾고야 말 것이오. 금관가야국에서 힘을 길러 다시 우리 땅을 찾는 게 옳다는 생각인데, 대신들의 견해는 어떠하오?"

이현의 말에 이의를 제기하는 신하들은 아무도 없다. 야간에 몰래 짐을 싸서 금관가야로 내려가며 울먹이는 왕의 표정은 한번 겨루어 보지도 못하고 두 손 들고 항복하는 것 같이 아주 억울한 표정이다. 그렇지만 사람이 피를 흘리며 죽는 전쟁을 가야의 왕으로서는 해서는 안 되는 불문율이 아닌가? 새들은 사람들처럼 죽고 죽이는 싸움이 없고 피를 흘리는 단말마의 고통도 없다. 이현은 새의 푸른 깃털을 가슴에 단 운명이지만, 이제 어금니를 꽉 물고 이 나라를 기필코 찾고야 말겠다는 각오를 다지며 먼길을 나선다.

그 길엔 큰아들 대평 왕자, 막내딸 애련 공주가 같이한다. 결국 둘째인 호평은 신라에 포로로 잡혀 있고, 셋째인 화평은 죽으면 죽었지 윤직전을 떠나지 않겠다고 고집을 부리며 같이 동행하지 않는다.

그들이 떠나고 하루가 지난 뒤, 신라군의 총공격이 있었으나 이미 이현은 피신하고 성은 비어 있었다. 이 전쟁은 큰 싸움이나 사상자 없이 싱겁게 신라의 승리로 끝나고 만다. 그러나 첨해왕은 고령가야국이 아주 괘씸했다. 사벌국은 석우로 장군에게 알아서 백기투항해 쉽게 정복했는데, 고령가야국은 고생만 하고 왕을 포로로 잡지도 못한 채 다시 후일을 도모할 빌미까지 주었다는 생각에 화가 머리끝까지 치밀어 올랐다.

"여봐라. 사벌국 왕자 화달과 고령가야국 왕자 호평을 윤직전 앞으로 끌고 나오거라. 지금 대군들이 보는 앞에서 대신라국 왕을 속인 죄를 엄하게 다스릴 것이다."

동아줄에 포박된 두 왕자가 첨해왕 앞에서 무릎을 꿇고 있으나 조금도 기가 죽어 보이지 않는다. 첨해왕은 분이 풀리지 않는 듯 두 주먹을 거머쥔 채 몸을 부르르 떨면서 호평 왕자에게 말을 던진다.

"호평 왕자는 마지막으로 내게 할 말이 없는가?"

"가야는 전쟁을 원하지 않고 평화를 원한다. 그래서 싸우지 않고 적을 굴복시키는 것이 기본이며, 그것만이 진정한 통일을 이룩할 수 있을 것이다. 가야인의 피는 비린내가 나지 않으며 붉지 않고 푸르다. 이것은 싸움을 하지 말라는 하늘의 명령이며, 우리 가야의 신념이니 나는 너희 군대에게 피를 흘리게 하지 않았다. 비굴하게 목숨을 구걸하고 싶지 않으니 어서 나의 목을 쳐서 내게서 쏟아지는 푸른 피를 두 눈으로 똑똑히 확인하여라."

호평 왕자는 너무도 당당하고 담대하게, 그리고 굵고 단호하게 답했다.

"화달 왕자는 내게 무슨 할 말이 있느냐?"

"저는 고령가야국의 애련 공주를 사랑합니다. 그런데 신라에서 아무 죄 없는 고령가야국을 친다니 저는 사랑하는 사람을 지켜야 할 의무가 있습니다. 사랑은 가장 달콤한 기쁨이지만 가장 처절한 슬픔이란 걸 이제 알게 되었습니다. 공주를 끝까지 지켜 주지 못해 미안할 따름이며, 저세상에 가더라도 공주를 사랑할 것입니다."

많은 군사들이 운집한 앞에서 첨해왕은 거침없이 두 사람의 목을 쳤다. 그런데 호평의 말대로 그들의 잘려진 목에서 붉은 피가 흐르더니 금세 푸른빛으로 변하는 게 아닌가. 첨해왕의 얼굴에는 두려운 표정이 역력했다. 호평은 가야를 위해 목숨을 바쳤고, 화달은 사랑을 위해 목숨을 바쳤는데 두 사람이 흘린 피의 색깔은 똑같이 푸른색이 아닌가. 결국 애국과 사랑은 그 가치의 우열이 있지 않고 같은 것이었다.

개국한 지 213년, 애석하게도 갑술 7월에 깃발을 내린 고령가야국, 멸망한 나라의 백성들은 누구나 슬프다. 더구나 포로로 잡혀가는 신세가 되면 더 서럽다. 이현의 둘째 아들 호평은 포로로 붙잡혀 목숨까지 잃고, 셋째 아들 화평은 하늘재를 품고 있는 포암산 속에 숨어들어 문막으로 통행하는 군사들을 대상으로 게릴라전을 펼치며 신라를 자주 괴롭혔다.

이에 신라는 저항 세력인 고령가야국의 흔적 자체를 모조리 없애 버리기 위해 시조왕의 무덤까지 지우기에 나선다. 나라의 패망은 개인의 패망보다 훨씬 더 비참한 것이었다. 하늘이 함박꽃을 내려 준 나라, 쌍삼백과 삼강의 성지, 전쟁을 피하고 오직 평화를 사랑하며 살아온 선한 가야국은 지금 사라진 것이 아니라 잠시 잊혀진 것이라고 이현은 가슴속 깊이 새긴다.

금관가야로의 귀환

이현왕 일행이 금관가야로 피신할 때는 거등왕(서기 199~259) 재위 시
절이다. 금관가야는 수로왕 이후 살기 좋은 부국으로 융성되어 가고
있었다. 서기 254년, 신라의 침략으로 졸지에 나라를 빼앗긴 이현왕
은 대를 이을 큰아들 대평 왕자와 눈부시도록 아름다운 애련 공주를
데리고 자신을 끝까지 따르는 다수의 신하들과 함께 금관가야에 도
착한다. 거등왕은 패자를 위로하며 따뜻하게 맞아 준다.

그들은 이유도 모른 채 소박맞고 돌아온 새댁 모습과 비슷해 보이
지만 그렇다고 사기가 크게 저하되어 보이지는 않았다. 하늘은 고령
가야국을 아직 버리지 않았고, 백성들의 신망도 두터웠으니, 그것은
나라를 되찾을 수 있다는 확신을 가진 선민의식 때문이었다.

"이현왕, 먼길 오느라 얼마나 힘드셨소. 신라군의 공격으로 나라까
지 잃고 매우 상심이 컸으리라 믿소. 하지만 이제 형님의 나라에 왔
으니 안심하시고 다시 힘을 모아 일어나시면 되지 않겠소. 가야는 피
를 흘리는 전쟁을 피했을 뿐, 적들의 힘에 굴복한 것은 아니니 다시
부강한 나라로 재기하면 되지 않겠소?"

"폐하, 무어라고 드릴 말씀이 없습니다. 하오나 이렇게 따뜻하게 환
대해 주신 은혜 잊지 않겠습니다. 가야인은 방패는 되지만 칼을 잡아

서는 안 된다는 것을 굳게 지켜 왔습니다. 그동안 무기를 만들고 군사를 늘이며 전쟁을 하는 것을 부정하고 그들과는 차원이 다른 이념을 내세우며 평화로운 나라를 추구했습니다. 하늘이 내려 준 쌀과 명주와 곳감의 삼백을 풍성하게 생산하며, 서로 칼을 겨누지 않고 따뜻하게 손을 잡고 사는 나라로 만들었습니다. 아직 풍요로운 그 땅이 있고, 거기 선한 백성들이 살고 있어 결코 절망하지 않겠습니다. 하루빨리 잃어버린 나라를 되찾도록 혼신의 노력을 다하겠습니다."

방어 개념, 즉 부국이 강병을 이긴다는 이념을 고수해 온 고령가야국의 이념은 일단 실패로 돌아간다. 부국과 강병은 동시에 이뤄져야하고 균형이 맞아야 한다는 것으로, 평화가 유지되려면 나라가 힘이 있어야 하고, 힘없는 평화는 피를 흘리는 전쟁을 겪게 된다. 힘으로 피를 흘리게 해서는 안 되지만 힘에 밀려서도 안 된다는 것, 방패만으로 전쟁에서 살아남거나, 이길 수 있다는 것은 더 상상이 되지 않는 게 현실이었다.

"대평 왕자님, 소식을 듣자 하니 우리 호평 왕자님과 사별국 화달 왕자님이 윤직전 앞에서 공개 참수되었다 합니다. 어찌 이리 끔찍한 일이 일어났는지요?"
애련이 첨해왕이 저지른 소식을 전해 듣고 얼굴이 새파랗게 질려서 대평에게 묻자, 대평은 체념한 듯 담담하게 받아들인다.
"이미 엎질러진 물인데 이를 어쩌겠소. 호평이는 나라를 지키다가 장렬하게 희생되었고, 화달 왕자는 공주를 너무 사랑하여 희생되었다는 소문이니 참으로 애달픈 일이로군."
"오라버니, 저는 화달 왕자를 한번 본 적도 없고, 조금도 알지 못하는데 사랑이라는 말은 당치 않습니다."

"아니다. 네가 공갈못에 자주 나갈 때 왕자는 너를 가까이 지켜보면서 연정을 품고 사랑 고백을 하려 했지만, 신라가 쳐들어오는 바람에 뜻을 이루지 못한 거란다. 그래서 널 지켜 내기 위해 신라의 군사비밀을 계속 호평에게 알려 주다가 그것이 발각되어 포로가 된 것이란다."

"흐흐흐흑… 화달 왕자가 불쌍해서 어떡합니까? 그리고 저는 또 어찌합니까?"

"애련아, 이제 우리는 두 사람의 애국과 사랑으로 진 큰 빚을 갚아야 할 것이다. 그러기 위해서는 고령가야국의 정신을 계속 살려 나가야 하는 무거운 짐이 남아 있는 것이다."

그 후 애련은 밤마다 잠들기 전에 저세상으로 떠난 두 사람을 위해 기도를 올린다. 그리고 화달 왕자의 얼굴을 꿈에라도 한 번만 보여 달라고 빌었다. 지극정성이면 그 뜻이 하늘에 전해지는 것인지 어느 날 밤 화달이 살아 있는 듯한 모습으로 꿈에 나타나 애련에게 사랑을 고백하는 것이 아닌가?

"애련 공주님, 갈아도 닳지 않으면 단단한 것이고, 물들여도 검어지지 않으면 흰 것이라 했습니다. 저의 공주님을 향한 마음은 변함없이 단단하고, 때묻지 않은 흰색이오니 제 사랑을 그대로 받아 주옵소서."

"화달 왕자님, 지금 계신 곳이 공갈못인지요? 아니면 윤직뜰인지요? 매화는 봄바람을 기다리지 않고 혹한의 눈 속에서도 꽃으로 피어나듯 저도 고결한 설중의 매화가 되겠습니다. 비록 나라는 빼앗겼지만, 언제나 마음은 왕자님이 계신 그곳에 같이 머물겠습니다. 맹세컨대 가슴속에 숨겨진 소녀의 사랑을 왕자님께 모두 바치겠나이다."

꿈은 길지 않았고 너무 선명했다. 그러나 현실이 아닌 꿈은 허무 자체로 남아 한 줄기 연기처럼 허공으로 사라져 간다. 생각할수록 더 그려지지 않는 모습이 못내 그립고 아쉬울 뿐이다. 애련은 이미 남의 나라 땅이 되어 버린 그곳을 쉽게 갈 수도 없고, 화달을 그리는 마음은 너무 절절하여 마음이 공중 부양된 사람처럼 늘 불안정하게 흔들린다.

얼마나 고독하고 힘든 시간이 지났을까? 애련은 한 줄의 유서와 함께 심중의 사랑을 한 편의 노래로 지어서 남긴 채 세상과 눈물겨운 작별을 하고 만다.

"후일 가야가 통일을 이루는 날, 내가 지은 이 노래를 윤직전에서 가야의 악기로 한 번만 연주해 달라. 그러면 하늘나라에서 원한을 거두고 화달과 애련이 같이 학춤을 추리라."는 유서 밑에 이렇게 적었다.

고령가야국 공갈못에
연밥 따는 저 공주야
연밥 줄밥 내 따줌세
이내 품에 안겨 주소
만나기는 어렵잖소
연밥 따기 늦어 가오

고령가야국 공갈못에
연밥 짓는 저 왕자야
연밥 줄밥 내 지을게
이내 언약 맺어다오
백년 언약 어렵잖소
연밥 짓기 늦어 가오.

가야금이 울면 가야도 운다

금관가야는 날이 갈수록 철을 한의 4군현과 왜에 수출해 한반도 교역의 중심지 역할을 했다. 이로 인해 해상왕국의 번영을 누리면서 황산강 하류의 여러 가야를 대표하게 된다. 하지만 강한 나라로는 발전하지 못했는데, 그것은 가야가 6개의 연맹 중심 소국으로 이루어져 중앙집권적 왕권이 형성되지 못했기 때문이다. 특히 황산강을 중심으로 펼쳐진 비옥한 평야에서 생산되는 쌀은 넉넉히 먹고도 남음이 있고, 신라와 백제에 없는 철이 생산 판매되어 백성들이 두루 잘 살아 굳이 절대 권력자가 다스리는 강력한 체제의 나라가 요구되지 않았다. 다시 말해 백성들이 살기 어려울수록 강한 통치자가 필요하고, 잘 살수록 연맹 개념의 소국이 더 낫다는 점이었다.

국부의 수준으로 보면 어느 나라에도 뒤지지 않았으며, 정신과 단결력은 오히려 앞섰다. 신라와 백제가 영토 확장을 위해 전쟁으로 밀어붙이는 방법이라면, 가야는 정의의 손은 칼을 잡아서는 안 되며 나라를 보다 부강하게 만들어 주변국과 전쟁 없이 지내는 것을 최선이라고 생각했으니 아예 품격이 달랐다.

같은 칼을 가지고 있더라도 다른 나라가 살인과 약탈을 위해 공격용 무기로 사용한다면, 가야는 자기방어를 위해 보호용 장비로 사용한다는 것이다. 기울지도 치우치지도 않은 금관가야, 오직 하나의 뜻으로 굳게 뭉친다. 길 가는 자는 길을 양보하고, 농사짓는 자는 밭을 양보하고, 사방은 모두 안정해지고, 만백성은 축복을 누리게 되었다. 그러나 이런 나라가 내부보다 외부 요인에 의해 서서히 흔들리기 시작한다.

백제와 신라 가운데 위치한 가야연맹은 두 나라 틈에 낀 채 완충지대 역할을 하기도 했지만 어느 쪽으로 기울어도 불편했다. 백제는 장수왕에게 한강을 뺏기자 가야를 계속 압박했고, 신라 또한 영토 확장을 위해 가야를 수시로 넘봤다. 당시 백제와 신라는 이처럼 군대가 강성했지만, 가야는 방어 개념이 되다 보니 두 나라에 대항할 수준이 되지 못했다.

4세기가 지나면서 주변국의 세력 판도가 수시로 변하면서 금관가야는 이웃 신라와 백제의 쟁탈 대상으로 전락한 가운데, 친신라적 노선을 택해 간신히 그 면모를 유지한다. 그러나 개인이 버티는 것은 가능하지만 나라가 버티는 것은 갈수록 한계를 느끼기 시작했다. 결국 수로왕이 세운 나라는 서기 532년(법흥왕 19) 구해왕(金仇亥, 서기 521~532)이 백성들을 해치지 않는 것을 조건으로 걸고 왕비와 노종(奴宗), 무덕(武德), 무력(武力)의 세 아들과 함께 국고(國庫)의 보물을 가지고 신라에 항복한다. 이로써 금관가야 10대 520년간의 왕조가 여기서 막을 내리고 만다.

구해왕이 금관가야의 도읍을 떠나기 전날 밤 시조인 수로왕이 곤룡포를 입고 꿈에 나타난다. 500년 도읍이 사라짐에도 그렇게 어둡거나 화난 얼굴이 아닌 너그럽고 담담한 표정이다.

"금관가야가 받은 축복을 우리 왕들이 잘 지켜 내지 못해 이제 슬픈 운명의 날이 왔구나. 우리가 나라를 처음 세울 때 세상을 널리 이롭게 하고 피를 흘리는 전쟁을 하지 말자며 살기 좋은 이상 국가를 만들기로 했다. 하지만 인간들의 욕심은 서로 나라를 빼앗고 사람 죽이기를 밥먹듯 하여 하늘이 노해 복을 거두어 가고 만 것이다. 너희는 앞으로 신라 땅으로 가서 가야 정신을 계승하면서 이 나라에서 이루지 못한 꿈을 반드시 꽃피우도록 하여라. 지금은 인내가 필요하지만 오늘 달걀 하나 갖는 것보다 내일 암탉 한 마리를 갖는 게 더 나은 일이다. 명하건대, 피를 흘리는 전쟁이란 가장 저열한 짓이니 그것을 가능한 멀리 하여라. 그리고 한 가문의 5대가 한 왕조에 걸쳐 근본을 저버리지 않는 선한 싸움을 통해 나라에 큰 무공을 세우면 천하를 얻는 축복을 하늘이 내려 줄 것이다."

이렇게 말을 남기고 수로왕은 홀연히 사라졌다. 구해가 눈을 떴을 때는 찬연히 아침 해가 떠오르고, 큰 독수리 한 마리가 하늘 높이 비상하고 있었다. 구해는 그 꿈 이야기를 왕자들과 대신들에게 전파하고 가야의 옛 축복을 되찾아야 한다면서 의미심장하게 각오를 다진다. '3국이 1체가 되려면 한 가문의 5대가 한 왕조에 걸쳐 무공을 세워야 한다!'고 큰소리로 외치며 몇 번이고 반복한다.

이후 구해왕 일족은 신라의 진골 귀족으로 편입되어 신김씨계(新金氏系)를 형성하게 된다. 이 시기에 다른 가야 백성들의 일부는 처량한 난민으로 전락해 무거운 짐을 꾸려 다른 나라로 이동하는 행렬이 눈에 띄기도 했다. 반면 금관가야국은 항복했다 하여 신라에서 왕에게 상당한 벼슬을 주고, 영토를 식읍으로 주며, 태자와 왕손을 중용했다.

5세기 중엽이 지나면서 금관가야 대신 대가야가 전성기를 맞이한다. 가야연맹들이 침략을 받을 때면 원군을 보내 구원해 주는 등 맹주로서의 지위를 다져 나갔다. 그 세력이 남쪽으로는 야로(현 합천) 일대를 지나 가소(현 거창)와 속함(현 함양)을 아우르고, 서쪽으로는 기문(현 남원)까지 미친다. 이 시기에 신라와는 결혼동맹을 맺는 등 대외 관계에 있어서도 보다 유연한 자세를 취하며, 왜국과의 교역도 활발하게 이어 갔다. 대가야의 성장으로 힘의 균형이 어느 정도 이뤄져 가자 나라 간의 군사적 긴장은 고조되고, 서로의 이익에 따라 동맹을 맺거나 파기하면서 제각기 존립을 위해 안간힘을 썼다.

서기 490년 무렵, 대가야의 한 소국인 가소가야의 성열현 우륵(省熱縣 于勒)이 등장한다. 그는 신라인도 백제인도 아닌 가야의 푸른 피를 타고난 음악가로 성장하여 대가야읍 북쪽에 있는 금곡(琴曲)에서 음악을 가르치는데 열중하며 악사로 활동했다. 이를 눈여겨보던 가실왕이 불러들여, 그는 서기 520년경 부름을 받고 왕경(王京)으로 입경(入京)하게 된다.

대가야의 지배를 받는 소국의 가실왕(嘉實王)이지만 개혁 성향이 매우 강했다. 신라와 백제에게 무력으로 대항하는 것보다 약해져 가는 가야를 음악으로 결집시켜 후일 하나의 큰 나라로 완성하고자 하는 야심을 갖고 있었다. 그러던 어느 날 왕이 우륵을 불러 가야를 위한 악기와 음악을 만들어 보라고 명한다.

"수나라에는 쟁(箏)이 있고, 고구려는 왕산악이 만든 거문고가 있으며, 신라는 백결이 탄 금(琴)이 있는데, 어찌 우리 가야는 나라의 악기가 없는가? 그러니 나라가 단결이 잘 안 되는 것 같소. 우리 고을마다 각각 방언도 다른 만큼 성음(聲音)이 어찌 하나일 수 있겠소? 음악은 창과 방패보다 더 강한 힘을 갖고 있소. 하여 나라가 강해지려면 백

성들의 힘을 하나로 모을 수 있는 가야국만의 악기와 음악을 만들어
야 한다는 생각이오. 그러니 우륵이 그것을 만들어 보도록 하여라."

　가실왕은 가야의 모든 백성들을 함께 어우를 수 있는 고유한 악기
를 갖고 싶었다. 그 악기로 연맹 각국을 하나로 합할 수 있는 음악을
만들면 가야연맹의 힘이 크게 증대되리라는 것이었다. 겉으로는 가
야제국이 연맹이란 이름으로 존재하고 있으나 속으로 그들 단결력은
모래알을 뭉쳐 놓은 것과 같았다. 신라와 백제의 틈바구니에서 힘이
센 쪽에 붙어 눈치를 보며 살아야 하는 것이 가야의 서글픈 현실이었
기 때문이다.

　이런 상황에서 가실왕이 음악을 통해 가야의 힘을 결집하고자 했으
니 이 얼마나 탁월한 시도인가? 만일 성공한다면 피를 흘리지 않고도
음악으로 통일을 이룩하는 기적을 이루게 되는 것이 아니겠는가.

"나라를 하나로 묶는 악기란 도대체 무엇일까? 어떤 악기라야 가야
의 정신을 나타내고, 백성들의 마음을 하나로 어우를 수 있을까?"

　우륵은 혼자서 깊은 고민에 빠지게 된다. 그러다 문득 뇌리를 스
쳐가는 것이 있었다. 그것은 5월 파종과 10월의 추수가 끝나면 천신
에게 드리는 제사였다. 풍년에 대한 기원과 추수에 대한 감사의 제사
였는데, 가야 사람들은 이때가 되면 밤낮을 쉬지 않고 며칠간 음주와
가무를 즐기는 것이 음악과 매우 깊은 관련이 있었다.

"그래 이거야. 수십 명의 사람들이 서로 따르며 땅을 디뎌 낮게 걷
고, 걸음은 손뼉의 리듬에 맞춰 끝없이 돌아가는 곡선의 춤사위, 바
로 이것이야. 몇 날 며칠을 춤추는 그 신명이 가야의 혼이며, 그 혼은
하늘을 이고 땅에 의지해 살아가는 가야인의 순박한 삶에 대한 희열
인 것. 그러므로 음악이 없는 것은 예의와 의식을 잃은 것이요, 악기

가 없는 것은 흥을 잃은 민심이라, 그러면 하늘과 백성이 나라를 버리게 되기에 나는 이런 현실을 담아낼 가야의 악기를 기필코 만들고야 말겠다."

이후 우륵은 가야금을 만들기 시작한다. 그 과정에서 진나라의 쟁을 본으로 놓고 긴 시간을 고민했다. 1년 12달을 본 따 12현으로 하고, 위는 둥글게 하여 하늘을 나타내며, 아래는 평평하게 땅을 본뜨고, 가운데는 허공으로 비워 천지 사방에 비유했다.

재료의 앞판은 천년이 지나도 제소리를 간직한다는 오동나무로, 뒤판은 50년 정도 묵은 밤나무를 사용했다. 옆구리는 화류나무를 쓰고, 배나무로 줄을 받치는 기러기발을, 명주실로 소리를 내는 줄을, 그리고 소뼈를 갈고닦아 선을 치기를 반복한다.

이 중에서 가장 어려운 작업은 줄을 걸고 기러기발을 받치는 것으로 작품의 성패가 바로 여기서 가름된다는 것을 알기까지 그의 고뇌는 이루 말할 수 없다. 줄을 퉁겨서 원하는 아정한 소리가 나지 않으면 좋은 악기가 될 수 없는 것, 숱한 실패를 거듭하며 절망에서 희망을, 희망에서 다시 절망을 수차례 반복한다.

줄은 탄성과 강도가 강해야 한다. 우륵은 명주실과 기러기발을 주변 여기저기서 구해다 써 봤지만 울림이 별로 좋지 않았다. 그러자 곁에서 그림자처럼 내조하는 명금이까지 나섰다. 사랑하는 사람이 직접 도와주겠다고 나서자 우륵은 주름살이 펴지는 느낌이다. 명금은 고령가야국 마등왕의 후손으로 그녀에게는 가야인의 푸른 피가 흐르고 있었다. 고령가야국이 신라에게 멸망하자 선조들은 그곳에서 살지 못하고 여러 곳을 떠돌다가 이곳 성열현으로 오게 되었고, 세월이 흘러 우륵과 인연이 되어 함께 살게 되었으니 가야의 악기를 만든다는데 누구보다 더 적극적이었다.

　명금의 몸에 손이 닿으면 예쁜 소리가 튕겨날 정도로 그녀의 미모와 감각이 뛰어났다. 그러니 우륵은 그녀를 끔찍히 사랑하지 않을 수 없었다. 악기의 소리가 실패를 거듭하자 그녀를 아예 곁에다 못처럼 박아 두고 위안을 삼으며 힘을 얻는다. 명금은 우륵의 고뇌를 보고 고민하던 중 선조들이 들려주던 이야기를 생각하며 거기서 답을 찾으려고 한다. 그러다 지금 살고 있는 성열현과는 멀리 떨어진 옛 고령가야국 고릉의 명주실을 생각하게 된다.
　예로부터 고령가야국에는 뽕나무가 많아 잠업이 성했고, 그곳 누에는 탄성과 강도가 높은 명주실을 뽑아내는 신비한 힘을 갖고 있다고 들었다. 누에가 좋은 실을 뽑아내는 건 신성한 나무로 불리는 그 지역만의 뽕나무 힘이다. 그 나무들이 삼산삼수의 길지에서 자랐으며 애련 공주가 혼을 바쳐 심었다 하여 그 실을 현으로 쓰면 더 좋은 소리를 낸다는 건 별로 이상할 게 없었다.

　또, 가야금에 들어갈 좋은 기러기발을 찾기 위해 우륵은 단단한 재질의 호두나무와 배나무, 모과나무와 박달나무 등을 깎아서 사용해 보았으나 줄의 탄력이 떨어지고 소리도 청아하지 않아 두 번째 고민이 생긴다. 악기에 적격인 나무를 찾는다는 것이 쉬운 일이 아니었지만, 다행히 명금이 명주실을 구하러 고령가야국에 갔다가 그곳 사람들이 하는 말을 귀동냥하게 된다.
　"아무리 명주실만 좋으면 뭘 합니까? 악기가 좋은 소리를 내려면 줄을 괴는 기러기발이 실과 잘 맞아야 울림이 좋은 소리가 나는 겁니다."
　"그럼 그 기러기발은 어떤 나무가 좋은가요?"
　"그건 관문현에 자라는 눈이 곱고 강한 성질을 가진 신단수라 불리는 박달나무가 제일 좋다고 들었습니다. 그걸 찾는 방법은 날선 도끼가 있어야 된답니다. 도끼로 나무를 찍으면 도끼날이 부러지고, 귀신도 맞으면 죽는다고 할 정도로 단단해 기러기발로는 최고일 듯합니다.”

　우륵(于勒)은 고령가야국 뽕나무를 하늘이 내려 준 선목(仙木)이라 하고, 그 잎을 먹고 자란 누에에서 생산된 명주실로 가야금 줄을 매면서 그 줄을 ‘뽕나무 상(桑)’ 자를 써서 ‘부상’이라 불렀다. 탄성과 강도가 강해 잘 끊어지지 않고 현의 울림이 아주 좋았다. 줄을 당겨 팽팽히 감아서 퉁겨 보면 다른 줄의 소리와 현격히 달랐다.
　‘위는 높아서 하늘과 같고, 아래는 편평하여 땅과 같으며, 가운데는 비어서 육합(六合)에 비긴 것이다. 현주(絃柱)는 12월에 의(擬)하였으니 벌려 놓으면 사상(四象)이 있고, 연주하면 5음(五音)이 나오므로, 이것은 곧 어질고 슬기로운 악기’라고 말했다.
　가야금이 완성되어 우륵이 밤낮으로 연주하니, 소리가 너무 정정하게 들리므로 마을 사람들이 우륵이 있는 그곳을 아예 ‘정정골’이라 불러 주었다.

　이렇게 악기를 완성한 우륵은 그 후 12곡을 짓는데 밤낮없이 몰두한다. 그는 단순히 곡을 짓는데 급급하지 않고 고(琴)와 춤(舞)과 노래(歌)가 서로 잘 어울릴 수 있도록 가락을 다듬어 나갔다. 아름다운 무동(舞童)들이 곱게 옷을 차려입고 가야금 소리에 맞춰 노래 부르며 춤을 추는 모습의 가야무(伽倻舞)까지 생각했으니, 가실왕이 우륵의 실력을 인정하고 그를 궁으로 부를만 했다. 기악뿐 아니라 창과 춤에도 능하여 3박자가 잘 맞아 들어가니 어찌 듣는 이의 심금을 울리지 않을 수 있겠는가.

12곡이 완성되자 우륵은 마지막 단계로 마을 꼬맹이들을 집으로 부른다. 그리고 건넌방에 간식을 주며 놀게 하고, 마당에는 닭들에게 모이를 준 후 가야금을 뜯는다. 그랬더니 아이들과 닭들이 가야금 뜯는 소리를 듣자마자 순식간에 우륵의 마루 앞쪽으로 우루루 몰려오는 게 아닌가. 아이들과 짐승들이 이해하고 호기심까지 느꼈다면 이것은 대성공이다.

"가야 만세, 가야금 만세! 가야 통일 만세!"

우륵은 감격하며, 명금의 두 손을 번쩍 치켜들고 그렇게 연신 외치며 만세를 수차례 불렀다.

그리고 가실왕에게 가야금과 12곡 작품을 헌액한다. 왕과 신하들이 보는 앞에서 가야금을 뜯자 가실왕은 생각했던 그 이상이라면서 실로 입을 다물지 못한다. 앞으로 이 악기와 음악을 가야연맹에 널리 보급해 나라가 질서를 찾고, 지금보다 더 강성해질 것을 기대한다면서 기쁨을 감추지 못했다. 우륵과 명금에겐 공로를 위로하며 큰 상까지 내렸다.

음악이 있는 곳에는 불행이 없다는 말이 얼마나 유효할까? 가야금은 현악기이면서도 새로운 소리를 담아내는 데 부족함이 없고, 차분한 선비의 악기이면서도 또한 서민의 흥취를 소화해 낼 수 있으니, 가야금을 통해 삶을 울리는 감동의 소리에 사람들은 귀를 기울이지 않을 수 없었다. 하지만 골골샅샅 음악이 흐르고 가야무와 함께 백성들이 함께 춤추며 천하를 하나로 만들어 나갈 수 있는 시간도 차츰 줄어들어 가고 있었다.

우륵은 대가야가 서서히 몰락해 가는 것을 지켜보면서 깊은 시름에 빠지게 된다. 한 나라 백성으로서 나라의 운명과 함께하는 게 당연하겠지만, 그렇다고 그것이 과연 의미 있는 일일까? 자신이 죽고 나면 가야의 혼을 담은 악기와 음악은 어찌될 것인가를 생각해 보지만 그저 암울하기만 하다. 칼이 지배하는 세상을 누르고 소리의 세계를 꽃피우는 것은 위대한 일이기는 하지만, 그것은 한낱 꿈에 불과할 뿐 제대로 펼치지도 못한 채 자신의 꿈을 접어야 한다는 건 얼마나 가슴 아픈 일인가?

가실왕과 우륵의 음악을 통한 개혁 정치는 대가야 내부 세력의 반발과 신라, 백제, 고구려의 영토 확장 욕구 등과 맞물려 점차 추진력을 상실한다. 532년 금관가야가 멸망하면서 가야를 지탱하던 대가야에 대한 신라의 공세가 더욱 거세어지고, 대가야 내부에서도 친백제파와 친신라파로 갈라져 내홍에 휩싸인다. 이즈음에 우륵은 친신라적 입장을 견지하고 있었다.

이런 와중에 대가야는 신라의 유인책에 넘어가 결혼동맹을 맺게 된다. 신라가 왕녀를 대가야로 시집보내면서 100명의 시녀를 딸려 보내고, 가야가 그 시녀들을 여러 현에 나누어 거주시키게 된다. 그런데 얼마 지나지 않아 신라가 시녀들에게 자기네 복장을 입히지 않았다고 생트집을 잡으면서 왕녀를 데려 가겠다며 군대를 보낸다. 대가야가 이에 불응하자 신라군은 돌아가는 길에 도가(刀伽)·고파(古跛)·포나모라(布那牟羅) 등 세 개의 성을 공격하고, 거기에다 북쪽 경계를 이루는 다른 5개 성까지 빼앗으니 대가야로선 정말 땅을 치고 통곡할 노릇이었다.

"명금아, 우리도 이제 짐을 꾸려야 할 것 같구나. 가야를 중심으로 꾸던 통일의 꿈을 대가야에서는 접고, 신라로 가서 새롭게 펼쳐야겠다."

"서방님, 어찌 그리 약하신 말씀을 하십니까? 우리에겐 아직 대가야가 있고, 우리 심장에는 가야인의 푸른 피가 흐르고 있습니다. 죽으면 죽었지 절대 가야를 버려서는 아니 되옵니다."

"내게 가야금은 귀중한 것이고, 음악은 그다음이며, 나라는 가벼운 것이다. 가야금은 피를 흘리지 않게 하는 평화를 위한 유일무이한 무기로 이 악기는 하늘이 내린 선물이다. 하여 가야금 뜯는 소리는 욕심을 버리고 하나가 되라는 하늘의 소리이자 명령인 것이다. 나는 이 하늘의 명령을 어길 수 없으니 어찌하겠는가?"

"가야금이 소중한 만큼 가야는 더 소중합니다. 가야는 강해져야만 하기에 하나가 되어야 하고, 하나가 되어야 하기에 가야금을 지키며 우리는 가야를 절대로 떠나지 말아야 합니다."

우륵이나 명금의 말은 둘 다 일리가 있었다. 하지만 이대로 가야를 지킬 것인가? 아니면 신라나 백제로 갈 것인가? 망설임의 시간이 지나가면서 우륵의 가야금은 점점 자주 울고 대가야는 흔들리고 있었다. 명금은 고령가야국이 신라에 의해 멸망했고, 다시 금관가야를 합병한 후 대가야가 신라에 의해 망해 가는 것이 너무 억울하고 분노가 치밀어 자신은 절대 신라로는 가지 않겠다고 마음을 굳힌다.

"서방님, 저는 가야 땅에서 죽든지 아니면 차라리 백제로 가겠습니다. 조상의 나라를 강제로 빼앗고, 또 우리가 사는 대가야까지 빼앗는 지경인데 스스로 그들에게 머리 숙이며 비겁하게 가야금을 연주하고 사느니 보다 차라리 이 땅을 지키며 떳떳하게 살다 죽겠습니다."

우륵과 명금은 이제 서로 갈라서야 할 명재경각(命在頃刻)의 위기에 이른다. 우륵은 시류에 영합해 그토록 사랑하는 사람을 버리고 지조를 잃은 가야의 배신자로 남을 것인가를 고민하게 된다. 하지만 그보다는 세상의 오해와 능멸을 감내하면서라도 오로지 가야금, 음악으로의 통일을 위해 가야를 버리고 신라를 선택하는 방향으로 기울어져 가고 있었다.

명금은 지아비를 버리고 홀로 살겠다는 결심보다 가야인의 가슴에 세 번이나 못을 박은 신라가 저주스러워서 등을 돌리고 싶었고, 또한 가야 정신은 가야금보다 가야를 지키며 계승해야 한다는 것을 우륵에게 심어 주고 싶었다.

"명금아, 시간이 없구나. 나라가 더 기울기 전에 판단을 내리지 않으면 애써 만든 가야금은 아궁이 불쏘시개로밖에는 아무 소용이 없어진다. 대가야는 우리를 거지로 만들고 말지만, 신라는 왕자처럼 대하여 줄 것이다. 어쩌겠느냐?"

"서방님, 그러면 한 가지 부탁이 있습니다. 정 신라로 가셔야 한다면 옛 고령가야국 땅으로 가시면 아니 될지요? 예로부터 거긴 가야 정신이 가장 충일한 곳이며 쌍삼백의 길지로, 그곳을 지배하는 나라가 천하를 얻게 된다고 했습니다. 그 땅으로 가서 가야금도 타고 음악으로 힘을 키워 가야 정신을 계속 도모함이 어떠신지요? 지금 그곳은 이미 신라의 땅이니 서방님 원하는 신라로 가는 것 아닌지요?"

결국 두 사람은 마지막 순간에야 합의에 이르렀다. 우륵은 가야금을 위하여, 명금은 가야를 위하여 선택한 최선의 방법이었다. 우륵은 명금에게 연전에 만든 12악곡 중 다섯 번째 곡조인 '사물(思勿)'은 명금이 조상들의 나라인 고령가야국의 벼농사에서 김매기의 두레 정신을 담은 악곡이라고 설명해 주며 위로했다. 우륵이 명금의 뜻을 흔쾌히 받아들여 주지 못한 미안함을 달래 주고 한편으로 우륵도 가야를 명금이 이상으로 사랑하고 있다는 걸 넌지시 보여 주고자 한 것이다.

가야가 울면 가야금이 운다. '사람들이 가야금을 머리에 이고 춤을 추도록 만들면 칼 든 자도 춤추게 된다.'고 우륵 부부는 이렇게 같이 마음을 달래면서 두 사람의 하나된 마음, 그 사랑을 영원히 변치 않겠다고 맹세하면서 그 표식으로 가야금 뒤판에다 이렇게 글씨를 새긴다. '대가야', '큰 가야 정신 하나로 힘을 모으면 천하도 얻을 수 있다.'는 의미의 좌우명이 들어 있는 글귀였다.

  가야가 외교정책을 두고 양측 세력 간 대립이 격화되면서 친백제 세력이 친신라 세력을 제치고 주도권을 장악하자 540년 후반 우륵은 가야금을 품에 안고 신라로 망명한다. 그러나 이후 그의 행로는 순탄치 못했다.
  신라의 도읍지인 서라벌로 갔다가 당시 백제, 고구려, 신라의 대치가 극심했던 변방의 국경지대인 낭성(현 충주) 지역으로 이주하게 된다. 본래 명금의 뜻대로라면 옛 고령가야국으로 가야 했으나 신라 왕명에 따라 하늘재를 넘지 못한다. 명금은 낭성이 고령가야국까지 그리 먼길이 아니므로 그나마 다행이라고 위안을 삼는다. 이곳에서 우륵은 진흥왕이 보낸 계고(階古), 법지(法知), 만덕(萬德) 등 신라인 제자들에게 음악과 춤, 노래 등을 가르치며 진흥왕의 각별한 관심을 받는다.

  진흥왕은 대가야의 개혁을 추진하기 위해 작곡했던 우륵의 가야금 12곡을 그대로 수용하지 않고 3명의 신라인 제자들을 통해 12곡을 5곡으로 줄여 새롭게 편곡한다. 우륵의 자존심을 건드리긴 했으나 그가 봐도 제자들의 곡들이 나쁘지는 않았다. 하지만 신라적으로 변용된 가야금 곡이 대가야를 멸망시킨 진흥왕에 의해 신라의 대악(大樂)으로 정착하게 되는 아픔을 우륵은 지켜볼 수밖에 없었으니 웃어야 될지 울어야 될지 표정 관리가 어려웠다.

우륵의 정치적 망명은 성공적이었다고 할 순 없지만, 음악가로서의 선택은 성공적이었다. 대가야에서 꽃피우지 못한 가야금이 신라에 와서는 대악이 된다. 그래도 그는 대가야 사람이었지만 온전한 가야인이나 그렇다고 신라인으로도 활동하지 못했다. 이런 점에서 우륵은 대가야와 신라 양쪽 어디에도 속하지 못한 애매한 삶을 살아간다. 비운의 우륵은 562년 대가야의 멸망을 신라에서 직접 목격한 후 얼마 뒤 생을 마감한다. 국원소경(현 충주)의 금휴포(琴休浦)와 탄금대(彈琴臺) 등에서 많은 제자들을 키우고 '음악을 잘하는 나라가 평화를 이룬다.'는 신념으로 가야금을 가르치다가 대가야의 종말과 함께 사라진다.

한편 명금은 우륵을 잃은 슬픔을 달래기 위해 매일 그의 자취가 살아 있는 탄금대로 나가 가야금을 탄다. 사람은 마음이 괴로워지면 고향 생각을 하게 되는 것, 그녀 고향은 대가야에 있지만 그보다 먼저 빼앗겨 버린 선조의 나라, 고령가야국이 더 생각나는 건 왜일까? 선조들의 망국의 슬픔이 유전되었을까? 서러운 마음을 달래 보려고 눈물을 지으며 '사물'을 연주한다. 하지만 마음을 달래기 위해 가야금을 타면 탈수록 슬픔의 늪으로 깊게 빠져드는데, 그건 무엇으로도 위로되지 않는 슬픔이었고, 그 끝은 어디인지 가늠되지 않는다.

그렇게 2년여 정도의 세월을 보낸 뒤 명금은 어느 날 짐을 꾸려 관문현 하늘재를 넘는다. 고령가야국의 고토를 찾아 거기서 남은 여생을 보낼 것을 생각한다. 발걸음을 한 자국씩 옮길 때마다 가야금의 슬픈 선율을 퉁기며 어두운 그림자가 끈질기게 뒤따라온다. 문막을 지나 관문현, 그리고 얼마 뒤 옛 도읍 고릉에 다다른다.

하지만 다른 대궐 자리에는 잡풀만 무성하고, 오직 윤직전만이 말 없이 남아 휑뎅그렁한 들에서 소슬바람 소리만 들린다. 폐허가 된 고령가야를 보는 순간 명금의 억장이 무너진다. 망국은 이렇게 역사의 흔적마저 깨끗하게 지워 버리는 것인가? 남아 있는 것이라곤 멀리 보이는 재악산과 눈앞으로 흐르는 곳천뿐, 산천은 아직 변함이 없는데 나라만 무심한 바람 속으로 사라지고 없었다.

그녀는 더 이상 고릉에 머무를 이유가 없었다. 지친 심신을 이끌고 임시 거처를 마련한 곳이 용궁현 가야리의 넙운개이다. 그녀는 날마다 내성천 물이 휘감아 도는 회룡포를 찾아간다. 청룡과 황룡이 이곳에서 만나 하늘로 올라갔듯 자기도 사랑하는 우륵의 혼과 만나 하늘로 올라가는 환상을 그리는 일이 반복되었다. 눈앞을 도도히 흐르는 이 강물이 가야를 두루 거치며 끊임없이 푸른 혼을 품고 만세토록 흘러갈 것이라는 간절한 기원도 담는다.

어느 날 거기서 가야금을 타다가 갑자기 나타난 우륵의 환상을 보며 생시처럼 기뻐한다. 그러나 이내 환상이라는 것을 알고 극도의 실망감을 주체하지 못하고 사지를 떨더니 시선이 고정된 채 넋이 나간다. 그녀가 갑자기 품에서 은장도를 꺼내더니 자기 목숨과도 같은 가야금의 현을 끊어 버린다. 악사가 현을 끊는 건 돌이킬 수 없는 강한 이별의 표현이다. 그녀는 가야금을 안고 꽃잎이 되어 회룡포의 푸른 강물로 나풀나풀 날아들고 만다.

가야금은 작은 배가 되어 둥둥 황산강으로 떠가고, 그녀의 몸은 어디로 사라졌는지 다시는 물 위로 떠오르지 않는다. 음악으로 통일을 이루지 못한 우륵의 절망을 안고 죽은 가야의 여인 명금은 자살이 아니라 차라리 순교에 가까웠다.

결국 신라 법흥왕 때 가야 연맹체의 중심이었던 금관가야(서기 532)가 무너진 뒤, 30년 후(서기 562) 신라 진흥왕에게 대가야까지 멸망한다. 600년간 존속했던 가야라는 이름의 선한 민족은 역사 속으로 이렇게 영원히 사라지고 만다. 이 무렵, 정복자인 신라는 대가야 사람들의 가야 부흥 운동을 막기 위해 가야인들을 색출해 낭성 일대로 강제 이주시키기도 했다. 그러나 아무리 사람의 힘으로 침략하고 지배하고 이주시켜도 나라라는 형태는 없어져도 전쟁을 멀리하고 오로지 평화 부국을 꿈꾸어 왔던 가야의 고결한 정신은 쉽게 소멸되지 않는다.

영웅은 만들어지지 않는다

대가야가 멸망한 뒤 33년 되던 서기 595년(진평왕 17), 가야의 피를 받은 김유신이 만노군(萬弩郡, 현 진천)에서 태어난다. 유신의 아버지는 각간(角干, 신라의 최고위급 관직) 김서현(金舒玄), 어머니는 신라의 왕족인 숙종흘의 딸 만명(萬明)이다. 김서현과 만명은 서로 보자마자 첫눈에 반해 몰래 사귀었는데, 만명의 부모가 두 사람의 결혼을 완강하게 반대했다. 그러나 그들의 사랑은 이미 사람의 힘으로는 어찌할 수 없는 하늘이 정해 준 인연이 되어 함께 살게 된다.

서현은 경진일(庚辰日) 밤에 형혹(熒惑, 화성)과 진성(鎭星, 토성) 2개의 별이 자기에게로 내려오는 꿈을 꾼다. 만명(萬明)도 신축일(辛丑日) 밤에 금갑(金甲)을 입은 동자(童子)가 구름을 타고 당중(堂中)으로 들어오는 꿈을 꾼다. 그리고 얼마 후 임신해 유신(庾信)을 낳았는데, 그 태몽이 범상치 않은 것이다.

서현이 용한 점술가를 찾아가 물어보았더니 유신은 해와 달, 그리고 금목수화토성이 합쳐진 칠요의 정기를 타고 태어났다는 것이다. 특히 서현의 태몽은 나라를 지배하여 우러름을 받는 귀한 인물이 태어남을 의미한다고 했다. 그리고 만명의 꿈에서 갑옷을 입은 동자가 구름을 타고 방안으로 드는 것은 장차 갑옷을 입고 크게 이름을 떨치는 장수가 될 것이라고 했다.

"내가 경진(庚辰)일 밤 길몽을 꾸어 이 아이를 얻었으니 마땅히 경진으로 이름을 지어야 하오. 그렇지만 예기(禮記)에 따르면 날과 달로는 이름을 짓지 않는다고 하여, '경(庚)' 자는 '유(庾)' 자와 서로 비슷하고, '진(辰)'과 '신(信)'은 소리가 서로 가까우며, 옛 현인 중에 유신(庾信, 512~580)이라는 이름도 있으니 아이의 이름을 유신으로 지어야 하겠소."

유신은 태어날 때 등에 북두칠성 무늬가 선명하게 나타나 있었다. 이 별자리는 국자 모양같이 생겼고, 북두칠성의 빛이 땅과 사람의 머리 위에 충만히 내린다 하여 특별한 기대를 갖게 했다. 하지만, 유신은 돌이 될 때까지 스스로 오른손은 잘 펴는데 비해 왼손은 거의 펴지 못해 이게 무슨 일일까 걱정이 되어 서현이 다시 점술가에게 물었다.

"우리 아이가 왼손을 거의 펴지 못하는데 이유가 무엇이오? 의원이라도 찾아가 무슨 조처라도 받아야 하지 않는지요?"

"아닙니다. 이 왼손 손금 좀 보십시오. 장군 중에도 최고의 상장군이 되는 손금으로, 매우 보기 드문 일이옵니다. 손을 펴면 석삼자로 세 줄이 되지만, 손을 오므리면 하나의 주먹이 세 줄을 움켜쥐는 운세입니다. 세 나라를 손아귀에 넣는 손금이므로 장차 훌륭한 인물이 될 것입니다."

"그럼 세 나라를 쥐락펴락하기라도 한다는 말이오?"

"앞일은 소상히 말할 수 없으나 이 손금으로 보면 그럴 수 있는 운명으로 나타나고 있습니다."

그때 서현의 머리에는 '3국 통일을 이루려면 가문의 5대가 한 왕조에 걸쳐 무공을 세워야 한다.'는 그 말이 떠올랐다. 구해왕이 전한 대업의 꿈을 유신이 펼쳐 낼 인물이 될 수 있다는 생각이 스친 것이다.

태몽이나 등과 손금에서도 상서로운 조짐이 보이고, 구해왕의 아들 무력(유신의 조부)은 이미 백제와의 싸움에서 나라에 큰 공을 세웠으니 벌써 한 사람의 무공은 충족하고 있었다.

유신은 어린 시절 첩첩산에 등을 기대고, 겹겹물을 가슴으로 끌어안은 만노 고을에서 강건한 대장부로 성장해 나간다. 이웃 고을 낭성 변방에 사는 또래인 금충과는 아주 가까운 친구로, 만노의 만뢰산과 태령산을 같이 누비고 다니면서 '여름이면 땀 한 말이 들고 겨울에도 속옷이 젖는다.'고 할 정도로 훈련을 함께한다. 치마대에서 말을 달리며 투구바위에서 활쏘기와 검법 등의 무술을 연마하고, 인의예지의 학문과 천문과 지리 등을 익히면서 문무를 차곡차곡 겸비해 나간다.
산 곳곳에 크고 작은 바위들이 점점이 박혀 있어 절벽처럼 가파르고 험상궂은 곳도 숨어 있으나, 둘은 산을 만나면 넘고 바위가 있으면 타고 물이 있으면 건너면서 산전수전 다 겪으며 단련을 멈추지 않는다. 가죽으로 말안장이며 갑옷 등을 만들고(현 개죽마을), 훈련을 하면서 말에게 먹일 죽 그릇을 아홉 군데나 설치(현 구수마을)했으며, 장군봉 바로 너머 백제와의 국경 쪽으로는 큰 성(현 성대마을)을 쌓았다.
이런 군계일학의 모습을 지켜본 사람들로 하여 유신의 소문이 점점 멀리 퍼져 나갔다. 특히 활쏘기 솜씨가 출중해 비 오는 그믐밤에 움직이지 않는 표적을 두고도 백 발을 쏘아 백 발을 명중시켰으니 갑자기 코앞에서 호랑이가 나타난다 해도 그와는 상대가 되지 못했다.

그러나 이들 가슴에는 지워지지 않는 아픔이 숨어 있다. 유신의 경우 겉으로는 신라인의 피가 흐르고 있지만 선조들을 거슬러 가면 엄연히 금관가야 후손이었다. 그러므로 나라를 빼앗은 신라에게 목숨 걸고 충성을 해야 하는 것이 옳은지에 대한 갈등이 없지 않았다. 금충도 유신과 다르지 않았는데, 그도 고령가야국의 후손으로 6가야 중 가장 먼저 나라가 무너져 낭성(현 충주)으로 강제 이주당한 슬픔을 안고 살아온 후예로, 주변국들이 서로 자국의 욕심을 채우기 위해 전쟁을 일삼는 것을 지켜보는 것이 그저 암울하기만 했다.

"유신아, 우리 가슴에는 가야인의 푸른 피가 맥맥히 흐르고 있어. 죽는 그날까지 가야 정신을 잊지 말아야 한다. 우리가 무술을 쌓고 있어도 선조들이 그랬듯이 전쟁을 멀리하고 평화를 사랑하며 부국을 만들어 나가야 한다. 우리는 창을 방패로 막으며 전쟁을 지략으로 맞서서, 피를 흘리지 않는 평화를 수호하는 일에 앞장서도록 하자. 나의 우륵 선조님은 가야금과 음악으로 가야를 하나되게 만드는 꿈을 이루지 못한 채 큰 숙제를 남겨 주셨다. 예로부터 단전에 해당하는 고령가야국의 옛 땅을 다스리는 자가 삼국을 얻을 수 있다고 했으니, 유신아, 우리는 가야 정신을 굳게 고수하며 단전의 땅을 우리가 지배하도록 노력하자."

"그래 금충아! 나도 백번 천번 동감이다. 우리 가슴에는 가야인의 피가 돌고 있는 게 맞아. 선한 끝은 있어도 악한 끝은 없다는 말처럼, 가야는 평화를 사랑하는 선한 민족이다. 비록 지금은 나라가 사라졌지만 언젠가 기회가 다시 찾아올 것이다. 아무리 천지가 개벽한다 해도 너와 나의 금석맹약을 반드시 지키며 힘을 모아 나가자."

서기 609년 봄, 15세의 유신은 서라벌로부터 왕의 전갈을 받고 만노를 떠나게 된다. 왕경으로 빨리 들어오라는 왕명이었고, 그는 입경하여 무술 실력을 인정받아 이내 정식 화랑이 된다. 그리고 얼마 후 유신의 추천으로 금충도 화랑이 되어 유신과 함께한다. 유신이 비록 나이는 어렸으나 점차 많은 낭도들이 그를 따르기 시작했다.

"이 춤은 간척지무(干戚之舞)라고 하는데, 순임금이 이 춤을 추자 적국인 삼묘가 물러갔다는 춤이다. 보통은 칼춤을 추지만 우리는 방패로 추는 이 춤을 반드시 배워야 한다. 그것은 칼로 싸우지 않고 방패로 이기는 것이 훌륭한 싸움이기 때문이다. 화랑은 자고로 살생유택이라는 계율을 지켜야 하는 만큼 이 춤을 잘 추도록 노력하라."

유신은 그를 따르는 낭도들에게 방패춤을 가르친다. 구령에 맞춰 수백 명의 무리가 방패를 들고 좌우 상하 동작으로 춤을 추자 그 모습이 흡사 경칩의 개구리들이 도약하는 모습과 같다. 병사들의 숫자가 많이 불어나 큰 대오를 이루자 '용화향도(龍華香徒)'라고 불렀다. 이 낭도들의 대부분이 시골 출신이어서 유신은 어린 시절 줄곧 시골에서 보낸 생생한 체험으로 화랑들의 마음을 누구보다 잘 헤아리며 훌륭한 지휘관 역할을 수행할 수 있게 된다.

그는 성인이 되면서 키가 크고 눈에는 서기가 서려 있으며, 당당한 풍채는 선풍도골(仙風道骨)인데, 그가 한번 웃으면 춘풍(春風)에 피어나는 꽃과 같고, 한번 노(怒)하면 추상열일(秋霜烈日)과 같아서 가히 정면으로 쳐다볼 수 없다. 게다가 학문이 바다와 같이 깊고 태도와 행실이 빙설(氷雪)같이 청정(淸淨)하므로 누구든지 그 앞에서는 머리를 숙이거나 무릎을 꿇지 않을 수 없었다.

유신은 인물도 출중한 데다 성격도 매우 쾌활하여 친구 화랑들과 함께 기녀집에 드나들면서 놀기도 했다. 어느 날 이런 유신을 보고 아들이 본업에 열중하지 않고 기녀의 집에 드나든다는 사실을 안 만명 부인은 유신이 한마디 변명도 못할 만큼 단호하게 꾸짖는다.

"남자가 한번 세상에 태어나서 나라와 의를 위해 몸을 바치고, 그 이름을 천추에 길이 남김이 마땅하거늘, 너는 어찌하여 그것을 깨닫지 못하느냐."라고 엄하게 훈계했다.

그때 유신은 미몽에서 깨어나 다시는 그러한 일이 없을 것이라고 맹세했다. 그런지 며칠이 지난 어느 날, 유신은 놀이를 나갔다가 술에 취해 집으로 돌아오는 길에 타고 오던 말이 멈추고 힝힝거린다. 벌써 집에 도착하였는가 하고 문득 정신을 차려 보니, 그 집은 자기의 집이 아니라 자주 드나들던 천관녀의 집이었다. 유신은 단숨에 말에서 내려 허리에 찼던 칼로 사정없이 말의 목을 내리쳐 죽인다. 말 안장도 마당에 내버려 둔 채 한마디 말도 없이 그 집 문을 나와 집으로 돌아가려는데 이 광경을 본 천관녀가 굳은 표정으로 나온다.

"나는 천관보살의 화신으로 당신이 큰 일을 할 사람임을 알고 기생이 되어 시험했으나 요지부동이었소. 당신은 이제 이 반도의 독수리 기상을 받아 아무도 이룩하지 못한 민족이 비상하는 대업을 성취하길 바라오. 나는 이제 내 일도 끝났으니 우리 두 사람의 인연도 여기서 끝이 났소. 지금 목을 친 명마는 주인에게 충성을 다한 말로서 억울한 죽음을 당한 것이고, 그 죽음은 당신의 애욕의 목을 자른 것이니 이제 새로운 목숨으로 사는 것이오. 앞으로 살생할 때는 잘 가려서 해야 함을 명심하시오. 화랑이라면 세속오계를 잘 지켜야 하고, 그중에서도 살생유택을 더 잘 지켜야 하오. 다만 당신의 의지가 하늘을 찌르고도 남음이 있으니 선물을 하나 주겠소. 지금 죽인 그 말의 총을 잘라 귀히 보관하고 있다가 전장에서 위험에 처했을 때 그것을 채찍으로 사용하시오. 그러면 두 번은 승리의 신이 도와줄 것이오."

그 말이 끝나자 천관녀는 온데간데없이 사라지고 바닥에는 피를 흘리고 쓰러진 말밖에는 없다. 유신은 탄식하며 죄의식을 누르고 천관녀의 말대로 말총을 수습하는데 자세히 보니 유난히 털빛이 눈부시다. 문득 해가 지는 서쪽 하늘을 바라보니 영롱한 무지갯빛 독수리

한 마리가 아스라이 사라져 간다. 유신은 하늘을 향해 잠시 머릴 숙였다가 담담한 심정으로 귀가한다.

그 뒤 유신은 용화향도들과 신령함이 깃든 단석산(斷石山)을 자주 오른다. 그것이 단결력을 기르고 심신의 수련을 꾀하는 일이기 때문이었다. 그 산 8부 능선쯤 4개의 바위(랭바위)에 둘러싸인 천연굴이 있다. 화랑들은 이 바위 굴속에 상을 새기고 그 위에 지붕을 적당히 덮어 석굴사원을 만든 다음 그 안에서 심신을 수련했다.

어느 날 그 산을 오르다가 유신의 눈앞에 들어온 바위가 갑자기 험상궂은 짐승의 형상으로 바뀌어 낭도들을 해치려 하자 유신이 단번에 칼을 뽑아 번개처럼 내리친다. 순간 바위가 쩍 갈라지고, 그 괴이한 형상은 삽시간에 사라져 버린다.

"고구려와 백제는 우리보다 강성하다. 거기에 맞서 서라벌을 지키려면 신라의 힘이 지금보다 몇 배 더 강해져야 한다."

유신의 말에 낭도들은 다 같이 고개를 끄덕인다.

"물론입니다. 그러기 위해선 우리 화랑이 지금보다 훨씬 더 강해져야 합니다."

"그래 맞아. 앞으로 신라의 운명은 화랑들의 손에 달렸어."

유신은 낭도들과 나라를 걱정하며 앞으로 화랑으로서 몸과 마음을 수련하는 데 더욱 힘쓸 것을 다짐한다.

"오늘도 삼국 통일을 위해 한목숨 바칠 것을 굳게 맹세하자."

"그런 의미에서 원광법사께서 가르친 '화랑오계(花郎五戒)'를 반드시 지키겠다는 결의로 다 같이 오계를 복창하기로 한다."

"사군이충(事君以忠)! 사친이효(事親以孝)! 교우이신(交友以信)! 임전무퇴(臨戰無退)! 살생유택(殺生有擇)!"

유신이 선창하고 낭도들이 복창을 하니 산천이 쩌렁쩌렁 울리고 사방에서 생기탱천하는 기운이 잠든 산천을 일깨운다.

"칼과 방패를 둘 다 가진 화랑들은 오계 중 임전무퇴와 살생유택을 특별히 잘 지켜야 한다. 그러니 사람은 물론이고, 아무리 금수라 해도 봄이나 여름에는 죽이지 말 것이다. 이때는 짐승들이 새끼를 치는 번식기로 살아 있는 것을 함부로 죽여서는 안 된다. 단, 적군이 나라를 쳐들어올 때에는 방어를 하면서 정당방위로 막는 것은 어쩔 수가 없다. 그러나 죽일 필요가 없는 것까지 죽이지 말고, 죽이지 않으면 안 되는 것은 죽여도 그것은 죄가 없는 게 아니라 죄가 조금 덜한 것일 뿐이다. '임전무퇴'는 목숨을 나라에 바치는 것은 명예로운 일로 강한 공동체의식과 멸사봉공하는 숭고한 희생정신의 표현이다. '살생유택'은 냉혹한 현실 속에서도 항상 인간성이 존중되어야 한다는 뜻이 들어 있음을 잘 이해해야 할 것이다."

살생유택과 임전무퇴에 대해 유신은 예를 적절히 들어가면서 화랑들에게 교육을 시킨다. 화랑들은 체력 단련과 전술도 중요하지만 무엇보다 정신력을 더 중시했다. 화랑오계의 계율은 화랑들이 지켜야 할 기본 규범이었으며, 유신의 이런 사례 중심의 교육은 화랑들의 애국심을 드높이는 큰 역할을 하게 된다.

사람의 단전은 건강의 척도이고, 나라의 단전은 국운의 척도이다. 단전이 보다 힘이 있고 호흡이 커야만 개인은 건강하고, 나라는 더욱 융성하게 된다는 뜻이다. 유신은 금충이 말한 마목현 지역이 이 나라의 단전이라는 것을 마음속 깊이 새긴다. 단전의 땅을 차지하고 잘 지켜 내면 삼국 통일의 날이 반드시 올 것이라는 확신을 갖고 늘 도끼를 갈아 바늘을 만드는 정신으로 심신을 단련해 나간다.

훈련 시에도 그것을 기억하고 몸으로도 느끼게 하기 위해 휘하의 화랑들에게 단전치기 운동을 강조한다. 배꼽 아래 한 치 다섯 푼 되는 곳(丹田)의 배를 두드리면 오장육부가 튼튼해지고 얼굴빛이 좋아지며, 기운이 모이게 된다. 그러면 뱃심과 자신감이 생기고 용기가 샘솟으니 화랑들에게는 필수적인 훈련 중의 하나가 되었다. 둥둥둥 화랑들의 단전을 두드리는 소리가 산 너머 도성까지도 들린다.

서기 611년 고구려, 백제, 말갈 등이 국경을 침공하는 것을 보고 유신이 비분강개하여 외적을 물리칠 뜻을 품는다. 그는 목욕재계한 후 의미심장한 마음으로 홀로 단석산 석굴로 들어간다. 제단 앞에 향을 피워 놓고 보검과 방패를 모셔 둔 채 신령한 힘을 달라고 간절하게 기도를 올린다.

"적국들이 싸움을 즐기며 너무 잔악무도해 짐승처럼 우리나라의 영역을 공격하니 백성들이 하루도 편안할 때가 없습니다. 제가 일개의 미약한 신하로서 능력이 부족하면서도 나라의 환란을 없애고자 큰 뜻을 세웠습니다. 신이시여! 굽어 살피셔서 저를 도와주옵소서."

석굴에 들어간 지 사흘이 지나도록 아무 소식이 없더니 4일이 막 지나자 갑자기 삼베옷을 입은 한 노인이 홀연히 나타나 유신에게 말했다.

"여기는 호랑이와 지네가 많아 무섭고 독이 있는 곳이다. 어린 네가 여기서 혼자 거처하며 기도를 드리는 데 대체 무슨 곡절 때문이냐?"

"어르신께서는 어디서 오셨는지 존함을 알려 주실 수 있사옵니까?"

"난 일정한 주거가 없고 인연 닿는 대로 가고 머무는데, 이름은 난승이라 한다."

유신이 이 말을 듣고 범상한 사람이 아님을 알고 기쁨의 눈물을 흘리며 예닐곱 번 큰 재배하고 엎드린다.

"나라를 괴롭히는 침략자들을 방어하기 위해 초인을 만나 방술을 배우기를 원하오니, 부디 저를 불쌍히 여기셔서 구국의 뜻을 물리치지 말아 주시옵소서."

"그대가 열일곱 나이로 나라를 구하고 삼국을 합하려는 큰 뜻을 품고 있으니, 이 또한 장하지 않는가?"

그렇게 답하고 노인은 비법을 유신에게 가르쳐 줄 것을 응낙한다.

"이 비법은 누구에게 함부로 전해서는 안 됨을 명심하라! 전쟁은 칼보다 예리한 것이다. 그런 만큼 평화를 사랑하고, 부디 화랑오계의 살생유택을 잘 지켜야 할 것이다. 너의 보검과 방패에는 신령한 빛을 쐬어 주었으니 이젠 하늘이 내린 청룡검과 철갑방패가 되었다. 그리고 활시위에서 거문고 소리가 나는 귀한 대성중 활까지 네게 이렇게 내린다. 전쟁에서 이겼음을 아름답게 여김은 살인을 즐기는 것이다. 이런 살인을 즐기는 자에게는 하늘이 축복을 내리지 않는다. 도를 귀히 여기는 사람은 군사로 천하를 누르고자 하지 않으며 결과만 좋으면 될 따름이다. 군대는 사람을 잡는 흉기요, 전쟁은 덕을 거스르는 것이며, 장수는 죽음을 내리는 자이니 필연코 전쟁은 부득이한 경우에만 하는 것이다. 하여 전쟁을 좋아하면 반드시 망한다는 걸 명심에 명심해야 할 것이다. 만약 내가 준 비법을 이롭게 사용하지 않으면 도리어 큰 재앙을 받게 될 것이다."

이 말을 남기고 난승은 흔적도 없이 사라진다.

서기 612년, 검술을 연마해 18세에 화랑 중에 왕이 정하는 지도자격 최고 지위의 국선(國仙)으로 등극한다. 그러던 어느 날 백석이라는 낭도가 새로 들어와 얼마 되지도 않아 꽤나 여러 낭도들의 신임을 받는다. 무예가 상당하고 기품도 예사롭지 않아 낭도들의 집단에서 분위기를 맞추고 인기몰이를 하는 건 그리 어렵지 않았다. 그러나 금충이볼 때 백석에게는 호연지기보다는 무언가 호시탐탐 노리는 듯한 사악한 기운이 느껴진다며 그의 뒤를 말없이 밟게 된다.

"유신 국선님, 아무래도 백석이란 자가 좀 이상한 듯하니 몸조심하십시오."
금충이 유신에게 슬쩍 이상한 느낌이 든다는 것을 귀띔해 준다.
"하하, 그럴 리 있겠는가? 친구가 그의 무술에 시샘하는 건 아닐진대, 잘 알겠네."
유신은 너털웃음을 지으며 반신반의하는 태도로 여유 있게 받아넘긴다.
이후 백석은 유신에게 더 밀착하여 환심을 사는 제의를 한다.
"국선님, 우리나라가 고구려와 백제를 멸망시키려면 그쪽 정보도좀 알아야 하니, 고구려에 저와 한 번 잠입해서 동정을 살펴보시는일이 어떻습니까?"
"그건 맞는 말이다. 지피지기면 백전백승이라 하지 않았느냐?"

그날 밤 유신이 기뻐하며 백석을 앞세우고 밤길을 떠난다. 몇 시간을 가다가 고개 위에서 잠시 쉬고 있는데, 나림(奈林)·혈례(穴禮)·골화(骨火)라는 아리따운 세 낭자가 유신을 자꾸 따라왔다. 그리고 골화천(骨火川)에 이르러 유숙하려고 유신이 백석과 잠시 떨어져 있을 때 한낭자가 유신에게 다가와 낮은 목소리로 속삭이듯 급히 사정을 이야기한다.

"유신공이 말씀하신 바는 이미 들어서 잘 알겠사오나, 원컨대 백석을 떼어놓고 우리와 잠시 수풀 속으로 같이 들어가시면 그때 사실을 다시 말하겠나이다."

이에 유신이 함께 들어가니 낭자들이 문득 다른 모습으로 변하여 말한다.

"우리들은 삼국의 호국신인데, 지금 적국의 사람이 당신을 유인하여 데리고 가는 데도 공은 그것을 알지 못하고 따라가고 있으므로 우리가 말리려 이곳에 온 것이옵니다."

이 말을 마치고는 이내 사라져 버렸다. 공이 이 말을 듣고 놀라 신들에게 두 번 절하고 상황을 퍼뜩 알아차린다.

이후 고구려의 첩자이자 자객인 백석은 서라벌로 잡혀와 모든 것을 고한 후 처형을 당한다. 유신은 세 여신이 자기에게 베푼 호의에 감사하며 제사를 올린다. 유신은 고구려와 백제를 방어하는 일로 밤낮으로 깊이 모의하면서 삼국신이 자신에게 예지를 준 것을 마음에 새기며 깊은 생각을 하게 되고, 금충의 직감 또한 예사롭지 않음에 놀란다.

"세 호국신은 분명 백제, 신라, 가야일 것이다. 그러면 나를 유인하여 데리고 간 그는 필시 고구려를 말함이다. 그런고로 고구려와 수, 당나라를 절대 깊이 믿어서는 안 되며, 동맹국이라 해도 잘 감시하고 그들의 숨은 속내를 알아차려야 한다."는 암시임을 스스로 깨닫게 된다.

진평왕의 도박

신라 26대 진평왕(576~632)은 진흥왕의 태자 동륜의 아들로 이름은 백정(白淨)이다. 그는 태어나면서부터 얼굴이 기이하고 신체가 장대했으며, 의지가 굳고 식견이 명철했다. 그는 진흥왕에 이어 관제의 정비를 통해 왕권을 성장시켰다. 불교 진흥에도 힘써 지명·원광·담육 등이 중국에 가서 불교를 공부하고 돌아온 이들을 지원하여 불사뿐만 아니라 국사에도 참여시켜 호국불교의 확립에 기여하게 된다. 그러나 재위 기간 동안 고구려, 백제와의 영토 분쟁이 점점 격화되어 전쟁이 빈발했으니, 이에 수나라와 외교 관계를 강화해 나가며 위기를 힘겹게 넘기고 있었다.

서기 602년, 백제가 아막성(阿莫城, 현 남원)을 공격하여 이를 막았고, 이듬해 고구려가 북한산성을 침입하자 직접 군사 1만 명을 이끌고 나가 싸웠다. 608년 고구려가 북쪽 변경을 침입해 8,000명을 잡아갔고 우명산성(牛鳴山城)을 함락시켰다. 611년에는 백제군이 쳐들어와 가잠성(현 영동)을 함락시켰고, 616년 겨울 백제군이 모산성(母山城, 현 남원)을 공격해 오는 등 그야말로 하루하루가 바람 잘 날이 없었으니 그 대안을 마련해야만 했다.

이런 상황에서 왕은 수나라와 외교 관계를 강화하고, 그들의 세력을 끌어들이기 위한 노력을 기울였다. 594년 수(隋)나라 문제로부터 '상개부낙랑군공신라왕(上開府樂浪郡公新羅王)'에 봉해졌으며, 608년에는 원광에게 수나라에 청병하는 글을 짓게 했다. 611년에는 수양제에게 사신을 보내 군사원조의 허락을 받아 내기도 했으나 고구려와의 전쟁으로 수나라가 망하는 바람에 원병은 성사되지 못했다.

그러나 이런 어려운 상황을 힘겹게 버텨 가고 있는 진평왕에게는 무엇보다 최대 아킬레스건은 아들이 없다는 것, 왕은 성골임을 내세운 골품제도를 유지하기 위해 신라 역사상 유례가 없는 자신의 딸인 덕만 공주를 왕위에 올리려고 비밀스런 궁리를 하고 있었다. 분명 이는 내외부적으로 위기와 불만을 초래하게 될 것이 불보듯 뻔했다.

더욱이 이웃 나라와 전쟁이 끊이지 않는 난세에 여자가 왕위에 오른다는 건 아주 위험한 도박이 아닌가? 진평왕은 이런 내부 불만과 불안한 왕권 문제를 해소하고 자신의 뒤를 이을 덕만 공주의 입지를 공고히 하기 위해 전쟁이라는 최후의 카드를 꺼내든다. 의도적인 도발로, 그것이 바로 고구려의 낭비성(娘臂城, 현 청원) 전투였다.전쟁을 일으켜 애국심에 호소하여 군사들을 결집시키고 전쟁에 참전시킨 장수가 승리를 할 경우 명분이 있는 장수의 중용을 통해 왕권 강화시키는 술책을 꺼내 든 것이다.

낭비성은 왕의 숨은 뜻도 있고 신라가 서해로 통하는 길인 한강 유역의 땅을 지키는데 요충 역할을 하기 때문에 신라로서는 포기할 수 없는 도발인 셈이다. 진흥왕의 활발한 북진정책으로 영토를 크게 확장시켜 나갔으나 낭비성이 이미 고구려 손에 함락되어 한강 유역 방어 거점인 북한산성까지 위협이 되고 있으므로, 신라가 반드시 그성을 탈환을 해야 하는 이유를 왕은 꿰뚫고 있었다.

진평왕은 이 전투에서 상식적으로 잘 이해가 되지 않는 김용춘과 김서현을 중용했다. 김용춘은 본디 성골 출신의 왕족으로서 아버지인 진지왕이 폐위됨에 따라 진골로 강등되었던 인물이며, 김서현 역시 비록 진골 귀족이긴 했으나 가야계 인물로서 신라 조정에서 차별 아닌 차별을 당해야 했다. 하여, 이들에겐 반전의 기회가 필요했는데, 진평왕은 이런 입장을 읽고 김용춘과 김서현을 발탁한 것이다. 기존 귀족 세력을 견제하고 덕만 공주를 보필할 신흥 세력으로 키우려는 계산을 갖고 있었으니, 이는 상당한 위험 부담을 안고 있는 최후의 도박인 셈이다.

진평왕은 전투를 벌이기 전에 덕만 공주를 조용히 불러 본인 사후에 대비해 단 둘이서 비밀 이야기를 나눈다.

"우리 집에는 딸이 셋이지만 그중에서 맏딸인 너는 대신라를 이끌고 나가야 하는 운명을 갖고 태어났다. 그러니까 연약한 공주라는 생각을 버리고 스스로 대왕이라는 자부심을 갖고 임해야 할 것이다."

덕만은 아버지의 말이 무엇을 뜻하는지 알아챘지만 쉽게 대답을 할 수 없었다. 신라 귀족들이 왕의 자리를 자기에게 호락호락 넘겨줄 것 같지 않다는 것을 누구보다 더 잘 알고 있기 때문이다.

"아바마마, 그 뜻은 충분히 알겠사오나 소인은 연약한 공주의 몸인 데다가 능력이 일천하여 사양함이 옳을 것으로 생각되옵니다. 그렇지 않으면 후일 나라 안팎에 많은 혼란이 생길 것 같사옵니다."

"아니다. 그렇지 않단다. 예를 들어 보면 대가야는 이진아시아왕(서기 158)을 시작으로 도설지왕(서기 562)까지 400여 년 동안 19명의 왕 중에서 무려 9명이 여왕이었다. 최초 여왕은 비가(서기 219), 그다음이 미리신, 하리, 하리지, 선실, 후섬, 섬신, 아리, 청렴이었다. 그런데 이 여왕들은 재위하면서 대가야를 큰 전쟁 없이 태평성대로 나라를 이끌지 않았더냐? 그리고 지금 신라에는 더 이상 남자로서 성골인 사람은 없지 않느냐? 그 대안으로 성골인 여왕으로 세우는 것은 그동안 왕권이 너무 강해져 귀족들이 왕 앞에서 너무 기를 펴지 못한 폐단이 있었다. 그러나 여자를 왕으로 세우면 귀족들이 힘을 갖게 되어 균형이 잘 맞을 것이므로 얼마든지 설득이 가능할 것이다. 하여, 네가 신라 최초의 여왕으로 즉위하면 이 나라를 잘 성장시켜 나가리라 믿는다. 옆에서 한 사람은 외교, 한 사람은 국방에서 지켜 주게 될 것이다. 그들과 함께하면 부강한 신라가 될 것이라 확신한다."

덕만은 아버지의 말을 듣고 보니 상당히 일리가 있었고, 또 신라를 위해서는 자신이 나서지 않으면 안 된다는 사명감 같은 것을 느끼면서 전과 다르게 태도를 바꾼다.

"예, 아바마마, 그 뜻을 잘 새겨 그렇게 시행하겠사옵니다."
"자고로 남자가 왕이 되면 한 사람의 여왕이 행복하고, 여자가 왕이 되면 한 나라 전체가 행복해진다는 말이 있다. 공주는 약하지만 여왕은 강하다는 말을 항상 마음에 새기고 살도록 하여라."
덕만의 목소리는 조금 떨리고 있었으나 그렇다고 자신감이 결여되지는 않았다.

서기 629년 8월, 낭비성 전투에 참여한 김용춘을 비롯한 주요 인물들은 전쟁을 여러 차례 겪은 유능한 지휘관이 아니었다. 그래서인지 진평왕은 굳이 김서현을 딸려 보냈는데, 그것은 김서현이 수차례 백제와의 전투에서 공을 세운 경력이 있기 때문에 만약의 사태에 대비하라는 뜻이 들어 있었다.
실은 김용춘이나 백룡, 임말리 같은 전투 경험이 별로 없는 귀족들을 잘 보좌해 줄 것이라는 믿음과 자신의 입지 구축을 위한 기회를 주려는 선심성 의도가 한몫을 했다. 신라는 고구려와의 낭비성 전투에서 초기에는 힘도 쓰지 못하고 허무하게 패배했다. 그것은 전쟁에 참전한 신라 지휘부가 김서현을 여전히 못 믿어 뒷전에 두고 제대로 기용하려 하지 않았던 탓이었다.

김용춘을 비롯한 신라 지휘부는 먼길을 달려왔음에도 불구하고 수적 우위만 믿고 무리하게 공격을 감행하여 도리어 고구려군의 역공을 당했다. 고구려군은 미리 성 밖에 깊은 참호를 파고 목책을 세워 놓았는데, 이런 상황에서 신라군이 진격을 해 오자 고구려군의 역공에 휘말려 숱한 화살 세례 속에 신라군들은 고슴도치처럼 화살을 맞게 되었으니 사상자만 늘어났다. 이런 상황에서 신라군의 사기 또한 바닥으로 떨어져 거의 전의를 상실한 채 패색이 짙어진다.

김서현은 전쟁에서 잔뼈가 굵은 무인답게 수차례 고구려군의 변화난측한 공격을 조심하라고 누차 경고를 했다. 그럼에도 신라 지휘부는 서로 자기 공을 세우려는 욕심만 앞세웠고, 유신은 군사를 지휘할 큰 권한도 없었지만 전쟁에서 피를 흘리는 전투는 가능한 피하고자 적극적으로 임하지 않았으니 신라군에게 행운이 따르지 않는 한 패배는 너무 당연한 귀결이었다.

첫 전투에서 신라군이 패배하고 더 이상 다들 싸울 마음이 없어 이대로 회군하자는 주장이 나오기 시작한다. 신라군의 사기가 매우 떨어져 회복 불능 상태가 되어 가자 이들은 이제 패배의 책임을 지지 않으려고 서로 각자 몸만 사린다. 사태가 위급하게 되어서야 김서현에게 제대로 된 지휘권이 주어지고, 그에게 지휘권이 주어지자 드디어 삼국 역사의 전장에 유신이 처음으로 등장한다.

난세가 유신을 부르다

    유신의 고조부는 겸지대왕(鉗知大王), 증조부는 구해왕(仇衝王), 할아버지는 각간 김무력(金武力)이다. 이런 가계는 이미 겸지대왕 때부터 신라 귀족과 혼인으로 맺어 유신이 가야 출신이지만 상당 부분 신라인의 피가 섞여 있다. 유신의 어머니 역시 신라 왕족인 만명(萬明) 부인으로, 진평왕의 모후인 만호태후가 진흥왕의 동생인 숙흘종(肅訖宗) 사이에서 낳은 딸이기 때문이다.

    유신은 어린 시절부터 삼국 통일이라는 꿈을 안고 문무의 내공을 키워 가며 스스로 입지를 묵묵히 다져 왔다. 선조가 금관가야의 왕족이기는 했지만 그렇다고 신라에 투항한 뒤 특별 대우를 받은 것은 별반 없었다. 태어나서 15세까지는 접경지역인 만노군에서 살았는데, 그곳은 당시 실세에서 밀려난 사람들이 거주하는 오지였다. 만노군 태수인 아버지 서현이 서라벌로 돌아가지 못하고 15년 이상 긴 세월을 줄곧 백제와 고구려가 넘보는 국경의 험지에서 살았다는 사실에 불만을 가질만도 했지만, 그것을 말없이 참아 냈다.

    무력은 구해왕의 아들이자 유신의 할아버지로 진흥왕 15년(서기 554) 관산성(현 옥천) 일대에서 왜군과 대가야까지 가세한 백제군과 일대 혈전을 벌였다. 결국 무력의 휘하에 있던 삼년산성(현 보은)의 고간 도도가 백제의 성왕을 구진벼루에서 사로잡아 참수하게 된다. 그 전쟁에서 백제의 좌평 1명을 비롯하여 장졸 2만 9천 6백여 명도 죽였다. 왕이 직접 참전한 전투에서 백제군이 말 한 필도 돌아가지 못했다고 할 정도로 완벽한 대승을 거두었으니 그의 명성은 조정에서 크게 부각될 수밖에 없었다.

유신의 아버지인 김서현은 백제와의 싸움에서 수차례 공을 세운 능력을 인정받아 낭비성 전투에 유신과 함께 투입되었다. 당시 유신은 하급부대 지휘관인 중당당주(中幢幢主)였는데, 전쟁 상황이 위급해지자 더 이상 이대로 패자가 되어 돌아갈 수 없다는 결심을 하게 된다. 그리고 결연한 의지로 김용춘 장군과 아버지 김서현 앞에 나아가 투구를 벗고 고한다.

"우리 군사들이 패하고 말았습니다. 그리고 군사들은 용기를 잃고 의기소침해 있습니다. 그러나 제가 평생 나라에 충성하고 부모에게 효도하기로 스스로 약속했사오니 전쟁에 임해서는 용맹스럽게 싸우지 않을 수 없습니다. '옷깃을 바루면 갖옷이 바르게 되고, 벼리를 당기면 그물이 펴지게 된다.' 하오니, 제가 그 벼리와 옷깃이 되고야 말겠습니다."

"유신아, 역시 너는 자랑스런 내 아들이로구나. 너는 나를 버리지 않았고, 이 나라는 우리를 버리지 않았으니, 장차 이 전투에서 기필코 승리해 신라의 보루가 되길 믿는다."

유신은 곧 말에 올라 검을 뽑더니, 잠시 의미심장한 모습으로 기를 모은다. 그리고 잠시 짧은 기도를 하더니 투구에는 푸른 깃을 꽂고 천관녀가 일러 준 예의 말총 채찍으로 애마의 엉덩이를 힘껏 내리친다.

직속 기병들을 이끌고 고구려군 진영을 향해 쏜살같이 진격을 개시하자 신라군이 진격해 오리라 전혀 생각하지 못했던 고구려 진영이 순식간에 돌파된다. 유신은 고구려 병졸이 아닌 장수들만 노려 공격하는 특별한 전술을 펼쳤다.

직접 나서서 비호처럼 세 번이나 적진을 들어갔다 나오기를 거듭하자 적장들이 새파랗게 겁에 질려 허겁지겁 도망가거나 사로잡혔다. 유신은 그들의 군기를 보이는 대로 다 뽑아서 돌아온다. 이에 사기가 오른 신라군이 일시에 공격을 재개하자 낭비성은 힘을 잃고 드디어 함락되었다.

이 전투에서 고구려군은 당황하여 제대로 반격도 하지 못하고 그대로 대오가 무너져 패퇴했다. 무려 5천 명이 사살되고, 성안에서는 두려워 감히 저항하지도 못한 채 모두 나와 항복했으니 그 포로의 수효가 1천 명이 넘는 혁혁한 공을 세우게 된다.

"옳은 장수 하나가 군사 만 명보다 낫구나. 유신 장군!"

진평왕은 만족한 웃음을 지으며 술잔을 권했다.

"아니옵니다, 폐하. 그냥 운이 좋았을 뿐이옵니다. 신라가 저를 위해 있는 게 아니라 제가 신라를 위해 있는 몸이니 소장은 앞으로도 목숨 바쳐 충성을 다하겠사옵니다."

유신은 무릎을 꿇고 경건하게 진평왕의 잔을 받는다.

낭비성 전투에서 유신은 초인적인 능력을 보였고, 크게 명성을 얻었다. 어쩌면 그 전투는 유신을 위한 화려한 데뷔전이 되었다. 이후 김용춘과 김서현, 그다음 세대인 춘추와 유신, 나아가 경주김씨와 김해김씨의 새로운 인연의 시작을 알렸다.

양자가 전쟁에서 친교를 맺어 두 가문이 결합하게 되는, 그야말로 신라 역사의 빼놓을 수 없는 연결고리가 되었고, 또한 두 가문이 군부에서 입지를 다지고 확인하는 계기가 되었다. 이때 유신의 나이 35

세, 춘추의 나이는 27세였다.

그런데 유신의 머릿속에는 불길한 생각이 숨어 있었다. 승리의 기쁨보다는 전쟁에서 얻은 마음의 무게를 내려놓기가 쉽지 않았다. 낭비성 전투에서 피를 보지 않을 수는 없었지만, 그것이 난승 스승의 말대로 극한 상황에서 어쩔 수 없는 살생유택이었는지에 대한 판단은 누구도 내려 주지 못했기 때문이다.

'사람 죽이기를 두려워하지 않는 사람은 절대로 천하를 얻을 수 없다.'고 했기에 피비린내를 자초하지 않아야 한다는 생각은 언제나 불변이었고, 그건 푸른 피가 흐르는 가야의 정신이기도 했다. 이번 낭비성 전투에서 신라가 패배 직전 상황에서 불가항력적인 살생을 택할 수밖에 없었다고 자위를 하게 되는 건 아닌지 자신을 돌아보는 시간을 가지게 되었다.

얼마 후 용화향도 중에 금성 출신인 서벌이 진평왕 뵙기를 간청했다. 왕의 속마음을 제대로 알지 못하는 그였지만, 그는 진골에 속하고 경주김씨의 권세를 갖고 있는 실세 화랑이어서 목소리에는 늘 당당함이 묻어나고 있었다.

"폐하, 유신에 대해 소인이 한말씀만 올리겠나이다. 유신은 지난번 낭비성 전투에서 공을 세웠습니다만 실상은 사실과 많이 다르다는 것을 알고 계셔야 한다고 생각하옵니다. 낭비성 전투에서는 유신의 말대로 그가 운이 좋았사옵니다. 고구려 군사들이 첨에 승리를 한 후 자축연에서 음주를 많이 했는데, 그 약점을 알아채고 다음 날 공격을 개시하여 성공을 거두었지 대단한 지략이 있는 장수라고는 보기 어렵사옵니다. 그리고 그가 신라의 장수이기는 하지만 가야의 피가 더 많이 흐르고 있사옵니다. 그래서 진정한 신라의 화랑도이기보다는 애국심이 부족하고, 살생유택을 지켜야 한다는 핑계를 삼아 장수가 전쟁에 나가 피를 흘리지 않아야 한다는 이상한 원칙만 내세우고 있사옵니다. 세상 천지에 군사들이 피 흘리지 않고 이기는 전쟁이 어디 있사옵니까? 군사들 앞에서는 헌신보다는 보신에 치중하고 있어 군의 사기를 저하시키고 있사오니, 앞으로 계속 유신을 중용할 경우 군부에 심각한 문제가 생길 것 같사옵니다. 부디 통촉하여 주시옵소서."

진평왕은 갑자기 머릿속이 혼란스러워진다. 그는 유신을 굳게 믿고 있었지만 군사들 간에 크고 작은 갈등이 생기는 것이 불쾌했고, 혹여 그의 이야기가 전혀 근거 없는 말이 아닐 수도 있기 때문이었다. 돌다리도 두드려 건너는 심정으로 '가장 진실한 보고는 하인에게서 나온다.'는 말을 생각하며, 진평왕은 용화향도 중 가장 졸병을 비밀리에 불러 유신에 대해 물어보기로 했다. 그런데 그의 답변은 서벌의 말과는 크게 배치되는 것이었다.

"폐하, 유신 장군의 몸에는 가야인의 피도 흐르고 있지만, 신라인의 피가 같이 흐르고 있사옵니다. 반면에 그의 정신에는 가야를 부흥하기 위한 것을 본 적이 없으며, 삼국을 하나로 합하기 위한 통일 의지가 활화산처럼 타오르고 있는 이 시대 최고의 장수이옵니다. 그는 결코 비겁하지도 않고 기회주의자도 아니며 가능한 피를 흘리는 전쟁보다 피를 적게 흘리고 승리하는 자세를 견지하고 있을 뿐이옵니다. 그의 죽마고우인 금충이라는 낭도가 있사오니 더 확인해 보셔도 좋으실 것으로 아뢰옵니다."

진평왕은 낭도 금충도 불러 사실을 더 확인해 보면서 유신에 대한 자신의 판단과 믿음이 틀리지 않았음을 재확인하게 된다.

"그는 어린 시절부터 소인과 같이 자랐고, 무예를 함께 배워 누구보다도 잘 아는 지기지우(知己之友)인데, 유신의 진실성과 신의는 특별한 것으로 알고 있사옵니다. 한겨울 훈련 중 추위에 지친 낭도가 있으면 자신은 맨살을 드러내고 스스럼없이 옷을 벗어 주는가 하면, 나라에 충성하고 부모에게 효도할 줄 알며, 불의를 보고는 참지 못하는 등 예사로운 인물이 아니옵니다. 특히 무예에만 뛰어난 것이 아니라 많은 책을 읽어 문무를 겸비하여, 사리 판단에도 한쪽으로 치우치지 않는 명철함이 있사옵니다. 그의 선조들은 이미 신라 왕족과 결혼하여 신라의 피가 맥맥히 흐르고 있으며, 다만 전쟁은 피를 부르기 때문에 삼국을 전쟁 없이 하나로 합해야 한다는 그 누구도 가지지 못한 전략을 갖고 있사옵니다. 그래서 그의 투구에는 물새의 푸른 깃털을 볼 수 있사옵니다. 그것은 전쟁을 멀리하고 지략으로 이긴다는 정신과 숭고한 평화 통일의 의지를 나타내는 표식으로 보시면 되실 것이옵니다."

유신은 기실, 가야의 푸른 피가 섞여 있음을 자랑스럽게 생각하면서도 신라 사람이라는 것에 더 강한 자부심을 갖고 있었다. 어차피 통일을 위해서는 멸망한 옛 가야에 향수를 갖는 것보다 자기를 품어 주고 있는 신라를 위해 목숨을 바쳐야 한다는 것이다. 그러나 그가 전쟁터에 나서는 장수지만 가야가 그랬듯이 가능한 전쟁은 피하고 평화를 사랑해야 한다는 태도는 투철하게 견지했다.

"백 번 싸워서 백 번 이기는 것보다, 싸우지 않고 굴복시키는 것이 가장 좋은 계책이다. 칼을 갖고 있어도 공격을 위해 사용하면 안 되며, 자기방어를 위해 갖고 있는 것이다."라고 늘 입버릇처럼 외우고 다녔다.

그런 그는 화랑오계와 난승의 경고를 한시도 잊지 않았으니, 남다른 좌우명과 고매한 인품으로 인해 지략이 뛰어난 화랑의 최고 우두머리인 '국선'이라는 호칭이 오래도록 따라다녔다.

"네가 덕만 공주님과 결혼하여 부마가 되면 왕이 되지 않느냐?"

어느 날 만명 부인이 아들 유신을 불러 정중하게 타이르듯 말한다. 유신의 아버지 서현도 부인과 같은 생각을 했지만 너무 왕위에 욕심을 내는 것 같아 차마 그 말을 꺼내지는 못했다. 그러면서도 진평왕의 눈에 들어 이미 낙점이 된 아들인데, 왜 덕만과 결혼하면 안 될까? 덕만이 너무 연상이어서 그렇다는 말인가? 천년에 한번 오지 않을 호기를 놓치는 것 같아 설핏 화가 치밀어 오르기도 했다.

하지만 유신의 생각은 달랐다. 진평왕의 부마가 되어 유신이 왕 노릇을 하고자 한다면 그와 가장 절친한 알천마저도 등을 돌리게 될 것이다. 알천이 제 아무리 유신과 친하다고 하더라도 신라 왕족으로서 가야계가 왕이 되는 것을 절대 그냥 두고 보지 않을 것이라는 걸 미리 예견한 것이다.

"아버지, 결코 그렇게 되어서는 안 될 것입니다. 우리는 어떻게 해서든 2인자가 되어야 하지, 1인자가 되어서는 곤란합니다. 그리고 설혹 그럴 생각이 있다 하더라도 발톱을 숨기는 것이 2인자의 성공 비결이라 알고 있습니다. 만약 제가 왕이 된다면 신라의 모든 귀족들이 연합하여 우리를 적으로 삼게 될 것입니다. 그러면 서라벌에 큰 내전이 일어납니다. 가야 세력과 신라 세력이 싸움을 벌이게 될 것이고, 그 뒤 우리는 결단코 살아남을 수 없습니다. 그러므로 덕만 공주님을 반드시 여왕으로 만들어야 합니다. 그게 우리가 사는 길입니다."

유신은 이렇듯 참으로 영민한 사람이었고, 그는 이미 서라벌의 권력 판도를 넘어 주변 삼국과 중원 대륙의 판세까지 읽어 내는 천리안을 갖고 있었다.

살아남기 위한 합종연횡

신라 고구려 백제가 성장했던 시기는 중국의 5호16국(五胡十六國, 304~ 439) 시대로 수많은 나라들이 난립해 싸우기에 바빴다. 이 과정에서 별로 외부 침입이 없었으므로 이것이 오히려 삼국이 발전하는 계기가 된다. 하지만 한 나라가 통일을 하면 주변 3국이 망한다는 말처럼 한 나라가 강성해지면 주변국들이 많은 영향을 받을 수밖에 없다.

그렇지만 침략을 해 오면 어느 나라가 가만히 앉아 속절없이 당하고 있을까? 서로 자국 이익을 위해 합종연횡(合從連衡)을 하거나, 가까운 나라는 공격하고 먼 나라와 친하게 지내는 원교근공(遠交近攻)의 카드도 뽑게 된다.

아직 민족이라는 개념은 싹트지 않았지만, 인접국들이 발음은 달라도 한자로는 서로 소통이 가능한 한자 문화권이었으니 이런 언어의 동질성은 문물 교류를 활발하게 하고 동맹을 맺는 데 도움이 된다. 그러니 언어가 같아도 적이 되고, 적이 되었다가도 우방이 되는 일이 얼마든지 생기게 된다. 이 무렵 수, 당나라가 중원을 통일하고 강성해지자 서서히 주변국 정세가 불안의 회오리 속에 휩싸인다.

십자(十字)는 두 개의 축이 교차한다. 힘이 교차해 균형을 이루면 문제가 없겠지만 그 중심은 우열을 거듭하다 어느 한 곳으로 기울어지고, 패전과 멸망의 시간으로 이어진다. 교차된 십자 복판에 서 있으면 그래도 안전할 것이지만 그 중심은 완충지대가 아니라 위험지역이 되고 그곳에도 전쟁의 화살이 날고 피비린내가 난다.

십자포화의 정점, 어디에 서서 어떤 시점에 어떻게 힘을 쓸 것인가? 동서축이건 남북축이건 한 곳이 꺾이면 동맹은 무용지물이 되고 언제 그런 일이 있었느냐며 다시 다음 시대로 슬그머니 넘어가고 만다. 다 자기 논에 먼저 물을 대려는 것처럼 강자는 아전인수식으로 생각을 버무려 버린다.

수(隋, 581~619)나라는 5호16국으로 분열되었던 시대의 혼란을 끝내고 통일을 이루게 된다. 하지만 통일했으면서도 늘 눈에 가시처럼 남는 존재가 고구려였고, 백제와 신라는 마음만 먹으면 얼마든지 손아귀에 넣을 수 있다는 계산을 갖고 있었다. 그러면서 수나라도 혼자 힘으로 고구려와 싸운다는 것은 무모할 수 있다는 생각을 하게 된다. 확실하게 고구려를 제압하려면 새롭게 한강 유역을 차지한 신라와 연합을 하는 게 유리하다는 생각을 갖고 있어 신라와의 동맹은 이렇게 절묘하게 맞아떨어진다.

반면 이에 대항하기 위해 고구려는 돌궐, 신라에 등을 돌린 백제, 백제와 친한 왜와 서로 손을 잡는다. 이렇게 동서와 남북 진영의 대립은 현실이 되고 머지않아 큰 싸움이 벌어질 것은 누구나 예상이 가능한 일이었다. 고구려는 전쟁 위기가 고조되자 위협을 느낀 나머지 말갈족과 연합해 먼저 수나라 요서지방을 선제적으로 공격했다.

고구려의 급습에 놀란 수나라는 이참에 고구려를 아예 없애 버릴 심산으로 동원할 수 있는 모든 병력을 총동원해 113만 대군을 조직하여 싸움터로 나선다. 하지만 고구려는 을지문덕을 앞세워 지략과 술수로 수나라 대군을 살수에서 거의 몰살시키고 말았으니 이것은 이변 중 이변이었다.

전쟁에서 진 수나라는 그 후유증으로 결국 자신들이 먼저 멸망하고, 수나라가 망한 뒤를 이어 당나라가 새롭게 탄생한다. 당나라는 수나라가 망한 것을 거울삼아 처음에는 고구려에게 우호적으로 접근했으나 얼마 가지 않아 다시 적극적으로 공격하겠다는 야심을 드러낸다.

당(唐, 618~907)나라의 초기 황제들은 주변국을 공격해 세계 최강의 국가로 점점 영토를 넓혀 나간다. 늘 자신들이 천하의 중심이라고 자처했으니 그들의 통일로 인해 주변국들과의 크고 작은 충돌은 피할 수 없게 되었다. 당 태종은 중앙아시아를 지배하고 있던 유목민을 상대로 전문적인 징집병을 양성했다. 이를 통해 비단길을 장악했으며, 많은 왕조와 국가들이 당나라에 조공을 바치도록 하고 당나라가 직접 간접적인 통치를 하기도 했다.

백제는 신라보다 가까운 당과의 연합보다 고구려와의 동맹을 결성하며, 신라를 압박했다. 백제도 초창기에는 당나라와 우호 관계를 유지하면서 무왕 때는 친선 사절을 보내고, 의자왕 즉위 시 당나라에 조공사를 보내 작위를 받을 정도로 가까웠으나 당나라가 신라와 관계가 가까워지자 말없이 등을 돌리게 된다. 왜냐하면 신라가 구진벼루에서 유신의 할아버지인 무력 장군이 백제의 성왕을 참수한 사건으로 용서할 수 없는 철천지원수지간이 되었기 때문에 꼭 신라를 멸해야 한다는 입장을 견지하고 있었다.

고구려는 요동에 천리장성을 쌓고 전쟁에 대비한다. 하지만 당 태종은 고구려를 공격하기 위해 총력을 기울였으나 결국 안시성 전투에서 패배하게 된다. 이는 막강한 당나라의 침입을 훌륭하게 막아 냄으로써 결과적으로 백제, 신라, 왜까지도 보호받는 반도의 방파제 역할을 한 셈이다. 그러나 파도가 심하면 둑이 깎여 나가듯 이런 빈번한 전쟁으로 인해 나라의 국력도 점점 약해져 가는 건 어쩔 수 없는 수순이었다.

신라는 고구려나 백제에 비해 국력이 훨씬 약했고 선제공격을 감행할 만큼 호전적이지도 못했다. 오만한 제국주의 성향은 찾아보기 힘들었고 스스로 살아남기 위한 생존주의(生存主義, survivalism 서바이벌리즘) 성향이 더 강했다. 그것은 화랑제도의 도입이나 최초의 여왕 등극, 호국불교 채택과 황룡사, 첨성대 건립 등에서 드러난다. 진흥왕은 영토 확장에 힘을 기울였으나 손자인 진평왕이 뒤를 이어 신라에서 가장 긴 53년간 재위했지만 큰 업적보다는 욕심 없이 무난하게 정치를 이끌었을 뿐이다.

이런 상황에서 신라는 점점 백제, 고구려의 지속적인 공격으로 국가의 존립마저 위태롭게 되었으니 종국에는 살아남기 위한 몸부림을 칠 수밖에 없다. 하는 수 없이 고구려에 가서 구걸하거나 왜나라에 가서 머릴 조아리게 되는 것이다. 거기서 일이 잘되지 않는다면 마지막으로 손 벌릴 곳이라곤 당나라밖에 없으니 그저 죽고 살기로 매달릴 방도뿐이었고, 한편 당나라는 눈엣가시인 고구려를 멸하기 위해서는 신라와 손을 잡는 동맹이 필요하다고 인식했다.

눈앞에 놓인 현실을 보며 유신은 생각한다. 영토 확장이 전쟁을 부르고, 전쟁이 피를 부르며, 피는 다시 복수를 부르게 되어, 전쟁을 좋아하는 민족은 결코 평화로운 시대를 구가하기 어렵다는 것, 이런 고리를 끊는데 자기가 중심 역할을 해야겠다는 통 큰 생각을 한다.

싸움을 배척하고 평화를 가져오는 지름길은 통일밖에 없다. 그 길로 가는 첫걸음이 바로 십자동맹! 그 연대를 통해 저마다 위기를 기회로, 혼란을 질서로, 절망을 희망으로 반전하는 그림을 그리고 있는 각국들의 눈치작전은 치열하기만 하다. 미래는 아무리 두 눈으로 살피고 크게 부릅떠도 오리무중이자 변화난측이다.

크고 작은 전투가 꼬리에 꼬리를 잇자 유신의 마음은 잘 안정되지 않는다. 그런 유신은 힘들 때마다 기도의 응답을 받던 단석산 석굴을 찾는다. 의미심장하게 두 눈을 감고 오래도록 석상처럼 자세를 흩트리지 않고 곧게 앉는다. 굴속에서 가끔씩 물방울 떨어지는 소리만 들린다. 그러다 유신이 무슨 계시라도 받은 듯 두 주먹을 불끈 쥐었다가 손바닥을 천천히 편다. 그리고 낮으면서도 힘 있는 목소리로 스스로에게 명령하듯 말한다.

"신라, 백제, 고구려의 운명이 내 손 안에 들어 있다. 손을 펴면 삼국을 의미하는 세 줄의 가는 손금이지만 주먹을 쥐면 한 줄의 굵은 손금으로 합쳐지는 통일! 아버지의 가슴으로 들어온 별, 해, 달의 태몽처럼 저마다 빛을 가진 세 나라를 내 가슴에 꼭 품게 되리라."

며칠 후 유신은 서라벌에서 가장 이름난 화공인 동추를 불러들였다. 그리고 동추에게 그림 한 장을 그려 달라고 한다.

"동추야, 고구려와 백제와 신라 세 나라를 합치면 무슨 형상이 되겠느냐?"

"소인이 알기로는 호랑이 형상이 될 것 같사옵니다."

"아니, 그건 틀린 말이다. 내가 낭도 시절에 배우기로는 독수리 형상으로 안다. 그래서 넌 삼국을 합친 우리 반도 안에다 서해로 향해 비상하는 멋진 독수리 한 마리를 그려 넣도록 하라. 나는 삼국이 평화로운 하나의 나라가 되는 꿈을 이루고자, 그림이 완성되면 매일 이 그림을 보면서 독수리의 기상을 안고 통일의 꿈을 펼쳐나갈 것이다."

"장군님, 독수리는 날카로운 부리와 발톱도 중요하지만, 그보다는 날개와 머리가 더 중요하다고 생각하옵니다. 날개를 펼치지 않는 독수리는 날 수 없지만, 더 중요한 것은 독수리의 머리가 어디로 향하고 있느냐 이옵니다. 머리를 대륙으로 향해야 한다는 장군님의 큰 뜻을 담아서 그려 보겠사옵니다."

몇 달 후 동추가 그림을 완성하자 그것을 유신이 보고 크게 기뻐한다. 독수리의 눈이 마치 산둥반도를 먹잇감으로 포획하려는 것 같아 보였다. 독수리는 하늘을 날아야 하고, 날기 위해서는 수천수만의 깃털이 필요한데, 그림의 깃털 하나하나가 하늘을 가르는 듯, 바람을 품는 듯, 활개를 치는 듯, 금세라도 날아 고공 비상을 할 것 같은 생동감이 느껴진다.

"그렇다, 그림 속의 독수리 비상을 보아라. 한반도를 중심에 두고 말갈-돌궐-고구려-백제-왜와 당-신라가 십자를 이룬 중심에 눈부신 독수리의 형상이 눈에 들어오지 않는가. 이 십자동맹은 세력 규합을 통한 전쟁이 아닌 균형을 위한 상호 견제와 국경이 없는 비상의 동맹이 되어야 한다. 난 십자의 중심축이자 반도의 단전을 굳건히 딛고 살며 삼국이 하나되는 통일을 꼭 이루고야 말겠다."

백성 한 사람은 작은 깃털에 불과하지만, 그것은 왕인 몸통 못지않게 중요하다. 독수리의 몸통과 날개가 따로 논다면 날지 못하는 힘없는 새가 되지만, 서로 일체감을 가지면 하늘을 누비는 위엄 있는 제왕이 된다.

사람들의 목숨에는 귀천이 없으므로, 장수들은 군사 한 사람의 목숨이라도 절대 소홀히 여겨서는 안 되며, 유신은 그것이 장수가 가져야 할 기본 지표라고 강조한다. 그러면서 십자동맹을 통해 신라의 힘을 키워 나가는 것보다는, 삼국이 화합하는 역사를 이루는데 혼신을 다해야 한다는 각오를 독수리 그림을 통해 다시금 다지게 된다.

모란 꽃씨를 보낸 뜻은

　진평왕이 덕만 공주(德曼, 선덕여왕)가 왕위를 잘 계승할 수 있도록 여건을 온전하게 만들어 가자, 이 소문이 당 태종의 귀에까지 들어간다. 서기 630년, 태종은 여자가 왕이 되는 것을 속으로는 못마땅하게 생각하면서도, 겉으로는 신라와 동맹을 맺기 위한 속셈이 있어 동맹국의 입장에서 미리 즉위를 축하하는 특별한 선물을 보낸다. 붉은색, 자주색, 흰색으로 그린 모란도(牡丹圖) 한 점과 그 모란 꽃씨 석 되를 사신을 통해 보내 왔다.

　"그림의 꽃은 고우나, 나비가 없으니 향기가 없을 것이다."
　"공주마마, 아니 그걸 어떻게 아시옵니까?"
　묻는 신하의 물음에 덕만 공주가 답한다.
　"보내온 씨앗을 심어 보면 알 것이다."
　공주의 말에 옆에 있던 신하들은 무슨 영문인지 몰라 어리둥절해한다.

　후일 신하들이 씨앗을 궁궐 후원에 심었더니 꽃이 피었다. 그러나 모란도의 꽃 색깔인 홍색 · 자색 · 백색과 다르게 분홍색 · 황색 · 노랑색이었고, 향기도 미미했다. 좋은 향기란 코로 맡는 후각적 향기가 아니라 진심어린 마음의 향기가 없다는 것을 미리 읽어 낸 덕만은 당 태종의 '모란도'에 대해 신하들에게 설명한다.

"모란은 꽃 중의 왕(花中之王)이며, 국색천향(國色天香)이라 하여 당나라를 대표하는 꽃이다. 그 꽃은 부귀와 아름다운 여자를 상징하는데, 보내온 모란도에는 정성은 담겨 있지만 나비가 없다. 그건 모란과 나비를 함께 그리면 80세까지만 부귀를 누리라는 뜻이 되므로 나비를 그리지 않았다지만, 얼핏 들으면 그럴싸해도 숨은 뜻은 그게 아니다. 당 태종의 진의는 그림에 있지 않고 씨앗에 숨어 있다. 모란은 대개 씨로 번식하지 않고 접붙이기나 뿌리로 번식하는데 그 이유는 씨를 심으면 원래의 꽃과 다른 색깔의 꽃이 핀다는 점이다. 그러니 태종의 속마음은 우리에게 뿌리는 줄 수 없고, 다른 색깔의 꽃을 피우는 씨앗을 주었으니, 그것은 필시 겉과 속이 다르다는 것을 암시한 것으로, 이는 당나라가 다른 속셈을 갖고 있다는 것을 대신들은 분명히 알아야 할 것이다. 나는 후원에 심어 둔 모란을 지켜보면서 쓸개를 맛보며 복수의 칼을 갈았다는 월나라 왕 구천처럼 내 마음을 공고히 다스려 갈 것이다."

춘추와 유신도 덕만 공주의 말에 귀를 기울이면서 영민함에 탄복한다. 당나라가 중원을 통일한 대국으로서 신라에 대해 너무 치졸한 처신이라는 점에 공감한다. 당시 모란 한 포기가 비단 25필, 10가구 중인(中人)들의 1년 세금과 맞먹는 비싼 선물이니 그 씨앗 역시 귀한 선물이기는 마찬가지였다. 그러나 선물 가격을 떠나 외교적으로 보면 모란의 꽃만 보고, 뒤에 가려져 있는 씨를 보지 못한다면 그것은 참으로 어리석은 판단이 된다는 것을 깨닫게 했다.

서기 632년, 진평왕은 재위 53년 만에 세상을 떠나고, 계획대로 왕위를 덕만이 물려받는다. 진평왕이 세상을 떠나자 화백회의(和白會議)에서 덕만을 왕위에 추대하고, '성조황고(聖祖皇姑)'란 호를 올렸다. 신라 최초의 여왕으로 선덕여왕(善德女王)이 즉위할 수 있었던 것은 '성골(聖骨)'이라는 특수한 왕족 의식이 배경이 되기도 했지만, 더 중요한 것은 춘추와 유신이 선덕여왕을 튼튼히 보필하고 있었기 때문이다.

선덕여왕은 두 사람의 보좌를 받으며 내부로는 나라를 그런대로 이끌어 나갔지만, 외부로는 백제와 고구려의 끊임없는 침략으로 인해 근심이 늘어 가고 있었다. 어느 날 유신은 궁궐의 후원을 지나다가 눈앞에 보이는 모란꽃이 유신의 마음을 건드리고 말았다. 욕심이 많은 강국에게 비굴하고 치사하게 굽신거려야 하는 약자의 설움 같은 것이 순간 북받쳐 올라왔다. 자신도 모르게 검을 뽑아 모란꽃 송이들을 단칼에 쳐 버리자 추풍낙엽처럼 떨어지고 만다.

"폐하, 제가 당 태종이 선물한 모란꽃을 칼로 사정없이 쳐 버렸습니다. 송구하옵니다."

"아니 그걸 왜 쳐 버렸소? 이 사실이 당나라 태종의 귀에 들어가기라도 하면 크게 시끄럽지 않겠소?"

"소인은 그보다도 폐하께서 꽃을 보시며 마음을 다지고 계시는 선물을 훼손하였기에 용서를 구하는 것이옵니다. 후일 당나라가 딴 속셈을 품고 언제 어떤 방법으로 우리를 곤경에 몰아넣을지 예의 주시하며 철저히 대응하겠사오니 이제 모란도의 굴욕은 잊으시옵소서."

이렇게 당 태종의 의도를 간파한 선덕여왕은 '향기로운 황제의 사찰'을 지어 불교를 통해 국력을 모으려고 분황사를 지으며 한 수 높게 신앙으로 대응한다. 이 절은 신라 최초로 여왕이 된 것을 내외에 알리는 상징적인 절로, 나라를 지키는 호국룡이 살고 있는 곳으로 믿고 신성시했다.

　그랬지만 백제와 고구려에 대항하기 위해서는 왕위에 오르자마자 본의와 다르게 당나라에 사신을 보내며 친교를 위해 노력할 수밖에 없었다. 선덕여왕 또한 딴마음을 먹는 당 태종과 별반 다를 게 없다. 누구나 살아남기 위해서는 한마음과 딴마음을 동시에 품지 않는 왕은 어디에도 없는 것, 나라 간에는 물불 제대로 가려 가며 진심으로만 대하기란 참으로 어렵다는 것을 유신은 모란도 사건을 통해서 이해하게 되었다.

피는 피를 부른다

수, 당이 고구려와 치열한 싸움을 하는 동안 신라는 백제로부터 맹렬한 공격을 받아 나라가 위험에 처한다. 7세기 전후 백제는 군사적으로 매우 강한 나라였다. 600년 무왕 즉위 이래 의자왕 19년(659)까지 백제는 신라를 21회 침공해 81개 성을 빼앗았으니, 이 군사력은 어느 나라에도 뒤지지 않는 막강한 전력이었다. 상대적으로 신라는 백제에 비해 크게 열세여서, 백제는 마음만 먹으면 신라를 공격하고 영토를 빼앗는 것이 거의 일상이었다.

서기 640년에 접어들면서 백제는 신라에 대해 부쩍 적극적인 공세를 취했다. 여왕이 재위하고 있다는 것이 빌미를 주기도 한 것이다. 642년 7월 백제 의자왕(義慈王)은 친히 군사를 거느리고 신라 서쪽의 40여 성을 함락시켰다. 8월에는 고구려 군사와 연합해 신라의 대중국 교통 거점인 당항성(黨項城, 현 화성)을 공격했다.

그중에서 피에 피를 부르게 되는 중대한 사건이 발생한다. 642년 8월 의자왕은 장군 윤충(允忠)에게 군사 1만 명을 주어 신라 대량성(현, 합천)을 공격하게 한다. 이 성은 옛 가야 지역을 다스리는 중요한 곳인 동시에 서라벌로 들어오는 길목이자 전초기지로 왕가의 명예가 걸린 곳이어서 신라는 이에 크게 당황했다. 당시 춘추의 권력이 맹위를 떨치고 있을 무렵, 그 대량성 도독(都督)이 춘추의 사위이자 오른팔인 김품석(金品釋)이었다. 그런 점에서 대량성은 그 어떤 성보다 신라의 보루 같은 중요한 곳이었으니, 백제는 이 전투에 사활을 걸게 된다.

 품석은 벼슬이 신라 17관등 중 2번째인 이찬까지 올라 김춘추의 사위가 되었는데, 그만큼 인품이나 무예를 갖춘 인물이었다. 다만 대량성 도독이 된 이후 권력이 생기다 보니 주변에 사람들이 들끓고 아첨하는 무리들이 생긴다. 이럴 땐 언행을 신중히 해야 하는데, 남자다운 호기가 넘치는 게 그의 약점이었다. 하기사 남자라면 어느 정도의 호기는 사내다운 행동이라며 흠결이 되지 않을 수도 있으나, 그것이 도를 넘으면 문제는 달라질 수 있었다. 품석의 휘하에 40여 개 성이 있다 보니 점차 권력에 의한 오만함이 생겨 백성들에게 그다지 좋은 평을 받지 못하게 된다.
 장수는 부하들을 잘 둬야 하고, 행동거지를 바르게 해야 하지만 어찌 그것이 쉬운 일인가? 항상 권력 뒤에는 위협이 도사리고 있고, 그 위협 속에는 부정과 술수가 호시탐탐 올무를 놓고 있다는 것을 간과했으니 그의 불행은 그렇게 시작되었다.

 품석에게는 자기를 가장 가까이에서 보좌하는 막료로 사지(17관등 가운데 13째 등급)라는 계급을 가진 검일(黔日)이 있었다. 검일은 출세욕이 남들보다 아주 강해 늘 자신의 계급이 낮은 것을 한탄했다. 그러면서도 품석을 하늘처럼 받들고 있었는데 승진이 생각보다 빨리 이뤄지지 않자 잔꾀를 부리게 된다.
 검일의 부인은 뛰어난 미색이다. 그래서 부인을 미인계로 이용해 품석에게 올가미를 씌운 다음 그것으로 협박하면 얼마든지 자신의 승진을 보장받을 수 있다는 음모였다. 부인에게 자신의 뜻을 이야기하며 자기가 시키는 대로 한번 시늉만 하면 몇 관등쯤 가뿐히 승진해 평생 호강을 누릴 수 있다고 설레발을 친다.

"세상은 너무 정직하게 살면 경쟁에서 늘 처지게 마련이라오. 품석 도독의 장인은 장차 왕이 될 분이고 그 사위가 도독이니 그가 말 한 마디만 하면 나 같은 사람은 최소 4두품까진 거뜬히 오를 수 있을 것이오. 그러니까 내 말을 잘 듣고 그대로 한번 실행하기만 하면 되는 것이오. 더구나 당신은 명모호치라서 그냥 눈빛만 주어도 품석 도독은 유혹되고 남음이 있을 것이오."

좀 비겁하지만 그것도 하나의 능력이지 않을까? 다른 사람들이 아내가 지나갈 때면 대량성이 소란하다 하지 않는가? 그러니 그 미인을 보고 그냥 지나칠 위인은 어디에도 없다는 생각을 하면서 검일의 눈에서는 끈끈한 광기가 흐르고, 입에서는 야릇한 미소가 번져 간다.

며칠 후 품석이 검일의 집 앞을 지나가게 된다. 때를 맞춰 검일은 아내를 잘 치장시켜 품석이 지나갈 때를 살피라 하고, 자신은 핑계를 대고 품석을 수행하지 않고 집 뒤란에서 일을 수행하기 위해 동태를 살피고 있다. 이윽고 시간을 맞춰 아내가 집 앞에서 다소곳이 서 있다가 품석이 지나가자 부끄러운 듯한 표정을 짓더니 고개를 숙이며 교태가 깃든 인사를 한다. 지나가던 품석은 눈이 번쩍 뜨일 정도로 미색인 여인이 자기를 보고 추파를 던지며 인사하는 것을 보고 모른 척 지나갈 리가 없었다.

"넌 누구인데 이렇게 나와서 내게 인사를 하느냐?"

"예, 소녀는 말을 알아듣는 꽃이랍니다. 잘 생기시고 훌륭하신 도독님의 모습을 한번이라도 가까이서 뵙고 싶어 이렇게 몇 시간째 기다리고 있었습니다."

품석은 검일의 덫에 걸려 넘어가고 있었다. 여자의 미색에 마음이 금세 흔들리고 몸이 후끈 뜨거워진다. 의도된 함정에 빠지는 것은 순간이고 시간문제였다. 검일의 부인은 혼자 사는 여자라 속이고 방으로 품석을 유인해 맞이한다. 그리고 물 한 그릇 마실 시간이나 지났을까? 갑자기 검일이 방문을 박차고 급습하여 반라가 된 두 사람 앞에 서서 미친듯이 소리친다.

"아니, 이런 빌어먹을 연놈들! 내 손으로 당장 죽여 버리겠다."

칼을 뽑아 들고 검일이 부들부들 떤다. 품석이 얼른 매무새를 추스르고 일어나 뭔가 이상한 낌새를 차린다. 그러나 망신살은 이미 뻗쳤고 검일에게는 씻지 못할 약점을 잡혀 버린 것이다. 더 이상 할 말이 없고, 두 손을 저어 검일의 칼을 거두게 한다. 그사이 검일은 자기 작전대로 부인의 뺨을 때리며 큰 죄라도 지은 여자를 응징하는 강경한 태도를 취한다. 부인을 밖으로 나가게 한 후 검일은 이때다 싶어 다급히 본론으로 들어간다.

"도독님, 저는 신라를 사랑하고 도독님을 존경하며 신라의 녹을 먹고 살아왔습니다. 그러나 저는 오늘에야 모든 걸 다 저버리고 싶을 정도로 크게 실망했습니다. 하오나 이 광경은 세 사람밖에 모르니까 비밀로 하고, 저는 계속 도독님의 우직하고 충성스런 부하가 되겠습니다. 하오니 저의 관등을 지금보다 몇 등급만 올려 주시면 아내의 입단속까지 제가 책임지겠습니다."

두뇌 회전이 빠른 품석은 이미 이들이 판 함정에 자신이 빠져 있다는 것을 눈치채고 우선 검토해 보겠다고만 대답을 한다. 검일은 예상 외로 품석이 여유 있고 당당하게 나오는 것을 보고 적잖이 불안감을 느끼며 그 자리를 떠난다.

그리고 다음 날 검일은 품석의 답을 기다렸으나 어제 무슨 일이 있었느냐는 듯 하루 종일 한마디 말도 없다. 이제는 검일이 스스로 큰 위험에 빠져들고 있다는 생각이 들어 머리를 조아려 보지만 이대로 있을 수도 없고 그렇다고 대응을 할 수도 없는 진퇴양란이었다. 어쩌면 자기 의도를 다 알아챘으니 목숨이 위태로울 수 있다는 불안감이 엄습해 온다. 이윽고 긴 한숨을 쉬더니 작심을 한 듯 아내에게 지금 상황이 꼬여 자기는 백제로 투항할 것이라고 말한다.

"상황이 무척 화급하오. 한시라도 빨리 백제로 도망갑시다. 그 길만이 우리가 살 길이오."

"여보, 나는 당신이 시키는 대로 했는데 결국 이렇게 큰 죄를 짓게 되었군요. 내가 백제로 간다면 큰 죄 하나를 더 짓는 게 되므로 난 이곳을 떠나지 못하겠습니다. 품석 도독과는 아무 일이 없었으니, 당신이 오히려 품석 도독님에게 잘못을 빌고 저와 같이 살도록 해요."

검일의 눈빛에 살기가 돌았다. 그리고 며칠 후 백제 장수 윤충이 1만 대군을 이끌고 대량성을 공격해 온다. 검일과 모척(毛尺)은 발걸음과 동작이 빨라지기 시작했고, 얼마 지나지 않아 성안의 곡식 창고 여러 곳에 산더미같이 거대한 불길이 치솟아 오른다. 이미 군사들이 불을 끄기에는 역부족이었으며, 성안이 벌집을 쑤셔 놓은 듯 뒤집어지고 있었다.

"여봐라 저 반역죄인 검일과 모척을 당장 잡아들여라."

품석이 큰 소리로 외쳤지만 그들은 이미 곡간에 불을 지르고 성을 빠져나간 뒤였다. 하늘의 절반 정도를 가린 화염을 뿜어내며 맹렬히 타오르고 있는 곡식 창고는 품석 도독과 부인 고타니를 절규하게 만든다. 때는 늦었고 물은 엎질러진 것이니 그다음 방법이 무엇인지를 생각한다. 하지만 성안에 있는 창고의 식량이 불타고 나면 대량성 안에서 군사들이 더 이상 버틸 재간이 없다.

검일은 끔찍한 반역을 저지르고도 눈 하나 깜짝하지 않고 백제로 가지 않겠다는 죄 없는 부인 목을 칼로 사정없이 내려친다. 자기가 곁에 없는 한 부인을 살려 두면 후환이 된다는 생각뿐이었다. 그리고 한술 더 떠서 '품석 도독이 자기 부하의 부인을 강간하고, 소문날 것이 두려워 죽여 버렸다.'는 소문을 퍼뜨리며 신라를 배반하고 백제로 달아났다.

그러면서 애국자인 것처럼 '자신은 원수를 상관으로 모실 수 없고, 그 원수를 갚기 위해 백제로 간다.'며 윤충(允忠) 장군 휘하로 들어가 신라를 공격하는 백제군의 앞잡이가 된다. 이런 소문이 삽시간에 대량성과 인근 고을에까지 퍼지니 누가 이런 품석을 적극 지지하고 도와주겠는가.

이때 품석의 막료인 이찬 서천(西川)이 이럴 때일수록 지혜를 내야 한다면서 백제에게 일단 항복하고 후일을 도모하자고 건의한다. 품석은 불가항력적인 상황이지만, 만일 유신이 백제의 침공 소식을 접하고 빨리 지원군을 이끌고 온다면 얼마든지 상황이 반전될 수 있다는 실낱같은 희망을 걸고 기다리는데, 어느새 성 밖에서는 품석을 향한 윤충의 목소리가 크게 들려온다.

"나는 백제의 윤충 장군이다. 내가 목숨을 보전해 줄 테니 어서 성문을 빨리 열어라. 그러면 너도 나도 서로 피를 흘리지 않는 좋은 일이 아니겠느냐. 나의 이 말은 정녕코 저 하늘의 해를 두고 지킬 것을 맹세하겠노라."

이에 마음이 흔들린 품석이 그 말을 믿고 성문을 열게 한 다음 군사들을 성 밖으로 나가게 하자 성 주변에 있던 백제 복병들은 신라 군사들을 무참히 살해했다. 창고는 불타 버렸고, 윤충에게 속아 성문을 열어 주었으니 싸움 자체가 제대로 될 리 없었다. 완전히 절망에 빠진 품석은 부인 고타니를 자기 손으로 죽이고 본인도 스스로 목숨을 끊고 만다.

"죽죽(竹竹)은 나의 아버지가 지어 준 의로운 이름이다. 내가 어찌 백제에게 항복하겠느냐. 나는 대나무처럼 부러질 순 있어도 굽힐 수는 없다. 네 무릎 위에 사는 것보다 차라리 네 발 아래서 죽는 것이 낫다."

화랑 죽죽(竹竹)과 용석(龍石)은 백제군에 대항해 잔여 병력으로 끝까지 결사 항전한다. 이미 전세를 돌이킬 순 없었지만 화랑으로서 임전무퇴의 정신을 발휘하며 장렬히 전사하고 만다. 반면 죽은 품석과 부인 고타니의 목을 잘라서 바친 검일은 의자왕의 큰 환대를 받는다. 백제는 그들의 주검을 묘도 지어 주지 않고 백제의 궁궐 계단 밑에 묻어 사람들이 무수히 짓밟고 다니도록 하였는데, 관산성 전투에서 전사한 성왕의 원한을 이렇게라도 풀고자 함이었다.

춘추가 이 소식을 뒤늦게 전해 듣자 자리에 털썩 주저앉아 버린다. 그는 정신이 나간 사람처럼 넋을 잃고 사람들이 지나가도 알아보지 못할 정도였다. 그렇게 며칠을 혼미하게 있다가 하루는 무슨 좋은 생각이 난듯 벌떡 일어나 두 주먹에 힘을 주며 혼잣말로 중얼거린다.

"내가 이러고 있을 때가 아니지. 안 된다. 신라를 살리고 내 딸과 사위의 원수를 반드시 갚아야 한다. 아니 이 기회에 백제를 아예 초토화시켜 버려야겠다. 난 이 시간 이후 백제와의 전쟁을 선포한다. 그게 아니면 차라리 내가 죽고야 말리라."

싸우지 않고 이기는 법

신라는 삼국 중 군사력은 약했지만 정신력은 제일 강했다. 물리적인 군사력을 이기는 것은 곧 강건한 정신력이다. 그런 정신력은 어디에서 오는 것인가? 원화에서 시작된 화랑정신, 그들은 자신의 목숨보다 나라와 부모와 친구를 우선시하고, 그것을 위해서 목숨까지 바칠 수 있는 덕목을 최고의 명예와 가치로 삼는다. 유신의 기개와 용감함, 그 안에는 늘 이런 화랑정신으로 충만해 있다. 그는 대를 위해서 소를 희생하고, 개인의 욕심을 엄격히 단속하며, 신라의 군사와 백성들을 다중의 결속과 충천한 사기로 키워 나간다.

그러나 전쟁을 하지 않고 삼국을 하나의 나라로 만든다는 건 말이 되지 않는다. 머리가 세 개인데 두 개를 잘라 내지 않고 남은 하나의 몸으로 살아가게 한다는 게 가능한 일인가? 유신은 매번 상황에 맞는 계책을 찾는데 최선을 다하며, 상황 발생 시마다 각각 다른 방법으로 전술을 구사한다. 변화난측한 계책으로 상대방은 대응 자체가 어려워 우왕좌왕하다가 일격을 당해 패배하는 일이 다반사였다. 유신은 무조건 공격 명령을 내려 겉으로 호기를 부리는 것을 삼가고, 한 명의 부하라도 희생시키지 않도록 덕장의 도리를 다해야 한다는 입장을 철저히 고수한다.

화랑오계의 '살생유택'을 중시함에 따라 그는 화랑도 시절 사냥 연습을 할 때에도 둥근 화살촉을 납작하게 만들어 썼으며, 최대한 짐승의 살생도 줄이려 했다. 이럴진대 군사들의 털끝 하나도 허투루 보지 않고 세심히 배려하며 늘 전쟁보다 평화를 우선시하는 훈련을 선택했다.

어느 날 춘추와 유신은 돌아가는 시국에 대해 둘이서 이야기를 나누게 된다. 두 사람에 대한 왕의 신임이 아주 각별하다는 것은 서로 말하지 않고 눈빛만으로도 아는 터이기에 근래에 심상치 않은 나라 정세에 대해 심도 있는 걱정을 하게 된다. 춘추는 더 강한 신라를 만들어 나라를 성장시켜 나가고 싶어 한다면, 유신은 신라가 평화를 주도해 삼국을 하나의 나라로 합하는 꿈을 꾸고 있다.

춘추는 화랑오계 중에서 '사군이충'을 최고의 덕목으로 삼고, 나라를 위해 명예롭게 목숨을 바쳐야 한다는 애국충정이 우선이었다. 유신은 이와는 좀 달리 나라를 위해 충성하되, 고도의 전략을 앞세워 최대한 피를 적게 흘리도록 하는 '살생유택'을 최고의 덕목으로 삼았다. 병법에서 말하는 것처럼 전쟁을 통해 승리를 얻는 것보다는 계책을 통해 평화를 얻는 것이 우선되어야 한다는 말이었다. 자연히 맹자의 "사람 죽이기를 좋아하지 않는 사람이 천하를 통일할 수 있다."는 말을 굳게 신봉했다.

"춘추공, 싸우지 않고 이기는 기술을 아십니까?"

"허허, 싸우지 않고 이길 수 있다면 좋으련만 그것이 가능이나 한 것이오?"

유신과 춘추는 이 물음의 답에서 서로 생각이 달랐다. 춘추는 전쟁을 통해서라도 영토를 넓히고 원수를 갚아야 한다는 말이지만, 유신은 전쟁 없이 피를 흘리지 않고 이길 수 있는 방법이 필요하다는 말이다.

"유신공, 지금 서라벌 곳곳에서는 여자가 왕이 되어 나라가 혼란하다는 소문이 퍼지고 있는데, 이를 어찌해야 하오?"

"여자가 왕이 된다고 나라가 어수선하다면 그것은 잘못된 생각일 것입니다. 여왕일 때는 아첨하는 무리들이 오히려 없으니 나라 안은 더 조용해야 맞을 것입니다. 다만 내부 문제보다 주변국에서 자꾸 전쟁을 걸어오니 그것을 막기에 급급한 것이 더 문제입니다."

"우리는 하루빨리 신라의 철천지원수인 백제를 반드시 멸해야 하오."

"춘추공, 전쟁은 이기면 원한을 사고, 지면 비참해지는 것이라 아무래도 밑지는 일이니 가능한 전쟁은 하지 말아야 합니다. 전쟁을 할 때마다 한 사람의 영웅을 만들지만, 그럴 때마다 원한을 품은 수천의 백성이 있다는 걸 생각해야 합니다."

"유신공, 백제는 우리가 죽이지 않으면 그들에게 우리가 죽게 되는 일이란 걸 모르시오? 대량성의 패배를 이대로 안고 간다는 건 다음 기회라는 시간을 영원히 잃어버리는 게 될 것이오."

"춘추공의 말은 충분히 이해하고도 남음이 있습니다. 하지만 복수란 난폭한 정의라고 생각합니다. 정의로운 전쟁이라는 이름으로 위장한 후 남의 것을 빼앗거나 복수를 자행한다면 더 큰 불행을 만들게 된다는 말입니다. 하지만 백성들이 편안한 삶을 누리지 못하게 시시각각으로 위협을 가하는 백제와는 불가피한 전쟁으로 이해가 되기도 합니다. 다만 가장 좋은 승리를 할 수 있도록 싸우기 전부터 상대방의 전의를 꺾어 놓고 그들 스스로가 무너지도록 만드는 방법을 고민해 보겠습니다."

"유신공, 그런 좋은 계책을 찾아낸다면 그보다 더 좋은 일이 어디 있겠소."

"망한 나라는 다시 존재할 수 없고, 죽은 자는 다시 소생할 수 없습니다. 그러므로 흥망과 생사가 뒤따르는 전쟁은 사라져야 한다는 것이 본인의 변치 않는 소신입니다. 현명한 군주는 전쟁에 신중하고, 훌륭한 장수는 전쟁을 경계하지 않으면 안 된다는 말입니다."

"유신공, 그렇다면 어떤 좋은 계책이라도 생각한 것이 있소?"

"이건 아직 정보 단계에서 비밀로 관리하고 있는 것인데, 실은 백제는 의자왕의 아들 41명이 아웅다웅 다투며 문제를 일으킬 소지가 다분히 있습니다. 게다가 왕이 요즘 워낙 자만하므로 우리가 백제 좌평을 포섭해 왕의 측근에서 입지를 흔들면 좋을 것 같습니다. 고구려 역시 실권을 잡고 있는 연개소문은 아들들이 성격이 포악한 아버지 피를 물려받아 호전적이라는 겁니다. 연남생, 연남건, 연남산 세 아들이 연개소문이 세상을 떠나고 나면 아무래도 후계자 자리를 놓고 다툴 여지가 많다는 점이지요."

"아아, 의자왕의 아들이 많다는 이야기는 들었지만, 아니 41명이나 된다는 말이오?"

"예, 아들이 없어도 왕위 계승이 문제지만 많아도 서로 싸우는데 문제로군요."

춘추는 벌린 입을 잘 다물지도 못한 채 의자왕의 많은 아들들이 앞으로 얼마든지 분란을 일으킬 수 있다는 유신의 예견에 공감한다. 춘추는 유신의 말을 듣고 여러 번 고개를 끄덕인다. 실로 맞는 말이었고, 백제에 대해 마음속에 원한으로 품고 있는 품석과 고타니의 죽음에 대한 사적인 복수심이 불타고 있어 좀 머쓱한 감정이 들기도 했다. 이것을 알아챈 유신이 그의 마음을 달래 주기라도 하듯 한마디를 더해 위로해 준다.

"복숭아 둘로 무사 셋을 죽인다는 수준 높은 계책을 생각해 보겠습니다. 우리는 지금 고구려나 백제에게 힘으로 정면 승부를 해서는 안 되니까 지혜로운 계책으로 승부해야 합니다. 계책은 힘보다 더 강하므로 그들의 어리석음을 이용해 우리가 이익을 얻도록 최선을 다하겠습니다."

춘추와 유신의 혈맹

신라가 대량성을 잃고 난 후 춘추의 목소리에는 분노가 잔뜩 묻어 있다. 그런 가운데 속시원하게 말하고 고민하며 문제의 답을 풀 수 있는 사람은 오직 유신뿐이었다. 이들 두 사람은 누구보다 더 가깝게 지낼 만한 충분한 이유가 있다. 춘추는 유신의 여동생인 문희를 아내로 맞아 서로 격의 없이 잘 지낼 수 있는 처남 매부지간이 된다. 그래도 유신이 나이가 일곱 살이나 많았지만 늘 춘추에게 깍듯했고, 춘추는 그것이 싫지 않았다.

진지왕의 손자인 춘추는 원래 성골이었다. 그는 어려서부터 야심이 많았지만 할아버지가 왕위에서 쫓겨나는 바람에 권력에서 멀어졌으나 그래도 자신의 꿈은 버리지 않았다. 왕자의 꿈은 곧 왕이었고, 가슴속에는 왕의 기운이 끓고 있었다.

'진평왕 이후에는 성골 출신의 남자가 없으니 진골 가운데 누가 왕이 될 수밖에 없지 않는가. 그렇다면 내가 그 자리를 차지하고 말리라. 하지만 내가 그 꿈을 이루려면 나와 손잡고 대군을 지휘할 장군 한 사람 정도는 반드시 필요할 것이다.'

금관가야 구해왕의 후손인 유신은 백제의 성왕을 죽이는데 공을 세운 김무력 장군의 손자다. 유신 역시 신라의 피가 섞인 진골이지만 가야 출신이라는 이유로 소외되기도 했다. 그랬어도 출세욕보다는 화랑정신을 갖춘 명장이자 지혜와 덕을 지닌 지도자가 되어 전쟁을 하지 않고 삼국을 하나로 통일하겠다는 게 색다른 꿈이다.

두 사람은 뛰어난 화랑의 우두머리였다. 유신이 먼저 국선이 되었고 춘추는 좀 뒤에 되었다. 그런 만큼 서로를 경쟁자로 본다면 용호상박이라 할 수 있어도, 객관적으로는 한 치 정도 유신이 앞선다고나 할까. 춘추가 나라에 충성한다는 사군이충을 유추해 보면 본인은 한 나라의 왕이 되겠다는 뜻을 품고 있는 것으로 보였다. 대신 유신은 한 사람이라도 죽이지 않는 것을 기본으로 삼고, 부득이한 경우 최소한으로 피를 흘리게 한다는 살생유택의 정신은 훌륭한 장수로서 삼국을 한 나라로 만들겠다는 통일 의지를 갖고 있다는 것이 달랐다.

대량성 전투의 공을 세운 윤충 장군은 의자왕으로부터 말 20필과 곡식 1천 석을 받았고, 검일과 모척은 부장이 되어 다시 신라 공격의 선봉장으로 나서게 된다. 신라는 전사한 화랑 죽죽과 용석에게 각각 급찬(級飡)과 대나마(大奈麻)의 벼슬을 추증했고, 처자들에게는 상(賞)과 함께 왕도인 서라벌로 옮겨 사는 특혜를 베풀었다.

전쟁은 모든 수법이 다 허용되면서 피가 피를 부르는 악의 고리로 심화되어 간다. 어쩌면 전쟁은 죽은 자에게만 끝나는 욕심의 싸움인지도 모른다. 신라는 대량성 전투의 패배로 서부 국경 지역을 대부분 상실했고, 대백제 방어선도 압량(押梁, 현 경산) 지방으로까지 후퇴하게 되었으니, 영토 절반 정도가 줄어들었다고 해도 엄살이 아니었다.

그리고 무엇보다 대량성의 함락으로 선덕(善德)여왕의 정치 능력에 대한 문제가 다시 논란이 되기 시작한다. 특히 대량성의 책임자가 여왕 세력 기반인 춘추의 사위였으므로 반대파들의 정치 공세가 적지 않았다.

당시 선덕여왕의 정치는 대신(大臣)으로 불리는 소수 귀족들에 의해 구성된 화백회의를 통해 국가 중대사가 결정되었다. 선덕 지지 세력과 반대하는 세력이 대립·갈등했지만 어느 정도 균형을 이루어 나갔다. 하지만 대량성의 함락으로 여왕 지지파가 수세에 몰리게 되었으니, 이제 유신과 춘추는 비장의 카드를 꺼내지 않으면 안 되었다.

신라는 서기 625년, 당나라에 사신을 보내 "고구려가 길을 막아 당나라 조정에 출입할 수 없게 하고 또 자주 침범하니 군사를 빌려 달라."고 요청한다. 국가 안보를 위한 궁극적 목적 달성을 위해서는 당나라에게 사대를 해서라도 할 수 없는 일이었다.

당나라 또한 원한의 숙적인 고구려를 견제하는 힘이 필요했으므로 상부상조의 기회가 온 것이지만 그것을 실행에 옮긴다는 것은 말처럼 쉬운 일이 아니었다. 수세에 처한 신라는 이런 위기상황을 타개하기 위해 두 방향으로 대응해 나갔다. 춘추가 당과 동맹 협상도 하고, 고구려와 왜에 가서 외교적 도움을 요청하기로 작정한 것이다.

유신과 춘추는 나라를 걱정하면서 향후 춘추가 고구려로 원병 요청하러 갔다가 만일의 일이라도 생긴다면 어떻게 할 것인지 숙의하게 된다. 직접 고구려 국경을 넘어가야 하는 위험을 앞두고 있는 춘추가 유신에게 먼저 말을 건넨다.

"나와 유신공은 일심동체로 이 나라의 기둥이라 생각하오. 이번에 내가 만약 고구려에 들어가 불행한 일을 당한다면 공은 어찌하겠소?"

"춘추공이 만일 돌아오지 못한다면 나의 말발굽이 반드시 고구려,

백제 두 왕의 궁전을 짓밟을 것이오. 만약 그렇게 하지 못한다면 대신라의 장수로서 무슨 면목으로 백성들을 대하겠습니까?"

"내가 60일이면 돌아올 것이오. 만일 이 기한이 지나도록 오지 않는다면 다시 만날 기약이 없을 것 같소."

"60일이 넘어도 돌아오지 않으면 그때는 내가 군대를 이끌고 고구려로 북진할 것입니다. 아마 고구려에 원병 요청을 하면 그들은 마목현(현 하늘재, 충주와 문경의 경계 지역)에 목을 맬 것이니 그들에게 줄 답을 미리 잘 궁리해 둬야 할 것입니다."

"유신공, 그들이 왜 마목현에 목을 매는지 나는 좀 이해가 아니 되오."

"마목현은 예로부터 그곳을 지배하는 자가 삼국을 통일할 수 있다고 했습니다. 그도 그럴 것이 워낙 천혜의 요새지라 한번 지배하면 뺏기 어려운 난공불락의 철옹성인데다 그곳을 우리에게 잃었기 때문이라 자기네 땅이라며 돌려 달라고 요구할 수 있을 것입니다. 우리가 고구려라 해도 그런 마목현을 탐하지 않겠습니까?"

이 말을 들은 춘추가 크게 기뻐하며 유신의 두 손을 굳게 잡는다. 그리고 서로 손가락을 깨물어 피를 내고, 그 피를 입술에 발라 약속을 지키겠다는 혈맹까지 한다.

선덕여왕의 비애

 당 태종은 선덕이 왕이 된 것을 비판했지만, 즉위 3년 만에 마지못해 신라의 국왕으로 추인했다. 선덕여왕은 약소국의 왕이기에 강대국의 횡포를 묵묵히 감내할 수밖에 없었다. 계속 고구려와 백제의 위협에 시달리던 신라는 643년 1월 당나라에 토산품을 바치고, 9월에는 사신을 보내 또 원병을 청했지만 당 태종에게 거절당하고 만다.

 "힘없는 나라일수록 강한 남자가 왕이 되어야지, 여자가 나라를 다스린다니 웃음거리밖에 안 되고, 암탉이 울면 나라도 집안도 망하고 만다. 작은 섬나라 왜에서 여자가 왕을 했다더니, 이젠 신라가 망조가 들어 그걸 모방하는구나. 강한 나라는 전쟁을 통해 살아남는데, 여왕은 칼을 들고 말을 타고 전쟁에 나가지도 못하니 그런 나라들은 곧 무너지고 말 것이다."

 당 태종의 선덕여왕에 대한 이런 악의적인 독설과 험담은 이미 도를 넘어서고 있었다. 어찌 보면 그럴싸한 말 같지만, 한편으로 남자만 왕을 하게 되면 서로 왕위를 놓고 처절한 싸움을 벌이는 것이 문제가 아닌가. 진골 남자 중에서 누가 왕위에 올랐다면 신라는 피비린내 나는 권력 암투가 일어나 어쩌면 지금보다 훨씬 위험한 풍전등화의 위기를 맞이할지도 모를 일이었다.

서기 644년 정월, 신라에서 다시 당나라에 구원을 청하자 체면치레로 당 태종이 고구려에 사신을 보내 신라에 대한 공세를 멈추라고 종용했다. 허나 고구려의 실권자인 연개소문은 과거 신라에서 빼앗아 간 마목현과 죽령을 돌려주면 생각해 보겠다며 코웃음을 쳤다. 그해 9월 선덕여왕은 유신을 대장군으로 삼아 백제를 공격해 일곱 개의 성을 되찾는다.

　이듬해 5월 당나라가 고구려를 침략하자 신라는 군사 3만을 지원했다. 그로인해 신라의 군세가 약화되자 백제가 재차 침입하여 이전에 회복했던 일곱 개의 성을 다시 빼앗아갔다. 이어서 고구려군이 당나라의 대군을 물리치자 신라가 그동안 당나라에 원병을 추진해 왔던 성과는 모두 물거품이 되고 만다.

　"신라가 여자를 왕으로 삼으니 이웃 나라가 멸시하는 것이 마치 주인을 잃고 도적을 불러들여 편안한 나날이 없는 것 같다. 내가 친척 한 사람을 보내 신라 왕으로 삼으면 어떻겠는가? 그가 혼자서 왕 노릇을 할 수는 없을 테니 군사를 딸려 보내겠다."

　당 태종은 선덕여왕을 아예 아녀자 취급하면서 신라의 사신에게 노골적으로 비웃기까지 했다. 이 말은 친척 남자 한 사람을 왕으로 보내면 선덕은 그 왕의 처첩 노릇이나 하라는 굴욕적인 멸시였다. 이같은 당나라의 태도로 인해 궁지에 빠진 선덕여왕은 불법의 가호에 의지하게 된다. 부처의 힘으로 백성들이 굳게 뭉치면 능히 나라를 구할 수 있다는 확고한 신념을 갖고 그 힘으로 나라를 지켜 낸다는 것이었다. 이런 와중에 당나라에서 8년 만에 자장율사가 돌아와 선덕여왕에게 탑을 건립할 것을 요청한다.

　"대왕마마, 소신이 당에서 공부를 하고 있을 때 유명하신 스님 한

분이 말했는데, 신라의 왕은 여자인 까닭에 덕은 있으나 위엄이 적어 이웃 나라가 침략을 꾀하는 것이니 탑을 세워야 나라가 평온해진다고 하였사옵니다."

"잘 알겠소. 내 그렇지 않아도 국력을 모으는 탑의 건립을 고민하던 중이었소. 하여 나라의 침략을 잘 막아 낼 수 있도록 9층의 불탑을 설계하도록 하시오. 1층은 왜, 2층은 당나라, 3층은 오와 월, 4층은 탁라(제주), 5층은 응유(백제), 6층은 말갈, 7층은 거란, 8층은 여적(여진), 9층은 예맥(고구려)으로 삼고 탑을 쌓아 그들을 부처의 힘으로 단단히 틀어막아서 신라를 주변국 침공으로부터 지켜 내게 해야 할 것이오."

서기 645년, 불심이 깊었던 선덕여왕은 황룡사 9층탑의 건립을 명했고, 당시 신라에는 일손이 부족했으므로 백제에서 아비지를 비롯해 장인 2백 명을 데려와 공사가 개시된다. 그러던 어느 날 아비지가 탑의 기둥을 세우려 할 때 백제의 도읍지인 사비성이 불타오르고 백성들과 함께 가족들이 불에 함께 타 죽는 꿈을 꾼다.

그건 바로 백제가 멸망하는 꿈이 아닌가. 상심한 아비지가 공사를 멈추자 어디선가 노승과 장사가 나타나 기둥을 세우고 사라지는 기적이 일어났는데, 그는 이런 탑의 완성이 부처님의 뜻이라 여기고 탑을 마무리하고 백제로 돌아간다. 그 후 사람들은 황룡사 9층탑은 장육존상, 천사옥대와 더불어 신라를 지키는 세 가지 보물인 '호국 삼보'라 부르며, 백성들의 마음을 단결시키는 데 큰 힘이 된다.

눈물겨운 춘추의 외교전

　서기 643년, 춘추가 고구려에 군사를 요청하러 갈 무렵, 고구려는 연개소문이 영류왕을 죽이고 보장왕을 세운 직후였다. 백제는 신라가 당나라를 오가는 통로인 당항성(党項城)을 빼앗기 위해 고구려와 적대 감정을 버리고 서로 화친을 맺는다. 이런 상황이 되어 고구려는 자연히 신라와는 적대국이 되어 버렸다. 춘추가 이런 사정을 모르는 바 아니었지만, 고구려가 과도기여서 자신이 간곡히 설득하면 원병이 가능할 수도 있다는 작은 희망을 내걸었던 것이다. 그리고 대량성 전투의 원한을 갚기 위해서는 찬밥 더운밥 가릴 처지가 아니었으므로 만일 호랑이 소굴이라 해도 쳐들어갈 만큼 그에게는 어떤 것도 무서울 게 없었다.

　"폐하, 소인은 신라의 외교관 김춘추이옵니다. 백제가 근린 호혜를 깨뜨리고 자주 소인의 나라를 공격하여 우리 무고한 백성들을 괴롭히고 있사옵니다. 이대로 두면 필시 고구려에게도 해악이 생길 것 같아 이를 사전에 차단하고자 하오니 군사를 좀 내어 주셨으면 하옵니다. 그 은혜는 후일 반드시 갚겠나이다."
　"춘추공, 그렇다면 우리 땅 마목현을 즉시 돌려 달라. 그래야 군사를 낼 수 있을 것이다. 그 땅은 본래 고구려 땅이니 만약 돌려주지 않는다면 공은 이제 무사히 돌아가지 못할 것이다."

"폐하, 남의 나라 외교관을 위협해 땅 돌릴 것을 요구하니 소인은 죽음을 각오할 뿐이옵니다. 국가의 영토는 신하들이 마음대로 할 바가 아니니 제가 감히 그 명령을 받아들일 수가 없사옵니다."

춘추가 공손하지 않고 한 치도 물러서지 않자 보장왕이 화가 나서 춘추를 별관에다 감금시켰다. 그리고 시간을 두고 수차례 설득을 시도했으나 여전히 요지부동이었다. 이런 상황에서 춘추의 머릿속은 더 복잡해졌고, 상황을 타개할 뚜렷한 묘안도 생각나질 않았으며, 목숨을 잃을 처형의 시간이 점점 가까워 오는 듯했다.

'고구려가 반드시 마목현에 목을 맬 것이라는 유신의 예측이 딱 들어맞는구나. 하기사 마목현을 소유하는 나라가 통일의 대권을 거머쥘 수 있는 축복의 땅이라 했으니 누군들 그런 요구를 하지 않겠는가?'

춘추는 혼잣말로 그렇게 되뇌면서 고구려 입장이 이해가 되기도 했지만 그건 삼자 생각이지 막상 당사자가 되고 나면 그 입장을 지지할 수 없는 것이었다.

춘추가 보장왕에게 큰소리는 쳤지만 막상 갇힌 몸이 되고 나니 그의 머릿속에서는 여러 가지 생각들이 꼬리에 꼬리를 문다. 그러나 춘추는 자포자기하지 않고 기지를 발휘해 감옥을 지키는 간수에게 고구려 왕이 가장 총애하는 사람이 선도해(先道解)라는 것을 알아낸다.

그러면서 자기는 신라의 외교관인데, 그를 만나게 해 주면 귀한 선물을 주겠다고 하여 다행히 대면이 성사된다. 선도해는 춘추를 회유할 목적이라는 명분으로 얼마든지 춘추가 있는 별관은 쉽게 출입이 가능한 고구려 중신이었다. 이후 그가 술과 음식을 장만해 가지고 와서 함께 대작을 하게 되자 춘추는 슬며시 고릉(현 함창)에서 생산된 최고급 명주비단 300보를 몰래 주었다. 그러면서 술을 권하고 나누니 금세 얼굴에 화색이 돌고 두 사람 사이가 이내 십년지기처럼 가까워진다.

"먼길 오신 귀한 손님을 별관에 유폐하고 있으니 매우 송구합니다. 그런데 귀한 선물까지 이렇게 받았으니 내 어찌 그냥 있을 수 있겠소. 춘추공께선 별주부전에 나오는 '거북이와 토끼의 간' 이야기를 아시는지요? 동해 용왕의 딸 속병에 쓸 토끼 간이 필요해 거북이가 토끼를 속여 바닷속 용궁으로 유인해 데려왔다지요. 거북이 등을 타고 용궁으로 온 토끼가 자신이 죽게 될 것을 눈치채고 간을 바위에 널어놓고 왔다고 꾀를 내어 구사일생으로 살아나게 되었지요. 그런 토끼가 거북이 등을 타고 다시 뭍에 오르자 '어리석다 거북아 간 빼놓고 사는 놈이 있느냐.' 하며 도망하여 살아났다고 하였지요."
  춘추는 선도해의 말을 듣고 난 뒤 화답을 하면서 위기에서 탈출할 수 있는 좋은 답을 얻게 되었다. 하늘이 무너져도 살아날 구멍은 있다는 말을 실감하며 속으로는 안도의 숨을 내쉰다.
  "아, 그렇지요. 참 지혜로운 토끼지요. 그런 토끼가 아직 신라에는 없었나 봅니다."

  춘추와 선도해는 함께 웃으며 술잔을 더 기울였다. 그리고 자리가 끝날 무렵 선도해가 한마디를 더 보태는데 그 말이 더 심중에 와닿는다.
  "춘추공, 고구려 왕이 마목현에 왜 목을 매는지 아시오? 영양왕(서기 590) 때 온달 장군이 마목현을 회복하고자 왕의 윤허를 받았답니다. '고구려 땅인 마목현에 사는 백성들이 옛날에 다스리던 고구려의 은혜를 못 잊고 못내 그리워하니, 소장이 출정하여, 실지(失地)를 회복하고, 왕은에 보답하겠다.'며 말이요. 온달은 '마목현이 회복되지 않으면 절대 돌아오지 않겠다.'면서 목숨을 건 각오를 다지고, 대군을 거느리고 잃었던 옛 땅을 찾으려 했습니다. 하지만 아차산성에서 격전을 벌이다 신라의 강궁(强弓)에 그만 전사하고 말았답니다. 아쉽게 온달 장군의 실지회복 꿈은 죽음으로 무너졌지만, 온달의 집념은 죽은 시체가 되어서도 땅에서 떨어지지 않아, 부인인 평강 공주가 관을 어루만지며, '죽고 사는 것이, 이제 끝났으니, 저랑 고구려로 돌아갑시다.' 하여 비로소 시신을 옮길 수 있었다는 곳으로 그래서 아주 특별한 의미를 두고 있습니다. 그런데 더 중요한 것은 예부터 내려오는 소문이 마목현을 지배하는 나라가 천하를 얻게 된다는 말을 곧이곧대로 믿고 있기 때문이지요. 지금은 신라가 지배하고 있으니 앞으로 두고 봐야겠지만 통일을 이룩할 수도 있다는 말입니다. 허허허, 실은 나도 그 소문을 믿고 있는 사람 중 하나입니다."

이 말을 들은 춘추는 신라에서 하늘재 고개에 문을 달고 막을 쳐서 낮에는 열고 밤에는 달아 고구려에서 함부로 이곳을 범하지 못하게 한 특별한 의미를 알게 된다. 춘추는 이처럼 중요한 마목현을 어떤 방법을 써서라도 꼭 지켜 내야겠다고 생각하며, 곧바로 다음 날 보장왕에게 글을 써서 올린다.

"삼태극의 신비한 기운을 품고 있는 마목현은 본래 고구려 지역이었으니, 제가 귀국해 우리 왕에게 이를 돌려주도록 하겠습니다. 소인을 믿을 수 없다면 하늘에 빛나고 있는 밝은 해를 두고 맹세하겠습니다."

이에 고구려 왕이 기뻐하며 춘추를 풀어 주었다.

자유의 몸이 된 춘추가 신라 국경에 다다르자 고구려에서 전송하러

나온 사신들에게 통쾌하다는 듯 조롱의 말을 던진다.

"어리석은 자들아! 며칠 전 내가 너희 왕에게 올린 글은 죽음을 모면하려고 했을 뿐이다. 그리고 그 땅은 삼국을 호령하게 되는 땅이라 내 머리가 두 쪽이 나도 내줄 수 없고, 땅은 내 손에 쥐고 있는 것이 아닌데 어떻게 줄 수 있겠나."

호위하며 뒤따라온 사신들이 속은 것을 알고 칼을 뽑아 춘추를 공격하려 했다. 이때 이미 유신이 군사를 대동하고 지척까지 올라와 있어 위기 직전에서 충돌 없이 서로 물러서게 된다. 춘추가 고구려에서 위기에 처해 있다는 사실을 몰래 사람을 보내 유신에게 알렸고, 유신의 결사대가 전갈을 받고 한강을 건너 고구려 남쪽 변경으로 막 들어가게 되는 곳에서 만나 서로 무사히 상봉하였다.

서기 647년^(진덕왕 원년), 춘추는 고구려 원병외교 실패를 만회할 대안으로 이번에는 왜를 생각했다. 춘추는 신라에서 권력의 최고 정점에 있었고, 그의 성격으로는 절대 적당히 물러설 호인이 아니었다. 당시 왜는 친(親)백제 정권이었던 소아씨(蘇我氏)를 타도하고 개신정권(改新政權)이 들어섰기에 신라와 협력 가능성이 아주 희박하지는 않았다.

그러나 신라가 상대등 비담(毗曇)의 난이 진압된 직후로 정권의 안정을 요하는 시기인 것이 좀 마음에 걸리기도 했다. 그의 궁극적인 목적은 백제를 멸망시키기 위해서는 자신이 왜를 방문해 개신정권이 친신라 노선을 견지하도록 하고, 최소한 신라가 백제를 공격할 때 중립이라도 유지하도록 하려는 목적을 갖고 있었다.

서기 648년, 춘추가 입당해 당 태종에게 신라의 위급상황을 보고하며 애걸복걸 출병을 간청한다. 이에 당 태종은 특별히 장군 소열에게 조서를 내려 20만의 군사를 거느리고 가서 백제를 징벌하라 명했다.

그러나 굴욕을 무릅쓰고 그토록 구걸했고 오매불망 그리던 당나라 원병, 불운하게도 천신만고 끝에 얻은 지원을 실행에 옮기기도 전에 태종의 갑작스런 죽음으로 허무하게 무산되고 만다.

이후에도 춘추는 왜와의 외교를 포기하지 않았다. 그는 용모가 워낙 준수하고 담소를 잘해 왜에서도 무시할 수 없었다. 당시 왜의 대외 정책은 친신라, 친당 정책을 추진하면서도 백제와의 친연관계는 계속 유지하는 것이었다. 백제를 통한 대륙 문물 수입과 오랜 우호적인 관계, 그리고 642년 이래 왜국에 장기 체재한 의자왕의 아들 등 백제 왕족의 눈치를 보지 않을 수 없었으니 춘추가 계획했던 군사를 끌어오는 것은 좌초되고 만다.

서기 652년 6월과 653년 4월, 왜에 사신을 보내어 실낱같은 희망을 걸어 보지만, 그러나 당시 왜의 조정에서는 신라가 곧 멸망할 것이라고 판단했다.

"어차피 신라는 곧 망할 나란데 우리가 도와줘서 뭘 하는가? 우리가 전력을 안 해도 신라를 그냥 차지할 수 있으니 좀 상황을 지켜보다가 신라가 망할 때가 되면 우리가 그때 일시에 공격해 그 땅을 차지하도록 하자."

서기 654년 신라의 끈질긴 사대외교와 설득이 반복되자 마지못해 당 고종이 왜왕에게 새서(璽書)를 보내 신라를 도와주라고 명한다.

"신라가 고구려나 백제로부터 공격을 받으면 군사를 내어 구원하도록 하라."

그러나 655년 신라의 30여 성이 백제에게 함락될 때 춘추가 급찬 미무(彌武)를 보내 원병을 요청했으나, 왜는 조금도 움직이지 않았다. 춘추의 집요하고 끈질긴 노력에도 불구하고 결국 말갈, 돌궐, 고구려, 백제, 왜는 세로축, 신라와 당은 가로축을 형성하면서 서로 불편한 십자축의 동맹이 유지될 수밖에 없었다.

물 한 모금으로 다시 만난 천관녀

사람이 답답할 때는 물 한 모금 마시고 하늘을 쳐다보며 정신을 가다듬는다. 정화수 한 그릇 떠 놓고 기도를 드리는 것도 단순히 물 한 그릇이 아닌 큰 하늘을 담아 놓고 소망하는 내용이 이뤄지길 간곡하게 비는 것이다. 만일 유신에게 기도를 하라 한다면 나라를 위해, 왕을 위해, 병사들을 위해, 심지어 죽어 가는 적들의 목숨을 위해 기도를 하고, 제일 끝엔 자신의 가족을 위해 기도를 올릴 것이다.

유신은 단석산에서 나라를 위한 기도를 여러 번 올린 적이 있고, 거기서 계시를 받아 지금까지 잘 위기를 극복해 오고 있다. 역시 큰 꿈을 가진 자는 개인보다는 나라를 위해 더 헌신하는 멸사봉공(滅私奉公) 정신이 뒷받침이 되어야 한다. 생사의 갈림길을 오가는 피비린내 나는 전쟁을 끝내고 돌아오는 길에는 누구나 가족들이 먼저 생각날 수밖에 없다. 그렇더라도 일단 왕에게 하명 결과를 보고하고 난 다음 집으로 가서 가족들을 만나는 게 수순이다. 유신은 승리를 하고 돌아오면서도 결코 자만하지 않고 누구보다 공적인 입장을 앞세우는 충신이었다.

서기 644년 9월, 유신은 상장군이 되어 군사를 거느리고 백제의 가혜성(加兮城, 현 고령), 성열성(省熱城, 현 의령), 동화성(同火城, 현 구미) 등 일곱 성을 쳐서 크게 이긴다. 645년 정월에 전쟁을 끝내고 서라벌로 돌아오는데, 개선하여 미처 왕을 뵙기도 전에 백제의 대군이 매리포성(買利浦城, 현 거창)을 공격한다는 급보를 받는다. 왕이 다시 유신을 상주(上州) 장군으로 임명해 이를 막으라고 지시를 내린다. 유신은 왕의 명령을 받자마자 말을 돌려 처자도 만나지 않고, 백제 군대를 반격해 2천 명을 물리쳤다.

그해 3월, 왕궁에 돌아와 복명하고 이번에도 미처 집으로 가기 전에 또 백제가 국경에 주둔해 많은 군사로 신라를 치려고 한다는 보고가 들어와 왕이 황급히 유신에게 명한다.

"청컨대 유신공은 수고로움을 꺼리지 말고 급히 가서 그들이 이르기 전에 대비하시오!"

유신이 집에도 들르지 않고 군대를 선발하고 병기를 손질해 서쪽 전선으로 떠난다. 이때 가족들이 모두 문밖에 나와 유신이 오기를 기다리고 서 있었다. 그러나 유신이 자기 집 앞을 지나면서 돌아보지도 않고 가다가 50보쯤 이르러 말을 세우게 하여 사람을 시켜 집에 가서 물을 떠오게 한다. 유신이 그 물을 마시려고 그릇을 기울이자 갑자기 그릇의 물 위에 천관녀의 얼굴이 홀연히 나타난다.

"유신, 그대는 사람 목숨 귀한 줄을 알고, 나라 사랑할 줄도 알아 머지않아 좋은 소식이 있을 것이오. 부디 힘내어 지금처럼 그렇게 매진하길 빌겠소."

그 말을 귓전에 남기고 감쪽같이 사라진다. 유신은 천관녀의 얼굴이 사라지자 어느 때보다 밝은 얼굴로 찬물을 한 그릇 시원하게 들이킨다.

"으음, 우리 집 물은 옛 맛 그대로구나!"

그러고는 곧장 싸움터로 나가려고 말고삐를 당겨 쥔다.

"대장군님! 저희들도 신라를 위해 골육의 이별을 한스러워하지 않고 장군님의 뒤를 기필코 따르겠사옵니다."

수많은 군사들이 이렇게 말하고 사기가 올라 의기양양하게 싸움터로 나간다. 국경 부근에 이르니 백제 군사들이 신라군의 사기충천한 행군을 멀리서 바라보고는 감히 진격하지도 못하고 그대로 도망치고 만다.

"나라는 어머니 아버지보다, 또 그 밖의 어떤 조상들보다도 더 귀하고 숭고하고 신성한 것이다. 우리는 나라를 더 소중히 여기고 나라를 위해서는 무조건 순종해야 한다. 하나의 세계가 아니면 세계는 없는 것이 나은 것이다. 나누어진 세계는 서로 욕심을 채우기 위해 이렇게 자주 전쟁만 일삼으니 이것은 사람으로서 할 일이 아니다. 전쟁은 언제나 악인보다 선량한 사람만 많이 학살하니 전쟁을 없애는 전쟁이라도 벌여야 할 것 같다. 우리는 하늘이 내려 준 이 나라를 잘 지키며, 선한 나라의 백성으로 살면 앞으로 큰 축복을 받게 될 것이다."

전쟁을 끝내고 집으로 돌아가는 군사들에게 격려의 말을 전하는 유신의 얼굴에는 어느 때보다 자신감과 서기가 비친다. 하지만 유신에게도 숨길 수 없는 약점 하나가 있었으니, 그것은 하늘이 내린 가정과 가족보다 맹목적으로 나라를 더 사랑한다는 것이었다.

진덕여왕의 태평송

서기 647년, 선덕여왕이 비담의 난을 토벌하던 도중 서거하자 진덕이 왕위를 계승한다. 진덕은 자태가 풍만하고 매우 아름다웠으며, 키는 7척에 이르렀고, 팔이 무척 길어 무릎 밑까지 닿는 미모를 지녀 만인들의 부러움을 샀다.

진덕이 즉위한 것은 마지막으로 남은 성골 혈통이라는 점과 선덕여왕의 재위 전례가 있었기 때문에 일부 귀족들의 반대에도 불구하고 왕이 될 수 있었다. 하지만 진덕이 사망하면 더 이상 성골이 없으므로 진골에게 왕위가 넘어갈 것이 암묵의 규칙으로 정해진 것이나 다름없는 상황이 되어 간다. 그렇다면 다음은 누구인지 서서히 밑그림이 드러나기 시작한다.

진덕이 왕이 되자 군사들의 사기를 최상으로 끌어올려 비담의 난을 평정하고 귀족 세력을 제압한 유신과 차기 왕위 계승자로 가장 유력한 춘추가 사실상 정치적 실권을 잡게 된다. 그런 만큼 춘추는 귀족의 난을 계기로 귀족 세력의 힘을 누르고 왕권을 더욱 강화하며 당과 밀착 외교가 필요하다고 생각한다. 그는 예전부터 진지왕이 폐위된 것은 귀족들의 절대적인 힘 때문이라는 불만을 갖고 있었다. 그러니 이참에 선조의 오욕도 씻을 수 있어, 이차저차 지금이 아니면 왕권 강화와 국가 기강 확립의 두 마리 토끼를 잡을 수 있는 절호의 기회가 다시 오지 않을 것이라고 판단한다.

"폐하, 이 나라는 지금 화백회의의 폐단으로 반란까지 일어났는데, 이것이 잘 수습되어 다행이옵니다. 하오나 나라가 안정을 찾고 백제나 고구려의 침공에 맞서기 위해서는 왕권 강화가 필요하다고 생각하옵니다."

춘추가 진덕여왕을 향해 왕권 강화 문제를 건의하면서 그의 얼굴에는 이미 답을 갖고 있는 듯 자신감이 있어 보인다.

"왕권을 강화할 수 있는 방법이 무엇이라 생각하오?"

"진골들에게는 신하의 상징물인 아홀(牙笏)을 갖고 다니도록 해야 하옵니다. 그들은 왕과 대등한 입장이 아닌 신하라는 것을 항시 각인시켜 주기 위한 것이옵니다. 그리고 해가 바뀔 때마다 왕에게 충성을 서약하는 신정하례를 받는 일이옵니다. 또한 집사성, 병부, 창부에 시랑이라는 버금 벼슬을 새로 만들어야 하옵니다. 그래서 기밀과 정무를 관장하고 서로 견제하며 중앙집권 체제를 공고히 하는 상하 관계를 만들어 나가야 할 것이옵니다."

이후 진덕여왕은 650년부터 진골 귀족에게 신하의 상징물인 아홀을 소지하도록 하고, 651년부터는 신정하례를 시작해 왕의 권위를 점점 높여 나가는 등 서서히 중앙집권 체제를 구축해 나간다.

비담의 난 진압 후 알천이 상대등이 되고, 대아찬 수승을 우두주의 군주(軍主)로 임명하는 등 그동안 야기된 혼란을 수습하고 치세를 시작하는 등 많은 개혁을 추진한다. 이런 변화는 거의 춘추와 유신의 의도대로 진행된 것이었는데, 그것이 가능했던 것은 반 김춘추 세력이 싹 쓸려 나가 춘추의 힘이 그만큼 커지고 운신의 폭도 넓어졌기 때문이다. 그러나 백제는 신라의 이런 혼란기를 노려 침략을 계속하면서 신라 괴롭히기에 열중했다. 이에 춘추의 고민은 날로 깊어져 갈 수밖에 없었다. 그럴수록 춘추가 살아남기 위해 비빌 언덕이라고는 당나라와 유신 말고는 또 누가 있겠는가.

고민 끝에 춘추는 쉰이 넘은 진덕여왕에게 당나라 황제를 칭송하는 오언시를 써서 직접 그 시를 비단에 수놓아 보내자고 종용했다. 그동안 춘추의 말이라면 무조건 동조하던 유신이 이 말을 듣고는 얼굴을 붉히며 무거운 표정으로 춘추에게 말을 건넨다.

"왕께서 연로하실 뿐 아니라 당나라를 찬양하는 시는 우리 신라의 자존심을 깎아내리는 일이 아닌지요?"

"난 생각이 좀 다르오. 왕의 자존심이 조금 깎이는 것처럼 보이지만 오히려 나라를 든든히 지키는 것이고, 작은 겸손으로 큰 애국을 할 수 있을 것이오. 왕이 직접 시를 지어 수를 놓으면 그만큼 선물의 가치도 올라가고, 그로인해 당나라 마음을 움직이기도 쉽다는 거죠. 그로 하여 원병이 이뤄지면 신라가 무궁 번성할 수 있는 큰 힘을 얻는 것 아니겠소. 나라가 망해 가는 데 찬양시 한 편이 그리 문제될 것은 없으며, 알다시피 외교나 전쟁은 너무 정직하면 이길 수 없잖소. 상대국을 기분 좋게 만드는 게 우리 목적이므로 외교적 이득을 얻기 위해 이 정도의 말뿐인 수사는 상관없지 않겠소."

"그래도 우린 화랑오계에서 배웠듯이 사귐에서는 믿음이 있어야 한다는 붕우유신(朋友有信)이라는 말을 지켜야 하지 않겠습니까? 나라끼리도 서로 진심을 말하고 신뢰가 바탕이 되어야 함이 기본이라는 생각은 변함이 없습니다."

"유신공, 너무 정직해서 탈이오. 공이 주장하는 전쟁의 계책은 내가 주장하는 외교의 술책과 동일한 것이지요. 당나라 태종의 겉과 속이 달랐던 모란도의 교훈을 벌써 잊으셨소? 물에 빠진 나라를 구하려면 지푸라기라도 잡아야 하지 않겠소. 친구의 사귐과 나라의 외교는 좀 다르다는 걸 이해했으면 좋겠소. 찬양시 한 편을 써서 머리 한번 숙이는 게 낫지, 적 앞에 포로로 잡혀 무릎 꿇고 조아리는 것보단 백배 낫다는 말이오."

보기 드물게 춘추와 유신이 논쟁을 벌인 후 나중에 가서야 서로 뜻을 같이한다. 그리고 여왕이 쓴 태평송을 같이 한 자 한 자씩 짚어 가며 읽어 나간다. 춘추는 표정의 변화가 없으나 그래도 유신의 얼굴엔 약간의 홍조가 남아 있다.

위대한 당나라 왕업을 여니, 높고도 높은 황제의 길 창창히 빛나네
전쟁을 그쳐 천하를 평정하고, 문물을 닦아 백대를 이어 가리
하늘 본받음에 은혜 비 오듯 하고, 만물 다스림에 도리와 한 몸 되네
지극히 어질어 해와 달 짝하고, 운까지 때맞추니 언제나 태평하네.

大唐開洪業 巍巍皇猷昌
止戈戎威定 修文繼百王
統天崇雨施 理物體含章
深仁偕日月 撫運邁時康

"유신공, 이 정도의 찬양시는 다른 나라와 비교하면 크게 문제될 바가 아니라 생각하오. 그리고 예의상 표하는 겸손은 굴욕이 아니라 지혜라는 생각이오."

춘추가 유신에게 차분하게 예를 들어가며 다음 이야기를 잇는다.

"고구려 영양왕이 수나라 침입을 물리친 후 화해를 요청할 때 스스

로를 '요동 더러운 땅의 신하(遼東糞土臣某)'라고 자칭하며 사죄문을 보낸 적이 있소. 백제 개로왕은 북위에 고구려 공격을 요청하면서 '백제 공주를 북위에 보내 후궁을 청소하게 할 수도 있다.'고 국서를 보내기도 했소. 그리고 을지문덕은 수나라 장수 우중문에게 '신통한 책략은 하늘의 이치를 깨달았고 신묘한 작전은 지리를 통달하였다(神策究天文 妙算窮地理).'고까지 예찬했으니 우리 찬양시는 그들에 비교하면 한참 미미하다는 생각이오."

실은 고구려 영류왕은 대당(唐)에 저자세로 일관했다. 고구려가 수나라를 이긴 승전국으로서 당연히 신흥 당나라 고조 이연(李淵)의 즉위를 책봉해 주겠다고 할 수 있는 위치지만, 거꾸로 본인의 즉위를 책봉해 달라고 요청했다. 의아해진 당나라에서는 태종에 이르러, 자기네 책력(冊曆)을 사용하라고 시험 삼아 강요했더니 조야의 격렬한 반대를 무릅쓰고 고구려는 이를 받아들였다. 당나라 책력을 사용한다는 것은 간단한 것이 아니라 문화적으로 그들에게 완전히 종속하겠다는 의미이다. 심지어 당나라 도교(道敎)까지도 받아들여 그 가르침을 받기에 이르렀으니 이렇게 스스로 자국 정신의 말살을 자초하기도 한 것이다.

게다가 고구려의 일급비밀이라 할 수 있는 전 영토의 지도인 '봉역도(封域圖)'를 당에 보내자 고구려의 강성파들은 모두 분개했다. 전통적으로 고구려는 험준한 산악지대를 거점으로 수, 당 등과 전투했는데 고구려의 지도를 보냈다는 것은 고구려를 침투할 수 있는 경로를 미리 알려 준 것이나 마찬가지였다.

"유신공, 그리고 더 부끄러운 큰 사건이 있소. 고구려가 당나라 사신의 요청에 따라 평양성의 '경관(京觀, 전몰장병의 유해를 묻은 기념묘지·탑과 같은 젓'을 허물어 버린 엄청난 사실도 있소. 고구려인의 자부심이 담긴 '수나라 전사자의 뼈로 만든 고·수 전쟁의 승전 기념탑'을 허물어 백성들의 애국심을 와해시켜 많은 원성을 사기도 했소."

이런 사실을 더 듣고 나서야 유신의 표정이 서서히 밝아진다. 따지고 보면 전쟁이나 외교는 둘 다 원칙이나 정의나 진실이 없다는 것을 확인하며 유신은 춘추의 말에 깨끗이 승복한다.

서기 650년 6월, 당 태종이 죽고 고종이 즉위하자 진덕여왕은 춘추의 아들 법민(法敏)을 사신으로 당나라의 태평성대를 기리는 '태평송(太平頌)'을 보낸다. 그것은 고종의 환심을 사서 군사를 지원받기 위한 춘추의 치밀한 전략이었다.

고종은 이 시를 받고 크게 기뻐하면서 고고웅혼(高古雄渾)하고, 바로 거꾸로 읽어도 뜻이 잘 통하는 시라고 극찬한다. 그리고 이를 가상히 여겨 법민에게 태부경(太府卿)이라는 벼슬까지 내리게 된다. 법민은 당에 머무르면서 백제의 침공 사실을 말하고 군사를 요청한다. 이때 백제도 그동안 당과 교류가 없다가 당 고종 즉위 축하 겸 조공을 위해 입당했는데, 당 고종은 백제 사신에게 이런 내용의 협박성 조서를 보낸다.

백제는 들거라. 신라 법민이 말한 바가 사리에 맞다.
그런고로 백제는 빼앗은 땅을 신라에게 모두 돌려주어라.
만약 거역하면 변방의 국가들에게
요수를 건너 쳐들어가게 할 것이니 후회 없도록 하여라.

이렇게 백제에게 조서를 보낸다고 그들이 조서대로 고분고분 행할 것도 아니었지만, 당나라가 손쉽게 취할 수 있는 방법으로는 손색이 없었다. 백제에게는 협박용의 카드가 되고, 신라에게는 자신들이 방관하지 않고 있다는 것을 보여 주었다.

비록 춘추의 고구려와 왜(倭)에 대한 외교 노력은 실패했지만 당과는 계속해 적극적인 외교 활동을 이어 나간다. 그가 당나라에 들어간 목적은 단순히 외교에 머문 것이 아니라 국왕 중심의 지배 체제를 지향하며 내정 개혁을 추진하기 위한 당제(唐制)의 적극수용(漢化政策)이라는 정치적인 목적도 따로 갖고 있었다. 당나라가 대고구려 원정을 포기하는 쪽으로 가닥을 잡은 것을 간파하고, 춘추는 백제 공략을 위해 당나라를 끌어들이는 원병 요구를 더 적극적으로 펼쳐 나갔다.

태종동맹의 결실

신라의 태종(무열왕)과 당의 태종(이세민, 李世民)은 동시대의 왕이자 동명이인이다. 신라는 당에 조금도 뒤지지 않겠다는 의지를 담아 '태종'이라는 이름으로 같게 지었다. 두 사람은 648년 서로의 필요에 의해 군사동맹 체결의 필요성을 갖게 된다. 신라는 백제를, 당나라는 고구려를 없애기 위해서였다. 하지만 동맹의 요청이 목이 더 마른 건 신라이므로 먼저 신라가 당나라에게 양국의 결속을 제안한다.

동맹 추진에서 예상 외의 걸림돌이 된 것은 645년(선덕여왕 14) 9월, 당태종이 안시성에서 고구려에게 대패하고 별 성과 없이 회군한 사실이다. 당 태종의 친정(親征)으로 고구려가 멸망에 가까운 타격을 받을 것으로 생각하고 신라는 3만 군사를 동원해 고구려의 배후를 공격했는데, 결과는 당나라가 두 달 동안이나 안시성을 공격하고도 끝내 함락시키지 못했다. 중원 천하를 지배하던 무적의 당나라 군대가 동쪽에 있는 고구려라는 작은 나라에게 패했으니 세상의 웃음거리가 되었고, 당나라만 하늘처럼 믿고 있던 신라의 처지는 닭 쫓던 개처럼 허탈할 수밖에 없었다.

다급해진 신라는 춘추를 당나라 특사로 파견한다. 이때 춘추는 45세, 셋째 아들 김문왕(金文王)은 18세였다. 당 태종은 춘추가 실제로 신라의 국정을 좌우하는 실력자라는 사실을 미리 알았기 때문에 광록경(光祿卿) 유형교(柳亨郊)를 보내 그를 성대히 맞아들인다. 춘추는 키가 크고 풍채가 늠름했으며, 얼굴이 백옥같이 희고, 온화한 말씨로 말을 하면서 말수가 적고, 행동은 신중하고 법도가 있었다. 그래서 대국의 체면도 접어 두고 당 태종은 춘추의 영웅다운 생김새에 반해 특별히 더욱 후대했다.

집 떠나면 고생스럽고 몸조심해야 하는 건 기본인데, 더구나 타국 만리 당나라 장안까지 왔으니 더욱 그랬다. 춘추는 이미 고구려에 사신으로 가서 죽을 고비를 넘긴 적이 있어 출국 시 유신이 자기에게 당부한 말을 다시 찬찬히 곱씹어 본다.

첫째, 아들인 김문왕을 동행하고 가야 한다는 것, 가서는 아들과 같이 기숙을 해야 당나라에서 생길 만일의 사태를 피할 수 있다는 것. 남자란 무릇 여자에게 약해 품석의 경우와 같이 여자에게 넘어가면 아주 낭패를 보게 되는 것이라서 행동거지 하나하나가 조심스럽고 진중하라는 것이었다.

둘째, 고구려와 백제가 춘추의 동선을 그냥 보고만 있지 않을 것이니 그들이 혹여 자객을 보내어, 오가는 길에서 해칠 수도 있으니 각별히 몸조심해야 한다. 이에 대비해 춘추의 수행원으로 그와 아주 비슷하게 닮은 온군해를 같이 동행해 위기 상황에 사전 대비하라는 것이었다.

도착 후, 춘추는 자신의 품격을 높이기 위해 국학(國學, 현재의 대학)에 나아가서 석전(釋奠, 공자께 드리는 제사) 의식 및 강론하는 것을 보고 싶다고 하니 당 태종은 이를 허락한다. 춘추가 학식이 높은 것을 알고 문장 실력과 글씨 솜씨를 자랑하기 위해 자신이 쓴 '온천명'과 '진사명'

을 본인이 춘추에게 직접 선사한다. 그만큼 춘추가 마음에 쏙 들었다는 것이다. 또한 당 태종은 연회를 베풀어 환영을 표하며, 자기에게 하고 싶은 말이 있으면 다 해 보라고까지 할 정도였다.

"백제가 포악하고도 교활해 자주 국경을 침범했으며, 지난해는 대군사로 우리 수십 성을 함락시켜 입조할 길조차 막았습니다. 만약 폐하께서 군사로써 흉악한 무리들을 잘라 없애지 아니한다면 우리 백성들은 전부 사로잡히게 되어 육로와 수로를 거쳐 대국에 조공하는 것도 불가능할 것입니다."

당 태종은 크게 공감한다며, 그 자리에서 군대 20만을 보내 주겠다고 약속한다. 기분이 좋아진 당 태종은 춘추에게 특진(特進)이라는 최고위 벼슬을 내려 변방 국왕 이상의 예우를 한다. 동행한 이제 겨우 18세밖에 안 된 김문왕에게는 좌무위장군이라는 파격적인 벼슬을 내려 주며, 두 나라 간의 협약을 밀실에서 정하기에 이른다.

고구려와 백제를 멸망시킨 다음에 있을 전후 처리 문제에 대해 원칙에 합의한 내용은 이랬다.

"짐이 고구려를 치는 것은 다른 까닭이 있는 것이 아니라 그대 신라가 양국에 핍박을 받아 매양 그 침해를 입어 편할 날이 없음을 애달피 여김이다. 산천 토지는 내가 탐하는 바가 아니며, 백옥과 자녀도 내가 가지고 있는 것이다. 내가 양국을 평정하면 평양 이남과 백제 토지는 다 그대 신라에게 주어 오래 편안하게 하려 한다."

이것은 고구려와 백제를 멸망시키는 경우 영토 분할의 약정이며, 신라에 대한 지분의 보장이었다. 당나라가 힘의 관계에서 우위에 있으면서도 신라에게 많이 배려한 처사였으니 춘추의 외교는 여기서 최고의 성적표를 받아든 순간이었다.

그리고 계사일에 춘추가 본국으로 돌아가려 하자 3품 이상의 조관들이 모두 나와 전별하는 칙령을 내린다. 그것도 파격적인 예우였다. 춘추는 감사의 뜻으로 당 태종에게 극진히 충성을 다하겠다는 뜻을 표한다.

"제가 귀국하면 신라 관리들의 복식을 고쳐 당의 제도를 따르겠으며, 신에게는 일곱 아들이 있으니 폐하를 떠나지 않고 한 사람이 숙위(宿衛)하게 하겠사옵니다. 허락해 주시옵소서."

춘추가 이렇게 맹세하며 당에게 충성할 것을 확약했고, 당장 김문왕으로 하여금 남아서 당 태종을 숙위하도록 했다. 그때 당 태종이 갑자기 무슨 생각이 들었는지 유신에 대해 묻는다. 그만큼 관심이 있다는 것이기도 하고, 한편 걸어 다니는 삼국이라고 불리는 대단한 장수가 있다는 소문을 춘추의 입을 통해 직접 확인해 보고 싶었던 것이었다.

"그대 나라에 유신이라는 장수가 있다고 들었는데 사람됨이 어떠한가?"

"유신이 비록 재주와 지혜가 조금 있기는 하지만, 저희 나라가 천자의 위력을 빌리지 않는다면 백제를 어찌 쉽게 없애겠습니까?"

춘추는 당 태종의 비위를 거스르지 않도록 가능한 유신을 낮추어 말했다. 이 답은 당나라의 명장들보다 유신이 부족하다는 의미로 이해되자 태종은 만면에 미소를 짓는다.

"신라는 충순하니, 참으로 군자의 나라로다."

한편, 춘추가 당 태종을 감동시켜 고구려 침략을 부추기려고 당나라에 간 사실을 안 고구려는 서해에 순라선을 배치해 돌아오는 춘추를 죽이려는 암살 모의를 하고 있었다. 춘추가 일정을 성공리에 마치고 돌아오는데 서해 한가운데서 뜻밖에 고구려의 순찰선을 만난다. 그곳은 당나라에게 도움을 청할 수 있는 거리도 아니고, 그렇다고 바다로 뛰어들 수도 없는 진퇴양란의 상황이 벌어진다. 불운하게도 고생만 실컷 하고 큰 뜻도 이루지 못한 채 중도에서 꼼짝없이 죽게 되었다. 때 마침 춘추를 수행한 온군해(溫君解)가 춘추의 의관으로 바꿔 입고 나라를 위해 자신이 대신 죽겠다며 자청했다.

"신의 한 목숨으로 나라를 위해 헌신하시는 춘추공을 구할 수 있다면, 전 죽어도 여한이 없습니다."

온군해가 춘추로 위장하고 처연히 배 위에 앉아 있었다. 고구려 군사들은 배에 탄 온군해를 춘추로 알고 난도질해 잔인하게 죽이고 돌아간다. 간발의 틈새를 이용해 춘추는 작은 배를 타고 탈출할 수 있었다. 춘추는 해로에서 생길 만약의 상황을 예견해 온군해를 춘추로 위장하게 한 유신의 대비책에 감사와 놀라움을 금치 못한다.

나당동맹(羅唐同盟)! 일명 태종동맹은 이렇게 어렵사리 탄생된다. 손바닥 하나로 박수를 칠 수 없듯, 춘추의 눈물겨운 노력도 있었지만 당나라가 이 동맹에 성의껏 나선 것은 태종이 고구려를 침공했다가 패퇴했던 것도 같이 작용했다. 그리고 한 번 실패를 겪은 당 태종이 고구려 재침략을 위해서는 고구려 후방을 노릴 수 있는 신라와의 협공이 꼭 필요할 것으로 판단한 것이다. 아무리 강한 자라도 자존심을 꺾고 약자의 도움을 받지 않을 수 없는 상황이 되었던 것이었다.

춘추는 돌아와서 후일을 위해 당과 약속한 대로 중국의 의관을 착용했다. 그리고 독자적 연호인 태화(太和)의 사용을 중지하고 당나라

153

의 연호인 영휘(永徽)를 사용했다. 살아남기 위해서는 당에게 절대 사대하는 모습을 보여 줘야 했고, 한편으로 이를 왕권 강화의 수단으로 이용하기도 했다.

어떻든 춘추가 당 태종과 직접 면대하여 외교 교섭을 벌이고, 의도했던 외교적 성과를 만족할 만큼 얻고 돌아오게 되니, 한동안 신라의 사기는 하늘을 찌를 만큼 오르고 상대적으로 고구려와 백제는 불안감을 떨칠 수 없게 되었다. 당나라 원병이 곧 파견되리라는 소문이 삽시간에 삼국을 진동시켰기 때문이다.

반도의 단전을 지키다

백제 장군 의직은 매우 영리하고 용맹했다. 서기 647년 10월, 3천 명의 보병과 기병을 기동해 신라의 무산성(茂山城, 현 무주)과 감물성(甘勿城, 현 김천), 동잠성(桐岑城 현 구미)을 포위하게 된다. 왕은 유신에게 이곳을 잘 방어하라고 특명을 내려 여기서 신라와 백제가 서로 일전을 펼치게 된다. 하지만 백제 군사가 예상보다 날쌔어 신라가 계속 고전하자 유신은 비장의 카드를 만지작거리고 있었다. 아무리 막강한 군대라지만 초겨울 추위와 연이은 백제군의 침략에 대한 피로감이 오래 누적되자 다시 일어나거나 일으켜 세울 힘조차 모두 고갈되어 버렸다.

전쟁에서 승패는 군대 사기가 3/4, 병력수의 상대적 균형이 1/4 정도라고 했으니, 일단 사기가 저하되면 승리를 기대하기란 어렵다. 하지만 유신에겐 아직 사기를 북돋울 마지막 수단으로 자살 돌격이라는 방법이 남아 있기는 했다. 그렇다고 군사를 희생시키는 것은 죄악이라 그는 혼자 속을 끓이며 술을 한잔 부어 놓고 짙은 고뇌를 하게 된다. 자신이 낭비성 전투에서 적진을 혈혈단신으로 치고 들어가 적장의 목을 베어 오던 때를 추억하고 있었다. 그럴 때, 갑자기 비녕자라는 병사가 숨을 헐떡이며 달려와 유신에게 엎드리며 다급하게 아뢴다.

"장군님, 우리 군사들이 너무 사기가 떨어져 지금 백제군이 공격해 온다면 후퇴할 수밖에 없는 분위기이옵니다. 소신은 이번 싸움의 중요성을 깨닫고 저와 아들과 종 세 사람이 가문의 명예를 걸고 참전했는데, 만약 이대로 패한다면 저승에 가서 무슨 낯으로 조상님의 얼굴을 뵙겠사옵니까?"

"날씨가 추워진 후에야 소나무, 잣나무가 푸르다는 걸 알 수 있는데, 너의 충정이 비장하구나. 지금 상황이 매우 위급한데, 그렇다면 네가 사기를 끌어올려 줄 비책이라도 갖고 있다는 것이냐?"

이에 비녕자가 유신이 권하는 술을 한잔 받아 마시고 큰절을 한 후 결연한 표정으로 말한다.

"장군님께서 지금 수많은 사람들 중에 이 일을 오직 저에게 맡기시면, 진실로 소인은 마땅히 죽음으로써 보답하겠습니다."

그러고는 비녕자가 자살 돌격을 감행할 태세를 갖추고 나가면서 자기 집 종인 합절(合節)에게 말한다.

"나는 오늘 위로는 신라를 위해, 아래로는 나를 키워 준 조상들을 위해 죽을 것이다. 내 아들 거진(擧眞)은 비록 나이는 어리나 굳센 의지가 있어 반드시 여기서 함께 죽으려 할 것이니, 만약 아버지와 아들이 모두 죽으면 집사람은 누구를 의지하겠느냐? 너는 거진과 함께 나의 해골을 수습하고 돌아가 어미의 마음을 잘 위로하거라!"

그 말이 끝나자마자 비녕자는 곧장 말을 채찍질해 창을 비껴들고 적진으로 기세 좋게 돌진한다. 대적하는 여러 사람을 쳐 죽이고 나아가다 결국 백제군의 공격에 죽고 만다. 아들 거진이 이 광경을 뚫어지게 바라보고 있다가 누가 말릴 겨를도 없이 아버지의 원수를 향해 나아가려 하니 합절이 앞을 막아선다.

"어르신께서 말씀하시기를 '저 합절로 하여금 낭군과 함께 집에 돌아가 부인을 편안하게 위로하라!'고 하셨습니다. 지금 자식이 아버지 명을 거역하고 어머니를 버리는 것이 어찌 효라고 할 수 있겠습니까?"

그러고는 거진의 말고삐를 잡고서 놓아 주지 않는다.

"합절아, 눈앞에서 아버지가 죽는 것을 보고 내가 구차히 살아남는다면 어찌 효자라고 할 수 있겠는가?"

하고는 칼 등으로 말 고삐를 잡고 있는 합절의 팔을 치고 적진으로 달려가 용감히 싸우다가 죽고 만다.

"내 하늘이 모두 무너졌으니, 내가 죽지 않고 살아서 무엇을 하겠는가?"

합절(合節) 또한 적진으로 나아가 싸우다 죽는다.

이렇게 삽시간에 군사 세 사람이 돌격해 죽는 것을 다른 군사들이 보고 감격하여 일제히 앞을 다투어 무서운 기세로 공격해 나간다. 그들이 향하는 곳마다 적의 칼날을 꺾고 진을 함락해 백제 군사를 진멸시킨다. 유신이 비녕자 등 세 사람의 시신을 거두어 자신의 옷을 벗어 덮어 주고 곡을 하며 매우 슬퍼한다. 나라를 위해 가정을 버리고 목숨을 바친 비녕자 가족의 자살 돌격은 신라군의 귀감이 된다. 왕은 이 사실을 보고받고 뜨겁게 눈물을 흘리면서 그들의 존귀한 희생에 예를 갖추어 주었다.

한편, 이 싸움은 잘 보이지 않게 백제의 의직 장군이 의도적으로 패배한 모습을 신라에게 보여 준 것은 후일 중요한 요거성(腰車城, 현 문경) 싸움에 더 매진하기 위함이었다. 신라가 백제 군사들을 가볍게 생각하도록 유도하는 의직의 전략이란, 그만큼 비중이 큰 요거성에서 승리를 거두기 위해 상대에게 전력 평가의 혼란도 주고, 또 신라가 어떻게 대항하는지를 미리 쿡 찔러 보는 속임수 같은 예비 동작이기도 했다.

그러고는 648년 3월, 의직(義直)이 본래 의도대로 신라 변방의 요거성 등 10개 성을 급습해 삽시간에 함락시켜 버렸다. 요거성은 반도의 국운 중심이 되는 단전이자 요새로 이 전투는 가야의 땅이었던 이 성을 고구려뿐 아니라 백제까지 욕심을 품고 자기 영토로 만들기 위해 신라를 공격하는 중요한 사건이었다.

의직은 요거성 공격 시 지난번 신라군의 행태를 사전에 어느 정도 파악한 터라 일시에 집중 공격하지 않고 여러 곳으로 분산시켜 동시 다발적으로 싸움을 개시했다. 신라가 여러 곳을 동시에 방어하기 어려운 난관에 부딪치자 갈팡질팡하다가 결국 제대로 한번 대항도 하지 못한 채 성을 빼앗기고 만 것이다.

후에 유신이 북부 국경 지역의 주요 거점인 요거성이 백제에게 함락되었다는 사실을 듣고 표정이 매우 심각해져 있었다. 이곳은 워낙 천혜의 요새로 쉽게 공격하기도 어렵지만, 그보다 이곳을 잃으면 통일이 어려워진다는 게 더 크게 마음에 걸렸다.

유신은 그동안 요거성을 차지하기 위해 여러 나라가 잦은 전쟁으로 많은 피 흘림이 있었지만, 앞으로는 신라가 이곳을 영구히 지배해 더 이상 피를 흘리지 않는 땅으로 만들어야겠다는 마음을 갖는다. 하지만 패기 넘치는 백제의 젊은 장군 의직이 이 성을 빼앗아 금성탕지(金城蕩池)처럼 요지부동으로 사수하고 있으니 재탈환이 어찌 그리 쉽겠는가.

"백제가 요거성을 급습해 우리가 그 성을 잃은 것은 영토를 조금 잃은 것이 아니라 신라의 자존심을 잃어버린 것이다. 그것은 반드시 지켜 내야 할 영토를 백제에게 내주었기 때문이다. 그러므로 백제 군사들은 우리가 아무리 강하게 밀어붙여도 쉽게 요거성을 포기하지 않을 것이다. 사람의 목구멍 같은 지세라서 음식물을 삼키면 목구멍을 통해 내려가듯 그곳을 되찾으려면 목구멍같이 좁고 위험한 험로를 반드시 통과해야만 한다. 그들은 요새를 이용해 곳곳에 복병을 숨겨 두고 공격과 방어를 용이하게 할 수 있다는 강점이 있지만, 우리는 그들 군대가 노출이 되도록 적절한 유인책을 써야 할 것이다. 우리가 쉽게 공격을 감행할 경우 그들의 꾐에 빠져 독 안에 든 쥐처럼 곤경에 처하게 된다는 점을 잊어서는 안 된다."

유신이 이렇게 부장들에게 사정을 일러두고 요거성을 탈환할 기회를 호시탐탐 노린다. 날씨와 시기, 요거성 길의 넓고 좁음, 주변 지형의 높고 낮음과 거리 등을 충분히 고려한 뒤 유신이 이윽고 공격 명령을 내린다. 큰북과 작은북을 준비해 요거성 협곡 곳곳에서 동시에 북을 크게 울린다. 북소리는 협곡에서 메아리 되어 능선을 타고 골짝 사방으로 공명되어 퍼져 나간다. 백제 군사들은 신라군이 어디에서 공격해 올 것인지 몰라 전전긍긍하며 몸을 숨긴 채 불안에 떤다.

북소리가 수천의 말발굽 소리처럼 귀를 자극하게 되자 적들이 더 이상 인내하지 못하고 소리나는 곳으로 마구 활을 쏘아 대니 그들의 위치 노출이 확연했다. 이를 보고 신라 군사들이 지체 없이 공격을 감행해 승리에 이르고, 결국 백제에게 빼앗겼던 땅을 유신이 다시 회복했다. 유신의 입가에선 환한 미소가 감돌고 잠시 잃어버렸던 요거성의 회복으로 치명적인 절망이 간절한 희망으로 다가오자 마음의 안정을 되찾는다.

"반도의 단전인 요거성, 이제 다시는 이 성을 빼앗기지 않으리라. 고구려와 백제가 아무리 욕심을 내더라도 내가 있는 한 이 땅은 반드시 사수할 것이다. 단전이 막히면 목숨이 유지될 수 없듯 이곳을 잃으면 신라의 길이 막히고, 길이 막히면 나라의 국운이 막혀 삼국이 하나되는 숙업을 이루지 못한다. 보라. 어젯밤 꿈에서 요거성 위에 세 개의 달이 떠 있었다. 신라의 달과 백제의 달과 고구려의 달이 내 눈앞에서 분명하게 모습을 보였다. 신라의 달에서는 가야금 소리가 들리고, 고구려의 달에서는 거문고 소리가 들리는데, 백제의 달은 침묵하고 있으니, 그건 머지않아 백제가 쇠할 징조다. 그중에서도 신라의 달에서 선율이 가장 곱고 아정한 소리가 들려오니 머지않아 하늘에서 내리는 큰 축복이 있을 것이리라."

대량성 요새를 탈환하다

서기 648년(진덕왕 2), 유신은 압량주(押梁州, 현 경산) 군주가 되어 그동안 흐트러진 전열을 재정비한다. 이로써 당면한 직접적인 군사적 위기에서 일단 벗어나며, 선덕 지지파들의 정치적인 위상을 강화시켜 주는데 큰 몫을 하게 된다.

"폐하, 근자에 민심을 살펴보았는데 군사들의 사기가 펄펄하게 살아 있으니 이젠 천혜의 요새인 대량성을 회복해야겠사옵니다."

유신이 이렇게 말하자 진덕여왕은 좀은 그 제의가 달갑지 않은 듯 응대한다.

"약한 나라가 강한 나라를 잘못 건드렸다가 위험을 당하면 어떻게 하시겠소?"

"전쟁의 승부는 대소에 달린 것이 아니옵고, 민심이 어떤가에 있사옵니다. 우리 군사들은 뜻을 같이해 생사를 함께할 수 있으므로, 이제 백제 정도는 두려워할 바가 못 되옵니다."

유신의 자신감 넘치는 답을 듣고서야 왕이 이를 허락했다.

대량성은 서라벌로 가는 길목으로 매우 중요한 역할을 하는 성이었다. 천혜의 자연 지형이 만든 최고의 요새였기에 영토의 빠른 회복이 필요했다. 그리고 품석이 성주로 있다가 백제의 윤충, 검일에게 패해 품석 부부가 목숨을 잃은 춘추의 한이 서린 성이므로 반드시 탈환해야 되는 게 또 하나의 이유였다. 그러므로 이 성을 되찾는다는 것은 춘추의 원한을 풀어 주는 일이자 신라의 주요 교통로를 회복하는 일이므로 유신이 이를 지체할 다른 이유가 없었다.

서기 648년 4월, 다시 백제 의직이 자견과 같이 군대를 이끌고 대량성 인근 옥문곡(玉門谷)에 나타난다. 의직과 유신(庾信)이 또 한판의 싸움을 벌일 태세다. 그러나 유신은 의직이 그동안 자신에게 몇 차례 패해 많은 전사자를 냈음에도 불구하고, 다시 싸움을 걸어오는 게 적잖게 신경을 건드린다. 진드기 근성과 패기로 달라붙는 의직은 유신으로 하여금 무고한 살생의 죄를 더 짓게 만든다는 점에서 마음이 무거워진다. 그러다가 유신은 생각을 완전히 바꾸어 이참에 화근이 되는 의직을 깨끗이 제거하고 악의 고리를 말끔히 끊어 대량성을 되찾겠다는 태도로 바꾼다.

"많은 사람들을 편안하게 만들기 위해서라면 살인을 해도 좋다. 적국의 백성을 사랑한다면 적국을 공격해도 좋다. 전쟁을 멈추게 할 목적이라면 전쟁을 해도 좋다."는 선인들의 말을 유신은 혼자 몇 번이고 되뇌이고 자위하면서 결의를 다진다.

대량성 옥문곡은 동남쪽 방향으로 황강이 에둘러 흐르고 있어 백제군이 강을 건너 상륙하는 것을 철저히 막는다면 신라군은 진군하기 어렵다. 북쪽과 서쪽은 산이므로 육로로 쳐들어올 수 있는 길은 오직 서북과 동북쪽 뿐이기 때문이다. 그런데 산줄기 사이는 좁은 길이라 그 길만 막으면 강보다 뚫기 어렵고, 그 산은 가장자리가 강에 깎여서 비탈이 된 바위절벽이라 군사들이 오르는 것은 거의 불가능했다.

그렇다고 황강을 건너서 상륙하려 해도 방어군의 방해가 있으면 당연히 힘들어진다. 황강 위로 배를 띄워 수군으로 공격하려 해도 황강 서쪽은 강폭이 좁고 얕아서 뗏목 수준이 아니면 배를 띄우기조차 어렵다. 물의 흐름마저 동에서 서쪽을 향하고 있어 공격 시 강을 거슬러 올라가야 하는 어려운 문제가 걸려 있다.

반면 강 동쪽은 강폭이 넓어서 신라 본진에서 황강을 타고 지원군의 보급을 하기는 상대적으로 쉽다. 강 옆이니 식수 확보도 쉽고 성 근처의 평야도 꽤 넓어 평시에 몇 천 명을 먹여 살릴 군량미도 확보할 수 있는 지형이다. 공격군이 좁은 길과 외벽을 어찌어찌 돌파한다 해도 내성을 함락해야 하는데 그것도 만만하지가 않다.

외성을 방어하다가 정 안 되겠으면 산성으로 들어가 최후의 저항을 할 수도 있다. 다만 상황이 꼬여 퇴각해야 할 정도로 위급해지면 좁은 퇴로로 한꺼번에 빠져나갈 수 없어 오히려 독에 갇힌 생쥐 꼴이 될 수 있다. 이 경우 대량성을 포기하고 철수해야 하는 큰 문제가 생기게 되는 등 여러 가지 곳곳의 문제를 유신은 하나씩 짚어 나간다.

대량성 주변 지리를 꿰뚫고 있는 유신은 무모하게 공격을 감행하지 않았다. 신라군이 처음에는 낮에 술만 마시며 전쟁할 의사가 없는 나태한 모습을 적에게 보여 주다가 밤이면 때를 보아 군사들에게 비밀 훈련을 시켜 전열을 갖추어 나간다. 유신은 갈고닦은 실력을 보여 줄 최후 결전의 날에 이르러 군사를 지휘해 대량성 인근에 이른다. 그리고 대량성으로 진군 직후에는 신라군의 전력이 한참 열세인 것처럼 가장하여 적당히 후퇴를 거듭하면서 적을 유인하기 시작했다.

이런 한 수 높은 유신의 미끼작전에 백제군이 걸려든다. 그들이 신라군을 얕잡아보고 추격전을 벌이자 유신은 세 갈래로 군사를 돌려 역습으로 대항했다. 동시에 옥문곡에 미리 숨겨 둔 복병을 일으켜 백제군의 진로를 차단해 기대 이상의 대승을 거두게 된다. 이것은 유신이 일반화된 고정관념을 뛰어넘는 치밀한 분석과 뛰어난 전략의 승리다.

대량성! 춘추의 한이 서린 성이자 검일의 음모에 품석 도독 부부가 희생당한 곳, 가야의 역사가 살아 숨쉬는 곳이자 신라의 수도로 통하는 요충지를 유신이 7년 만에 되찾는다. 이 전투에서 백제 비장(裨將) 8명을 생포하고, 1천 명을 죽이거나 포로로 잡는 대전과를 올렸다. 그런 다음 유신은 사람을 시켜, 사로잡은 백제의 비장 8명의 포로를 대량성 전투 때 죽은 품석 부부의 유해와 교환하자는 제의를 한다.

"충신 품석과 그의 처 열녀 김씨가 너희 나라 계단 아래 뼈를 묻은 지 7년이나 되었다. 지금 너희 나라 장수 8명이 사로잡혀 목숨이 우리 손에 달려 있으나, 나 유신은 이웃 나라의 의리로 차마 죽이지 않겠다. 그러니 지금 속히 의자왕에게 사자를 보내 죽은 두 사람의 유골과 살아 있는 장수 8명과 바꾸는 것이 어떠한가를 답해 달라. 너희 나라 장수 윤충은 7년 전 대량성에서 '품석에게 항복하면 살려 주겠다.'며 해를 향해 맹세까지 하고는 막상 성문을 열자 신라 병사들을 모두 죽였지만, 나는 백제와 근본이 다른 신라의 김유신이다. 정직한 내 이름과 신라의 국호를 걸고 반드시 약속을 지킬 것이다."

이런 제의는 상상을 뛰어넘는 것이어서 참전한 신라의 다른 장수들조차 어안이 벙벙해졌다. 유신은 전쟁에서 패배하면 도전이, 승리하면 관용이 필요하다는 생각에는 변함이 없었다. 그러나 죽지 장군은 도저히 이해가 안 된다는 당황스런 표정으로 유신에게 묻는다.

"장군님, 백제의 살아 있는 장수 8명을 신라의 유골 2구와 바꾼다는 건 아무래도 이해가 되지 않습니다. 저들을 백제로 돌려보내면 다시 우리와 전선에서 칼부림을 해야 하는 처지가 될 텐데 왜 득이 없는 거래를 하시는 것이옵니까?"

"죽지 장군, 겉으로만 보면 살아 있는 장수와 유골을 맞바꾼다는 건 잘못된 거래로 보이지요. 하지만 조금 더 깊이 생각해 보길 바라오. 나라를 위해 싸우다가 희생된 사람들의 유골을 되찾아 온다는 것은 신라의 용병 수천 명을 한 번에 늘이는 것과 진배없소. 나라 위해 목숨 바친 사람들은 살아 있는 포로보다 훨씬 애국자이므로 그들을 우대할수록 우리 군사의 사기는 올라가게 되는 법이오. 전쟁은 용감한 자를 희생시키고 비겁한 자를 살려 둔다 하질 않소. 군대의 사기는 가장 좋은 갑옷이 된다는 것을 알아 주기 바라오."

이런 유신의 말에 아무도 더 이상 반대를 하지 못했다. 나라를 위해 희생된 사람에 대한 예우는 전선에서 희생을 각오하고 결전에 임하는 군사들로서는 엄청나게 큰 힘이 되기 때문이다.

백제의 좌평 충상(忠常)이 유신이 제의한 사신의 뜻을 받아 의자왕에게 아뢴다.

"폐하, 신라인의 유골을 남겨 두어도 우리에게 이로울 바가 없으니 보내는 것이 좋을 듯하옵니다. 만약 신라가 약속을 지키지 않아 우리 장수 여덟 명을 보내 주지 않는다면 잘못이 저쪽에 있고, 곧음이 우리 쪽에 있으니 어찌 걱정할 바가 있겠사옵니까?"

이에 백제에선 품석 부부의 주검을 파내 관에 넣어 보내기에 이른다.

"한 잎이 떨어진다고 하여 무성한 수풀이 줄어들지 않으며, 한 티끌이 쌓인다고 하여 큰 산이 보태지는 법이 아니다."

유신이 8명의 부장들을 살아 돌아가도록 허락하며, 그들이 돌아가 다시 전장에서 만나더라도 아무 문제가 되지 않을 것이라는 뜻으로 한마디를 더 던진다.

"앞으로는 전쟁에서 돌아오면 몇 명을 죽였냐고 묻지 말고, 몇 명을 잡아왔냐고 물어보도록 하라."

뒤이어 유신이 이끈 신라군은 승리의 기세를 타고 백제 영토로 쳐들어가 악성(嶽城, 현 하동) 등 12성을 공격, 함락시켜 2만여 명을 멸하고 9천 명을 사로잡았다. 그것은 유신의 제의로 신라 유골과 백제 포로를 서로 바꾸어 신라군의 사기가 올라간 결과였다.

사기가 충천한 신라 군사들은 다시 적의 영토에 들어가 진례(進禮, 현 금산) 등 아홉 성도 무찔러 함락한다. 백제군 600명을 포로로 잡았으나 아량을 베풀어 포로들은 자기 뜻대로 가라고 놓아 주었다. 이렇게 유신이 포로들을 대가 없이 놓아 주는 대범함 또한 여느 장수들과는 격이 달랐다.

나라가 전쟁에 매달려 있는 동안 춘추는 당에 들어가 군사 20만을 청하고 서라벌로 돌아왔고, 유신은 백제와 여러 차례 싸움을 모두 승리로 끝내고 서라벌로 돌아와 모처럼만에 두 사람이 상면하게 된다. 그동안 춘추는 목숨을 잃을 뻔한 위기를 넘기며 당나라와 동맹을 맺는 성과를 올린 한편, 유신은 요거성, 대량성 등 큰 싸움에서 승리하고 품석과 고타니의 유골까지 찾아왔으니 한맺힌 춘추의 원한을 풀어 주게 된 것이어서 기쁜 자리가 된다.

"사람이 살고 죽는 데는 저마다 명이 있어 이렇게 살아 돌아와 다시 유신공을 만나니 큰 다행이 아니겠소."

"소장은 국가의 위엄과 영령의 힘에 의지해 백제와 여러 차례 싸워 20개의 성을 함락시키고, 많은 군사를 포로로 잡았습니다. 그리고 춘추공의 한이 서린 품석공(品釋公)과 그 부인의 유골을 고국으로 돌아오게 했습니다. 이런 큰일들은 모두 하늘이 우리를 도와주었기 때문이라 생각합니다."

"유신공 덕택에 내 가슴에 한으로 맺혀 있던 품석과 고타니의 유골을 찾았으니 이제 절반의 원한은 푼 것 같소. 그러나 신라를 배반한 역적 검일을 응징하고, 우리나라를 무시로 괴롭히는 백제를 반드시 멸망시켜 하루빨리 이 땅에 태평성대가 오게 할 것이오."

"춘추공, 그 마음은 이해하겠으나 원수를 원수로 갚게 되면 더 강한 원수가 앞을 막아서게 될 것입니다. 옛말에 복수를 시작하기 전에 두 개의 무덤을 파 두어야 한다는 말이 있습니다. 원수를 만들면 결국 둘 다 불행해지는 것이니, 이 정도에서 원한을 푸시는 게 어떻겠습니까?"

"아니 되오. 나는 개인적인 분노로 군사를 일으켜 품석 부부의 원수를 갚자는 건 아니잖소. 품석의 부하이면서 대량성에서 음모를 꾸미고 나라를 배반해 성주 품석이 한번 싸워 보지도 못하고 패배에 이르게 한 부하 검일과 모척은 신라의 철천지 숙적이 아니겠소? 지금도 백제를 도와 우리 신라를 계속 괴롭히고 있는 이 역적들을 난 더 이상 보고만 있을 수 없다는 것이오."

"춘추공, 오래된 나무는 옮겨 심으면 머지않아 죽는 법입니다. 신라 사람으로 오래 살아온 검일과 모척이 신라를 등지면 하늘은 그들에게 천명을 허락하지 않을 것입니다. 암튼 앞으로도 소장은 피를 부르는 전쟁을 없애기 위해서는 삼국의 통일이 답이며, 그날을 좀 더 앞당기도록 헌신하겠습니다."

167

유신의 무궁무진한 지략

"백제와 신라가 전쟁을 하면 누가 이긴다고 생각하십니까?"

금충이 유신에게 물었다.

"백제가 이길 것이오. 백제는 우리보다 인구가 많고 땅도 더 넓고 식량도 많은 부국이기 때문이오."

"장군님, 그렇다면 작은 나라는 큰 나라를 대적할 수 없고, 적은 숫자로 많은 군사를 물리칠 수 없으며, 약한 나라는 강한 나라 앞에 무릎을 꿇어야 한다는 말입니까?"

"꼭 그렇지는 않지만 지금 현재 상황으로 보면 그렇다고 생각되오. 백제의 편에 선 나라는 왜와 고구려, 돌궐 셋인데, 우리는 오직 신라 한 나라, 따지고 보면 당나라도 완전한 우리 편이라 할 수 없으니 그렇지요."

유신의 표정에 무겁고 어두운 그림자가 비치며 목소리에는 평소와는 다르게 다소 힘이 떨어져 있다.

"하나로 넷을 대항하려는 것이 어찌 쉬운 일이겠소."

"장군님, 그렇다면 우리는 어떻게 해야 한다는 말입니까?"

"근본으로 돌아가야 합니다. 전쟁이란 승자나 패자 모두 피를 흘리는 살생을 피할 수 없으니 기실 둘 다 불행한 것이오. 그러므로 사람들은 누구나 전쟁보다 평화롭게 살기를 원하오. 하지만 백제나 고구려나 당나라가 자기들의 욕심을 채우려고 전쟁을 밥먹듯 일삼고 있으니 이게 가장 큰 문제라오. 서로 싸우지 않는 평화로운 세상을 만들기 위해서는 하나의 나라로 만드는, 바로 통일밖에는 아무 답이 없다는 말입니다."

유신은 통일이 되어야 한다는 당위성을 주장하며, 어금니를 굳게 물고 두 주먹을 모아 쥔다. 그리고 의미심장한 낯빛으로 죽마고우인 금충 화랑에게 좀 더 속마음을 말한다.

"전쟁에서 지(智)로 이기는 것이 첫째, 위(威)로 이기는 것이 둘째, 무기를 사용하는 것이 셋째, 성을 치는 것이 최하등급이라 했소. 나의 전쟁에 대한 철학은 무기를 사용해 성을 치는 것을 가능한 삼가고 병법에서 첫째로 손꼽는 지략으로 이기는 것을 최고의 방법으로 채택하고 있소. 결국 그건 약한 것이 강한 것을 이길 수 있다는 말이오. 지략만이 지금 우리가 처한 어려움을 극복하는 길이며, 미래에 삼국 통일의 희망을 걸어 볼 수 있는 길이라는 게 나의 신념이오."

유신은 전쟁을 수반하는 제국주의자가 아니라 지략으로 악의 세력을 평정하는 평화주의자다. 장수가 전쟁을 피한다는 건 말이 안 되지만, 방어를 기본으로 하되 필요시 최소한의 전쟁으로 평화를 지켜 간다는 논리다. 공격을 하면서 살상을 하는 것이 아닌, 방어를 위해 어쩔 수 없는 살상을 하는 것, 그래서 불가피한 살상에 대한 죄는 하늘에 용서를 구할 수 있다고 생각한다. 이런 맥락에서 보면 그가 신라 최고의 수장으로 오래전부터 추구해 오던 화랑오계의 살생유택을 투철하게 지켜 오는 이유와 전쟁에서 승리를 거두는 비결에 대한 이해가 가능해진다.

하지만 유신은 지금 이대로는 신라를 지켜 내기가 어렵다는 것을 직시한다. 좀은 과대 포장된 군사력과 요행에 기대려는 안일한 응전 때문이다. 이런 정신적 해이를 적당히 덮고 갈수록 위험이 점점 커지므로 하루라도 빨리 춘추에게 현 정세와 자신의 생각을 전하는 게 급선무였다.

"강성한 힘을 가진 백제가 시도 때도 없이 싸움을 걸어오니 나라가 더 곤경에 빠지기 전에 무슨 특단의 대책을 마련해야만 될 것 같습니다."

"아니 유신공, 신라는 지금 장군께서 잘 지키고 있지 않소?"

"아닙니다. 비밀이지만 지금 나라를 잘 지키는 게 아니라 겨우 버텨 가고 있는 실정입니다. 겉으로 보기에는 차이가 나지 않을 수 있어도 지키는 것이 안정된 것이라 한다면, 버티는 것은 불안한 것이기 때문입니다. 백제와 우리나라는 회복하기 어려운 견원지간이 되어 어느 한편이 망해야 전쟁이 끝날 것 같은데, 지금의 힘으로는 백제를 감당하기가 아주 어렵습니다."

"어허, 유신공이 예전보다 많이 약해진 듯하오. 신라에는 충성도가 높은 젊은 화랑들이 많이 있고, 유신공과 같은 명장들도 더러 있으며, 군주를 잘 따르는 군사들이 든든한데, 좀 걱정이 과한 것 아니오?"

"춘추공, 고래부터 중과부적이란 말이 있습니다. 아무리 군사가 강해도 극단적으로 많은 숫자를 상대하여 이기는 건 어렵습니다. 길이 있다면 정공법보다는 지략으로 임해야 하는 것 뿐입니다."

"백제 뒤에는 강한 고구려가 있어 더 그렇군요. 무슨 말인지 잘 알겠지만 나는 유신공만 믿겠소. 내가 당나라에게 원병을 청해 그 일이 점차 성사되어 가고 있으니 반드시 숙적 백제를 멸해 버립시다. 품석과 고타니를 죽인 원수들과 더는 같은 하늘 아래서 살 수 없지 않겠소."

춘추가 백방으로 뛰어다니며 당나라 원병에 공을 들였음에도 아직껏 출병을 한다는 소식이 없으니 그저 답답한 노릇이다. 옆집 처자 믿다가 장가도 못드는 홀아비 총각 꼴이 될 수도 있겠다는 생각이 들기도 하지만 그렇다고 춘추에게 원병의 진전이 없다고 탓하는 것도 적절하지 않은 것이다. 나라 간의 엄중한 일을 마누라 오줌 짐작하듯 하다 보면 결과는 필패이기에 어떤 지략으로 백제에게 대응해야 될지 더 심각하게 고민에 빠지게 된다.

군사적인 맞대결로는 버겁고 승산이 낮은 만큼 견고한 백제의 아성을 무너뜨릴 방법을 다각도로 찾는 것이 필요했다. 유신은 늘 그랬듯이 최고의 승리는 싸우지 않고 이기는 것으로 우선 적의 실태를 정확히 파악하는 일이 필요했다. 먼저 백제 왕의 주변 실태를 제대로 파악한 뒤, 그다음엔 세작을 이용해 왕 휘하에 있는 수뇌부를 흔들 것을 비밀리에 계획한다.

신라 부산현(夫山縣, 지금의 송도 부근) 현령이던 조미곤이 포로로 잡혀 백제 좌평 임자(任子)의 종이 되어 백제에 살고 있는 것을 알아낸다. 유신이 몰래 사람을 보내 그를 서라벌로 불렀다.

"너는 포로가 되어 백제에서 신라인으로 살면서, 그동안 얼마나 참담하고 굴욕적인 생활이었을지 그걸 생각하는 일조차 매우 가슴이 아프구나."

"장군님께서 혜량해 주시니 감사할 따름이옵니다. 다만 주어진 환경 속에서 최선을 다하면 언젠가 좋은 날이 오리라는 신념 하나로 살아오고 있사옵니다."

"그래 네가 모시는 임자 좌평은 백제 조정에서 왕의 신임을 각별히 받고 있다고 듣고 있는데 그게 사실이더냐?"

"예, 소인도 그렇게 알고 있사옵니다."

조미곤은 백제 좌평인 임자를 충실하고 부지런히 잘 섬겨 어느 정도 자유로운 몸이 되었다. 그런 그가 몰래 신라로 빠져나와 유신에게 백제의 사정을 보고하기에 이른 것이다. 그의 마음속엔 늘 신라가 크게 자리하고 있었고, 자신이 좌평을 모시면서 신라에 도움이 될 만한 것이 무엇일까 고민했는데 때마침 그 기회가 왔으니 얼마나 다행인가.

"임자 좌평은 의자왕이 총애하는 대신이라고 하니, 그대는 내 뜻을 임자에게 잘 전해 주어야 할 것이다. 그가 우리 신라에 협조를 하게 된다면 그건 그대 공이 될 것이다. 중간 역할을 한다는 것이 자칫하면 목숨을 잃을 수도 있는 위험한 일인데, 이런 위험을 무릅쓰고라도 내 말대로 실행할 수 있겠느냐?"

"장군님, 제 몸은 비록 백제에 있어도 정신만은 백제인이 아니옵니다. 그동안 아무리 바꾸려 해도 바꾸어지지 않았으니 그것은 진실인 것이옵니다. 소인도 백제의 물을 먹고 백제인으로 살고자 노력했으나 이 몸은 변함없이 신라 사람이라 신라인의 역할을 해야 된다는 생각이옵니다. 하오니 생사를 가리지 않고 장군님 명령대로 시행하겠사옵니다."

조미곤은 유신의 밀명을 받고 다시 백제에 들어갔다. 그는 임자의 눈치를 떠보기 위해 신라에 몰래 다녀왔다는 말은 숨기고 두루 여행을 다녀왔다고 거짓으로 둘러댄다.

"이 나라의 백성이 되어 나라의 풍속도 모르는 것은 옳지 않은 일인지라, 미처 여쭙지도 못하고 잠깐 여행을 갔다 돌아왔습니다."

"너는 참 지극한 종이로구나. 그래 고맙고 앞으로는 그럴 필요가 있을 때는 항상 내게 미리 여쭙고 가도록 하거라."

임자는 조미곤의 말을 조금도 의심치 않았고, 그의 목소리는 예상 외로 따뜻하게 느껴졌다. 그러자 이 분위기를 놓치지 않고 틈을 타

임자에게 말한다.

"실은 고향이 그리워서 신라에 갔다 왔습니다. 여행했다는 것은 제가 임시방편으로 꾸며낸 말이옵니다. 신라에 가서 우연찮게 김유신 장군을 만났습니다. 장군은 어른에게 '백제와 신라가 원수가 되어 전쟁을 그치지 않으니, 양국 중에서 한 나라는 필시 망할 것이다. 그렇게 되면 둘 중 한쪽은 부귀를 잃고 포로가 될 것이다. 나는 두 사람이 약속을 해서, 신라가 망하면 내가 좌평의 도움으로 백제에서 벼슬하고, 백제가 망하면 좌평이 나의 도움으로 신라에서 벼슬했으면 좋겠다. 그렇게 하면 어느 나라가 망하든지 간에 두 사람은 부귀를 지킬 것 아니냐?'라는 이 말을 잘 전하라고 했습니다."

임자는 한동안 잠자코 말이 없었다. 조미곤은 괜스레 말을 잘못 꺼낸 것 같아 황공한 낯빛으로 물러났다. 며칠 후, 임자가 조미곤을 불러 그 일을 되물었다. 조미곤은 유신의 말을 되풀이한 뒤 임자에게 말을 건넨다.

"나라는 꽃과 같고 인생은 나비와 같습니다. 만일 이 꽃이 진 뒤에 저 꽃이 핀다면, 이 꽃에서 놀던 나비는 저 꽃으로 옮겨 가서 사시사철 항상 봄처럼 놀지 않겠습니까? 꽃을 위해 절개를 지키려고 부귀를 버리고 몸을 굽힐 필요가 있겠습니까?"

임자는 원래 부귀에 정신이 빠진 범부였다. 이 말을 달콤하게 여긴 그는 유신의 말에 동의를 표했다. 이에 유신은 임자를 더욱 끌어들이기 위해 조미곤을 통해 임자의 자존심을 크게 건드려 신라의 편에 서도록 강하게 유인한다.

"일국의 대권을 홀로 장악하지 못한다면, 무슨 부귀의 위세가 있다고 할 수 있겠습니까? 듣자 하니, 백제에서는 성충이 왕의 총애를 받기 때문에 그가 하는 말은 다 시행되지만, 공은 그저 그 밑에서 한가롭게 지낸다 들었습니다. 이거야말로 치욕이 아닙니까?"라는 유신의 말을 전하자 이에 임자는 성충을 향한 질투심이 극에 달하게 된다. 그 뒤 의자왕이 좋아하는 여성의 성향을 파악해 요녀 금화(錦花)를 임자가 추천해 왕궁에 맞아들이게 한다.

"참으로 용모가 수려하구나. 너의 이름은 무엇이더냐?"
"예, 소녀는 금화라고 하옵니다."
"어쩌면 너는 젊은 나이에 세상을 하직한 왕비와 아주 흡사하구나. 금화야, 네 이리 가까이 오너라. 내 가슴이 뛰는 소리가 들리지 않느냐?"

금화는 용모가 수려하고 자태 또한 아름다운데다 남자를 녹이는 언변 역시 워낙 능수능란하여 의자왕이 향락에 빠지는 건 시간문제였다. 첫사랑의 부인을 닮은 듯한 꼬리 치는 미모의 여자 앞에서 과거인지 현재인지도 분간하지 못하는 혼돈에 빠져든 의자왕은 서서히 제정신을 잃어간다. 날이 갈수록 점점 의자왕이 흔들려 금화의 의도대로 나라가 주물럭거려진다. 왕이 삼 년 전쟁에는 살아남을 수 있어도 금화의 석 달 유혹에는 견딜 재간이 있을까?

유신의 의도가 금화의 행동으로 물길처럼 잘 흘러 들어가고 있었다. 유신의 백제를 흔드는 전략이 제대로 돌아가자 백제 귀족들의 불만이 팽배하기 시작한다. '피를 흘리며 싸우는 전쟁보다는 피 흘리지 않는 계책이 낫다.', '전쟁에는 의리나 명예, 원칙이나 정의가 없다.'는 것을 신봉하는 유신은 자신이 꾸민 계책의 진전을 비밀스레 지켜보면서 혼자 빙그레 웃는 횟수가 늘어간다.

장수의 네 얼굴

무시로 발생하는 주변국들과의 얽히고설키는 전쟁, 그건 백성들의 생사와 나라의 존망에 관련된 가장 중차대한 일이다. 근자의 전쟁을 보고 겪고 느끼는 일이 반복되는 가운데, 어느 날 춘추가 아들 법민과 한자리에 마주하게 된다. 나라를 알려면 그 나라 왕을 보고, 군사를 알려면 그 나라 장수를 살피라고 했다. 어느 나라이건 나라를 대표하는 명장들이 있으니 두 사람은 네 나라 장수들의 면면을 꼼꼼히 짚어 보게 된다. 그걸 살펴보면 군대 수준이 가늠되고, 전시 전략과 나아가 나라의 가까운 미래까지 어느 정도 짐작이 가능하기 때문이다.

"아버지, 고구려의 연개소문을 칼 다섯 자루를 차고 다니는 '북방의 사자'라고 한다면, 백제의 계백은 싸움에 임해선 천지와 물불을 가리지 않는 '열혈결사대'라 합니다. 중원을 누비는 당나라 소열(蘇烈)을 '걸어 다니는 십만 대군!'이라 한다면, 우리 유신공은 '움직이는 삼국!'이라고 부른답니다."

"허허, 그렇다면 그중 누가 제일 낫다는 말이더냐?"

"맞상대해도 용호상박일 텐데 싸워 보지 않고 우열을 말한다는 것은 매우 어려운 일인 듯합니다. 전투에는 너무 이례적인 변수가 많아

강하게 보인다고 하여 반드시 이긴다는 보장도 없으므로 답하기가
매우 난처합니다."

 부자지간에 단둘이 앉아 자못 진지하게 대화가 이어진다. 먼 날을
위해 희미한 추상화를 그리는 것이 아니라 당장 눈앞으로 급박하게
다가오고 있는 현실을 사실적인 풍경으로 그려 내는 셈이다. 그러기
에 이들이 나누는 대화는 매우 중요하고, 보다 냉철하게 판단하지 않
으면 주변국과의 응전에서 혼선이 생길 우려도 있는 것이다. 이미 그
자리에는 부자지간에 요구되는 체면과 눈치의 벽도 다 허물어지고
군더더기 없이 심도 있는 말들이 오간다.
 "계백은 달솔 벼슬이 말해 주듯 높은 벼슬까지는 올랐지만, 홀어미
밑에서 자라 자신의 노력으로 백제의 독불장군이 되었기에 가문에
무공을 가진 직계는 없습니다. 그러나 소열(蘇烈)은 아버지 소옹이 나
라에 무공이 있고, 아들 소경절이 아버지의 뒤를 따르고 있으니 무려
3대가 무공이 있는 전쟁 명문의 후손입니다."
 "소열? 당나라 소열이 누구이더냐?"
 "소열은 당나라 최고 명장인 소정방(蘇定方)의 원래 이름으로, '정방'
이란 그를 예우해 부르는 자(字)를 말함입니다. 남에게 자기의 자를 스
스로 일컫는 것은 불손한 태도인데, 우리를 깔보고 그렇게 정방이라
불러 달라고 말하는 것이지요. 당나라 장수 설례(薛禮)도 소열처럼 '인
귀(仁貴)'라는 자(字)로 불러 달라며 오만불손함을 스스로 드러내고 있
습니다."
 "그렇다면 우린 이제라도 바르게 고쳐 불러야 할 것이다. 남의 나라
장수들을 굳이 낮출 필요는 없겠지만, 그렇다고 각별히 존칭으로 부
른다는 건 옳지 않은 일이다."
 "예, 알겠습니다. 그리고 연개소문은 할아버지가 막리지였던 연자

유, 아버지도 막리지였던 연태조로 3대가 군사권을 갖고 전쟁터에 나가 나라에 무공을 세웠고, 4대째가 되는 연남생, 연남건 등 건장한 아들이 뒤를 이을 것 같으니 고구려는 타의 추종을 불허하는 최고의 무신 가문이라 생각됩니다."

춘추는 아들 법민이 상당히 많은 정보를 갖고 정세를 올바로 꿰뚫고 있는 것이 가슴 뿌듯했다. 아들 하나는 잘 두었으니 후일은 걱정이 없겠다는 든든함을 느낀다. 일단 많이 알아야 나라를 잘 이끌 수 있고, 외교나 전쟁에도 근본과 득실을 따져 잘 대처할 수 있는 것 아닌가.

"그리고 아시다시피 유신공은 할아버지가 김무력, 아버지가 김서현으로 역시 전쟁터에 나가 나라에 큰 무공을 세웠고, 아들 김삼광과 김원술이 그 뒤를 따를 것 같습니다."

"법민아, 네 이야길 들어 보니 3대, 4대가 나라에 무공을 세우거나 기대가 되는 쟁쟁한 장수들이 나라마다 있구나. 현 상황에서 실력을 겨룬다면 계백은 한 수 처지고 유신과 연개소문, 소열의 3파전이 될 것 같은 생각이 드는구나. 그래, 우리 신라는 유신공 같은 불세출의 명장이 있어 얼마나 다행이냐? 하루빨리 나라가 안정을 찾고 백성들이 태평성대를 누리는 살기 좋은 신라가 되어야 할 것이다."

법민은 네 나라 장수들에 대한 성격이나 장단점 등에 대해서도 춘추보다 더 소상히 파악하고 있었다.

"계백은 호랑이를 타고 활쏘기를 했다 하며, 화살보다 빠르고 용맹스러울 뿐 아니라 왕이 죽으라 하면 그 자리에서 즉시 목숨을 바칠 정도로 충직한 장수입니다. '용사는 한번밖에 죽지 않는다!', '훈련 시 땀을 많이 흘려야 전쟁에서 피를 적게 흘린다!'는 것을 좌우명으로 삼고 강한 군사력을 앞세우지만, 조직의 화합과 위기 대처 능력은 조금 떨어지는 편입니다."

"소열은 호랑이보다 날래고 사자보다 사납고 과감한 데다 담력이 절륜해 강행군과 속공을 잘 구사합니다. '첫 타격이 전투의 절반이며, 전쟁에서 굴복하는 자가 가장 불쌍하며, 장수의 가장 거룩한 의무는 승리'라고 말하면서 누구 앞에서나 자신감이 충천해 있습니다. 하지만 자신의 용맹만을 너무 믿어 오만하고 약간 경솔한 면이 있으며, 전쟁에서도 재물 약탈하기를 좋아하고 정복욕이 강한 기질을 갖고 있습니다."

"연개소문은 용감하고 대범하며, 거칠고 호전적이라 합니다. 탁월한 장악력과 추진력을 동시에 갖고 있어 그를 상대하여 아무도 이길 자가 없다고 했습니다. 그는 '전쟁은 불가피한 것'으로, '늘 전쟁 중'이라고 할 정도로 싸움을 즐기며, 자기가 전쟁을 위해서 존재한다고 할 정도로 패기가 넘치는 장수입니다. 그러나 너무 욕심이 많고 권모술수가 능하며 성격이 포악 잔인함으로 인해 대사를 그르칠 우려가 있고, 덕이 부족하다는 문제를 안고 있습니다."

"그런 이들에 비해 우리 유신공은 문무를 겸비한 덕장이자 전략가입니다. 위엄이 있으면서도 조직을 화합하고 사기를 잘 끌어올리는 탁월한 능력을 갖고 있는 데다, 상대의 허를 찌르는 생각하지도 못한 전략으로 인해 적들이 그의 이름만 들어도 지레 겁을 먹고 맙니다. 자신보다 나라를 먼저 생각하고 순리를 따르며, 특히 전쟁에서 살생유택의 계율을 지키기 위해 싸우지 않고 이기는 방법을 견지하는 평화주의를 옹호하고 있습니다. 하지만 '움직이는 삼국'이라 불릴 정도로 워낙 뛰어난 능력을 갖고 있으나 그는 삼국을 한 나라로 만들고 말겠다는 꿈이 너무 커서 그것을 이루기가 쉽지 않아, 그 원대한 꿈이 오히려 위기를 초래하거나 큰 좌절을 낳지 않을까 걱정이 됩니다."

춘추는 법민의 말을 듣고 모처럼 궐내가 울리도록 큰 소리로 웃었다. 법민의 기대 이상의 분석이 춘추를 감탄하게 만든다. 한편으로 네 명의 장수들을 비교한 결과 백제가 제일 약체여서 품석의 원수를 갚을 수 있다는 자신감을 더 확고하게 굳힌다. 그리고 유신이 앞으로 신라를 부강한 나라로 만들고, 어쩌면 통일까지 이룰 수 있다고 생각하니 춘추의 얼굴에는 화색이 돌고 웃음소리가 궐 밖을 넘지 않을 수 없었다.

"그래, 옳지. 그래, 그래… 법민이 와룡 선생보다 더 지혜롭구나. 역시 우리 유신공은 최고 최고 덕장이고… 법민아, 이 아비에게 뭐 권하고 싶은 말은 없느냐?"
예상 밖의 춘추의 물음에 법민이 조금 머뭇하는 기색이더니, 한번은 생각을 정리해 둔 사람처럼 이내 말문을 연다.
"부족한 소인이 감히 무어라고 권해 올리겠습니까? 하오나 답을 피하는 것도 불효라고 생각되어 졸견이지만 한말씀드리겠습니다. 아버지께서 만일 나라를 다스리게 되시면 인정(仁政)을 베풀어 천하의 선비로 하여금 모두 다 왕의 조정에 서고 싶어 하도록 만드시길 바라옵니다. 천하의 농민들이 모두 다 왕의 들판에서 밭 갈고 싶어 하도록 만들고, 온 천하의 장사치들이 모두 다 왕의 시장에서 장사하고 싶게 하며, 여행하는 자들이 모두 다 왕의 길에 나아가고 싶어 하는 나라를 만들어 주시면 좋겠습니다."

"허허, 법민아 참 어려운 숙제로구나. 잘 알겠다. 백성은 귀중한 것이고, 사직은 그다음이며, 왕은 제일 가벼운 것이라 했다. 내가 왕이 된다면 이 말을 실천하면서 나라를 잘 다스려 나가도록 하리다.

옛말에 '은감불원(殷鑑不遠)'이라 했는데, 이 말은 왕이 본받을 만한 것은 먼 곳에 있지 않고, 본받을 좋은 전례는 가까운 곳에 있다고 하였으니 네가 스스럼없는 내 진언자가 되어 주기 바란다."

유신의 생일

유신의 생일날 모처럼 맏아들 삼광과 둘째 원술이 자리를 같이한다. 생일이라 조금 더 차린 아침을 먹고 나서 밥상을 물린 다음 삼부자에게는 잠시 여유로운 시간이 주어진다. 근자에 크고 작은 나라 일들과 주변국들의 공격이 잦아 가족끼리 식사 한번 편하게 할 수 있는 시간이 잘 허락되지 않았다.

부자지간에는 굳이 말을 하지 않아도 가슴으로 느껴지고 눈으로 배우는 것들이 많다. 행동으로 보여 주고 실천하는 삶이 바로 유신의 집안 내력인 것이다. 아버지가 아들에게 미주알고주알 일거수일투족 간여하지 않아도 이미 아버지의 위엄이나 눈빛에서 말없는 가운데 전해지는 사랑과 훈육이 있으니 그건 정신적 지주가 된 화랑정신과 세속오계 같은 것이 생활화되었기 때문이다. 그럴진대 신라에서 아버지 화랑이 아들 화랑에게 무슨 세세한 교육이 필요하겠는가.

"소자는 훌륭하신 아버지의 맏아들로 태어난 것이 한량없이 기쁘지만, 대신 능력이 부족해 큰아들 노릇하기란 쉽지 않은 것 같습니다. 요즘 주변국들의 침입이 잦으니까 소인이 무엇을 해야 할지 난감하오니 그 처신을 말씀해 주시길 청합니다."

"삼광아, 좋은 나무는 좋은 열매를 맺는단다. 그동안 우리 집안은 할아버지부터 3대가 나라에 큰 무공을 세운 집안이다. 그래서 우리 집에서는 나라가 가정이나 개인보다 더 중요하다는 말이다. 자칫하면 참전으로 대가 끊길 수도 있어 개인의 목숨이 더 소중하다고 생각했다면 무공을 세우기란 불가능했을 것이다. 하여 너희들은 나라가 부르면 언제든지 나가 목숨 바칠 수 있는 사람이 되어야 한다. 옛말에 살고자 하면 죽고, 죽기를 각오하면 산다는 임전무퇴의 정신을 잊지 말아야 할 것이다. 그것을 지키는 일이 이 아비를 욕되게 하지 않는 일이라 생각한다."

삼광은 맏아들로서 심적 부담감을 갖고 있었지만 나라가 부르면 가정을 버리고 언제든지 나아가 목숨을 바쳐야 한다는 것을 아버지의 입을 통해 다시금 확인하게 된다. 한 호흡이 지난 뒤 이번에는 원술이 침묵을 깨고 입을 연다.

"삼광 형님은 우리 가문의 대를 이어야 하므로, 소자가 목숨 걸고 아버지의 말씀을 받들어 무공을 이어 가겠습니다. 4대를 잇고, 5대, 6대 그렇게 계속 이어 간다면 신라가 천년평화를 누릴 것이기에 분골쇄신 노력하겠습니다."

"그래, 원술이 뜻이 장하도다. 나까지 합쳐 이미 3대를 이어온 무공 집안이지만 예로부터 그렇게 5대를 이어야만 나라가 하늘의 축복을 받고 요순 임금 시절처럼 태평성대를 누린다고 했으니, 지금 한 말을 반드시 지켜 가도록 할 것이다."

"예, 아버지. 아버지의 큰 뜻을 이루는 부끄럽지 않은 아들이 되고자 하늘을 두고 맹세하겠습니다. 그런데 소자는 한 가지 궁금한 것이 있사옵니다. 다름이 아니라 전쟁은 불가피한 것이고 일상적인 것처럼 보입니다. 이렇게 자주 전쟁을 하여 어느 한 나라가 이기면 원한을 사고, 지면 비참해지는 불행을 겪게 되는 데 이에 군사들을 어떻게 운영해야 하는지요?"

"군주들의 영토에 대한 욕심이 하늘을 찌르고 있으니 세상은 영원한 전쟁 상태라고 보면 된다. 그러니 장수의 손이 깨끗해질 사이가 없고 전쟁은 다시 전쟁을 낳게 된다. 전쟁에 나가서 싸우는 사람들은 이기거나 지거나 죽거나 살거나 하는 것이 우마처럼 끌려갔다 끌려오는 형국으로 전쟁이 늘어날수록 모두가 불행해지는 것이다. 그러므로 나는 전쟁을 반대하는 게 나의 지론이다. 사람 죽이기를 좋아하는 사람은 천하를 얻을 수 없으니, 싸우지 않고 이기는 것을 근본으로 삼는다. 백 번 싸워서 백 번 이기는 것보다 한 번 싸우지 않고도 굴복시키는 것이 최고의 전략이자 계책인 것이다. 가장 용서받을 수 없는 거짓말은 전쟁으로 폐허를 만들어 놓고도 그것을 평화라고 부르는 것이다."

"아버지, 그렇다면 상대를 굴복시키는 데는 어떤 방법이 있는지요?"

"허허, 그 물음의 답은 매우 어려운 것이로다. 좋은 전쟁이란 존재하지 않으므로 칼과 창으로 싸우는 것보다 외교로 싸우는 것이 낫다는 뜻이다. 가능한 전쟁은 빨리 끝내야 하고, 전쟁에서 살상을 줄이려면 방어에 집중하면서 상대의 허를 찔러야 한다. 군대의 사기를 극대화시켜 상대가 미리 겁먹게 만드는 것도 좋은 술책이며, 전쟁이란 상황마다 새롭고 특별한 속임수로 상대의 허점을 만들어도 저열하지 않으며, 설사 저열하다고 해도 승리를 한다면 그것은 좋은 전술로 평가된다는 사실을 잊지 말아야 한다."

"두 아들은 듣거라. 내가 그동안 어떤 전쟁에서도 먼저 전략을 앞세워 임했고, 그것이 승리의 동력이 되었다. 어느 하나도 용맹과 투지만으로 무모하게 정면 대항한 적이 없으니 그것을 잘 기억하기 바란다. 특히 사람의 목숨은 무엇보다 소중하므로 살생유택을 앞세우고,

또 이를 실천하기 위해 지혜로운 계책을 새롭게 만들어 나갈 것이다. 이렇게 전쟁은 계책이 무엇보다 중요하다. 목을 많이 베는 게 목적이 아니라 적게 살생하고 포로로 많이 잡으며 보다 신속하게 승리로 이끌어야 한다. 긴 전쟁은 피아가 다 지옥 같은 질곡에서 이전투구하게 되는 것이다. 그리고 우린 새의 민족임도 잊지 말거라. 우리 시조가 알에서 탄생했고, 이 땅은 독수리가 비상하는 형국이다. 하여 이 독수리가 세계를 향해 날도록 몸통보다는 깃털의 힘을 키워야 한다는 점이다. 다시 말하면 왕의 힘으로 나라가 강해지는 게 아니라 백성들의 힘으로 강해진다는 뜻이다. 내 소원은 이 땅에 전쟁이 사라지고 평화로운 하나의 나라로 사는 것, 여러 나라로 나눠지면 자꾸 싸우기 마련이다. 싸움을 하지 않기 위해서는 강해져야만 하고, 강해지기 위해서는 하나가 되어야 하며, 하나가 되는 것이 바로 내가 구하고자 하는 통일이다. 나는 그런 신라를 만드는 것이 내 숙업이다."

유신의 말이 끝나자 두 아들은 아버지가 삼한에서 가장 출중한 문무와 덕을 갖추고 지략이 뛰어난 명장임을 깨닫게 된다. 그리고 존경과 감사를 느끼며 누가 먼저라고 할 것 없이 두 아들이 일어나 아버지에게 큰절을 올리고 천천히 뒤로 물러난다. 생일날이 먹고 즐기는 시간보다 유신의 훈도와 그의 뜻에 충실한 아들이 되겠다는 의로운 다짐의 시간으로 흘러갔다.

춘추의 등극과 원병

춘추는 진지왕의 장손이자 이찬 용수(龍樹)의 장자이며, 진평왕의 외손자로 가장 순수한 진골 혈통을 타고난 인물이다. 실제로 그의 용모는 매우 잘생겨서, '용과 봉의 모습이요 하늘에 뜬 해와 같은 얼굴(龍鳳之姿, 天日之表)'이라고 극찬을 받으며, 당 태종조차 한눈에 반할 정도였다. 그는 범상치 않은 인물인데다 도량이 넓고 지혜가 출중하며 덕이 높고 문무의 수련을 게을리하지 않았으니, 거의 전인적인 덕목을 갖춘 현군이 될 요건을 겸비하고 있었다.

서기 651년 2월, 춘추의 둘째 아들인 23세의 청년 김인문(金仁問)이 조공사 겸 숙위 왕자가 되어 당나라로 떠난다. 김인문이 마음에 들었던 당 고종은 바다를 건너온 노고와 충성이 가상하다며 좌령군위장군(左領軍衛將軍)의 벼슬을 특별히 내린다. 이후부터 김인문은 한 살 아래인 당 고종과 깊은 인연을 맺어 우정 어린 신뢰를 바탕으로 신라와 당 사이를 오가며 여러 가지 외교적 문제를 풀어 나가는데 진력하게 된다.

서기 654년 3월, 진덕여왕이 붕어하여 사량부(沙梁部)에 장사를 지낸다. 마지막 성골이었던 여왕이 세상을 떠나자 진골이었던 춘추가 신라 왕에 큰 걸림돌 없이 추대된다. 이는 춘추의 인물 됨됨이와 신분도 중요했지만, 유신의 힘 또한 눈에 보이지 않게 크게 작용한다. 자기가 왕이 되겠다고 목소리를 낼 만한 인물이 없다는 건 그만큼 사전 정지 작업이 잘 되었다는 뜻이다. 비담 등이 반란을 일으키면서 보수 반동 세력들이 모두 표면으로 떠올랐다가 유신에게 일망타진된 것도 신라 수뇌부의 민심을 결집하는데 큰 도움이 된 것이다.

유신은 화랑 집단을 기반으로 전 신라의 군사권을 완전 장악하고 있었다. 그 때문에 당시 진골 귀족의 수장이던 김알천 장군이 보위에 오르기를 극구 사양하고 춘추를 추대했던 것이다. 혈통으로 보아도 그는 진흥왕의 방계였으니 순수 진골 혈통이어야 한다는 명분에도 맞지 않았다. 이렇게 여왕은 양대에서 끝나고 춘추가 왕위에 올라 진정한 부계 중심적 진골 왕통으로 이어 가게 된다.

신라에 이런 어진 임금이 등극했다는 사실은 고구려나 백제에는 위협적인 사실이 되지 않을 수 없었다. 이에 고구려는 654년 10월^{(무열왕} ^{원년)}, 말갈병을 이끌고 백제와 함께 신라를 공격해 신라의 북쪽 33성을 빼앗는다.

그러자 무열왕은 655년 정월에 당나라에 사신을 보내 다시 원병을 요청한다. 이 청은 곧바로 받아들여져 3월에 당 고종이 영주(營州) 도독 정명진(程明振)과 좌우위중랑장(左右衛中郞將) 소열(蘇定方)로 하여금 군사를 거느리고 가서 귀단수(貴端水)를 건너가 신성(新城)을 함락시킨 후성을 불태우고 돌아온다.

이후 무열왕은 자신의 재위 기간에 반드시 백제를 멸망시키겠다고 한 자신과의 약속을 하루빨리 결행하려 한다. 그래야 신라가 부강해지는 길이 열리고, 자신의 머릿속을 무겁게 짓누르고 있는 억울한 죽음을 당한 딸과 사위의 원한을 복수하는 것이기 때문이다. 크게는 신라 왕으로서, 작게는 대장부로서 스스로에게 약속했던 '백제를 멸망시키는 일'이 어쩌면 무열왕에게는 통일보다 더 크고 중요한 숙업이라 할 수 있었다.

외교란 매우 중요하다. 어느 나라 편에 서서 어떤 태도를 취하느냐가 나라의 운명을 좌우하기도 한다. 고구려 침공 당시 당 태종은 동맹국이었던 백제, 신라에게 모두 지원군 파병을 요청했는데, 이때 신라는 당의 요청에 응해 원군을 파병했다.

하지만, 백제는 그 전부터 당이 고구려를 친다면 지원군을 보내 주겠다고 약속했음에도 불구하고 백제가 말을 바꾸어 파병하지 않았다. 도리어 당나라를 지원하고 있던 신라의 옆구리를 찔러 빈집털이를 했으니 외려 적대적 감정을 촉발시키게 된다. 이런 백제의 악의적인 태도에 분노를 느낀 당 태종은 죽을 때까지 백제의 사신을 받지 않았다. 이후 태종의 뒤를 이은 고종도 당나라의 목표인 고구려 멸망에 백제가 걸림돌이 되니 방해가 되는 백제를 반드시 없애야 한다는 생각을 서서히 굳혀 가게 된다.

당 고종은 매우 특이한 인물이었다. 아버지인 태종의 "요동지방 공격을 하지 말라."는 유언에도 불구하고 4차례나 고구려를 공격했고, 그의 기이한 행동은 여기서 그치지 않았다. 그는 아버지 후궁이었던 무미랑(武媚娘)을 자기 비(妃)로 삼았으니, 따져 보면 의붓어머니가 첩이 된 후 황후까지 오르고 나중에는 측천무후이자 성신황제라는 통치자가 되도록 방조한 셈이다.

아버지가 죽으면 아들이 아버지의 첩을 취(娶)하는 것은 흉노 등 북방 유목민족의 혼풍(婚風) 중 하나였지만, 중원에서는 형의 아내를 동생이 맞이하는 형사취수(兄死娶嫂)는 보았어도 한 여자를 두고 아버지

187

와 아들이 같이 살을 섞는 불륜의 수치는 찾아보기 어려웠다.

그럼에도 이를 무시했으니 나라를 다스림에도 가끔씩 법치와 도덕을 뛰어넘는 종잡을 수 없는 천방지축의 성향을 갖고 있었다. 이러하여 춘추의 머릿속은 여간 복잡하지 않을 수 없었고, 서로가 속마음을 숨긴 수싸움으로 인해 어쩌면 숨겨진 음모가 마각처럼 드러나 보일 수도 있을 법했다.

하지만 이제 아버지가 좋아하던 춘추가 왕이 되고, 자기가 좋아하는 김인문이 조공사로 곁에 있으니 고종이 신라를 예쁘게 볼 수밖에 없었다. 그럼에도 백제와 고구려는 왕권 이양의 취약한 틈을 타 끊임없이 신라를 계속 침공해 왔으니 타고 있는 불길에다 계속 기름을 부어 대는 상황이 되어 간다.

그동안 유신은 국경이 위협받을 때마다 필사적으로 싸워 개별 전투에서는 승리를 잘 지켜 냈지만, 최근 발생하는 백제, 고구려와의 전쟁에서 그 한계는 분명했다. 그러므로 이제 신라와 당이 연합하지 않으면 점점 외교적 고립과 잦은 침략에 시달려 나라의 존립이 어려워진다는 말이다. 그건 일시적으로 견뎌 내면 되는 일이 아니라 나라의 흥망을 좌우할 큰 시련이 다가오고 있다는 일종의 적신호가 켜진 것이다. 이에 춘추는 그동안 태종동맹(나당동맹)은 성사시켰지만, 당 태종의 사망으로 명색만 동맹이지 당나라에서 신라를 지원하는 원병은 아직껏 오지 않았으니 점점 속만 새까맣게 타들어 간다.

"당에 청병(請兵)한 회보가 왜 아직도 없느냐?"

서기 659년 10월, 무열왕이 조정에 앉아서 당나라에 파병을 요청했으나 회보가 없었으므로 근심하는 빛이 얼굴에 역력했다. 목숨 걸고 받아 낸 원병인데 태종의 죽음으로 일시에 물거품이 되었으니, 결국 뒤를 이은 당 고종에게 무조건 매달리는 수밖에 없었다. 사신을 보내며 자존심을 접고 당 제도를 받아들이는 등의 조치에도 불구하고 아무런 답이 없어 왕의 머릿속은 엉킨 실타래처럼 복잡해진다.

그때 낭도 파랑이 무열왕을 알현하고자 했다. 그는 동료 화랑인 장춘과 같이 급히 달려와 숨을 헐떡이며 어전을 들어서고 있었다.

"폐하, 제가 어제 단석산 동굴에서 기도 중 도사님을 뵈었는데, 내년 봄에 당나라 군사가 우리를 도와주러 온다고 했사옵니다. 저희들보고 그때 나라를 위해 목숨 바칠 각오로 임해 부디 통일된 나라를 세우는데 혼신의 힘을 다 쏟으라 하고 사라졌습니다."

"파랑 화랑, 그게 무슨 말인지 다시 좀 자세히 말해 보거라."

파랑은 어제 있었던 일을 좀 더 소상히 무열왕 앞에서 아뢴다.

장춘과 자기는 죽마고우이자 열혈화랑으로 백제가 워낙 싸움을 일삼아 자신들도 조금이나마 나라에 힘이 되고자 열심히 훈련을 쌓으며 기회를 엿보고 있었다. 어제는 좀 더 신령한 기운을 받기 위해 장춘과 같이 단석산 동굴에서 기도를 올리고 있는데, 거기서 백발노인이 나타나 내년 봄에 당나라 군사가 도와주러 온다는 것과 신라의 화랑도로서 나라를 위해 목숨을 바칠 각오로 임하라는 말을 남기고 홀연히 사라졌다고 설명을 더했다.

"대왕께서 이토록 애타게 기다리고 계시는 것을 저희가 알고 달려와 미리 말씀 올리게 되었사오니 이제 걱정 마시옵소서."

"그래, 그게 진정코 사실이더냐?"

"예, 소인 파랑 혼자가 아닌 장춘랑과 같이 두 눈으로 보고 두 귀로 똑똑히 들었나이다."

서기 660년 1월, 천년에 한번 온다는 천재일우의 기회가 드디어 신라에 온다. 천신만고 끝에 당나라는 신라를 돕기 위해 새로운 판도를 예고하는 출병을 결정했다. 고종은 조서를 내려 좌무위대장군(左武衛大將軍) 소열(蘇定方)을 신구도행군대총관(神丘道行軍大摠管)으로 삼고, 좌위장군(左衛將軍) 유백영(劉伯英), 우무위장군(右武衛將軍) 풍사귀(馮士貴), 좌효위장군(左驍衛將軍) 방효공(龐孝公)을 거느리고 군사 13만 명을 통솔해 백제를 치도록 명한다. 서서히 신라 군사들의 함성 소리가 백제와 고구려의 산야를 흔들게 될 그날이 점차 눈앞으로 도래해 온다.

소열의 욕심과 속내

당나라 고종은 백제, 고구려의 원정 출정에 앞서 좌무위대장군(左武衛大將軍) 소열을 따로 은밀히 부른다. 그것은 후일 토끼 사냥이 끝나면 그 뒤 사냥개도 잡아먹자는 토사구팽의 음모를 누가 알아차리기나 하겠는가. 두 마리의 토끼인 고구려와 백제를 잡으면 그다음은 사냥개 역할인 신라를 잡아먹자는 심산이었다.

동맹이란 두 다리나 두 손처럼 서로 협력하기 위해 태어난 것이 아니라 절름발이면서도 정상인 것처럼 흉내 내며 서로 속내를 숨기고 있는 것이다. 그러다가 언제든지 뒤집을 수 있는 약조이니 동맹을 있는 그대로 믿는 자는 순수함이 아니라 외려 무식의 소치라고밖에 볼 수 없는 것 아닌가.

"소 장군, 이번 원정은 남다른 의미를 갖고 있소. 겉으로는 신라를 도와주는 것이지만 그보다 눈엣가시인 고구려를 멸하여 일단 우리의 후환을 없애야 한다는 것이 첫째요. 고구려를 멸하기 위해선 백제를 없애야 하는 것이 둘째이며, 두 나라가 없어지면 그다음에 신라는 우리에게 자연히 흡수될 것이오. 백제 고구려에 우리가 도독을 두어 통치하면 신라는 달리 버틸 재간이 없지 않겠소. 그 뒤 자연스레 바다 건너 왜나라까지 우리가 정복하게 되면 명실공히 천하를 한손에 넣어 당당한 당나라의 천하통일을 온전하게 이루게 될 것이오."

"폐하, 신라가 전쟁까지 하면서 백제를 멸해 주는데, 그들이 순순히 우리 뜻대로 따라 주겠사옵니까? 백제를 멸하여 신라로 주고, 고구려는 우리가 차지함이 옳지 않사옵니까?"

"허허, 소 장군. 그것은 어디까지나 태종대왕이 하신 말씀이고, 짐은 중원과 반도와 섬까지 하나로 온 천하를 손아귀에 넣어 청사에 빛날 세계 속의 당나라를 이룩하는 게 꿈이오. 이번 원정길에 좌위장군 유백영이 소 장군을 밀착 동행할 것이오. 그는 음양오행에 해박하고 풍수지리에 능하므로 정보 분석 조건에 맞는 결과를 도출해 내는 대안과 독술 능력이 아주 탁월하오. 그가 덕물도에 상륙하면 그때부터 명당 기운을 짚어 가며 우리 당의 속국화를 위한 사전 정지작업을 하게 될 것이오. 예의 문물과 의관 풍속이 아름다운 신라 백제에는 곳곳에 좋은 기운이 넘치는 명당과 철옹성 요새들이 많다고 듣고 있소. 그래서 영토를 힘으로 점령하는 것도 중요하지만 지역의 길한 기운을 누르도록 당나라 지명으로 고쳐 부르게 하여 그 백성들과 민심을 당나라 색깔로 잘 물들이는 일이오."

이즈음 당나라 군대에서는 지형을 살펴 진을 칠 곳을 정하는 수륙지획(水陸地劃)을 중히 여겼다. 이름 하여 주사(主事)라 불렀는데, 그건 아무나 할 수 없는 일이고, 어느 정도 학식과 문무이론이 겸비된 자로 정하게 되므로 고종이 총애하는 장수 유백영이 낙점된 것이다. 그는 소열을 보좌하며 당나라 군대의 선봉장이 되어 군대의 진로를 열어 가는 우두머리 역할을 수행해 나간다.

"폐하, 당나라로 물들이는 일이 구체적으로 어떤 것이옵니까?"

"그것에 대해서는 그리 걱정하지 않아도 될 것이오. 예를 들면 그곳에서 부르는 지명을 없애고 새로운 지명으로 고쳐 부르도록 하면 자연적으로 당나라 땅이 되는 것 아니겠소? 소 장군이 이번 원정길에서 큰 공을 세우면 짐은 향후 백제와 신라 중 한 곳을 소 장군이 통치하도록 할 생각이오. 난 소 장군이 1만 장창부대로 10만 서돌궐을 물리친 그 위업을 아직 잊지 않고 있소. 그러니 이번에 좋은 결과를 만들어 오기를 학수고대하겠소. 그리고 이건 소 장군과 나만의 밀약이니 허투루 공개해서는 아니 될 것이오."

"폐하, 분골쇄신 분부대로 시행하겠사옵니다. 다만 금번 원정이 매우 중요한 만큼 무읍현공(武邑縣公)으로 있는 소신의 아들 소경절(蘇慶節)을 출정에 참여하도록 하여 같이 무공을 세우고자 하오니 윤허해 주시옵소서."

"소 장군, 그것 참 좋은 생각이오. 무읍현공인 소경절이 장군의 무예와 외모를 워낙 빼닮았다고 하니 이번 전쟁에서 도움이 될 수 있을 것 같소. 짐은 장군의 뜻을 그대로 받아들이니 곧바로 행하도록 하시오."

당나라의 몸은 이미 굽어져 있는데, 그림자가 바르다고 우겨도 그들의 속내가 언제까지 신라에게 비밀로 부쳐질지 고개가 갸웃거려진다. 마음에 흉계를 갖고 있다 보면 자신도 모르게 활그림자를 보고 뱀이라 의심하다가 도리어 스스로 비밀을 노출시킬 수도 있기 때문이다.

덕물도 회담

서기 660년 벽두부터 당나라 고종의 왕명에 의해 소열은 선박 수백 척을 건조하고 병사들을 훈련시키는 등 원정 준비에 박차를 가한다. 그리고 그해 3월, 수륙군 13만 명을 거느리고 백제를 치기 위해 서해를 건너 덕물도로 향한다. 이와 동시에 고종 칙명으로 태종 무열왕을 우이도행군총관으로 삼아 신라 군사들을 거느리고 당을 지원하도록 했다. 신라로서는 당의 지시를 받는 예속부대 격이므로 상당히 자존심이 상했지만 그것은 약소국으로서 의당히 감내해야만 하는 일이었다.

이제 신라는 백제를 치기 위해 군사들을 이끌고 나서야 하는 출정일이 눈앞으로 다가온다. 무열왕은 백제의 원수를 갚기 위한 최선의 선택이라는 설렘이었다면, 유신은 조금이라도 군사들이 피를 덜 흘리고 전쟁을 끝낼 수 있어야 한다는 압박감에 마음이 가볍지 않았다.
"폐하, 우리가 싸우러 가는 곳은 황산벌과 사비성이지만 우리 군사들이 이동하는 동선을 좀 더 고려해야 할 것 같사옵니다."
"유신공, 그것이 무슨 말입니까?"
"우리가 곧바로 싸움터로 가면 백제는 자신들을 칠 것을 알아채고 미리 철통같이 대비할 것이고, 고구려는 비어 있는 우리 북쪽 영토를 공격해 올 것이옵니다. 그래서 우리 정예병력 5만 명은 남천정^(현 이천)

으로 가고, 나머지 5만 명은 금돌성(현 상주)에 집결 주둔하도록 하는 것이 좋겠사옵니다."

"그렇군요. 듣고 보니 꼭 필요한 전략이오. 먼길을 이동하는 것이 힘들더라도 그렇게 하도록 하시오. 자칫 우리가 적들에게 허를 찔려 큰 낭패를 당할 뻔했소. 이번 전쟁은 신라를 가장 신라답게 만드는 기반을 확보하는 전쟁이니 반드시 승리하도록 하시오."

"폐하, 백제가 강한데다 위에서 고구려, 아래서 왜가 지원하고 있어 결코 쉬운 싸움은 아니지만 그렇다고 크게 열세인 것도 아니라고 봅니다. 전쟁은 군대의 수보다 군사들의 사기가 중요하며, 무기보다는 계략이 더 중요한 것이므로 우리에게도 승산이 있사옵니다. 특히 그동안 공을 들여 조미곤을 이용해 임자 좌평이 의자왕의 눈을 가려 왕실의 근본이 흔들리고 향락이 도를 넘도록 어지럽게 만들어 놓았사옵니다. 또 임자가 웅진의 방령인 예식진 무리들을 자기편으로 다수 확보하고 있사오니 머지않아 의자왕이 신라를 침략한 죗값으로 잡아 무릎을 꿇리도록 하겠사옵니다."

"하하하, 역시 내겐 하늘이 내려 주신 유신공밖에 없소. 우리가 백제를 멸하고 나면 공이 그토록 원하던 삼국을 하나의 나라로 세우는 절반의 축복을 얻게 되는 것 아니겠소. 절반을 얻으면 전부를 얻는 건 그다지 어렵지 않다고 생각하오. 난 유신공의 가문에서 신라를 지켜 온 3대째 무공을 기억하고 있소. 그 덕분에 변방의 백성들은 편안히 농사짓고 누에를 쳤으며, 군신들은 국가의 일에 골몰하며 근심을 없게 하였소. 지금 유신공은 할아버지, 아버지의 일을 계승하여, 전장으로 나가서는 장수가 되고 들어와서는 재상이 되어 하는 일의 공적을 이루 헬 수 없으니 만일 공(公)의 한 집안이 아니었으면 지금의 신라 존립이 불가능했을 것이오."

"폐하, 몸 바쳐 이 나라의 숙원을 꼭 이루도록 헌신하겠사옵니다."

그해 5월 26일, 남천정(현 이천)으로 가기 위해 무열왕이 유신, 진주, 천존 등의 장수들과 함께 군사를 거느리고 서라벌을 출정한다. 그리고 6월 18일 남천정에 이르게 된다.

이미 백제의 첩자들은 신라 군사들의 동선을 알아채고 내부적으로 혼란이 야기된다. 신라가 군사를 이끌고 북쪽으로 대군을 몰아가고 있으니 고구려를 공격하려는 것으로 착각을 일으킨다. 백제는 만일의 사태에 대비해 일단 자국 경계를 철저히 하라는 지시가 떨어졌고 접경지대에는 비상사태가 발령되었다.

6월 21일, 상장군 유신과 태자 법민(훗날 문무왕)이 병선 1백 척을 거느리고 덕물도에서 소열의 군사를 맞이한다. 소열은 당나라 본토인 내주를 출발, 천리에 달하는 병선을 이끌고 13만 명의 병력으로 산둥반도의 성산(成山, 현 산둥성 룽청시)에서 서해를 건넌다. 그리고 여러 날이 걸려서야 덕물도와 지척거리에 마주한 새가 날아가는 형상의 새곶섬(현 소야도)에 도착한다.

유백영은 새곶섬 포구의 '짐대(솟대) 끝'이라는 곳에 잠시 머문다. 낯선 곳에서 며칠을 묵어도 터가 좋으면 기분이 좋아지는데, 이곳이 당나라 군사의 기세를 항진시키는 기운을 주는 듯하다. 곧게 뻗은 소나무로 만들어 세운 솟대 수백 개가 기세등등하게 서 있다. 그 솟대는 배의 돛대처럼 바르게 서서 물길을 헤치고 배가 나아가는 행주형 지세를 이루고 있어 첨부터 그의 마음을 흡족하게 만든다.

건너편 덕물도는 신라가 당나라를 내왕할 때 사신을 보내고 닿던 출발항이자 도착항이다. 이곳을 떠난 배는 산둥반도에 정박, 육로로 당나라 장안까지 왕래했으며, 당으로 오갈 때 반드시 거쳐야만 하는 약속의 땅이자 항구였다.

당나라 군사들이 새곶섬과 덕물도에 진지를 구축하고 군영을 만든 다음 이내 평정을 되찾고, 유신은 덕물도에서 소열 일행을 맞는다.

"대장군님, 천리 먼길 오시느라 너무 노고 많으셨습니다. 우리 대왕께서는 지금 대군이 오기를 고대하고 계십니다. 만일 대장군의 도착 소식을 들으신다면 틀림없이 당장 잠자리에서라도 달려오실 것입니다."

법민이 먼저 소열에게 무열왕의 뜻을 전하고, 뒤이어 유신이 인사를 한다.

"저는 신라 상장군 김유신이라고 합니다. 익히 장군님의 명성을 들어 잘 알고 있었지만 직접 뵈니 더 큰 영광입니다."

유신의 정중한 인사에 소열은 몸을 약간 뒤로 젖히고 시선은 유신에게 고정시킨 채 이야기를 경청한다.

"지금 머물고 계신 섬이 당나라로 가는 신라의 유일한 통로로 예전부터 덕으로 쌓은 섬이라 하여 덕물도라 부릅니다. 소장은 이번 원정을 통해 당과 신뢰가 두터워지고 서로 덕을 나누는 형제의 나라가 되었으면 합니다."

"법민 태자와 유신 장군이 이렇게 마중 나와서 우릴 환영해 주어 반갑고 또한 고맙소."

곧이어 나당 연합군의 전략회담을 갖는다. 소열은 다소 상대를 깔보는 듯한 거만한 태도와 당나라 대장군으로서의 위엄을 동시에 갖추고 있었다. 상장군 유신과 법민은 소열 일행과 인사를 나눈 후 군사 지휘권 운영과 동선, 지형, 그리고 양군사가 합류 후 백제와 전면전을 벌이는 일정 등을 하나씩 공유, 확정하기에 이른다.

"우리는 오는 7월 10일 신라 군사와 백제 사비성(泗沘城, 현 부여)에서 만나 도성을 격파하려 하오. 그러므로 군사들의 목숨이 걸린 가장 중

대한 일이니 반드시 약속대로 이행해 주길 바라오."

"예, 약속한대로 꼭 이행하도록 하겠습니다."

법민이 대답을 하고 일어서려는데, 유신이 엷은 웃음을 띤 얼굴로 소열에게 한마디 건넨다.

"장군님, 장군님께서는 참 젊어 보이십니다. 저보다는 열 살 정도 아래로 보이시는데 그 비법이 무엇입니까?"

"허허, 이걸 덕담으로 받아야 할지 험담으로 들어야 할지 모르겠지만 젊은 게 싫지는 않으니 덕담으로 받겠소. 내가 장군보다야 세 살 위로 알고 있으니 앞으로 유신 장군은 날 형님으로 깍듯이 잘 모셔야겠소."

유신은 공연히 나이 얘기를 꺼냈다가 본전을 못 찾은 기분이 들기도 했지만, 실은 솥이 무거운지 가벼운지를 한번 들어 보고 싶어서 던진 의도적인 드레질이었다. 그 결과 유신 자신이 소열보다 더 젊으니까 뭐든지 잘할 수 있겠다는 것을 미리 알아냈으니 기싸움에서 진 것이 아니었다. 고수는 역시 사소한 말 한마디에서도 전략에 필요한 지혜를 찾아낸다.

당시 소열이 68세(592년생)이고, 유신이 65세(595년생)로 세 살 차이가 났다. 연개소문은 한참 아래로 46세(614년생)이고, 계백은 황산벌 전투 직전 가족들의 목을 칼로 베고 나온 것으로 보아 장성한 아들이 있다면 참전했을 것이나 언급이 없으니 자식들이 어린 것으로 보여 다른 장수들보다 더 젊을 것이다.

또, 나라를 통치하는 왕들은 당나라 고종이 32세(628년생), 신라 무열왕이 56세(604년생)이며, 백제 의자왕이 70세 내외(590년생 추정)로 셋 중 나이가 가장 많았다. 고구려 보장왕은 영류왕을 시해한 연개소문의 추대로 왕이 되어 26년간을 재위(642~668)한 것으로 연개소문(46세)보다 나이가 많을 것이다. 하지만 전쟁에서 나라를 통치하는 왕은 어느 정도의 나이는 극복될 수 있겠지만 나이가 많은 장수일수록 힘과 용기와 지혜가 떨어지는 것은 어쩔 수 없는 일일 것이었다.

유신과 법민이 만남의 인사로 가볍게 시작하여 후에는 머리를 모아 작전을 협의하고 끝에는 소열의 지시 순서로 회담이 잘 마무리되었다. 회의 중 아첨은 아니었지만 유신이 조금은 저자세로 임한 것이 보기에 좋았던지 초면에다 꿍심이 있었음에도 소열은 밝은 얼굴로 회의 결과에 만족했다. 그리고 그는 작별하면서 한번 더 법민에게 신라 군사와 사비도성 등에서 만날 일정 등을 재확인하고 그 약속을 철저히 이행할 것을 당부했다.

소열이 거느린 부대는 해전을 수행하기 위한 수군 편성이 아니라 기병(騎兵)과 보병(步兵)으로 이루어진 보기(步騎)의 혼성부대였다. 그래서 가능한 배에서 빨리 내리는 것이 중요한 문제이므로 가능한 육지로 선박을 이동하고자 했다. 소열은 다음 날 덕물도에서 동쪽으로 멀리 보이는 곳에 포구를 끼고 있는 은폐가 용이한 진지가 될 것 같은 산들이 보여 그곳을 상륙지로 검토하고자 유백영과 함께 선발대를 동행해 소래포구로 들어간다.

때마침 밀물이어서 이동 동선과 소요 시간이 별 문제가 없었다. 소열과 유백영이 포구에 다다르자 매소홀현(買召忽縣)의 주산(主山)이 바로 눈앞으로 가까이 다가온다. 주산의 정상에서 내리뻗은 용세는 굽이굽이 이어져 내려 산 아래 무공단좌형(武公端座形)의 명당을 이룬다.

"소 장군님, 저 산 좀 보십시오. 꼭 무인이 기(氣)를 모으기 위해 단좌하고 있는 형국입니다. 저 산을 그냥 두면 우리 당나라가 신라의 무인 기세에 눌려 제대로 싸우기가 힘들어질 것 같습니다."

"그럼 어떻게 해야 한다는 말인가?"

"저 산은 장군님과 같은 천하를 움직일 수 있는 큰 장수의 기운으로 강하게 눌러야 방비가 됩니다. 소 장군님은 만인들이 '인간이 아니라 신에 가까운 사람'이라 부르고 있으니 그 기운으로 맞서면 저 무공단좌형의 기운을 반드시 누를 수 있을 것입니다. 하여 '소 장군님이 이곳에 임하셨다.'는 뜻을 담아 '소래산(蘇來山)'으로 부르게 하면 될 것입니다."

소열은 유백영의 말을 듣고 기분이 무척 좋아졌다. 그만큼 자신을 높이 받들고 능력을 인정해 주는 것이어서 소열은 왕이라도 추대된 듯한 표정이 되어 사뭇 싱글벙글이다. 소래에서 덕물도로 돌아오면서, 상륙지를 소래로 정한다면 사비성으로 가기 위해 육로를 이용하는 게 부담이 된다는 점을 고민한다. 탄현(현 대전)까지 가는 도중 백제군의 공격이 우려되고, 많은 배를 소래에 접안시켜야 하는데 썰물과 밀물의 차이가 커서 많은 병력이 일시에 하선하기엔 문제가 될 수 있기 때문이다.

더 중요한 것은 서해 해로를 이용해 기벌포로 우회를 하게 되면 고구려와 백제에게 공격 동선을 숨길 수 있는 장점이 있어 결국 당나라 군사들의 이동경로는 원래대로 시행하기로 했다. 덕물도 회담에서 결정한 것처럼 당나라는 해로를, 신라는 육로를 통해 양쪽에서 백제의 수도 사비성으로 곧장 들어가는 것이다.

신라의 밤이 조용히 깊어 가고 있다. 배불리 저녁을 먹은 병사들은 작은 섬 안에서 돌아다니며 따로 특별히 즐길 곳도 없으니 일찌감치 잠자리에 든다. 갑옷 입고 투구를 쓰고 당당하게 서 있는 기골이 장대한 장군 같은 바위(소야도 앞머리 부근)가 소열의 눈에 들어온다. 섬과는 별로 인연이 닿지 않았던 소열은 드넓은 바다가 자신이 펼칠 꿈보다 더 넓은 것 같은 기운에 좀은 기가 눌린다. 눈앞의 바다 기운에 눌리면 하늘을 호령할 장군의 기세도 꺾일 수 있겠다 싶어 헛기침과 심호흡을 한 후 마음을 다잡는다.

계획대로라면 오늘 이 밤이 당나라에게도 소열에게도 잊지 못할 역사적인 밤이 된다. 당나라의 야심도 그렇지만 아들 소경절이 무공을 세우게 되는 원정의 그 첫날이기 때문이다. 유백영과 소경절을 불러 자기 가슴처럼 출렁이는 밤바다를 바라보며 같이 술 한잔 나누는 시간을 조용히 갖는다. 그동안 전쟁에만 매달리다 보니 소열이 가장 아끼는 아들과 담소조차 힘들었는데 외려 지금 이 섬에서의 시간이 혈육의 정을 가깝게 느껴지도록 만든다.

"장군님 저기 멋있는 바위 하나가 있는데, 저 바위를 제가 장군님 것으로 만들어 드릴까요? 좋으시다면 저 바위 이름을 이제부터 '장군바위'라고 부르겠습니다."

"하하, 그렇지 않아도 내 아까부터 그 바위가 멋있게 보여 오래도록 바라보고 있었소. 장군바위, 그것 참 좋은 이름이오. 이제 그렇다면 저 바위가 내 바위가 된 것이오."

"저 섬을 여기 사람들은 '큰물섬'이라고 부르고, 덕을 쌓는다 하여 '덕물도'라고도 한답니다. 그 덕을 우리 것으로 만들기 위해선 이곳을 잘 바라볼 수 있는 '새곳섬'도 '소야도'라고 명명해야 할 것입니다.

덕이란 안에서 보면 잘 보이지 않고, 조금 떨어진 밖에서 잘 보이는데, 저 덕물도는 새곳섬에서 가장 잘 볼 수 있답니다. 그러므로 덕은 고귀한 것이어서 누리는 자의 것이 아니라 바라보는 자의 것이라는 말이 있지요. 이런 연유로 소야도의 '소(蘇)'는 장군님의 성을, '야(爺)'

는 나이 든 사람의 뒤에 존칭으로 붙여 '소야도'로 부르도록 하겠습니다."

"허허, 유 장군은 정말 대단한 안목과 식견을 가졌소. 소래산과 장군바위와 소야도, 그것 참 마음에 딱 드는 선물이오. 고맙소."

소열과 유백영, 소경절은 밤이 깊도록 술잔을 기울이며 자신들의 계획이 술술 잘 풀려 나가고 있다는 생각에 취기도 잘 오르지 않았다.

한편, 신라의 5만 군사는 남천정에서 말고삐를 남쪽으로 급선회하며 금돌성을 경유, 백제 탄현 쪽으로 계획을 잡고 이동을 시작한다. 그제야 백제는 덕물도에 주둔한 당나라 군대와 신라 군대가 협력해 고구려가 아닌 백제를 멸망시키기 위한 전면전임을 깨닫지만 사전 대처가 잘못되었음을 뒤늦게 알게 된다. 유신은 군사들을 빠르게 이끌고 내려가다가 금돌성(현 상주)에서 1박을 하면서 정예부대와 예비부대로 재편하고자 한다.

서기 660년 6월 21일, 유신, 품일, 흠춘 등은 무열왕이 있는 금돌성에 도착, 깊은 어둠 속에서 조용하게 전의를 다진다. 이곳 성을 감싸고 있는 백화산은 기암절벽이 많은 데다가 산중턱에는 한번 들어가면 다시 살아나오지 못한다는 '저승골'이라 불리는 깊은 협곡이 숨어 있다. 낮과 밤의 구분이 잘 되지 않을 정도로 골이 깊어 대군이 주둔하기에 아주 적합한 협곡이다.

산이 내성과 외성, 차단성으로 삼중 방어벽이 자연스레 이뤄져 전초기지나 안보상으로도 왕이 머무르기에는 적격이다. 범상치 않은 산세를 가진 금돌성, 근육질을 가진 맹수의 힘찬 등줄기를 연상케 하는 굵직한 산릉들이 겹겹이 늘어선 그 안에 천제의 수많은 부하들이 무열왕을 지켜 주고 있는 형상이다. 왕은 이곳에서 군사들의 조련과 전쟁 상황 보고 및 지시 등의 역할을 수행하며 일정 기간 머무르기로 한다.

유신이 군사들의 군영을 한 바퀴 둘러보고 난 뒤, 비장들이 있는 자리에서 무엇인가 좀 이상하다는 듯 고개를 갸웃거린다.

"여봐라, 여기 관문현과 사벌주 쪽에서 동원된 군사들은 말끝마다 '~여, ~여'라는 이상한 어미를 사용하는 데 무슨 연유라도 있느냐?"

그러자 관문현 출신 비장 한 사람이 싱긋 웃으면서 유신에게 답한다.

"예, 장군님. 이곳 지방 사람들은 말끝마다 '~여, ~여'라고 늘어지는 어투를 사용하고 있사옵니다. 그 이유는 서라벌에서 북쪽 지방으로 가는 주요 관문이기도 하고, 워낙 요새지인 만큼 삼국이 서로 뺏고 뺏기는 각축장이 되어 이곳 사람들의 말투가 자연스레 그렇게 된 것이라 하옵니다."

"그 참 신기한 일이로구나. 그렇다면 왜 그리되었다는 말이더냐?"

"보통 사람들은 말끝에다 존칭으로 '~요'를 붙이고, 비칭으로는 '~하거라, ~해' 자를 붙이지요. 하지만 여긴 워낙 여러 지방의 낯선 사람들이 오가다 보니 말로 인해 시비가 잘 생기므로 그걸 피하려고 평칭인 '~여' 자를 붙인다 하옵니다."

"참 지혜롭고 편의한 발상이구나. '그래요, 안 그래요'가 아니라 '그래여, 안 그래여'라. 허허, 그 참 묘한 여운을 남기는구나."

유신이 그렇게 말을 몇 번 흉내내면서 재미있다고 웃는다.

"장군님, 그런데 그 어투는 또 다른 뜻을 담고 있다 하옵니다. '여(如)'는 '같다'는 말로 '한결같다, 하나다'라는 뜻이어서 이곳 사람들의 단결 구호로도 사용되지요. 그러니 같은 지역 사람들을 식별해 내는 일종의 암구호가 되기도 한답니다. 특히 타지 사람들이 많이 내왕하기 때문에 이곳 사람들끼리는 서로 뭉치지 않으면 이길 수 없으므로 말끝마다 '~여' 자를 붙여 서로 하나가 되자는 마음을 도모하는 것이랍니다. '여여(如如)하다'도 같은 말인데, '변함이 없다', '욕심없이 세상을 살아간다'는 뜻을 내포하고 있어 술을 건배할 때도 곧잘 '위하여(이두, 爲良只)'란 구호를 사용하옵지요. 그러니까 '~여'는 누구나 하나가 된다는 이 지역의 공용어인 셈이옵니다."

"그렇구나. 잘 알겠소. '여여(如如)'하다는 말은 그냥 허투루 쓰여서는 안 되는 거로구나. 워낙 뜻이 있는 어투라 나도 우리 군사들과 일체가 되자는 뜻으로 한번 사용해 보고 싶소."

그리고 다음 날 유신은 무엇인가 골똘히 생각하더니 부장들에게 지시를 한다.

"앞으로 큰일을 도모하면서 우리 군사들이 힘을 모아야 하고 사기의 돋움이 필요할 때 '여여(如如)'라는 어투를 사용할 것이다. '한결같이 하나가 된다'는 뜻을 담아 이 말을 군사들이 함께 외치게 되면 단결된 기운이 용솟음치게 될 것이다. 이 어미의 이름을 '삼국이 하나가 된다'는 뜻으로 이제부터 '삼국구호'라고 부르기로 한다. '나가자! 싸우자! 이기자!' 대신, 앞으로는 '나가여! 싸와여! 이기여!'라고 복창하게 할 것이다."

유신은 작은 것 하나에도 세심하게 마음을 기울여 조금이라도 전력에 도움이 된다면 그냥 지나치지 않았다. 비장의 설명대로 '~여'자에 그렇게 심오한 뜻이 담겨 있고 단결된 힘을 갖게 한다면 농담처럼 흘려 버릴 게 아니라 앞으로 군사들에게 자주 사용해야겠다는 생각을 굳히게 된다.

무열왕과 진주, 천존은 예비부대로 금돌성에 머물고, 흠순, 품일은 유신과 함께 황산벌을 향해 대장정의 길을 떠난다. 유신은 임자 좌평에게 밀사를 보내 나당의 공격 계획을 비밀리에 전한다. 백제와의 전쟁에서 마지막 승리의 방점을 신라가 잘 찍도록 상호 긴밀히 협조하자며 의자왕의 동향에 대해 특별히 세심한 신경을 기울여 달라고 청한다.

서라벌에서 남천정, 그리고 다시 금돌성을 거쳐 탄현으로 행군하는 신라군의 동선은 유신이 백제와 고구려 모두를 혼란에 빠뜨리려 한 계략이다. 실제론 백제를 치려고 하면서도 겉으론 고구려를 공격하는 체하는 교란전술이었다. 신라군의 병력 전개는 우선 고구려의 수뇌부로 하여금 나당 양군이 자국을 남북에서 협공하려는 것이 아닌가 하는 의구심을 품도록 하기에 충분했다. 그래서 고구려로서는 설사 백제를 위해 구원군을 보내고 싶어도 쉽게 동병(動兵)을 할 수 없도록 미연에 신라가 그들의 발을 묶는 고도의 전략이 숨어 있었다.

용병(用兵)에선 원래 속임수가 많은 것을 자랑으로 삼는다. 그 핵심은 동선을 교란하는 계책이다. 나당 양군은 유신의 지략으로 고구려군의 기동을 일단 묶어 놓고, 백제에 대해선 그 주력군을 웅진 경계선에 집결토록 유도해 전장을 주도적으로 선택할 수 있는 공격군으로서의 이점을 최대한 활용했다.

아무리 계획대로 되어 가고 분위기가 좋아도 신라의 입장에서는 멀리 있는 당과 연합해 가까운 백제를 치는 것은 병법에서 말하는 원교근공(遠交近攻)으로 그리 간단치 않다. 이 전략을 채택할 경우 '가까운 것을 버리고 먼 것을 도모하면 힘만 들고 보람이 없다는 것으로, 자국보다 강한 나라와 동맹을 맺는 경우 동맹국에게 자국까지 먹혀 버릴 우려가 있다는 것을 유신은 간과하지 않았다. 어쨌건 신라군이 고구려를 칠 것처럼 북상했다가 갑자기 창 끝을 백제로 돌린 전략은 매우 성공적이었다.

유신이 이끄는 정예병 5만 원정군은 금돌성에서 전열을 재정비한 후 탄현으로 진군하고, 다른 5만 예비부대는 금돌성에 머물러 혹시나 모를 고구려의 공격에 대비했다. 무열왕은 금돌성에서 예비부대와 함께하며, 곧이어 벌어질 유신과 계백의 황산벌 전투가 신라의 승리로 끝나자마자 금돌성을 떠나 소부리성(所夫里城)으로 갈 계획을 잡고 차분히 승전보를 기다리고 있다. 그러나 꿈과 현실은 늘 괴리가 있는 법, 언제 어떻게 전세가 급변할지 몰라 왕의 속마음은 초조 불안하다는 표현이 더 적절했다.

계백이 무너지면 백제가 무너진다

백제와의 최후 결전은 사비성에서 나당 양군이 합류해 의자왕이 있는 도성을 정복하는 일이었다. 유신은 대군을 이끌고 내려가면서 탄현이 육로상의 전략 요충지임을 감안해 이동 중 백제군의 공격에 대비했으나 뜻밖에도 아무 저지 없이 무사통과할 수 있었다. 그 이유는 나당 연합군이 백제를 치려 함을 알고 백제 충신 성충 등이 탄현과 기벌포를 반드시 지켜야 한다며 충심어린 건의를 왕에게 하지만 의자왕이 이를 듣지 않았다.

"충신은 죽어도 임금을 잊지 않는 것이니 한 마디 말만 하고 죽겠사옵니다. 제가 항상 형세의 변화를 관찰했는데, 전쟁은 틀림없이 일어날 것이옵니다. 무릇 전쟁에는 반드시 지형을 잘 선택해야 하며 적을 상류에서 맞아야만 군사를 보전할 수 있사옵니다. 만일 다른 나라 군사가 오거든 육로로는 탄현을 통과하지 못하게 하고, 수군은 기벌포 언덕으로 절대 들어오지 못하게 하옵소서. 험준한 곳에 의거해 방어해야만 백제가 승산이 있을 것이옵니다."

이후 의자왕이 좌평인 의직(義直)과 임자, 달솔인 상영(常永) 등의 신하를 모아 전쟁에 대비하려고 회의를 열었으나, 의견이 구구하여 결정 짓지 못했다. 이에 왕은 사람을 보내 감옥에 있는 흥수에게까지 의견을 묻기에 이르렀다.

"당나라 군사는 숫자가 많을 뿐 아니라 군율이 엄하고 사리가 분명하옵니다. 더구나 신라와 함께 우리 앞뒤를 견제하고 있사오니 만일 평탄한 개활지와 넓은 들에서 마주친다면 승패를 장담할 수 없사옵니다. 백강(기벌포)과 탄현은 우리나라 최고의 요충지로서, 한 명의 군사와 한 자루의 창을 가지고도 능히 만 명을 감당할 수 있을 것이옵니다. 하오니, 마땅히 용감한 군사를 선발해 그곳을 지키도록 해 당나라 군사로 하여금 백강으로 들어오지 못하게 해야 하옵니다. 그리고 신라 군사도 탄현을 통과하지 못하게 하면서, 대왕께서는 성문을 굳게 닫고 튼튼히 지키시면 그들의 물자와 군량이 떨어지고 군사들이 피곤해질 때를 기다린 후에 분발하여 갑자기 공격한다면 반드시 이길 수 있을 것이옵니다."

이렇게 흥수가 건의했으나 의자왕은 그 말도 여전히 듣지 않았다. 그 이유는 "옥중에서 흥수가 자신을 향해 원망이 많으니 그의 주장 또한 옳지 않을 것이므로 들을 필요가 없다."며 이를 묵살해 버렸다. 게다가 대신 중에 유신이 매수한 좌평 임자가 성충과 흥수의 의견에 그럴듯하게 반대놀음을 전개한 것이다. 이런 논의가 진행되던 중 이미 신라 군사들이 탄현을 지났다는 정보가 들어와 결국 계백은 어쩔 수 없이 탄현을 포기한 채 너른 개활지의 황산벌을 사수하게 된다.

계백이 지키고 있는 황산벌, 이곳을 지나야 유신이 사비성으로 나아갈 수 있다. 하지만 계백이 5천 결사대를 주둔시키고 있어 진로가 막혀 있으니 이제 피할 수 없는 한판의 혈전만 남는다. 계백은 백제가 지면 가족들이 적의 포로가 되어 굴욕을 당한다는 것을 예견하고 자기 가족들을 미리 희생시켰다.

이런 계백의 임전 자세는 백제군의 사기 앙양에 지대한 영향을 미친다. 패할 것을 생각해 미리 죽이는 방법과 패하면 스스로 자살을 택하는 두 가지 방법이 있지만, 계백은 백제를 위해 무조건 가족을 먼저 희생시키면서 군사들의 사기 진작에 무게를 둔 극단의 방법을 택했다.

 계백이 이렇게 극단적 조처를 했다면, 유신의 임전 태세는 화랑정신으로 충일했다. 그러나 신라가 군사의 수적인 우위는 있지만 전장이 허허벌판이라 방어하는 자보다 공격하는 자가 10배 정도의 군사는 더 많아야 공격이 가능하므로, 섣불리 총력전을 펼치면 안 된다며 잠시 지공작전을 편다. 이 전투에 특히 애국심이 강한 젊은 화랑들이 대거 투입되었다. 나라의 명운이 걸린 전쟁에서 왕족이라고 하여 왕궁에 머물지 않고 솔선 참전하고 전장에서 싸우다 나라를 위해 목숨을 바치는 것이 가장 명예롭다는 풍토를 조성한 때문이었다.
 그만큼 전쟁은 무기와 기술보다는 충성심과 사기가 더 중요하다는 말이었다. 늘 그래왔듯 유신은 이 전쟁에서도 피를 적게 흘려야 한다는 원칙을 두고 전략을 세운다. 황산벌 지형은 야트막한 산이 있고 사방은 드넓은 벌이었으니 계백은 지형지물이 되는 산에 의지해 먼저 진을 치고 있으므로 신라군보다 유리한 입장이었다. 여유를 갖고 잠복하고 있으면서 초읽기에 몰린 신라군이 어쩔 수 없이 뻥 뚫린 벌판으로 진군해 오면 그때 그물을 던져서 몰려든 고기를 잡아 올리듯 보다 쉽게 승부를 걸겠다는 전략이었다.
 그러나 이보다 더 유리한 싸움을 하려면 성충이나 흥수 말대로 탄현을 고수했어야 했으나 이미 때를 놓쳐 버린 것이다. 나라가 극도로 혼란하고 점점 백척간두의 위기로 내몰리는 백제의 앞날은 한마디로 풍전등화였다. 겉으로는 잘 표시가 나지 않았지만 백제 군사들은 상당 부분 전의를 잃은 채 황산벌까지 무기력하게 밀려와 마지막 무쇠

보루가 되어야 하는 극히 어려운 상황에 처하고 있었다.

계백은 상대적으로 신라군의 수가 10배 정도 많다는 것이 부담이었고, 자칫 개활지에서 노출된 채 교전을 하면 제대로 싸워 보기도 전에 포위되어 붕괴된다는 셈법을 알고 있다. 그렇다고 전투를 피할 수 있는 입장이 아니어서 방어에 유리한 황령산성, 산직리산성, 모직리산성에 3곳으로 군사를 나눠 배치했다. 지세를 이용해 병력을 유기적으로 활용하면서 신라군의 직진이나 우회를 감시하는 방식의 반원형진을 치고 임했다.

5만과 5천의 대결은 누가 봐도 신라군의 우세였지만 계백의 지략도 간단치 않았다. '피실격허(避實就虛)'로 주력이 있는 곳은 피하고, 힘이 약한 곳을 공격하는 전략을 세워 수적 열세를 극복하고자 대비한다. 튼튼한 곳을 피하고 빈틈을 찾는 것이 마치 양떼를 모는 것과 같은데, 공격을 가하는 쪽이 작전 목표를 먼저 선택하므로 노련한 백정이 소를 잡듯 순조롭게 여유를 갖고 적을 유린할 수 있어 의외의 승리를 거머쥘 수 있다는 신의 한수를 숨기고 있었다.

시간이 흐를수록 백제는 신라군을 최대한 저지하며 장기전을 펼칠 계획이었고, 신라군은 불필요한 게릴라식 교전은 피하고 일시에 진격해 당군과 정해진 날짜에 반드시 합류해야 했으니 금명간 양군의 충돌은 불가피했다. 느긋한 척하면서도 속이 바짝 타들어 가던 유신은 먼저 황령산성 공격을 지시했으나 이기지 못하고 돌아선다. 다시 산직리산성과 모직리산성으로 부분적인 공격전을 펼쳐보지만 이 또한 승리하지 못하고 무거운 우울감에 빠진다.

7월 9일부터 10일 사이 신라군은 4차례나 백제군을 공격했으나 백제군은 4번 모두 공격을 패퇴시킨다. 백제의 군사들이 분산 배치되어 있을 뿐 아니라 신라 군사들의 공격이 노출되어 있다 보니 번번이 맥을 추지 못했다.

그러자 신라군은 점점 사기가 떨어지고 피로에 겨워 기진맥진했다. 시간이 지날수록 당군과의 합류 날짜를 맞추기가 어렵게 되어 가자 유신은 초조감이 역력한 표정으로 머리를 좌우로 흔들며 대안 마련에 고심한다. 결국 이런 문제를 돌파할 수 있는 마지막 전략으로 자살 돌격이라는 카드를 만지작거린다. 이 상황을 간파한 우익(右翼)장군 흠순(유신 동생)이 그의 아들 반굴(盤屈, 유신의 사위) 화랑을 불러 말한다.

"신하가 되어서는 충성이 제일이고, 자식이 되어서는 효도가 제일이다. 나라가 위태로움을 당해 목숨을 내놓는 것은 충과 효 두 가지를 얻을 수 있는데 너는 어떻게 생각하느냐?"

"장군님, 화랑은 나라를 위해서 목숨 바치는 일이 가장 뜻 깊은 일이라 배웠습니다. 사군이충과 사친이효 두 가지를 동시에 실행하는 것은 대장부의 가장 명예로운 일로 단연코 싸움터로 나아가겠습니다. 임전무퇴의 날을 세운 화랑도로 적군을 단칼에 무찌르겠나이다."

그러자 좌익(左翼)장군 품일(品日)도 결심을 한다. 그는 아들 관창(官昌)을 불러 말 앞에 세워 놓고 결의에 찬 목소리로 묻는다.

"네 나이 아직 열여섯이지만 기백이 자못 용맹하고 남다르다. 오늘 싸움에 있어 네가 능히 삼군(三軍)의 모범이 될 수 있겠느냐?"

"장군님, 비록 나이는 어리지만 화랑은 나이로 서열을 매기지 않습니다. 사다함 장군님은 제 나이인 16세에 국선이 되셨습니다. 저도 나이를 뛰어넘어 나라를 위해 목숨을 아끼지 않겠나이다. 나이는 어려도 화랑의 도리는 알며, 전쟁에서 물러서는 법은 모르옵니다."

화랑 반굴과 관창이 동시에 백제군을 향해 용감하게 돌격을 개시한다. 적진 깊숙이 전광석화처럼 나아가 분전하지만 반굴은 적진에서 싸우다 전사하고, 관창은 계백에 의해 말에 몸이 묶인 채 돌아오고 만다. 생포당한 관창의 투구를 벗겨 본 계백이 그의 나이가 너무 어림에도 불구하고 용감한 것을 가상히 여겨 차마 죽이지 못하고, 살려 보낸 것이다.

"제가 적진에 들어가서 적장의 목을 베고 군기(軍旗)를 뽑아 오지 못한 것은 죽음이 겁나서가 아닙니다. 저의 목은 벨수록 더 늘어날 것이며, 다시 가면 저들의 진지를 능히 무너뜨릴 수 있습니다. 목을 베인 화랑은 있어도, 항복한 화랑은 없습니다."

화랑으로서 임전무퇴의 정신을 저버리지 않겠다는 관창의 날선 의지였다. 관창은 그 말을 마치자 손으로 찬 우물물을 떠 마시고, 다시 적진 속으로 뛰어들어 날카롭게 싸웠다. 계백이 다시 관창을 붙들자 이번에는 머리를 벤 다음 말안장에다 매어 신라 진영으로 돌려보낸다. 품일이 그 수급을 거두자 피비린내와 함께 붉은 피가 뚝뚝 흘러 소매를 적셨다. 그리고 품일이 크게 부르짖는다.

"내 아들의 얼굴이 살아 있는 것 같구나. 나라를 위해 이렇게 장렬하게 죽을 수 있으니 이건 죽은 것이 아니라 영원히 사는 것이로다!"

이 광경을 지켜본 신라 군사들의 눈에 여기저기서 번갯불이 일기 시작한다. 곧이어 먹구름 같은 하늘을 깨뜨리며 천둥이 몰아칠 기세다. 이들의 전사적 돌격을 보고 자극을 받은 장춘 화랑이 나서서 품일 장군 앞에 절을 올리더니 큰소리로 아뢴다.

"장군님, 신라의 운명은 화랑에게 달려 있고, 화랑의 가장 거룩한 의무는 승리입니다. 기필코 이번에는 제가 무찌르고야 말겠습니다.

저에게는 칼만 있고 칼집은 없습니다."

이번에는 장춘이 맹렬하게 적진으로 달려들어 여럿을 물리치지만 그도 끝내 전사하고 만다. 전투는 장소가 유리하면 이미 절반의 승리를 거둔 것이라 했고, 또한 첫 타격이 승리의 절반이라 했다. 신라군은 백제가 유리한 지형지물을 이용해 진지를 틀고 있는 탓에 유리한 장소 선점에 실패했고, 이미 노출된 같은 방식의 자살 돌격으로는 선제 타격이 효과를 거둘 수 없어 어려운 싸움이 될 수밖에 없다.

뒤를 이어 장춘 화랑의 단짝인 파랑이 친구 화랑의 죽음을 보고 크게 분노하며 그도 돌격을 준비한다.

"장군님, 친구 장춘랑이 의롭게 전사했습니다. 붕우유신의 의리를 배우고 서로 믿음을 약속한 소신은 이제 장춘랑의 원수를 제 손으로 갚겠습니다. 저에게는 이제 화랑도라는 명예 하나만 있으면 충분합니다. 친구는 저를 멋진 화랑으로 만들지만, 적들은 저를 비굴한 노예로 만들기에 피에는 피로 씻고야 말겠습니다."

파랑이 이 말을 남기고 쏜살같이 적진으로 돌격해 한참 동안 용맹스레 싸우다가 그마저도 안타깝게 전사하고 만다.

이 광경을 계속 지켜만 보던 신라의 많은 군사들이 먹구름이 몰리듯 삽시간에 동시다발적으로 분개하여 일어난다. 눈에서 번개가 튀고 귀에서는 천둥소리가 들린다. 이때 유신이 군사들 앞에 위엄 있게 나선다. 그는 물총새의 깃털을 투구에 꽂고, 독수리 문양이 새겨진 보검을 차고, 천관이 내린 말총 채찍을 뽑아들었으니 하늘도 숨을 죽인 채 천하의 호령을 듣는다.

"신라 군사들이여! 강하고 장하도다. 우리는 역경의 들판에서 가장 우수한 군사들을 얻는다고 했으니 이제 우리 앞엔 패배가 없다. 우리

가슴속에 숨어 있는 두려움의 적은 없고, 강하고 위대한 진군의 깃발을 올린다. 훌륭한 화랑은 반드시 싸움터에서 죽는다 했고, 용사는 한번밖에 죽지 않는다고 했다. 유신의 군대는 보통 군사보다 열 배 더 용감하다고 했으니 지금 우리 앞에 무엇이 두렵겠는가. 자아 나를 따르라.”

“지금부터 내가 선창하는 삼국구호를 함께 복창하며 공격 앞으로! 나가여! 싸와여! 이기여! 전진 앞으로, 신라라랄랄라.”

한 걸음도 적들이 앞으로 나아가지 못하도록 굵은 장대비 같은 화살을 적진으로 퍼부으며 창을 들고 물밀 듯이 전진한다. 전투가 전면전으로 벌어지면서 군사들은 ‘신라라랄랄라’ 구호를 반복해서 외치며 더 용맹스레 공격을 개시한다.

‘신라’라는 자랑스런 나라 이름을 미친 듯이 큰 소리로 외치며 적을 공격해 나간다. 병사들은 방패에 입을 가까이 대고 ‘신라’라는 고함을 질러 공명음으로 적군의 기를 꺾는 기합 소리를 만들어 낸다. 백제의 말들이 이 소리에 놀라 사방팔방으로 날뛰기 시작한다.

‘계백이 무너지면 백제가 무너진다.’는 것을 아는 유신은 사기를 최상으로 끌어올린 군대를 이끌고 진두지휘하며 무소처럼 거침없이 밀고 나아간다. 전투는 보다 짧고 굵게 끝내는 게 답이므로 승패는 병사 개개인의 능력보다는 군 전체의 기세가 더 중요했다.

언덕길 아래로 구르는 통나무처럼 기세를 탄 군사들은 걷잡을 수 없는 힘으로 돌진한다. 사기충천한 수만의 신라 군사들이 일제히 북을 치고 함성을 지르며 죽기를 각오하고 백제 진영으로 총진군한다. 흡사 사슴을 두고 앞에서 뿔을 잡고 뒤에서 다리를 붙드는 형국으로 꼼짝달싹도 못하도록 몰아친다. 이에 수적 열세인 백제 군사들의 방어는 속수무책이고 목숨은 추풍낙엽이었다.

　당군과의 합류를 위해 최대한 공격적으로 나온 신라군을 상대로 백제군이 진격을 저지한 시간은 단 하루에 불과했다. 그 전까지 4차례 전투로 병력이 소모된 백제군은 마지막 5번째 공세에는 끝내 버텨 내지 못한 채 맥없이 무너지고 만다. 3영이 완전히 붕괴되고 충상, 상영을 비롯한 장수 20여 명은 사로잡혔으며, 계백을 위시한 결사대 5천 명은 황산벌에서 소멸하고 만다.

　"아, 계백이 무너졌다. 그리고 백제가 무너지고 있다."
　유신이 감격어린 목소리로 외친다. 실로 가슴 벅차오르면서도 한편으로는 가슴이 금이 간 것처럼 아파 온다. 시도 때도 없던 백제의 침공을 이제는 받지 않게 되었다는 사실과 하나의 나라로 가는 첫 번째 과제를 완수하게 되었다는 게 가슴 벅찬 일이다. 반면 살생을 주고받는 아비규환의 처절한 싸움과 남의 멸망을 보고 기뻐한다는 건 인륜의 도리가 아니었다. 흐린 하늘을 하염없이 올려다보면서 지금 이 자리가 인간의 욕심이 낳은 저주의 굿판이라는 생각이 들어 가슴이 저리다.

　이즈음, 신라군이 황산벌에 진출했던 7월 9일, 당나라군은 기벌포에 상륙했다. 기벌포 일대는 개펄 지대로 갈대가 잔뜩 우거져 있다. 그들은 개펄과 수렁을 통과하기 위해 물버드나무 가지와 갈대를 베어 개펄을 메우면서 진격했다. 이때 백제의 방어군과 조우해 최초의 전투를 벌였다. 하지만 이 전투에서 백제군은 수천 명의 사상자를 내고 패주하고 만다.
　당의 수군은 때마침 역류하는 밀물을 타고 금강 하류로부터 육군과 병진했다. 이때 가림성 일대에 짙은 안개가 끼어 백제 수성군(守城軍)은 당군의 도성(都城) 접근을 전혀 눈치채지 못한다. 실제 가림성의 수비군은 당군에게 화살 하나 날리지 못하고 요충지를 그냥 통과시켜 준다. 그도 그럴 것이 가림성의 장수가 척후(斥候)도 운용하지 않았을 만큼 그 싸움은 너무 졸렬했다.

황산벌 전투의 패배로 당나라군과 신라군의 합류를 저지하려던 백제의 전략은 완전히 실패로 돌아간다. 백강으로 들어오는 당군도 승리하면서 나당 양군은 당초 계획보다 하루 늦은 7월 11일 사비성 외곽에서 합류하게 된다. 해로는 거의 저지가 없었지만 육로는 그만큼 위험부담이 많은 노정이었다. 우려대로 황산벌에서 계백 군사에게 발목 잡힌 신라군은 사비성의 도착이 늦어질 수밖에 없었다. 그런 만큼 제 날짜에 약속을 지키지 못한 문제보다 강성한 계백의 군사들과 피할 수 없는 최대 일전을 치른 유신이 오히려 견고한 방어선을 빨리 뚫어 낸 점에 칭찬을 받아야 마땅할 것이었다.

사비성엔 의자가 없다

해로인 기벌포가 당나라 소열에 의해 뚫리고 육로의 황산벌이 유신에 의해 뚫렸으니 백제 사비성의 함락은 시간문제였다. 유신 등이 당나라 군영에 도착하자 소열은 유신 등이 약속보다 늦게 왔다는 이유로 군문에서 신라 독군(督軍, 지방군 사령관) 김문영의 책임을 물어 참수를 해야 한다고 목소리를 높였다. 이에 아무도 말을 하지 못하고 눈치만 볼 뿐 잠시 침묵이 흘렀다. 소열이 이렇게 참수까지 들고 나온 것은 하루라는 시간 지연보다는 유신이 의도적으로 지연 도착해 백제 군사와의 충돌을 피함으로써 신라군의 피해를 줄이려 했다는 의혹이 강하게 작용했다.

이를 참다못해 유신은 왼손에 도끼를 집어 들고 소열 앞으로 나선다. 유신의 눈꼬리가 찢어질 정도인데다 머리끝이 삣삣이 섰으며, 허리에 찼던 보검이 칼집에서 저절로 튀어 나올 지경이다.

"소 장군님! 장군님은 황산벌 전투를 보지도 않고 늦게 온 것만 탓해 김문영 독군의 목만 베려 하십니까? 독군의 목을 베려거든 이 목을 먼저 베시오. 나는 죄도 없이 치욕을 당할 수 없으니, 이 도끼를 갈아 바늘이 될 때까지 혼신을 다해 당나라 군사와 결전을 벌인 후에야 백제를 쳐부수겠소."

유신은 소열이 신라를 너무 우습게 여기고 적당히 간을 보면서 맘대로 주무르려고 하는 의도가 감지되었다. 도저히 참을 수 없어 폭발한 이런 유신의 강경한 태도에 소열의 표정은 예상 밖에 초연한 표정이었으나 이내 얼굴색이 굳어진다. 점차 경직되어 가는 두 사람의 살벌한 분위기를 파악한 유백영이 소열에게 한마디를 보탠다.

"대장군님, 신라 군사들이 백제의 공격으로 육로로 힘들 게 온 것 같은데 이 정도에서 그냥 넘어가심이 좋을 듯합니다."

"유 장군, 알다시피 덕물도 회담 끝에 내가 분명히 신라에게 약속일을 잘 지켜 달라고 신신당부하지 않았겠소. 손자병법에 전쟁의 다섯 가지 기본 조건 중 두 번째가 '시기'이고, 전력의 우열을 판단하는 기준에도 세 번째가 '시기'라오. 그런 시기가 잘못되어 낭패가 생겼다면 일곱 번째로 꼽는 '상벌의 엄격'을 행해야 하는데, 그걸 적당히 덮고 가자는 건 잘못이오. 그러니까 꼭 책임을 물어야 한다는 말이오."

"신라가 육로로 오면서 고의가 아닌 예상치 못한 위험이 있어서 그랬던 것이니 널리 용서하십시오. 그래야 신라 군사들의 마음이 우리에게 장차 더 좋게 변할 것입니다."

곁에 있던 당나라 동보량 장군이 재차 잘못을 무마하자고 하자, 소열은 그제야 마음을 접고 더 이상 문제삼지 않았다. 신라 군사에 대한 통수권까지 단번에 장악하려 했던 소열의 기도가 이렇게 어정쩡하게 꺾여 버리고 만다.

연전부터 예식진(禰寔進, 웅진성 방령, 성주)은 백제가 서서히 기울어 가는 것을 보고 누구보다 더 가슴 아파했다. 왕은 사치와 향락에 빠져 국정을 제대로 돌보지 않았고, 충신인 성충과 흥수는 바른 소리를 간하다가 옥에 갇혔다. 맹장 계백마저 황산벌에서 끝내 전사하고 말았으니 700년 사직의 백제는 이제 백척간두의 위기에 처하고 있어서였다.

더구나 왕의 아들 41명을 좌평(백제 최고의 벼슬)으로 앉혔으니 귀족과 왕족의 갈등이 심화되어 나라를 아우를 수 있는 구심점이 무너지고 있었다. 예식진은 이렇게 앞이 보이지 않는 암울함에 나라의 후일을 걱정하지 않을 수 없었다. 어느 날 임자 좌평에게 자신의 신세를 탓하는 이야기를 던지며 고민을 털어놓는다.

"나라에 녹을 먹는 관리이건 농사를 짓는 백성이건 태평연월을 꿈꾸지 않는 사람이 어디 있습니까? 소신은 백제가 기울어져 가는 걸 보면서 지금 왕이 현실을 직시하지 않으면 걷잡을 수 없는 위기를 맞게 될 것이라 생각합니다. 하지만 폭군은 충신을 배척하고 스스로 성군인 척하는 것을 이제 더 이상 두고 볼 수 없습니다. 그러나 왕은 미워해도 백제는 사랑하기에 후일을 도모해야 할 것 같습니다. 백제처럼 왕이 백성들의 신망을 잃어버리면 민심이 이반되어 나라는 곧 무너지고 맙니다. 그래도 왕을 가까이 지키면서 깃대를 보고 수레인 줄을 알고 연기를 보고 불인 줄 알았지만 이제 백제에겐 그런 희망마저 찾을 길이 없습니다."

무너져 가는 백제를 보고 예식진이 역모라도 꾸미려는 것인지? 아니면 충성심의 발로로 군사를 일으켜 신라와 대결이라도 벌이려는 것인지 의문이 간다. 이런 말을 한 예식진에게 임자가 '신라를 돕자'는 말을 권해 본다. 그러나 그의 생각은 달랐다. 차라리 신라보다 힘이 센 당나라에게 의지하며 기회를 봐서 군사를 빌려 백제를 부흥시키는 것이 낫다는 생각을 품고 있다. 그러면서 하나의 고사를 인용해 말을 잇는다.

"구우일모(九牛一毛)라는 말이 있습니다. '아홉 마리의 소에 털 하나'라는 하잘것없는 존재를 말하는데, 한나라 무제 때 흉노족을 정벌하기 위해 5천 군사를 이끌고 이릉이 출전해서 열심히 싸웠는데 안타깝게

219

도 패하고 말았습니다. 이 전쟁에서 5천이라는 적은 인원으로 끝까지 싸우다 결국 흉노에 항복해, 무제는 이릉이 죽은 줄 알았는데 나중 아닌 걸 알고 이릉과 그 일족을 참형하라고 했습니다. 이때 중신들은 이릉을 변호하고 싶었으나 선뜻 나서지 못했지만, 사마천이 나서서 '소수의 보병으로 수만의 오랑캐와 싸우다 흉노에게 투항한 것은 훗날 황은에 보답할 기회를 얻기 위함일 것입니다.'라 했습니다. 그러자 화가 난 무제는 사마천을 옥에 가두고 생식기를 잘라 버리는 가혹하고 부끄러운 형벌을 가했지요. '내가 법에 의해 사형을 받아도 아홉 마리 소 중 터럭 하나 없어지는 것일 뿐이니, 나와 같은 자가 땅강아지나 개미 같은 미물과 무엇이 다르겠는가?'라며 사마천은 스스로 죽지 못함을 매우 부끄럽게 여겼지만 끝끝내 치욕을 무릅쓰고 살아남아 불후의 사기를 썼답니다. 이처럼 제가 당나라에 투항해 훗날 백제의 부흥을 통해 왕에게 보답할 기회를 얻기 위함이라면 지금 그걸 누가 믿어 주겠습니까? 제 곁에는 사마천과 같은 대변자가 없기 때문입니다."

이 말을 들은 임자는 곰곰이 생각했다. 예식진이 이렇게 되면 당나라로 투항하려는 것인데, 백제의 후일을 도모하려 한다면 의자왕이나 태자와 같이 투항한다는 것 아닌가? 의자왕이 백기를 들고 스스로 왕위를 내려놓은 채 포로가 되는 일을 어떻게 자청할 수 있을 것인지 도무지 상상이 되지 않는다. 임자는 예측이 서지 않고 알쏭달쏭했으나, 당나라 투항은 신라 쪽에서 보면 큰 문제가 될 게 없어 보이므로 묵과하는 척하며, 그를 주의 깊게 지켜보기로 했다.

나당 연합군은 소부리벌(현 부여)로 진군해 의자왕의 도성을 포위한다는 작전을 세운다. 이때 갑자기 까마귀 한 마리가 소열의 병영 위로 날아다니자 유백영이 이를 보고 소열에게 말한다.

"저 까마귀는 불길한 징조로 반드시 장군님을 해칠 것입니다."

남달리 통이 크고 담대한 소열도 그 말을 듣고 두려워서 진격을 하지 않으려고 했다. 유신이 그것을 보고 소열에게 거침없이 말한다.

"소 장군님, 어찌 까마귀 한 마리를 보고 하늘이 내려 준 기회를 버릴 수 있겠습니까? 천명에 응하고 민심에 운하여 지극히 어질지 못한 자를 치는 마당에 상서롭지 못한 일은 절대 없을 것입니다. 아까 그 까마귀는 우리나라에서는 금오(金烏)라고 부릅니다. 태양 속에 살면서 천상의 신과 인간세계를 이어 주는 신성한 새로 그 새가 나타나 우리가 지금 공격해야 할 때임을 알려 주는 영험한 계시임을 알아야 합니다."

소열이 이 말을 듣고 곧 안도했다. 그리고 신라군을 앞에 세우고 당나라가 후군(後軍)이 됨으로써 자기들의 병력 손실을 피하겠다는 그의 속셈이 읽히자 통수권 다툼에서 밀린 데 대한 공연한 심술도 따로 부리지 못한다. 그건 유신의 논리를 거부할 명분이 없었고, 유신의 지략은 위기의 순간일수록 이렇게 더 빛을 발했다.

유백영이 부여의 진산인 사비성 입구에 이르자 눈앞에 보이는 낮은 산의 이름이 뭐냐고 묻는다. 부하가 확인 후 소나무가 많아 '풋소산(풋소, 소나무의 옛말)'이라고 부른다고 하자 그가 잠시 생각하더니 소열에게 고한다.

"대장군님, 이곳을 풋소산이라 부르고 있는데, 아직도 의자왕의 기운이 왕성하므로 이를 누르기 위해서는 '부소산(扶蘇山)'이라 부르도록 해야 합니다. 도울 부(扶)자와 소 장군님 소(蘇)자를 사용하면 '소 장군님을 돕는 산'이라는 뜻이 되므로, 필시 여기서 누군가가 소 장군님을 크게 도와주어, 결국 당나라가 손쉬운 승리를 하게 될 것입니다."

"유 장군, 나를 돕는 산이라고 했소? 허허, 그 말처럼 정말 좋은 일이 빨리 일어났으면 좋겠소."

7월 12일, 연합군은 백제의 도성을 향해 네 방향으로 일제히 진격했다. 백제의 방위군이 최후의 일전을 벌였지만, 거듭 패해 1만여 명의 전사자가 발생했고, 사태가 이에 이르자 의자왕은 가슴을 치며 한탄하지만 이미 때가 늦어 버렸다.

"아아, 내가 크게 잘못했구나. 충신인 성충의 말을 듣지 않아 나라가 이 지경에 이르렀으니 너무 후회스럽구나. 이제 이를 어찌해야겠는가."

백제의 저항은 시간이 갈수록 지리멸렬했다. 나당 연합군의 칼날은 백제의 심장부인 도성을 점점 가까이서 겨누어 온다. 그런 동향을 미리 알아차린 의자왕은 평지에 가까운 사비성에서 탈출해 방어에 조금 더 유리한 산으로 둘러싸인 웅진성(현 공주)으로 도피를 꾀한다.

7월 13일, 연합군이 사비성을 포위하자, 의자왕 둘째 아들인 부여태(夫餘泰)가 스스로 왕이라 일컬으며 수성전을 벌이려고 한다. 이마저도 왕자와 왕손끼리 뜻이 맞지 않았고, 왕자 부여융(夫餘隆)이 두려움에 떨며 대좌평 천복(千福) 등과 함께 출성하고 만다.

소열이 병사들에게 성에 올라 깃발을 올리도록 명하자 이에 부여태는 머리를 조아리며 목숨을 보전하길 청했고, 부여융과 여러 성의 성주들도 함께 항복한다.

이 전쟁에 참여한 신라 태자 법민은 백제 왕자 부여융을 자기 말 앞에 꿇어앉히고 얼굴에 침을 뱉으며 크게 꾸짖어 말한다.

"예전에 네 아비가 내 누이를 죽여 무덤도 지어 주지 않았으니, 나는 이 일로 20년 동안 가슴 아팠는데, 오늘은 네 목숨이 내 손에 달렸구나! 시신을 궁궐 계단 밑에 묻어 뭇사람들이 마구 밟고 지나가도록 하여 내 마음은 수천 갈래 갈기갈기 찢어져 있으니 어찌 복수를 해야 할지 온몸이 떨리기만 하는구나."

부여융은 땅바닥에 엎드려 아무 말도 하지 않았다. 이후 법민은 한동안 그렇게 좋아하던 고기 반찬을 입에 대지도 않고 초근목피(草根木皮)로 근신하면서 백제를 멸하게 하고 신라를 축복해 준 하늘에 매일 감사의 기도를 올렸다.

7월 18일, 웅진성으로 피난 갔던 의자왕이 태자 부여효(夫餘孝)를 데리고 사비성으로 되돌아와 항복한다. 웅진으로 탈출한 지 5일째 되는 운명의 날, 웅진 방어의 총책임자인 예식진이 의자왕을 동행해 소열에게 포로로 바치는 깜짝 놀랄 만한 일이 눈앞에서 벌어진다.

"내게 고귀한 것은 반역 자체가 아니라 그것이 후일을 위해 행하지 않으면 안 되는 하늘이 나에게 내리는 명령일 뿐이오니 왕이여 용서를 바라옵니다."

예식진이 겉으로는 주군을 배신하고 당의 앞잡이가 되어 왕을 소열에게 포로로 넘기지만 그의 속셈은 웅진성 함락 역시 시간문제였기에 주군을 보호하기 위한 최후의 선택이자 후일을 도모하기 위한 수단일 수 있었다.

예식진이 왕을 포로로 바치며 항복하는 모습을 보는 순간 소열과 유백영의 눈은 휘둥그레진다. '소열을 돕는 산'이라고 명명한 부소산의 힘이 나타날 것이라는 유백영의 말이 적중하기도 했지만, 생각보다 쉽게 왕을 생포했으니 이보다 큰 전과는 없었다.

이와 반대로 유신은 이 결과가 자신이 임자 좌평과 노력하여 거둔 일종의 전과라고 믿고 당연한 수순처럼 생각하며 크게 놀라지 않는다. 반도의 강성한 부국, 백제의 700년 사직이 이렇게 연합군의 공격 9일 만에 허무하게 와르르 무너지고 만다.

승전 잔치

서기 660년 8월 2일, 나당 연합군의 승전 잔치가 사비성에서 벌어진다. 무열왕과 소열은 여러 장수들과 함께 대청 위에 높이 좌정한다. 의자왕과 그 왕자 등은 마루 아래 앉힌 후 의자왕으로 하여금 술잔을 치게 한다.

"지난날 백제의 임금들이 역리와 순리를 분간하지 못하고, 이웃 나라와 좋게 지낼 줄 모른 채 화친하지 못했다. 고구려와 결탁하고 왜국과 내통해, 군사력이 강하다는 이유로 그들과 함께 포악한 행동으로 신라를 수시로 침략했다. 무고한 백성을 죽이고 성읍을 약탈하니, 편안한 해가 거의 하루도 없었다. 우리는 그것을 견디지 못해 백성들이 눈물을 삼켰으며, 화랑들은 고귀한 목숨을 바쳐 자살 돌격과 임전무퇴 정신으로 나라를 굳건히 지켜 왔다. 그리고 오늘 하늘이 도와서 이렇게 승리의 잔치를 벌이게 되었다. 전쟁의 패배는 백제가 사라지는 것이고, 백제가 사라지는 것은 전쟁이 사라지는 것이다. 백제의 왕이여! 41명의 왕자들을 이 자리에 불러 41잔의 축하 잔을 받고 싶지만 내가 이름을 다 기억하지도 못해 생략하노라. 마흔 명이 넘는 왕자들에게 무작정 식읍을 주다 보니 백제에 밭 가는 자는 밭이 없고, 밭이 있는 자는 밭을 갈지 않는구나. 모든 게 자업자득이고 사필

귀정이며, 인과응보이니 누굴 탓하겠는가. 이제 가장 고귀한 것은 나라를 버리는 것이고, 가장 부유한 것은 재산을 버리는 것이며, 가장 바람직한 것은 명예까지 버리는 것이다. 여기서 깨끗이 다 버리고 신의 이름으로 승리의 건배를 들자. 다 같이 삼국구호를 복창하며 들어여! 마시여! 평화를 위하여!"

무열왕의 일장 연설과 우렁찬 건배 제의가 끝나자 신라 군사들은 우레 같은 함성을 질렀지만 백제 신하들은 꺼이꺼이 목메어 울지 않는 자가 없었다.

백전(百戰)의 국(國) 백제가 왜 이렇게 토붕(土崩)의 사태처럼 삽시간에 패망했는지? 전쟁만하면 이긴 줄 안다는 백제인들의 자존심은 이제 어디에도 없다. 신하들이 실감이 나지 않는다는 표정으로 뜨거운 분루를 꾸역꾸역 삼킨다.

"네가 대량성에서 모척과 함께 공모해 백제 군사를 이끌고 와서 창고에 불을 지른 놈이로구나. 그 성 창고에 불을 질러 식량이 떨어져 우릴 패하게 만들었으니 이것이 첫 번째 죄이다. 네가 품석 부처를 협박해 죽도록 만들었으니 이것이 두 번째 죄이고, 네가 백제 군사와 함께 다시 신라를 공격했으니 이것이 세 번째 죄이다. 이렇게 무거운 죄를 지고 있는 너와는 이 하늘 밑에서 같이 살기 어려워 딴 세상으로 보내려는데 그래도 할 말이 있느냐?"

무열왕은 신라를 배반한 검일을 잡아 그 자리에서 참수하고, 이를 공모한 모척을 잡아서 죄를 따지고 난 후 사지를 찢어 둘 다 시체를 강물에 던져 버렸다.

소열은 백제를 멸하고 난 뒤 사비(泗沘)의 언덕에 주둔하면서 몰래 신라를 칠 계획을 세우고 있었다. 이것은 출병 직전 당나라 고종의 특명이었다. 소열이 큰 공을 세울 경우 황제로부터 이곳을 통치할 권리를 확보하는 것이기도 했으니 극비밀리에 공을 들이고 있었다. 그러나 유신은 이미 소열이 덕물도에서부터 꾀하고 있는 모종의 이상한 일들이 무엇을 위함인지 그 의도를 진작 알아차렸다.

그동안 지명을 소열 중심으로 바꾸게 한 것이 예사롭지 않음을 파악했기 때문이다. 소야도, 장군섬, 소래산이 그랬고, 사비성에 와서는 부소산이 다 소열을 영웅으로 우상화하기 위한 작업이었으니 상상을 초월하는 흉계였다.

소열이 백제를 멸하고 난 뒤 유신(庾信), 인문(仁問), 양도(良圖) 세 사람에게 말했다.

"나는 황제의 명으로 현지의 일을 적절하게 처리할 수 있도록 되어 있다. 이에 따라 이번 전쟁에서 여러분들의 공이 많았으니 포상하고자 한다. 지금 얻은 백제의 땅을 그대들에게 나누어 식읍(食邑)으로 삼게 하여 공로에 보답하고자 하니 그대들의 생각은 어떤가?"

"대장군께서 황제의 군사를 이끌고 와 우리 왕의 희망에 따라 원수를 갚아 왕과 온 나라의 백성이 기뻐하기에 바쁜데, 우리들만 상을 받아 스스로 이익을 챙기는 것은 의리상 온당하다고 볼 수 없습니다."

유신이 불쾌한 표정을 감추지 못하면서도 소열에게 적절한 핑계를 대어 완곡하게 거부했다. 아무리 황제의 칙령이라 하더라도 백제의 땅을 자기들 맘대로 분봉하는 처사는 신라를 무시함과 동시에 나당이 맺은 동맹과 완전히 다른 그들의 흑심이 읽혀진 것이다.

그리고 이것을 식읍으로 받을 경우 소열이 신라를 맘대로 자기 손아귀에 넣는 미끼가 되는 것이기에, 유신이 황급히 무열왕에게 이를 아뢰고, 왕이 군신들을 급히 불러 대책을 물었다. 그때 다미공(多美公)이 방안을 제시하고 유신도 이에 동조한다.

"우리 백성으로 하여금 거짓으로 백제 사람인 것처럼 그 옷을 입혀 공격하게 하면 당나라 군대가 반드시 칠 것이오니, 이때 우리 군사가 그들과 싸우면 뜻을 이룰 수 있을 것입니다."

"다미공, 당나라 군사가 우리를 위해 적을 멸해 주었는데 도리어 그들과 싸운다면 하늘이 우리를 도와주겠는가?"

"폐하, 개는 주인을 두려워하지만 주인이 개의 꼬리를 잡으면 아무리 주인이라도 무는 법이옵니다. 지금 당나라는 주인도 아니면서 우리 꼬리를 밟고 머리까지 깨뜨리려고 하옵니다. 이런 상황에서 어찌 은혜를 생각하겠사옵니까? 청컨대 허락하여 주시옵소서!"

다미공이 당나라를 칠 것을 강력히 주장했으나, 무열왕은 엄중히 방비만 할 것을 지시했다. 당나라 첩자가 신라의 이런 대비가 있음을 알고는 소열은 낭장(郎將) 유인원(劉仁願) 등에게 백제를 잘 지키도록 지시하고 자신들의 음모를 일단 중지한다. 소열이 음모를 중단하자 유신은 내심 다행이라는 생각을 하면서도 한편으로 또 어떤 꿍꿍이셈을 갖고 있는지 불안하기도 했다. 유신은 백제와의 전쟁을 승리로 이끈 당나라가 이대로 전열을 재정비해 곧바로 고구려를 공격한다는 것은 극히 어렵다는 것을 알고 후일을 차분히 대비하며 천천히 동향을 살피기로 했다.

백제의 가슴에다 새긴 전승비

소열은 백제를 멸하고 난 뒤 먼저 그 백성들이 정신적 지주로 삼는 것이 무엇인지를 찾는다. '난세에는 사람들이 종교적인 힘에 귀의한다.'는 점에 착안해 수소문 끝에 찾아낸 곳이 바로 사비성 근방에 있는 백제 중흥의 상징인 정림사지라는 절이었다. 정림사지는 백제가 웅진에서 사비로 천도(538~660)하면서 성왕이 백제의 혼을 담아 지은 중심 사찰이었다.

그러나 절은 목조건물이므로 병화로 인해 소실되기 쉽다는 단점이 있었으니, 소열의 마음을 끈 것은 훼손이 어려운 정림사지 5층 석탑이었다. 그는 정림사지 중심에 서 있는 백제의 탑, 빼어난 아름다움과 완벽하게 조화로운 비율로 백제의 꿈과 땀이 서려 있는 탑, 그 정면 몸돌에다 승전의 기쁨을 새긴다.

대당평백제국비명(大唐平百濟國碑銘)!
660년 8월 15일
당나라 장군 소열의 위업이 길이 남으라.

굵은 글씨가 너무 선명하다. 이건 아픈 상처 위에 또 하나의 상처를 만드는 격이다. 탑을 세우는 뜻은 그 가르침이 천년만년을 가고자 함인데, 탑에 새기는 글씨도 그와 마찬가지다. 그러나 당나라는 전쟁 승리 하나만으로 너무 오만하게 백제 백성들의 자존심에다 피보다 붉은 글씨를 깊게 파 놓은 것이다.

대저 동관(東觀)에 기록하고 남궁(南宮)에 기록하는 것은 그 선행을 드러내기 위함이요, 이정(彝鼎)에 새기고 경종(景鍾)에 새기는 것은 그 공(功)을 나타내기 위함이다. 빗돌을 세우고자 함에 있어서는 한쪽으로 치우치지 않으려 하였는바, 이에 쓸데없는 말은 내버리고 공경히 직필(直筆)을 휘둘러서, 이루어진 일만을 쓰고 부화(浮華)한 말은 취하지 않았다. 그러니 바다가 뽕나무밭으로 변하도록 천지와 더불어 영원하고, 모래톱에 울도(鬱島)가 옮겨지도록 일월과 더불어 장구하리라.

비문 내용에서 '선행(善行)'과 '직필(直筆)'이라는 말이 너무 격에 맞지 않을 뿐 아니라, 그 공적이 천지와 더불어 영원하고 일월과 더불어 장구한 것이라면 이건 진리에 가까워야 하는 것이다. 하지만 소열이 진리가 아닌 것을 진리라고 말하는 건 어불성설인데다, 굳이 백제의 자존심을 찔러 가며 그들의 아픔 위에 또 하나의 상처를 만드는 건 비굴한 승자의 잔인한 쾌락일 뿐이었다.

당나라 군사 중에 하수량이 글을 지어 탑돌에다 새긴 글씨는 인체에 불고문 자국이 남는 형벌과 조금도 다르지 않았다. 승리는 산과 강을 빼앗는 것이지만, 패배는 겉으로는 보이지 않는 산속의 짐승과 강 속의 물고기까지 모두 잃는 것이니 백제인들의 아픔이 클 수밖에 없다. 무지몽매한 소열의 이런 처사는 백제인들에게 나라의 패망보다 더 지워지지 않는 가슴의 깊은 원한으로 남는다.

유신이 이 비문 내용을 보고받고 노발대발했다. 소열의 상식 이하의 망동에 대한 분노를 표출하면서 후일 탑에 있는 몸돌의 글씨를 깨끗이 갈아 버리겠다고 다짐한다.

"백제가 우리와 아무리 사이가 좋지 않아도 이 정도의 무례는 범하지 않았을 것이다. 그래도 백제와는 말이 통하고 당나라도 한자로 쓰면 서로 소리는 달라도 뜻이 같기는 마찬가지 아닌가? 가슴에 품은 지독한 감정은 시간이 지나 한 사람의 생이 끝나면 사라져 버리지만 백제인들이 두 손 모으고 기도하는 탑에다 거만한 욕심을 새겼으니 천지가 개벽하지 않는 한 탑에 새긴 글씨는 요지부동이다. 더구나 이 탑이 갖고 있는 심오한 뜻을 저버릴 수 없어 쉽게 무너뜨릴 수도 없으니 이 얼마나 슬픈 일인가. 준마는 전쟁에서 천리를 갈 수 있어도, 평화의 밭을 갈 때는 소보다 못하다는 것을 모르는구나. 당나라가 준마로 이 땅을 짓밟았어도 그 준마가 이 땅을 일구는 소를 몰아낸다는 건 어림없는 일이다. 적어도 승리한 자는 평화의 터전을 만들어 주어야 하거늘 소국이라 함부로 깔보고 저지른 안하무인의 소열이여! 후일 내가 반드시 그에 상응하는 치욕으로 되갚아 주리라."

정림사 석탑은 삼복의 달팽이처럼 힘없이 앉아 넓고 허허로운 마당에서 외로이 달빛을 지키고 있다. 불타 버린 백제의 도읍에서 달팽이 한 마리가 아무리 길게 두 뿔을 내민들 누가 겁을 내겠는가? 만일 천하가 뒤집어진다 해도 석탑은 쉬이 무너지지 않기에, 그 탑돌에 새긴 글씨는 패망의 상처나 몸에 새긴 형벌보다 유신을 아프게 만든다. 백강의 노을을 뜨거운 시선으로 오래 바라보며 의미심장하게 분노를 삼키던 유신의 눈시울이 갑자기 뜨거워진다.

소열의 당당한 개선

소열은 백제 수도를 점령한 이후 귀국을 서두른다. 10만 이상의 병사들이 먹을 식량을 현지 약탈의 방법만으로 조달하기엔 역부족이었다. 게다가 백제 주민들의 저항이 너무 거세었을 뿐 아니라 고구려 침입에도 대비가 필요했기에 일단 귀국이 답이라고 판단한다. 더구나 신라에서 오는 식량 수송도 곳곳에서 들불처럼 일고 있는 백제 부흥군들의 공격으로 인해 제대로 보급이 쉽지 않았기 때문이다.

백제 전역이 평정되지 않았는데도 소열이 철수를 서두른 또 한 가지는 고구려 공격을 위한 준비 때문이었다고 하지만, 상당히 정략적 속셈을 깔고 있었다. 필사적인 백제 부흥군과 싸워 봤자 병력의 손실만 초래할 뿐 자신의 전공(戰功)이 더 높아지는 것이 아니라는 점이었다. 소모전이 불가피한 부흥군과의 전투를 이쯤에서 신라 쪽에 적당히 미뤄 버릴 속셈이었다.

서기 660년 9월 3일, 소열은 의자왕과 태자 효, 왕자 태, 융, 연과 대신, 장사(將士) 등 88명과 백성 1만 2,807명을 압송해 당나라의 수도 장안으로 돌아간다. 그의 귀국길엔 신라 왕자 김인문 등이 동행해 당나라와 신라, 백제가 한 배를 타고 가게 된다. 오월동주(吳越同舟)와 동상이몽! 이런 미묘하고 이상한 감정이 교차되는 항해가 여러 날 동안 계속된다. 같은 배를 타고 한 치 간격을 부비며 가면서도 당나라는 웃고, 백제가 울며, 신라는 침묵하는 것을 서해의 서늘한 가을 파도가 철석철석 달래 주며 동행할 뿐.

당나라 고종의 명으로 소열과 그 군사들을 위해 승전 축하와 포로 헌상의식이 낙양궁 남쪽 성문인 측천문 누각 앞에서 거행된다. 만조백관과 백성들이 참관하는 가운데 금위병이 성문 밖에 정렬하고 전승을 축하하는 행렬이 피리와 퉁소 등의 악기를 연주하며 노래를 부른다. 고취령(鼓吹令)의 인도에 따라 군사들이 행진하고 그 뒤로 의자왕을 포함한 포로들이 그들을 따라 성문 안으로 들어간다.

성문을 들어가서 황제가 도착하기를 기다린다. 조정의 관리들이 승전을 축하하고 치하한 후, 태조(太廟)로 이동해 태묘 문밖에서 전승을 고하고 포로를 바치는 의식이 행해진다.

고종이 평대에 나와 앉으니 소열이 융복을 입고 의자왕을 바친다. 고종은 의자왕의 죄목을 나열하며 책망하자 의자왕이 사죄하였으므로 그의 죄를 용서한다. 이제 이 용서를 통해 의자왕이 완전한 당나라 백성이 되어 버린 것이다. 고종이 소열에게 전승을 칭찬하고 격려한 다음 포로를 내보내고 행사는 이렇게 끝이 났다.

공식적인 행사가 끝나자 소열과 고종이 독대를 하게 된다. 황제는 소열의 승전을 위로하면서도 약간 언짢은 표정으로 그에게 묻는다.

"소 장군, 백제를 멸하고 왜 신라는 치지 않았소?"

"폐하, 송구하온데 신라는 그 임금이 어질어 백성을 사랑하고, 그 신하들은 충성으로 나라를 섬기고 아랫사람이 윗사람을 부형(父兄)처럼 섬기어, 비록 작은 나라지만 이번에 도모할 수 없었사옵니다."

어짐과 사랑, 충성과 섬김이 있다는 소열의 말 속에는 나라와 백성

과의 관계와 신라의 국민윤리를 말함이었으니 이건 진덕여왕의 '태평
송'보다 더한 극찬이었다. 다시 말해 왕과 신하와 백성이 모두 화합
하고 결속된 하나가 되어 나라는 작지만 결코 쉽게 넘볼 수 없는 강
한 나라라는 뜻이 함축된 말이었다.

"그러면 신라까지 우리 영토로 만든다는 계획은 성공할 수 없다는
말이오?"
"아니옵니다. 다음번에 가서 고구려를 멸하고 난 뒤 반드시 신라를
쳐서 우리 영토로 만들겠사옵니다. 신라는 백제 고구려보다 훨씬 약
하므로 그다지 어렵지 않다고 생각하옵니다."
"소 장군, 꼭 그렇게 하시오. 그래야만 우리 대당제국 지도가 제대
로 동서 균형을 이루게 될 것이오. 금번 장군이 세운 공을 치하하며,
그 상으로 장군의 아들 소경절을 상련봉어로 승진시키겠소. 다음에
공을 세우면 더 높은 직책을 주어 신라를 다스리게 하겠으니 나와의
약속을 꼭 지켜 주길 바라오."
"폐하, 소신의 직을 걸고 맹세코 약속을 이행하겠사옵니다."
당나라 고종은 소열이 군사를 정비하고 내년에 고구려를 치러 가
면 반드시 신라까지 멸하고 온다고 했으니 그렇게 믿기로 한다. 전쟁
에서 패하고 온 것도 아니고, 다만 일 년 정도 늦어지는 것뿐이니 큰
문제가 아닌 것이다. 그동안 소열은 서돌궐의 아사나하로, 사결의 도
만, 백제의 의자왕, 이렇게 세 명의 왕을 사로잡고 그 나라를 멸한 공
이 있는 대단한 장수이므로, 왕이 이 정도의 아량은 베풀어 줌이 마
땅하다고 생각했다.

부흥군 흑치상지의 눈물

의자왕은 아들 41명을 좌평(서기 657)으로 삼고 각각 이들에게 많은 식읍(食邑)을 주었다. 그들이 단순히 왕자라는 이유로 먹고 즐기고 행세한다는 것, 그러니까 엄청난 수의 서왕자(庶王子)들에 대한 왕의 특혜는 관등의 인플레를 일으킨다. 이로 인해 백제의 6인 좌평(佐平) 제도가 파괴되고 백성들의 세(稅) 부담을 가중시키는 악정으로 귀족들이 왕에게 등을 돌리는 결정적인 원인이 되었다.

왕이 사비성으로 돌아와 나당 연합군에게 항복한 뒤 미처 도주하지 못한 백제의 신하들은 붙들려 당군의 진영에 구금당했다. 그들 중 한 사람인 흑치상지(黑齒常之)는 생명의 위협을 느끼고 가까스로 탈옥해 그의 출신지인 풍달군(현 예산군 덕산)으로 도주했다. 곧 임존성(任存城, 현 예산군 봉수산)을 근거지로 삼아 백제 부흥을 위한 의병을 주도한다. 의자왕이 소열에게 항복한 이후지만 백제 22담로 출신 흑치상지는 주변에 흩어진 무리들을 불러모으니 삽시간에 그 수가 3만이나 되었다.

서기 660년 7월 26일, 흑치상지가 임존성에서 자리를 잡고 항거하자, 소열은 곧 군사를 파견해 공격하지만 패하고 말았다. 그러자 답답한 소열은 직접 군사를 이끌고 속전속결로 공격을 했다. 하지만 흑치상지는 소열을 물리치고 오히려 200여 성을 회복하게 되니 결국 더 이상 버티지 못하고 철수를 하게 된다.

서기 661년 7월, 금마저(현 익산)에서 백제 부흥군을 진압하던 무열왕이 돌연 병사한다. 이어 태자 법민이 신라 30대 왕(문무왕)으로 등극하지만, 이후 신라는 기로에 처하게 된다. 내친김에 신라까지 먹으려는 당의 속셈이 이미 드러났고, 백제 부흥군의 저항이 워낙 치열했으며, 왜국의 백제 지원도 심상치 않았고, 고구려도 움직임이 있어 보였기 때문이다. 이에 유신이 이런 혼란을 극복하고 남다른 지략으로 백제 부흥군들을 진압하며 서서히 평정을 찾아 나갔다.

한편 의자왕의 사촌동생인 복신은 왜의 제명여왕에게 의자왕의 비보를 전하면서 30년 전 왜국에 숙위로 가 있던 왕자 부여풍(豊)을 백제 왕으로 옹립하려 하니, 그를 보내 줄 것을 요청했다.

백제의 위태로움을 돕고 끊어진 사직을 잇는 것은 당연한 일 아닌가. 백제가 궁해져 내게 온 것은 본방(本邦)이 망해 의지할 곳도 호소할 곳도 없어서라. 나도 창을 베개 삼아 쓸개를 되씹고 있다. 꼭 구원해 주겠노라. 장군들을 나누어 여러 길로 나아가게 하여, 구름처럼 만나고 번개처럼 움직여 같이 그 원수들을 멸하고 긴박한 고통을 덜어 주겠노라.

제명여왕은 보황녀(寶皇女)인데, 원래 이름은 부여보(夫餘寶)로 무왕의 딸(의자왕의 누이)이다. 그녀는 의자왕이 당나라 소열에게 붙잡혀 갔다는 비보를 접하자 곧바로 백제를 구원하기 위해 즉각 파병을 결정한다. 그리고 선박 건조를 명한 뒤, 우선 수천 명의 군사를 보내 복신을 지원하기로 했다.

천황은 서둘러 백제 부흥군을 편성하고, 이를 지휘하기 위해 열도 서쪽 끝인 후쿠오카까지 달려왔으나 그만 도중에 죽으면서 백제 지원을 유언으로 남기게 된다. 그 후 왜국은 662년 1월, 복신에게 화살 10만 본 등 군수물자를 지원하고, 이듬해 군선의 건조가 완료되자 왜군 27,000명이 400척의 배에 나누어 타고 백강으로 향했다.

당나라 군선 170척과 4차례의 수전을 벌이지만 400척 모두 불타고 만다. 백제를 지원한 왜의 구원군이 백강 전투에서 패배하고 백제 부흥 운동 최후의 거점이던 주류성(周留城, 현 서천)까지 빼앗기자, 왜국 사람들이 서로 입을 모아 한탄하며 슬퍼한다.

"백제의 이름이 오늘로 끊어졌다. 우리 조상의 묘소가 있는 곳에 어찌 또 갈 수가 있겠는가."

왜국은 백제가 멸망할 때 나라의 힘을 기울여 구원군을 파견했지만, 결국 그들의 지원은 물거품이 되어 버린다. 이런 무리한 지원 때문에 천지천황 정권은 백강 전투에서 패배한 뒤 '진신(壬申)의 난'이라는 초유의 내전으로 끝내 무너지고 만다.

흑치상지는 왜국의 지원이 불가능하다는 것을 알고도 마음을 바꾸어 먹지 않았다. 자기 신변에 어떤 위험이 있어도 올바른 길을 벗어나지 않았으니, 이런 연유로 '겁쟁이는 그로 인해 용감해지고 탐욕스런 사람들도 청렴해진다.'는 말이 생겨난다. 흑치상지는 힘을 결집해 사타상여(沙吒相如)와 함께 험한 곳에서 깊숙이 웅거해 복신을 지원했다. 그렇지만 얼마 되지 않아 백제 부흥군의 내부 싸움이 그의 거취를 깊은 고민에 빠지게 만든다.

'나라가 이렇게 망해 가는 데도 아랑곳없이 도침, 복신, 부여풍 왕자 등 배부른 자들은 자리싸움만 하고 있는데 난 구경만 해야 하는가? 왜의 지원을 받은 주류성에 비해 임존성은 식량은 물론 군수품 부족으로 더 이상 버티기 힘든데 그렇다면 어떻게 싸워 가야 하는가? 당나라 고종은 나에게 의자왕의 유언과 태자 융의 친서를 보내와 당

나라에서 힘을 키워 다시 백제를 재건하는 게 좋지 않느냐고 회유하는데 과연 그래야만 옳은가?'

서기 663년 9월, 백제 부흥군의 응집력은 아직도 만만치 않았다. 하지만 흑치상지는 고심 끝에 후일 백제의 재건을 꿈꾸며 당에 항복한다. 한치 앞이 내다보이지 않는 백제를 일단 포기하고 자기가 일으키고 주둔했던 임존성, 그 성으로 창을 들고 들어가 성주인 지수신을 회유하다 실패하자 당나라 유인궤의 명령에 따라 무력으로 성을 무너뜨린다.

"하늘은 두 개의 태양을 두지 않고, 땅은 두 명의 왕을 용납하지 않는다. 그러나 왕이 통치를 그르치면 아무리 길고 튼튼한 성벽으로도 환난을 막을 수 없다. 지금은 내가 어느 나라에 있건 용감한 자에게는 모든 땅이 나의 고향이 될 것이니, 당나라에 가서라도 반드시 백제를 재건시키리라."

흑치상지는 눈물을 머금고 어금니를 깨물면서 결심을 굳히며 당나라에 있는 태자에게 힘을 보태기로 한다.

"아들이 세 번이나 충고해도 아버지가 듣지 않으면 울면서 그래도 아버지를 따라야 하지만, 신하가 세 번 충고해도 왕이 이를 듣지 않으면 신하는 왕을 버려도 된다니 나는 연로한 왕을 버리고 태자 융을 잘 섬길 것이다."

백제 부흥을 위해서는 서로 뭉쳐도 힘이 부족한데 복신이 도침을 죽이고 부여풍 왕자까지 죽이려다 오히려 풍에게 참살당하고 만다. 개인적인 욕심으로 인해 나라를 다시 부흥시키려는 의지는 이렇게 꺾이며 동력을 상실하고 만다.

수백 년 세운 눈부신 왕업이 눈물겹게 어두운 역사 속으로 사라져 간다. 망하는 나라는 완전히 망해야 비로소 망한 것을 알게 된다. 흑치상지가 이렇게 등을 돌림으로써 사실상 백제의 부흥 운동마저도 어둑어둑 불이 꺼져 버린다.

당의 검은 속셈

마침내 나당연맹은 백제를 먼저 무너뜨렸는데 그 뒤 당의 태도가 이상하게 흐른다. 타의 추종을 불허하는 전략가인 유신이 이런 문제를 그냥 지나칠 리 없다. 유신은 이를 조목조목 짚어 문무왕에게 보고하기에 이른다.

"우리와 당나라가 힘을 합쳐 백제를 멸망시켰으나 포로와 모든 전리품들을 당나라가 독차지했사옵니다. 당나라 왕문도와 유인원으로 하여금 백제를 지배하게 했고, 백제를 당의 한 제후국쯤으로 간주한다는 건 태종동맹의 위반 아니옵니까? 그리고 화가 나는 것은 멸망한 백제를 신라와 동등한 위치에 있음을 인정하는 회맹을 강요하고 있사옵니다. 폐하를 계림대도독으로 임명한다는 건 신라가 자신들의 속국이라는 뜻을 담고 있으므로 소신은 이를 더 이상 두고 볼 수 없사옵니다."

"유신공, 과인도 당나라가 도대체 어떤 나라인지 의문이 생기고 있소. 이제 우린 어찌해야 한다는 말이오? 아무리 나라 간에 동맹을 맺어도 신뢰가 지속되지 않으면 아무 소용이 없는 법, 정복자와 정복당한 자 사이에는 성실한 동맹이 이뤄질 수 없어 강자들은 언제나 강도처럼, 약자들은 언제나 시녀처럼 행동하게 되는데 우리가 그들의 시녀가 될 순 없잖소?"

"폐하, 우리가 당나라에게 이대로 당하고 있을 수만 없사옵니다. 그들의 오만한 태도에 적극 대응해야 한다는 말이옵니다. 당나라가 우리보다 강대국인 것은 맞지만 그들은 우리처럼 화랑 같은 충성스런 낭도들이 없고, 우리처럼 오랜 역사도 없으며, 우리처럼 전쟁보다는 평화를 더 사랑하는 민족이 아니므로 그들과 겨루어도 우리가 쉽게 지지 않을 것이옵니다."

"유신공, 우리는 지금 고구려와 일전을 대비해야 하므로 지금 그들을 칠 만한 때가 아니라고 보오. 지혜로운 독수리는 발톱을 내보이지 않는 법이니, 좀 더 인내하며 힘을 키워 나가도록 하는 게 좋을 것 같소."

"폐하 말씀이 지당하옵니다. 소신 생각은 고구려를 꺾고 나면 반드시 당나라와 일전을 벌여야 하므로 미리 그날에 대비해 새로운 전략을 궁리해 보겠사옵니다."

"무슨 특별한 전략이라도 세운 게 있소?"

"지금까지 한 번도 써 보지 않은 계교로 당나라 대군을 일시에 전멸시키고자 하옵니다."

"좋소, 과인은 유신공만 믿겠소. 그동안 유신공은 옥체를 잘 보존하시는 것이 더 중요한 일임을 잊어선 아니 될 것이오."

"명심하겠습니다, 폐하. 당나라와의 그날을 위해 내밀하게 사전 준비를 진행하겠사옵니다."

"유신공, 과인이 더 보탤 말이 없소. 눈앞에 천제가 내리는 축복이 우리에게 점점 가까이 다가오는 것 같소. 옛말에 왕이 나라를 잘 보전하기 위해서는 '천하수안(天下雖安忘戰必危, 나라가 비록 평안하다 하더라도 전쟁을 잊으면 반드시 위태로워짐)'과 '천하수흥(天下雖興好戰必亡, 나라가 비록 흥성하다 하더라도 전쟁을 좋아하면 반드시 망하게 됨)'의 분별을 잘 가려 통치해야 한다고 했소. 과인이 여러 가지 부족한 것이 많으나 신라에는 걸어 다니는 삼

241

국이라는 유신공이 있으니 내 어찌 공을 하늘처럼 우러러보지 않을
수 있겠소?"

"폐하, 한 가지 더 말씀드릴 것이 있사옵니다. 우리 신라가 삼국 통
일하는 그날을 맞이하게 된다면 고구려를 멸망시키는 날보다 당나라
물리치는 날을 통일의 첫날로 삼았으면 좋을 것 같사옵니다."

유신은 문무왕에게 돌아가는 상황과 자신의 생각을 아뢰고 나니 가
슴이 후련해진다. 그리고 이젠 자신의 나이가 적지 않으므로 몸을 잘
돌보면서 다가올 당나라와의 어려운 싸움에 대비해야 한다고 생각
한다. 어쩌면 봄철에 꿩이 제 울음에 죽는다는 '춘치자명(春雉自鳴)'처럼
당나라 소열은 자기가 파 놓은 과욕의 우물에 스스로 빠져 죽을지도
모를 일이다.

유신은 며칠 뒤 목욕재계한 후 좋은 기운을 받고자 단석산에 올라
예의 굴로 들어 기도를 올린다. 난승을 만나 영험을 얻었던 유신에게
는 중요한 일이 있을 때마다 기도를 통해 예언과 능력을 내려 주었
다. 모든 기도는 기적을 구하는 것인데, 장수가 기도를 할 때는 그만
큼 엄청난 위험이 닥쳐 있다는 것이 아니겠는가.

이번에는 당과 대적해 이길 수 있는 묘책을 달라는 간구였다. 사흘
째 기도를 하고 있던 중 난승의 모습은 보이지 않고 갑자기 목소리만
들린다. 역시 하늘이 돕는 자는 아무도 막지 못한다.

"유신아, 어찌하여 아직도 서로 싸우고 죽이기를 밥먹듯 일삼는가?
그대는 살생유택의 근본을 잊고, 삼국을 하나로 만들겠다는 꿈은 다
버렸느냐?"

"아니옵니다, 스승님. 저는 삼국 통일을 위해 뜨거운 열정으로 혼신
을 다하고 있사옵니다. 다만 아직 능력이 부족해 뜻을 이루지 못하고

있을 뿐이옵니다. 앞으로 당나라와 어쩔 수 없는 일전을 벌여야 하는 상황이 다가오고 있어 이렇게 스승님을 찾아왔으니 살펴 주시옵길 축원하옵니다."

"이제 나이가 일흔을 바라보는데 몸을 잘 돌보아야 한다. 고구려는 길도 멀고 그들과는 험한 싸움이 될 것이다. 그대는 가능한 싸움터에 나가지 말고 서라벌에서 전략을 세우며 기회를 엿보면 될 것이다. 호전적인 사람들이 많은 나라는 반드시 칼에 의해 망한다. 그건 서로 욕심이 많은 까닭이니, 욕심은 칼을 갈게 하고, 칼은 사람을 해하게 되므로, 그때 그들의 싸움을 지켜보다 보면 한순간 어부지리를 얻게 될 것이다."

"고구려 안에서 내분으로 다투다 망한다는 말씀입니까?"

"그렇다. 통일은 칼로 하는 게 아니며, 칼에 피를 묻혀서도 안 된다는 게 하늘의 뜻이다. 그러니 당나라와도 전쟁을 하지 말고 오히려 큰 잔치를 베푸는 게 하늘의 뜻임을 알거라."

"예, 스승님 명심하겠사옵니다. 욕심의 칼을 버리고 마음의 칼집을 준비하겠사옵니다."

유신이 산을 내려오면서 난승이 말한 잔치에 대해 아무리 생각해도 의문이 풀리지 않는다. 전쟁이 가슴의 피를 굳게 하는 난장이라면, 평화는 마음의 피를 돌게 하는 잔치다. 그렇다면 후자처럼 마음이 하나되는 평화의 잔치를 준비해야 되는데 그게 가능이나 한 것인가? 당장 눈앞의 일은 아니지만 당나라와는 어쩔 수 없는 충돌을 피할 수 없는데 무슨 잔치를 어떻게 벌인다는 말인가? 곰곰 씹어 가며 하산하다가 산을 거의 다 내려와서야 퍼뜩 번개처럼 하나의 생각이 뇌리를 스쳐간다.

'고구려는 연개소문 아들 간의 싸움을 지켜보면서 응전하고, 그 뒤 고구려가 멸망하고 나면 당나라 군사들에게 승전 축하연을 우리가 초청하여 베풀어 주는 것이다. 그 잔치에서 피를 보지 않고 술과 독을 이용해 당나라 군사들을 일시에 몰살을 시키는 방법을 택한다면 난승 스승의 말과 아주 부합하지 않는가.'

이렇게 유신이 큰 문제를 풀고도 다음 문제가 다시 앞을 막는다. 그 것은 수많은 당나라 군사들에게 먹일 맹독을 어디서 어떻게 구해 거사를 벌여야 할지 복잡한 문제들이 갈수록 산 너머 산이었다.

이후 유신은 독을 구하기 위해 비밀리에 대신들과 지혜를 모은다. 예로부터 독은 짐새의 독이 제일 강하다 했고, 독살의 강도는 짐새의 깃털로 담근 짐주가 단연 으뜸이라고 했다. 하지만 짐새는 그 새의 그림자만 스쳐도 모두 죽는다고 하는 무시무시한 공포의 새를 어디서 무슨 수로 잡아 짐주를 만든다는 말인가? 답 하나를 구했더니 눈앞에는 더 캄캄한 절벽이다. 유신은 무겁고 답답한 심정이었지만 끈질기게 부하들을 독려하면서 맹독을 찾기 위해 심혈을 기울인다.

"고대 사서에는 짐새에 대한 기록도 나오고, 짐새 짐(鴆)자라는 한자도 존재하지 않는가? 그러므로 맹독에 대한 단서를 반드시 찾을 수 있을 것이니 절대 생각의 끈을 놓아선 안 될 것이오."

"장군님, 소인이 들은 바로는 혼례식을 올릴 때 흰 천막을 치고 식을 올리는 이유가 짐새의 독을 막기 위해서라는 말을 들었사옵니다. 그리고 짐새의 그림자가 술잔에 비추어져서 그 술을 마신 사람은 죽는다는 이야기도 있사오니 짐새의 독은 어디엔가 반드시 존재할 것이라 생각하옵니다."

유신은 신하들과 함께 짐독에 대해 몇 치레 동안 암중모색하며 좌고우면하였다. 그러던 어느 날 옛 고령가야국의 진산인 재악산 아래 무릉마을에는 '짐마골(鳩魔谷, 짐새가 사는 골짜기)'이 있음을 천신만고 끝에 알아낸다. 그 재악산 골짝에 짐새가 산다는 게 잘 이해가 되질 않아 유신이 직접 그곳을 찾아 주변 지형과 나무와 바위와 새들을 관찰했지만 여러 날이 지나도록 어떤 단서도 찾아내지 못했다. 그러다가 유신 일행은 짐마골에서 군락을 이루고 있는 뿌리가 새의 발처럼 생긴 '새발돌쩌귀(투구꽃)' 풀을 발견하게 된다.

"장군님, 이 꽃을 투구꽃이라 부르고, 그 뿌리에는 부자(附子)라는 맹독이 들어 있다 하옵니다."

"오라, 이 꽃은 흡사 병사들이 투구를 쓴 모습 같구나. 이 꽃 뿌리(초오, 草烏)가 새를 닮았는데 그렇게 맹독을 품고 있다니, 그렇다면 이 풀이 바로 짐새가 아니겠는가. 병사들이 전쟁터에 나가 목숨 걸고 싸우면 자연히 독을 품게 되는 것 같이, 투구꽃이 풀꽃을 피우면 뿌리에다 강한 맹독을 갖는구나. 그래, 바로 이 풀꽃의 뿌리야."

유신은 새의 발을 닮은 풀의 뿌리에 맹독이 들어 있고, 그 독이 사람을 해치는 독약으로 사용된다는 것이 참으로 신기했다. 묘하게도 풀의 뿌리가 독을 품은 새처럼 생겨 바로 짐새의 의미로 단정했다. 그건 짐새가 이 골짜기에 숨어살고 있어 예로부터 사람들이 이곳을 '짐마골'로 부른다는 것까지 앞뒤가 딱 맞아떨어졌기 때문이다.

처음에는 재악산 아래 무릉도원이라는 뜻을 가진 '무릉마을'에 피냄새가 풍길 것 같은 투구꽃이 많이 핀다는 게 이상하기도 했다. 적어도 무릉도원이라면 신령한 수호신 하나쯤은 지키고 있어야 하는데, 그 역할을 짐마골의 투구꽃이 한다고 생각하니 좀은 이해가 되기도 했다. 이런 투구꽃이 짐새의 깃털을 대신하는 강한 독으로 선한 사람들이 사는 무릉마을을 잘 지켜 주고 있다니 말이다.

"장군님, 초오에서 만들어 낸 부자라는 독에다 홍신석(紅信石, 비소와 유황과 철로 된 광물) 가루를 섞으면 더 무서운 독성이 생긴다고 하옵니다. 그 가루는 구하기가 그리 어렵진 않다고 알고 있사옵니다."

"그래 이제야 어려운 문제를 풀었구나. 독을 만드는 문제는 이 정도면 해결이 되었다."

이 후 유신은 안도의 숨을 내쉬면서 부하들에게 입단속을 당부한다. 그리고 많은 양을 약재로 구한다며 투구꽃 뿌리를 캐어 건조시킬 것을 지시했다. 무릉 짐마골 사람들이 독성이 있는 꽃 뿌리를 캐어 시간을 두고 천천히 저장해 간다. 그럴수록 유신의 얼굴에는 화색이 돌고 자주 입가에 미소가 번지기 시작한다.

취리산 회맹의 굴욕

  서기 665년 8월, 당나라가 백제와 신라가 더 이상 싸우지 않고 서로 화해하는 '취리산(就利山, 현 공주) 회맹'을 강요한다. 이에 유신은 더욱 공고하게 당나라와의 전쟁을 목표로 삼게 된다. 주류성을 함락시킨 후 당의 대부 두상(杜爽)은 '백제를 평정한 후 서로 회맹하라.'는 당나라 고종의 칙명을 내세워 부여융과 회맹할 것을 신라에게 다시 종용했다.

  이미 멸망한 백제의 왕자 부여융과 현직 신라 왕인 문무왕을 유인원의 참관 하에 반강제로 잘 지내기를 맹세하라는 것이다. 당나라의 꼭두각시로 움직이는 패망국 백제와 아직 건재한 신라가 동등하다는 것은, '죽어서 존재도 없는 자에게는 왕관을 씌워 주고 살아서 생기가 넘치는 자에게는 가시관을 씌워 준 후 둘 다 한자리에서 절하라.'는 꼴이 아닌가. 신라에게는 옛 백제 영역으로 침투를 막고, 여차하면 백제처럼 될 수 있다는 당나라의 신라를 향한 강한 협박이었다.

  문무왕은 아직 당나라와 맞설 준비가 안 되었으므로 이런 치욕쯤은 감내하면서 그대로 따르기로 했다. 서쪽 하늘에 무지개가 뜨면 비가 오게 되는데 강 건너에다 소를 매라고 하니 말이 안 된다는 것을 뻔히 알면서도 못 이긴 채 그렇게 따른다. 다만, '해서 안 되는 맹세만큼

은 지키지 않아도 된다.'는 것이 문무왕의 속마음이었다.

'나는 회맹을 하더라도 흘러가는 물 위에 하는 것이다.'

그렇게 자위하면서 문무왕은 화가 치밀어 오르는 마음을 힘들게 다독인다.

회맹 당사자인 두 사람은 웅진이 함락되어 의자왕이 항복할 때 승전국과 패전국의 태자로서 만난 적이 있다. 이때 문무왕은 부여융에게 대량성 전투의 복수를 언급하며 침까지 뱉었는데 갑자기 회맹에서 동격이라는 것은 어불성설이 아닌가.

이렇게 시시각각 다가오는 당나라라는 압도적인 거대 제국의 위압감 속에서, 당연히 신라는 회맹의 의미를 파악하고 이리저리 핑계를 대며 거부했다. 하지만 임존성이 함락된 후 회맹하지 않은 것을 당나라 고종까지 나서서 책망하자 별수 없이 굴욕적인 맹약을 맺게 된다.

회맹식에서는 흰 말을 잡아 먼저 하늘과 땅의 신, 그리고 강과 계곡의 신에게 제사를 올린다. 그다음 순서로 문무왕과 부여융의 입술에다 피를 바르게 했다. 유인원이 입회한 가운데 유인궤가 지은 서약문을 낭독하고 제물은 제단의 북쪽 땅에 묻었으며, 문서는 신라 종묘에 보관하게 했다.

…천자는 물건 하나라도 제자리 잃는 것을 가슴 아프게 여기고, 죄 없는 백성들을 불쌍히 여겨, 여러 차례 사신을 보내 화친하도록 했다. 그러나 지리가 험하며 거리가 먼 것을 믿고, 하늘의 법칙을 업신여기므로, 황제가 대노하여 백성들을 위로하는 토벌을 결행했으니, 군사들의 깃발이 향하는 곳은 한 번의 전투로 완전히 평정되었다.

사정이 이러한 즉 마땅히 궁실과 집터를 연못으로 만들어 이후의 세대에 경계심을 주고, 이러한 일이 다시 일어나지 않도록 뿌리를 뽑아, 자손들에게 교훈으로 보여 주어야 할 것이다. 유순한 자를 받아들이고, 배반하는 자를 치는 것은 선왕의 아름다운 법도이며, 망한 것을 다시 일으켜 주고, 끊어진 대를 잇게 하는 것은 지난날 성인들의 공통된 규범이다.

'모든 일은 옛날의 교훈에서 배워야 한다.'는 말이 역사서에 전해져 오고 있다. 이에 따라 옛 백제의 부여융을 웅진도독으로 삼아 자기 조상의 제사를 모시게 하고, 그의 옛 고장을 보전케 할 것이다. 백제와 신라는 서로 의지해 길이 우방이 되어야 할 것이며, 각각의 묵은 감정을 버리고 우호를 맺어 서로 화친하여, 모두가 당나라의 조칙을 받들고, 영원히 당나라의 번방(蕃邦)으로 복종해야 할 것이다.

이에 사신 우무위장군 유인원을 보내 직접 권유하고, 황제의 뜻을 상세하게 선포한다. 두 나라는 혼인으로써 약조를 맺어 이렇게 맹세를 다졌다. 짐승을 잡아 피를 입술에 머금었으니, 언제나 함께 화목하며 재난을 함께 극복하고 환난을 구제하며, 형제와 같이 사랑해야 할 것이다.

황제의 말씀을 삼가 받들어 어기는 일이 없도록 할 것이며, 맹세를 마친 뒤에는 모두 함께 약속을 지켜야 할 것이다. 만일 맹세를 저버리고 행동이 변해 군사를 일으키거나 무리를 움직이거나 변경을 침범하는 일이 발생한다면 신명이 굽어볼 것이요, 수없는 재앙이 내릴 것이다. 자손을 기르지 못할 것이요, 나라를 보전하지 못할 것이며, 제사가 끊어질 것이요, 아무것도 남는 게 없을 것이다.

그러므로 여기 금서철권을 만들어 종묘에 간직해 두고, 자손만대를 통해 감히 어기거나 범하지 못하게 할 것이다. 신령이여, 이를 들으시고, 흠향하시고 복을 베푸소서.

그러나 문무왕은 겉만 번지르르한 이 회맹을 두고 '지키지 못할 것에 대해 맹세하는 것도 큰 죄악이지만, 죄악적인 맹세를 지키는 것은 더 큰 죄악'이라고 생각했으니 당나라가 원하는 백제와의 통합은 처음부터 쉽지 않았다. 신라 입장에서는 간신히 멸망시켰던 백제가 5년 만에 부활한 것이니, 당나라 말을 고분고분 듣지 않는다는 태도를 취하는 것은 불보듯 뻔한 일이었다.

미사여구와 감언이설을 섞어 군자의 덕치를 베푸는 양 이상한 회맹식을 치른 이후 당사국은 그것을 지키려는 분위기가 전혀 느껴지지 않는다. 오히려 신라가 이대로 가만히 있지 않을 것을 두려워한 부여융은 좌불안석하며 전전긍긍하다가 오래지 않아 몰래 당나라로 돌아갔다. 그리고 나라를 잃고 온갖 수모를 당하며 당나라에 붙잡혀 간 의자왕은 울분과 좌절 속에서 우울한 나날을 보내다가 얼마 후 병으로 죽자, 예식진과 흑치상지의 백제 부흥 운동도 동력을 잃는다.

그러나 끝까지 부흥의 끈을 놓지 않고 예식진은 다시 백제로 돌아와 웅진도독부사마(熊津都督府司馬)에 임명되어 백제 유민을 안무하고 신라의 팽창을 견제했다. 그가 백제에 머무는 동안 두 차례 왜에도 다녀오며 재기의 힘을 모으고자 마지막 남은 애를 써 보지만 모든 게 중과부적이다.

후일 부흥 운동으로 당나라를 함께 토벌하자는 신라의 제안을 받고, 그 일을 협의하기 위해 신라에 간 예식진은 몇 달 뒤 서라벌에서 억류되고 만다.

"아침노을은 저녁비요, 저녁노을은 아침비를 내리게 하는 것인데, 네가 아무리 당나라 사신의 일을 하고 있다고 우겨도 백제 부흥 운동을 위해 신라의 기밀을 캐내려 하고 있는 게 보이는데, 누가 네 말을 믿겠느냐?"

예식진은 신라의 첩보를 빼내는 활동을 했다는 이유로 2여 년 동안 신라에 붙잡혀 영어의 몸이 되었으니 그가 꿈꾸던 백제의 부활은 완전히 물거품이 되고 만다. 유신은 이를 두고 부하들에게 강한 어조로 훈계를 한다.

"전쟁이 많은 시대에는 백만의 군사보다 세작 한 명이 더 무서운 것이다. 그 첩자의 놀음에 넘어가면 위협을 위협으로 잘 인식하지 못하고, 이것이 패망의 지름길이 된다. 금성탕지 같은 신라 대량성은 검일과 모척으로 하여 힘없이 무너졌고, 백제는 우리 편에 선 임자 좌평의 도움으로 패망했다는 걸 알아야 한다. 우리라고 이렇게 농락당하지 않으리라는 법은 어디에도 없으니, 지금 예식진이 바로 그런 첩자라는 말이다."

고구려 공격, 그리고 철군

서기 661년 8월, 당나라는 17만 대군을 6개 부대로 편성해 총력을 다해 고구려 공격에 나선다. 주력부대는 육상이 아닌 바다를 건너 고구려에 상륙했다. 소사업의 부여도행군과 정명진의 누방도행군은 육군으로 요하를 건너 침공했다. 그리고 계필하력의 요동도행군, 소열의 평양도행군, 임아상의 패강도행군, 방효태의 옥저도행군은 해상을 통해 요하와 패수 하구에 상륙해 평양성을 직접 공격하려 했다.

이때 소열의 나이는 69세, 이젠 노령이라 거동이 날래지 못했으나 아들 소경절이 보좌해 힘을 빌린다. 소경절은 고구려와 신라까지 함락시킬 경우 고종으로부터 일부 통치권을 하사받을 수 있다는 원대한 꿈에 잔뜩 부풀어 있다. 그렇게 그리던 꿈이 현실로 다가오고 있으니 그간 전쟁고아처럼 떠돌던 옛 시절의 일들이 주마등처럼 눈물겹게 스쳐가지만, 이내 힘들었던 것들은 머지않아 기쁨으로 환원될 것이라 생각한다.

당나라의 해상을 통한 대단위 침공작전은 주력군이 방어진을 치고 있는 요동 지역의 고구려 대군을 묶어 두기 위해 양동작전으로 펼쳐진다. 고구려와 수차례 실전 경험이 있는 계필하력이 이끄는 군사를 요하 유역에 배치하고, 백제 침공을 성공적으로 수행했던 소열이 이끄는 군사들은 평양성으로 진격을 한다. 마침내 소열의 대군은 패수 하류에 상륙해 격렬히 반격하던 고구려 군사를 격파하고 인근 마읍산을 탈취했으며, 평양성이 서서히 포위되기 시작했다.

하지만 분명한 것은 백제 때와는 달리 평양성 함락이 쉽지 않았다. 성은 외곽, 외성, 내성 등 3중 구조로 견고하고 오랜 공성전을 경험한 유서 깊은 성으로, 고구려군이 강한 방어력을 자랑하는 요새였다. 아무리 명장인 소열이라 하더라도 단독으로 이 철옹성을 공략하기에는 어려움에 봉착하지 않을 수 없었다.

이때 전쟁의 고수 연개소문이 그냥 잠자코 있을 리 없다. 자기들의 우방인 철륵에게 군사를 일으켜 당나라를 칠 것을 제안한다. 그러자 철륵의 반란으로 당나라는 서쪽 국경에 커다란 변수가 발생하고, 수도 장안까지 위급해지는 긴급 상황으로 확대된다.

상황이 급변하자 철륵 출신의 계필하력과 그의 정예 요동도행군, 소사업이 이끄는 부여도행군을 철륵 전선에 투입하기 위해 긴급히 고구려에서 군사를 철수하게 한다. 황제의 조서가 내려가자 이들은 제대로 한번 싸워 보지도 못하고 다시 바다를 건너 당나라로 돌아가야만 했으니, 남아 있는 부대의 고구려 침공은 힘이 현저히 떨어지고 작전이 꼬이기 시작한다.

661년 겨울은 너무 빨리 찾아왔고 추위는 무척이나 맵고 쓰라렸다. 게다가 철륵의 반란에 따라 고구려에 출정했던 상당수의 부대가 급히 당나라로 회군해 현저히 군사력이 저하되어 소열의 평양도행군, 임아상의 패강도행군, 방효태의 옥저도행군 부대는 점점 고립 상태가 되고 만다. 허를 찔러 고구려 내부 깊숙이 침공한 해상작전은 좋았지만, 갑작스럽게 상황이 바뀌자 이젠 오히려 적국 한가운데 고립

되어 사지에 빠진 당나라 군사들은 역전되어 사면초가의 위기에 놓여 버린다.

"장군 중에 제일 무서운 장군은 동장군이다."

"이대로는 그냥 두어도 다 죽는다."

"전쟁은 승리하건 패하건 간에 너무 춥고 배고파 전쟁이고 뭐고 다 때려치우고 철수가 답이다."

"곰은 쓸개 때문에 죽고 당나라 군대는 장수들의 욕심 때문에 죽는다."

이런 여러 가지 불만이 당나라 군사들의 입에서 동시다발적으로 쏟아져 나온다. 일시에 대규모 병력을 투입해 속전속결로 끝내려 했던 싸움이 점점 길어지자, 군사들의 두려움이 점점 확대된다. 겨울이 깊어질수록 조바심이 생기고 사기도 줄어들며 여기저기서 거침없이 한탄과 원성이 쏟아져 나온다. 이 정도가 되면 사실상 싸움에서 승리를 한다는 건 꿈꾸는 것조차 불가능해진다.

게다가 요하 하구를 점령했던 계필하력 군사들의 철수로 육로로의 식량 보급도 끊겨 버리고 말았다. 그러자 당나라 군사들은 무릎을 끌어안고 곡소리를 내며 독 안에 든 쥐처럼 절망적인 상황에 빠진다. 평양성은 생각보다 견고했고, 고구려의 겨울 추위는 군사들을 얼음 감옥에 가두고 말았으니 당의 대군이 전멸 위기에 놓인다. 소열은 마지막 수단으로 함자도총관 유덕민을 긴급히 신라에 보내 식량 및 군사 원조를 요청하기에 이른다.

이즈음, 연개소문은 각지의 부대를 모아 각각 고립된 당의 총공세에 나서 임아상 부대와 방효태가 이끄는 부대를 모두 전멸시킨다. 임아상은 패전과 함께 행방불명되고, 방효태는 몸에 화살이 고슴도치처럼 박혀서 그 아들 13명과 함께 몰살당하고 만다.

"내가 명을 받아 만 리나 되는 푸른 바다를 건너 해안에 이른 지가 벌써 여러 달이 더 지났는데, 대왕의 군사가 아직 이르지 않으니 식량을 이을 길이 없어 위태로움이 극심합니다. 왕께서는 속히 조처해 주십시오."

소열이 사신을 통해 식량 보급 독촉을 했지만 문무왕은 고구려에 있는 당나라 군사들에게 보급을 지원하는 것은 맨손으로 호랑이 소굴을 찾아 들어가는 것 같은 어려운 일이었으니 누가 그 험지를 선뜻 나설지 아무래도 대안 부재였다.

"당나라 군대에 보급을 지원하기 위해서는 적의 경계 내에 깊이 들어가 식량을 수송해야 하므로 너무 위험해 시행이 불가능한 일이옵니다."

신하들이 이구동성으로 불가능을 토로하자 문무왕은 크게 걱정하면서 먼 하늘을 올려다보며 한숨만 내쉬었다.

"폐하, 신이 지나치게 은혜로운 대우를 받았고, 지금 이 나라의 무거운 책임을 맡았으니 그 일은 제가 비록 죽는 한이 있더라도 피하지 않겠사옵니다. 오늘 이 늙은 신하가 충절을 다해야 할 때라 생각하옵니다. 마땅히 적국에 가서 소열 장군이 기다리는 보급 지원을 소장이 완수하겠사옵니다."

유신이 이렇게 답하자 이에 왕은 자리를 옮겨 앞으로 나아가 유신의 손을 잡고 눈물을 흘리면서 말했다.

"공처럼 어진 보필을 얻었으니 과인이 황공하오이다. 만약 이번 전투에서도 뜻한 대로 어긋남이 없다면 누구든지 유신공의 공덕을 몽매에라도 잊을 수 없을 것이오."

서기 662년 1월 23일, 칠중하(七重河, 현 임진강)에 신라 군사들이 이르렀는데, 모두 고구려 군대의 기습 공격을 두려워해 감히 먼저 배에 오르지 못하고 벌벌 떨고 있었다.

"여러분이 이처럼 죽음을 두려워한다면 어찌 이곳에 왔는가?" 하고는 유신이 스스로 먼저 배에 올라 건너자 여러 장군과 병졸들이 따라서 강을 건너 고구려 강역 안으로 들어갔다. 고구려 군사들이 큰 길에서 지킬 것을 염려해, 이를 피해 험하고 좁은 길로 행군하여 산양(황해도 지역)에 이르자 유신이 위엄 있게 장수들에게 훈시한다.

"고구려 백제 두 나라가 우리 강역을 침범해 백성을 죽이고 젊은이를 포로로 잡아가 목을 베었으며, 어린애까지 잡아다가 종으로 부린지가 오래되었으니 이 얼마나 통탄스런 일인가? 내가 지금 죽음을 두려워하지 않고 어려움에 나가는 것은 당나라의 힘에 의지해 두 나라수도의 성을 함락시켜 나라의 원수를 갚고자 함이오. 마음속으로 맹세하고 하늘에 고해 신령의 도움을 기대하나 여러분의 마음이 어떤지 몰라서 말하노라. 적을 가벼이 보는 자는 반드시 성공해 돌아갈것이나, 적을 두려워하면 어찌 포로로 잡힘을 면할 수 있겠는가? 마땅히 한마음으로 협력하면 한 사람이 백 사람을 당해 내지 못함이 없을 것이니 이것을 내가 여러분에게 바라는 바이오."

"장군님, 원컨대 명을 받들겠으며, 감히 살겠다는 마음을 가지지 않겠사옵니다."

여러 장졸들이 모두 복창하고, 이에 거침없이 평양으로 계속 진군해 나갔다.

평양으로 가는 길은 생사를 넘나드는 적진 내의 험로였다. 어느 길로 가도 마음놓고 지날 수 없으니 척후병을 두고 살얼음판을 지나듯하며, 도중에 적병을 여러 번 만나면서도 굳세게 길을 열어 나아갔다.

2월 1일, 장새(鄣塞, 황해도 수안)의 험한 곳에 이르렀을 때 날씨가 너무 추웠고 사람과 말들이 지치고 피곤해 여러 사람들이 쓰러지기 시작했다. 고구려의 겨울은 신라의 겨울보다 더 날카롭고 살을 깊게 찔렀다. 추위를 이길 수 있는 방법의 기본은 우선 마음부터 단단히 무장해야 덜 춥고 추위에 맞설 수 있다는 것을 유신은 상기한다.

갑자기 유신이 어깨를 훤히 드러내 놓고 채찍을 잡고 말을 몰아 앞으로 나가자 군사들이 이를 보고 힘을 얻는다. 어떤 장수는 겨울에 많은 병사들을 울타리처럼 둘러앉게 하여 한기를 막았다지만 유신은 반대로 어깨를 드러내고 혼신을 다해 앞장서서 달려나갔으니, 오히려 구슬땀이 나고 그 뒤 감히 춥다고 하는 자가 아무도 없었다.

그러나 혹한을 뚫고 죽을힘을 다해 당나라 군대에게 보급을 지원하는 일을 하면서 유신은 문득 다른 생각을 하게 된다.

'지금 당나라와 합심해 고구려를 치기 위함이지만 한편으로 당나라가 신라를 넘보고 있는 마당에 우리가 이렇게까지 도와야 하는가? 차라리 보급 지원을 하지 않으면 꼼짝없이 당나라 군대는 모두 여기서 죽게 되는 것이다. 그렇다면 우리가 고구려와 손잡고 당나라를 몰아낸 후 백제 부흥군을 정리하면 되지 않겠는가?'

유신이 잠깐 동안 당나라의 검은 속셈과 소열의 오만한 행동 등 앞뒤가 맞지 않는 문제를 떠올리면서 이 시점에서 보급을 중단하는 것을 생각해 봤으나 문제는 왕명이었다. 만일 자신이 그것을 어기고 임무를 수행하지 않는다면 사군이충의 도리가 아니오, 이후 당나라 군사와의 승패와 상관없이 왕에게 엄청난 반역죄를 짓는 것이므로 불손한 생각을 이내 거두어들인다.

드디어 험한 곳을 힘들게 지나니 평양이 이제 머지않았다. 굶주림과 추위에 떨고 있는 당나라 군사들을 배려해 식량 보급이 임박했다는 소식을 전하기 위해 유신이 보기감(步騎監) 열기(裂起)를 불러 말한다.

"당나라 군대의 식량 부족이 극심할 터이니 마땅히 먼저 알려 주어 힘을 내도록 해야겠다. 내가 일찍부터 네 뜻과 절의를 잘 알고 있는데 지금 소식을 전할 마땅한 사람이 없다. 지금 소(蘇) 장군에게 소식을 전하는데 네가 가지 않겠느냐?"

"소인이 비록 어리석으나 외람되이 중군(中軍)직을 맡았고, 하물며 장군님이 시키신다면 비록 죽는 날도 살아 있는 때와 같다고 여기겠습니다."

이후 힘이 센 장사(壯士) 구근(仇近) 등 15명을 데리고 평양으로 가 소 장군에게 유신이 군사를 이끌고 식량을 가지고 가까운 곳에 이르렀다고 전한다. 소열은 죽은 아들이 살아온 것보다 더 기뻐하며 투구가 흔들릴 정도로 감사를 표했다.

서기 662년 2월 6일, 유신은 아찬 양도와 대감 인선 등과 함께 당나라 진영에 군량을 전하게 된다. 쌀 4,000섬과 조 22,000섬을 보급한다는 건 신라 수십여 개 성의 군량미를 송두리째 가져다 주는 격이었다. 게다가 소열에게는 따로 은 5천 7백 푼, 좋은 베 30필, 딴머리 30냥, 우황 19냥을 주었다. 이것은 고구려 전쟁과 상관없이 백제에게 승리를 거두도록 협조한 것에 대한 문무왕의 감사의 표시었다.

"유신 장군, 먼길에 강추위와 적국의 땅을 관통해 우리에게 식량 지원을 해 준 정성에 깊이 감사하오. 신라가 사비성에서 우리에게 신세를 졌다면 이번에는 우리가 신라에게 큰 신세를 졌으니 이제 빚을 서로 갚은 것이나 다름 없구료."

"소 장군님, 신라에게 당나라가 지원한 병력의 숫자로 계산하면 아직도 빚이 조금은 남은 듯합니다. 하지만 우리가 목숨 걸고 험로를 달려온 것을 감안하면 이젠 갑과 을이 따로 없을 것이라 생각됩니다."

"암요, 유신 장군. 우린 백제와 고구려 관계와는 달리 서로 호형호제하는 사이가 아니겠소."

"그런데 소 장군님, 우리 대왕께서 장군님께 하사하신 선물 꾸러미 중에 딴머리 30냥이 있습니다. 그건 특별히 장군께 내린 신라의 귀한 특산물인 요술 가발입니다. 젊은 사람이 쓰면 나이가 들어 보이고, 나이가 든 사람이 쓰면 젊어 보이게 된다 합니다. 아마 그걸 장군님이 쓰시면 20년은 젊어 보이실 것이니 귀히 쓰시기 바랍니다."

당나라는 이렇게 많은 식량 지원을 받았지만 임아상과 방효태(龐孝泰)가 사망하고, 많은 눈까지 내리면서 더 이상 작전을 지속할 수 없는 불가항력적 상황이 되어 철군을 결행한다.

"경절아, 난 너와 꿈꾸었던 계획도 펼치지 못하고, 황제와의 약속을 또 어기게 되었구나. 이제 무슨 낯으로 돌아가 황제 얼굴을 뵙겠느냐? 승리를 챙기지 못해서 그런지 지금은 한 발자국도 걸음을 떼지 못하겠구나."

"아버지, 무슨 그런 약하신 말씀을 하십니까? 아버지께서는 천하가 인정하는 걸어 다니는 십만 대군이 아니십니까? 전쟁에서 천하대장군도 천재지변을 이길 수는 없사오니 황제께서도 이번 철군은 널리 양찰하실 것입니다. 그리고 이 정도의 일로는 문책 없이 건재하실 것이오니 조금도 심려치 마십시오. 아버지의 깊은 뜻을 헤아려 후일 고구려와 신라까지 멸하고 최고의 관직을 받도록 하겠나이다. 이번 신라에서 우릴 죽음 직전에서 구해 준 은공이 있지만 안면몰수하고 신라를 복속시키겠으며, 문무왕이 하사한 선물들은 제가 잘 챙겨서 돌아가겠나이다."

"그래 앞으로 고구려나 백제, 신라를 잘 통치할 수 있는 훌륭한 군주가 되어야 한다. 내가 환갑 나이에 빛을 보았다면, 넌 아직 지천명의 나이이니 얼마든지 출세가도를 달릴 수 있음을 깨닫거라. 아비가 그동안 닦아 놓은 무공의 비법과 전략을 소중히 잘 이어 가기 바란다."

소열은 아슬아슬하게 죽을 고비를 넘기고 왕명을 수행한 유신에게 수인사만 남긴 채 군량을 받아서 어렵사리 당나라로 돌아갔다. 소열이 본국에 도착하자 고종을 알현한다. 그러나 무슨 할 말이 있겠는가? 날씨를 탓한다 해도 장수에게 그것은 한낱 변명에 불과하다. 출병 시기를 잘 선택했으면 이런 결과로 이어지지는 않았을 것이었다. 지난번 출병을 앞두고 황제 앞에서 철석 맹약을 하지 않았는가? 현재로서는 고구려도 신라도 아직 멸하지 못했으니 소열의 체면이 고종 앞에서는 말이 아니다.

"폐하, 소장 뵐 낯이 없사옵니다. 그리고 지금 그 어떤 처벌을 내리시더라도 의당히 감수하겠사옵니다."

"소 장군, 철군하게 된 이유는 잘 알고 있지만, 그래도 짐은 좀 실망이 크오. 아무리 무너지지 않는 요새라 해도 전쟁에서 두 번 실수는 허용되지 않는 법, 짐이 예전 세운 공적을 후하게 평가해 이번 철군을 법으로 다스리지는 않겠소. 장군을 철석같이 믿었으나 역시 돌아온 건 실망뿐이니, 다음 기회를 보기로 하고 집으로 돌아가 우선 몸이나 잘 다스리시오."

"예, 폐하. 더 이상 아무 드릴 말씀이 없사오나, 후일 마지막으로 한번 더 불러 주신다면 계급장 없이 참전해서라도 두 나라를 반드시 제 손으로 멸하고 말겠사옵니다. 그렇지 않으면 스스로 목숨을 버리겠나이다. 소신이 세 나라 임금을 포로로 잡아다 바친 터에, 연약한 이 두 나라를 이기지 못하겠사옵니까? 만일 패하는 날엔 저는 물론이요, 아들 소경절을 포함해 가문을 모조리 군벌에 처하도록 하시옵소서."

"그래, 장군의 충정은 아직도 짐에게 기대감을 갖게 하고 감동을 주는구료."

소열이 고종 앞에서 자신 있게 다짐을 하고 돌아서지만, 승리를 챙기지 못한 노장의 발걸음엔 왠지 힘이 떨어져 보인다. 그래도 아직 그의 기세는 고구려, 신라에서 이름 석 자만 들먹거려도 존재감이 여전했으니 누구도 그의 존재와 위용은 무시할 수 없었다.

연개소문과 함께 사라진 고구려

서기 663년, 소열은 양주안집대사(涼州安集大使)를 명받고 나아가 토욕혼(토번, 吐蕃)을 평정한다. 노령에도 불구하고 험지에서 실크로드의 최강자와 싸워 거뜬히 승리를 했으니 고종에게 그동안 구겨진 체면을 조금은 만회했다.

서기 666년 5월, 고구려의 연개소문이 죽었다는 소식이 들리자 소열은 크게 기뻐하며 이때야말로 당나라가 고구려를 멸망시킬 절호의 기회라고 판단한다.

"경절아, 이제야 하늘이 우리에게 기회를 내렸구나. 지금 고구려에는 연개소문의 아들끼리 권력 싸움에 빠져 나라가 심하게 흔들리고, 군신들도 갈피를 잡지 못하고 있단다. 그 이유는 연개소문의 뒤를 이어 맏아들 연남생이 대막리지 자리를 차지하자 동생인 연남건과 연남산이 이를 시기하고 있기 때문이다. 그래서 내가 사람을 보내 연남생에게 우리 편이 되어 달라고 했으니 곧 좋은 회답이 올 것 같구나."

"아버지, 그래도 고구려는 워낙 군사력이 강한 나라여서 그들을 이기자면 하늘이 승리를 내려야 한다는 정도로 알고 있는데, 연개소문 아들들의 작은 분쟁이 왜 중요한지는 잘 모르겠습니다."

"경절아, 전쟁에서 승리를 하려면 제일 중요한 것이 백성들의 믿음과 위정자의 의지가 일치해 백성들이 어떤 위험도 두려워하지 않고 군주와 생사를 함께하려는 도가 있어야 된단다. 그런데 고구려가 저렇게 형제들끼리 사활을 걸고 싸우고 있으니 그런 도가 사라져 버린 것이다. 연남생에겐 연남건과 연남산이 합세해 자길 죽이려고 하니 빨리 우리나라로 투항하는 게 제일 좋은 방책이라고 이간질을 시켜 두었으니, 분명히 그는 우리 편이 될 것이다."

"역시 아버지의 지략은 천하에 제일이십니다. 만백성들이 아버지를 일컬어 걸어 다니는 십만 대군이라고 하는 이유를 다시 확인하게 되었습니다."

서기 668년, 당 고종이 이적(李勣), 소열 등에게 군사를 일으켜 고구려를 치면서, 신라에도 군사를 징발케 했다. 문무왕이 이에 군사를 내어 호응하려고 심사숙고 끝에 흠순(欽純)과 인문(仁問) 두 장군을 수장으로 삼는다. 이에 흠순이 불만과 두려움을 갖고 문무왕에게 아뢴다.

"폐하, 만일 유신공과 함께 가지 않으면 전쟁에서 낭패가 있을까 크게 걱정이 되옵니다."

"흠순 장군, 세 신하는 이 나라의 보배인데, 만약 다 함께 적지로 나갔다가 혹 뜻하지 않은 일이 생겨 아무도 돌아오지 못한다면 나라가 어찌될 것인가? 그러므로 유신공은 서라벌에 머물러 나라를 지키게 하면 흔연히 장성(長城)과 같아 무사하고 유비무환의 대책이 될 것이오."

흠순은 유신의 아우이고, 인문은 유신의 생질(甥姪)이므로, 이에 왕의 뜻을 섬기고 감히 거역하지 못했다. 이때 흠순이 유신에게 아뢴다.

"우리들이 부족한 자질로 지금 대왕의 뜻에 따라 어떤 일이 일어날지 예측할 수 없는 땅으로 싸우러 가게 되었으니 원컨대 어찌해야 좋을지를 지시해 주시기 바라옵니다."

"대저 장수된 자는 나라의 간성(干城)과 임금의 조아(爪牙)가 되어서 승부를 싸움터에서 결판내야 하는 것이다. 그러므로 반드시 위로는 하늘의 도(天道)를 얻고, 아래로는 땅의 이치(地理)를 얻으며, 중간으로는 인심(人心)을 얻은 후에야 성공할 수 있소. 백제는 오만으로써 망했고, 고구려는 교만함으로써 위태롭게 되었지만 지금 우리나라는 충성과 신의로써 굳건히 존재하고 있소. 우리의 충직(忠直)으로써 저편의 잘못을 친다면 뜻을 이룰 수 있거늘, 하물며 우리는 당나라 대군의 위엄에 의지하고 있지 않은가! 그러니 가서 힘써 그대들 일에 그르침이 없게 하라."

"그 말씀을 잘 받들어 감히 실패함이 없도록 하겠사옵니다."

두 장수가 유신에게 그렇게 답하고 고구려 원정길을 떠났다.

서기 668년 2월, 소열과 소경절, 설례 등은 고구려의 부여성을 비롯한 40여 성을 거침없이 함락시킨다. 소열은 당나라 최고의 장수이자 승리의 보증수표인 자신이 그동안 비록 어려운 상황이 있었다 하더라도 황제와의 약속을 지키지 못한 숙제 같은 것이 남아 있었으니, 이번 전쟁에서는 황명을 이행할 수 있는 절호의 기회라고 확신하며 노령에도 불구하고 자신감에 충만해 있다.

고구려에서는 5만 군사로 빼앗긴 성을 수복하려 애썼지만 설하수에서 3만 명이 죽는 대패를 당하며 퇴각하고 만다. 6월 12일에 당나라의 우상(右相) 유인궤가 고종의 칙명을 받들고 신라의 숙위 사찬 김삼광과 함께 당항진(黨項津, 남양만)에 도착하자 문무왕은 각간 인문을 보내 예를 차려 맞이하게 한다. 이에 유인궤는 신라의 선발군을 이끌고 고구려 땅인 천강(泉岡)으로 향하고, 문무왕 역시 한성주에서 후발 부대를 사열한다.

이때 당나라에서 유신을 신라군의 총사령관격인 대총관으로 임명했다. 이에 문무왕은 유신이 늙고 쇠약한 데다 풍질로 전쟁에 참여하지 못해 서라벌에 남고, 대신 왕이 전쟁에 참여한다고 공식적인 발표를 한다.

하지만 발표 속의 깊은 내막은 고구려가 형제간의 권력 투쟁으로 인해 이미 민심이 이반되어 이번 싸움에서 고구려가 패할 것이라는 전망이 유력했다. 이것을 미리 알아챈 유신은 고구려 멸망 뒤 대당 전략을 세우기 위해 서라벌에 남는 한 수 빠른 술책을 동원했다. 장수는 전략에 능해야 승리하고, 또한 적을 기만하는 전략은 군사들의 희생을 막는 것이어서 정공법보다 변칙적인 전략이 더 좋은 결과를 만든다는 것을 유신은 누구보다 더 잘 알고 있었다.

이후 고구려와의 전쟁에서 신라 여러 장수들이 지도부의 요직을 맡아 공격에 나서게 된다. 진격 방향은 한산주(현 경기 광주)와 비열주(함남 안변), 그리고 하슬라주(현 강릉) 세 곳으로, 수도 서라벌에서 북쪽을 향해 진격한다.

6월 22일, 유인원이 신라의 귀간(貴干)인 미힐(未肹)을 보내 고구려의 대곡성(大谷城, 황해 평산)과 한성(漢城) 등 2군 12성이 항복해 왔음을 알린다. 신라군 장수인 인문, 천존과 한성주총관 박도유(朴都儒) 등은 일선주(현 구미) 등 일곱 군과 한산주의 병마를 이끌고 당의 군영 쪽으로 진군했다.

6월 27일에는 드디어 문무왕 자신이 서라벌을 출발했고, 이틀 뒤 여러 도의 총관들이 일제히 출발했다. 이후 당군 총사령관 이적을 만난 신라의 김인문은 고구려의 평양 북쪽 20리 되는 지점인 영류산 아래까지 나아가게 된다.

7월 16일, 문무왕은 여러 총관들에게 당군과 회합할 것을 명했다.

한편 비열주행군총관 김문영 등은 사천(蛇川)의 벌판에서 고구려의 태대막리지 남건이 거느리고 온 군사와 충돌했는데, 함께 있던 당의 번병들이 제대로 싸우지도 못하는 와중에 김문영의 신라군은 앞으로 나서서 고구려군과 맞서 크게 이긴다. 그 뒤 신라군이 이긴 것을 보고 난 다음에야 당군은 겨우 고구려군과 싸우는 척했다.

드디어 운명의 9월 21일, 당군과 신라군이 합류해 평양을 똘똘 에워싼다. 고구려의 연개소문 큰아들 연남생은 이미 당나라군의 향도가 되어 보장왕을 포로로 앞세우고 98명의 수령을 이끌며 백기를 들고 항복한다. 신라군의 대당총관 김인문이 보장왕을 이적 앞에 데려가 꿇어앉히고 그 죄를 세었다.

"무릇 전쟁이란 세상의 모든 불행 중에서 가장 비극적인 것이다. 그런데 보장왕은 전쟁을 좋아하는 나라를 이끌어 온 죄를 지고 지금 이 자리에 꿇어앉아 있다. 포악한 자가 권력을 잡아 반역의 칼을 뽑았으니 그 죄는 하늘이 다 안다. 호전적인 나라는 반드시 전쟁에 패하고 전쟁에 패한 왕은 힘없는 포로 신세가 되어 눈물을 흘리게 되는 법이다. 고구려는 전쟁을 좋아해 사람의 해골이 산야(山野)를 덮었으며, 땅은 백제와 신라를 합한 것보다 5배가 넘었지만 곡식 수확은 5분의 1에도 미치지 못했다. 전쟁에 징발되어 나간 장정들이 많아 3분의 1이 먹고 노는 좌식자(坐食者)가 되었으며, 또한 전쟁에 나가 많이 죽다 보니 형의 아내를 동생이 차지하는 형사취수의 어지러운 혼풍이 도덕 문란을 자초했으니 이 또한 죄가 아닌가? 하늘이 무심치 않아 이렇게 정죄했으니 이제 패망한 나라는 궁전이 필요 없는 것이다. 이 왕국은 전쟁으로 끝나고 말았으니, 복수보다 용서가 나을 것이다. 그래서 하늘을 우러러 모든 걸 용서하고 백성들이 함께 덕을 이루며 태평하게 살 수 있도록 함을 여기에서 준엄하게 선포하는 것이다."

보장왕은 고개를 들지 못한 채 흐느끼고만 있을 뿐 더 이상 아무 말도 하지 못했다. 겉으로 흐르는 피보다 속으로 끓는 피가 더 아프다는 것을 절감한다. 왕은 연개소문의 아들끼리 벌인 다툼으로 고구려가 이렇게 쉽게 당나라의 희생양이 되는 게 너무 억울하기만 했다.

백제에 이어 고구려도 역시 패전의 이유와 상관없이 '전쟁에서 굴복하는 바보들은 불쌍하다.'는 것을 입증시켜 준다. 나흘 뒤인 9월 25일, 신라의 5백 기병을 필두로 한 군사들이 먼저 평양으로 들어가고, 뒤따라 당나라 군사들이 들어가 마침내 평양을 함락시켜 거대하고 강인한 대고구려의 700년 왕조가 이렇게 힘없이 허무하게 무너지고 만다.

고구려의 멸망은 신라보다 당나라가 더 큰 축제 분위기다. 그동안 수나라나 당나라가 고구려에게 당한 패전과 치욕은 그리 단순하지 않았기 때문이다. 전쟁의 후유증으로 인해 수나라 왕조가 망하고, 당나라는 전쟁 비용으로 인해 백성들의 허리가 꺾일 지경이었다.

고구려 사람들은 독수리 날개와 올빼미 눈을 가지고 있어 무척 영민하며, 또한 워낙 호전적이라 조금만 한눈팔고 있으면 세력이 번성해 요동지방을 거쳐 실크로드를 내달려 곧잘 돌궐과 흉노의 손을 잡았다. 그동안 고구려가 당나라의 머리 위에 올라앉아 곳곳에다 둥지를 틀고 알을 까는 형국이었으니 늘 고구려 정벌의 두통이 생길 정도로 당나라에겐 숙적이었다.

그러나 이외로 쉽게 무너져 버린 고구려, 하지만 절대 약하지 않았으나 연개소문 아들들이 내분에 휩싸여 민심이 이반되고 나라의 근간이 흔들린 것이 문제였다. 권력을 쥔 자들의 욕심으로 인해 700년 사직이 일순에 우르르 무너져 내렸다. 패장은 할 말이 없듯 무너진

나라에서는 권력자의 아들을 응징할 충신조차도 이미 없다. 왕과 왕자와 고구려 백성들이 당나라로 잡혀가고 평양성은 비어 있는데 누가 새로 국력을 결집해 고구려를 부흥시킬 수 있겠는가.

평양성이 함락된 뒤 이적은 보장왕과 왕자 복남(福男)과 덕남(德男) 그리고 대신 등 20여 만 명을 이끌고 당나라로 돌아간다. 이때 각간 김인문과 대아찬 조주(助州)도 이적을 따라 인태, 의복, 수세, 천광, 홍원 등과 함께 당으로 들어갔다. 고구려 백성들을 그대로 두면 다시 불씨가 되므로 당나라로 데려가 아예 되살아날 뿌리조차 뽑아 버리는 극악한 조치였다. 강인한 뿌리를 가진 백성들을 깨끗이 뽑아내 버리고 그 자리에 당나라의 새로운 통치로 자신들의 뿌리를 심을 요량이니 이들의 꿍꿍이셈은 한반도를 통째로 집어먹는 것임을 확연하게 보여 준다.

그런데 이상하게 전쟁이 끝났는데도 소열은 당으로 돌아가지 않고 정예병 2만 명과 함께 평양성에 머물러 무엇인가 비밀리에 숙의를 하고 있다. 사람의 마음이란 장에 갈 때와 집으로 돌아올 때 마음이 얼마든지 다를 수가 있다. 고구려를 멸망시켰으면 소기의 목적 달성을 한 것인데 또 무슨 일이 있을까 이상한 의문이 생길 수밖에 없다. 그들은 유신이 예측했던 것처럼 신라를 탐하는 모종의 계책이 있는 듯했다. 이미 몸이 굽어져 있으니 그림자가 곧바르다고 우겨 본들 누가 그걸 믿겠는가.

당나라 손에는 고구려의 왕과 왕자와 포로들이 주저리주저리 달려 있으나, 신라는 전후에 거의 쓸쓸한 빈손뿐이다. 그래도 문무왕은 당나라 장수들이 베풀어 준 그간의 노고를 치하하기 위해 인사차 서라벌을 출발해 평양으로 가고 있었다. 힐차양에 이르니 당의 여러 장수가 이미 본국으로 돌아갔다는 말을 듣고 왕이 다시 되돌아온다. 간이하게라도 승전 잔치를 준비하려 했는데 아무 말 없이 돌아갔으니 무시당한 느낌도 들었지만, 후일 그들과 피할 수 없는 일전을 위해서는 차라리 잘된 일이라는 생각이 들기도 했다.

유신은 흠춘을 통해 소열에게 당나라가 고구려를 멸해 준 것에 대해 무한 감사하다면서, 유신의 밀서를 전달한다.

내가 베푼 은혜는 잊어버려도, 남이 베푼 은혜를 잊어버려서는 안 된다는 말이 있는 것처럼 소장은 당나라가 우리 신라에게 베푼 그간의 은혜를 결코 잊을 수 없습니다. 불구대천의 원수를 갚아 주셨으니 승전 잔치를 겸해 그간의 노고를 위로 드리고자 합니다.

이제 신라에게는 평화 이외에는 달리 다른 소원이 없사오니 태평연월의 날이 다가오리라 믿습니다. 저는 고령의 나이에 풍병까지 얻어 거동이 여의치 않은 관계로 지난 사수전투(蛇水戰鬪)에 참여하지 못했음을 매우 죄송스럽게 생각합니다.

신라와 고구려와 백제의 중간 지점이며 반도의 단전에 해당하는 관문현에다 조용하고 편안한 자리를 마련하고, 저희들은 장군님이 오시길 학수고대하며 그날을 기다리겠습니다.

신라 상대등 김유신.

그동안 신라는 백제 고구려를 멸하기 위해 무수한 목숨이 희생되었고, 9년여 동안 피비린내 나는 전쟁으로 말할 수 없는 불행이 이어졌으니 얼마나 힘들고 가슴 아픈 일인가. 이젠 화합하여 하나가 되고 한마음으로 통하는 평화의 나라 백성들이 되기를 갈망하는 뜻에서 신라가 기쁨을 함께 나누는 잔치를 마련한다는 건 누구나 상식적으로 생각할 수 있는 기본 예인 것이다.

  하지만 유신의 전략과 전술은 남보다 워낙 뛰어나서 백전백승의 명장으로 불리고 있으니 상대가 그 진의를 읽어 내기란 여간 쉽지 않은 일이다. 하지만 우물을 들여다보고 있어도 우물만 보지 않고 하늘까지, 그 하늘의 구름과 심지어는 낮 하늘에 뜬 별까지 읽어 내는 능력이 있다는 걸 감안한다면 소열은 잔치를 베푼다는 유신의 본래 의도를 너무 순진하게 받아들인다는 건 한수 아래라는 입증이 아닐까.

소열의 용의 눈 그리기

'걸어 다니는 십만 대군'의 소열은 명실공히 당나라를 대표하는 장수다. 그가 지금껏 수많은 전쟁에 참여했지만 그건 자신이 그리고자 했던 용의 몸통을 그린 것에 불과했다. 고종이 백제 고구려와 신라를 멸하면 그곳의 일부 통치권을 준다고 했으니, 이제 신라가 차려 주는 잔칫상만 받으면 고종의 꿈이 완성되므로 그는 당연히 용이 될 수밖에 없다고 생각한다.

그림에 남은 마지막 눈 두 개, 그걸 그리기 위해 지금 그의 손엔 붓이 들려 있다. 그가 눈을 그리는 순간 소열은 아들 소경절과 함께 용이 되어 최고의 자리에 오른다. 그동안 파란만장한 형극의 험로를 지나 드디어 천하를 얻고 영세불망의 축복을 받게 되는 꿈의 실현이 눈앞에 보인다.

그래선지 소열은 근자에 몹시 들떠 있고, 호흡이 고르지 못하며, 몸이 공중에 뜬 기분을 자주 느낀다. 그의 나이 73세, 천하장수라도 나이 앞에서는 꼼짝없이 굴복하고 마는, 점점 기력이 저하되고 백발마저 빠지며 몸과 마음이 예전과 다르다는 게 확연하다. 그런데다 최고 강적인 고구려를 꺾은 황홀한 기쁨으로 몸이 잔뜩 항진되어 있으니 체감되는 기운 편차가 클 수밖에 없다. 그랬어도 이 절정의 기쁨을 눈앞에 두고 소열 부자는 둘이 술을 나누며 그간의 노고를 자축하기에 이른다.

"내 자랑스런 아들 경절아, 드디어 우리는 해냈다. 이제 남은 일은 왕관을 쓰기 전 신라를 멸하는 일만 남았다. 공식적으로는 전후 사정을 정리하는 것처럼 우리가 평양에 머물고 있지만 나는 요즘 빨리 신라를 치고 싶어 하루하루가 몸살 기운이 도는구나. 이제 용의 눈을 그리면 우리의 꿈이 이루어지니 차분히 그날까지 최선을 다하도록 하자."

"이 모든 것은 훌륭하신 아버지의 위업과 은덕입니다."

소열은 유신이 전해 온 밀서를 품안에서 꺼내 자랑스러운 듯 소경 절에게 보여 준다.

"오늘 유신으로부터 서한이 왔다. 우리에게 감사하다는 말과 승전 잔치를 마련하겠으니 와 달라는 내용이다."

"어디서 잔치를 열어 준다는 말입니까?"

"그곳은 신라에서 최고 요새지로 손꼽는 관문현이라는 곳이란다."

"아버지, 그렇다면 좀 이상한 느낌이 듭니다."

"그게 갑자기 무슨 말이냐?"

"하필이면 요새지에서 잔치를 열어 준다는 게 왠지 이상하지 않습니까? 혹시 신라에서 무슨 함정이라도 만들어 놓고 있는 게 아닐까요?"

"하하, 우리 경절이가 제법 상대방 수를 읽어 낼 줄 아는 장수가 되었구려. 그런데 김유신은 지금 풍병에 걸려 거동이 불편할 뿐 아니라 신라 군사들이 오랜 전쟁에 지친 데다 이번 전쟁 후 논공행상에서 소외되어 사기가 아주 바닥에 떨어져 있다. 그러니 그들은 어쩔 수 없이 우리에게 백기를 드는 것이다. 유신 같은 유능한 장수는 승산이 없는 전투를 절대 함부로 일삼지 않는 법이다. 그러므로 네 걱정은 기우일 뿐이다. 다만 신라와 충돌하게 되는 경우가 생긴다 하더라도 우리는 승리로 기세가 오른 정예병이 있다. 한편 그곳 관문현이 사람의 목구멍처럼 생긴 최고의 요새지이기 때문에 우리가 그곳을 뚫어 내기가 어려울 터인데, 그들 스스로 길을 열어 주는 격이니 오히려 득이 되는 것이다. 그렇지 않아도 황제 폐하의 약속대로 신라를 쳐야 하는데 어떻게 싸움을 시작할까 빌미를 찾던 중이었다. 그런데 갑자기 유신이 길을 열고 자리까지 펴 주니까 이 얼마나 고마운 일이냐? 얼마 되지 않아 반도에는 세 명의 왕이 다 사라지고 한 명의 왕만 남을 것이며, 그 왕이 바로 내가 아니겠느냐."

"예, 아버지 말씀을 다 듣고 보니 정확하신 판단인 것 같습니다. 일이 이렇게 술술 잘 풀리는 걸 보니 하늘이 우리 편인 것 같습니다."

부자는 그날 밤 넉넉하게 술을 나눈 후 각자 잠자리에 든다. 오랜만에 편하게 드는 행복한 잠이었으나, 꿈속에서는 용틀임치는 용꿈으로 온몸의 잠꼬대로 이어진다. 이제 며칠 후면 관문현으로 내려가 승전 잔치에서 축하를 받고 거기서 조금 더 내려가면 서라벌, 계림도독인 문무왕을 잡아 황해를 건너면 마침내 고난의 종지부를 찍고 황금 왕관을 쓰게 되는 것이리라.

다음 날 아침이 밝아 온다. 만세를 부르듯 기분 좋게 일어나야 할 소열이 잠자리에서 일어나지 못한다. 소경절이 이상한 낌새를 차리고 침소를 찾으니 이상한 신음 소리를 내고 있다. 그동안 과로에다 시월의 살추위가 몸살을 일으킨 것이 아닐까? 나이가 들다 보면 먼저 감기가 들어 큰 병으로 이어지는 경우가 더러 있으니 소경절이 경사를 앞두고 적잖이 걱정스럽다.

"아버지, 몸이 좀 불편하신 듯합니다. 의관을 불러 약을 처방해 올

273

리겠습니다."

　하지만 약을 먹고 그다음 날이 되어도 오히려 몸이 천근이고 기력이 더 쇠하여 간다. 그러자 소열은 아들을 부른다.

　"아들아, 내가 쉽게 자리를 털고 일어나질 못할 것 같구나. 그러니까 지금부터 네가 내 복장을 하고 관문현으로 나아가도록 하거라. 지체되면 될수록 우리 뜻을 이루기가 어려워진다. 여기 신라 왕이 선물한 딴머리가 있으니 이걸 머리에 쓰면 네 나이가 스무 살은 더 들어 보일 수 있으니 아무도 널 의심치 않을 것이다."

　"아버지, 그게 무슨 말씀이십니까? 하루 이틀 더 늦는다고 낭패 볼 것이 없으니 하루빨리 쾌차하시도록 정성을 쏟겠습니다."

　"아니다. 내가 내 몸을 제일 잘 안다. 지금 내 나이가 일흔하고도 셋이다. 하늘이 부르면 언제든지 떠나야 할 나이인데, 내가 할 일을 다 했다고 생각해서인지 긴장도 풀리고 영판 기력이 없으니 더 길게 다른 말하지 말고 군사들의 출정을 준비하거라."

　"내가 이번 일의 중대성을 감안해 이전처럼 유백영 장군이 너와 동행하게 될 것이다. 매사에 진중하게 행동하도록 하고, 신라 군사들은 아직도 소열이라는 이름만 들어도 십만 군대라고 할 정도로 겁을 먹고 있으니 절대 내가 병이 나서 동행하지 못한다는 건 안팎에 극비로 해야 한다."

　"예, 아버지 분부대로 따르겠습니다."

　그리고 소열이 주머니에서 조심스레 환약 봉지 하나를 꺼내어 소경절에게 내어 주며 손을 잡고 간곡히 당부한다.

　"특히, 밖으로 돌면 장수는 음식에 유의해야 한다. 만약을 대비해 이 약을 식후 한 알씩 꼭 복용하기 바란다. 이 약은 한 알보다 더 먹으면 독이 되지만, 한 알만 먹으면 독을 먹어도 해를 입지 않으니 적어도 분별 있는 장수라면 이런 상비약쯤은 챙겨야 한다. 자고로 실한 뼘, 바늘 하나로도 목숨이 왔다 갔다 하는 게 사람 목숨이라, 결코 작은 것 하나라도 가벼이 여겨서는 절대 안 될 것이다."

며칠 뒤 소경절은 소열의 의관을 착용한 뒤 손뼉을 치며 담소하는 아버지 흉내를 내어 본다. 역시 그 아비에 그 자식이다. 아픈 아버지를 등뒤에 두고 변장한 소경절이 대장군이 되어 유백영과 함께 2만 명의 군사를 이끌고 평양성을 출발한다. 소경절을 소열로 꾸며도 군사들은 모두 감쪽같이 속아넘어가니 역시 모든 게 순조롭다. 당나라 군사들의 기세가 의기양양하고 병졸들도 개선장군 같은 당당함이 넘친다.

한편 소열은 몸이 쉽게 회복이 되지 않자 다른 사람들의 눈을 의식하게 된다. 그러다가 부하를 대동하고 덕물도 옆의 작은 섬인 소야도로 소리 없이 거처를 옮긴다. 소열이 백제를 치기 위해 처음으로 당도했던 그 섬이 왠지 그에게는 고향처럼 편안하고 마음이 끌렸다.

그 섬에 이르자 자신의 상징처럼 부르던 장군바위를 바라본다. 그 바위가 오늘따라 소열의 고향인 무읍현 방향을 향하고 있는 듯 보였다. 남쪽에서 온 새는 언제나 고향 쪽으로 뻗은 남쪽 가지에 둥우리를 튼다고 했는데, 소열도 서해 건너 고향 쪽으로 시선을 오래 둔다.

그러나 소열이 섬에 온 지 며칠이 지나자 점차 눈빛이 흐려지고 이빨 빠진 호랑이처럼 힘없이 자주 주변을 둘러본다. 그러더니 가끔씩 멀리 보이는 무의도를 향해 서서 알아들을 수 없는 비명에 가까운 소리를 질러 댄다. 무의도는 갑옷을 입고 투구를 쓴 장수의 모습을 닮은 섬이고, 작은 소야도가 큰 덕물도를 모시듯, 소무의도가 대무의도

를 보좌하고 있는 형상으로 다가온다. 눈앞의 섬들이 아들이 아버지
를, 부하가 장군을 보필하는 것 같은 환상으로 다가오자 소열은 아들
이 조바심나게 더 그리워진다. 자신의 몸은 회복되지 않고, 주변 섬
들을 바라보면 볼수록 끔찍이도 사랑하는 소경절의 투구를 쓴 모습
이 더욱 눈에 삼삼 그리워진다.

아, 당교대첩

고령가야국이 도읍을 틀고 있던 곳, 고릉(古寧, 함창)에는 중요한 역할을 하는 '떼다리'가 있다. 다리 남쪽으로는 금대산과 두산으로 둘러싸인 윤직전이 있고, 그 앞으로 반제이 내가 흐르고 있다. 이곳은 사벌과 관문현으로 이어지는 요새가 되는 길이고, 서라벌에서 한강 유역으로 진출하거나 백제로 진출하려면 반드시 거쳐야 하는 전략적 비중을 지닌 곳이다. 신라가 백제 고구려를 오가는 동선도 이곳은 비껴갈 수 없는 주요 길목이었다.

그래서 사람들은 남북의 대문이라 하여 가야 때부터 '관문현'이라 불렀다. 문이 되고 길이 되며 단전이 되어 국운이 상승하는 곳이다. 하늘이 내린 영웅이 천하를 지배하기 위해서는 반드시 이곳에다 마지막 방점 하나를 꼭 찍지 않으면 안 되는 성지와 같은 곳이었다.

통일은 신의 비밀이오, 전쟁은 악마의 비밀이며, 포로는 지옥 사자의 비밀이다. 이런 비밀스런 영역을 사람들은 쉽게 침범하고 많이 소유하려 하므로 피비린내 나는 비극이 시작된다. 유신은 이런 비극을 없애기 위해 복숭아 둘로 무사 셋을 죽인다는 도살삼사의 계책을 세워 이 나라를 축복의 땅으로 펼쳐 내려 한다. 머지않아 백의를 숭상하는 선한 백성들이 쌀과 누에고치와 곶감의 남삼백과 흰 바위와 박달나무와 은구어의 북삼백을 지키며 살아온 '쌍삼백'의 신성한 영지에 천부인 3개의 신령한 모습이 드러나며 신비스런 힘을 발현하게 될 것이다.

이런 선택과 은혜는 본디 사람의 일이 아니라 태초부터 하늘의 일이다. 이제 그 하늘의 뜻으로 당나라 군사들이 이곳으로 와서 최후의 만찬을 들며 독의 축배로 전쟁의 죄악을 씻어 내는 그 천국 잔치의 날이 서서히 다가올 것이다.

서기 668년 10월, 유신은 당나라 군사들을 고릉으로 초대해 놓고 잔치 준비에 바쁘다. 철두철미하게 준비해 한 치 오차도 없이 행사를 치러야 하며, 만일 일을 그르치게 되면 오히려 걷잡을 수 없는 피 흘림이 있을 수밖에 없으니 여간 마음이 쓰이질 않는다.

이번 계책은 한마디로 '한 방울의 피도 흘리지 않는 전투'이어야 하므로, 난승 스승이 유신에게 당부한 살생유택을 잘 지키라는 말을 반드시 실행해야만 되고, 그 언약을 지킴으로써 삼국이 하나되는 대업을 선물로 받게 되는 기회이기도 했다. 유신은 전쟁이라는 악의 고리를 끊는 마지막 때가 자연스럽게 찾아온 것으로, 당나라의 검은 욕심을 일소하는 최후의 결전이라고 생각한다.

"대국 하나가 있으면 옆에 있는 작은 세 나라가 망한다고 했다. 백제와 고구려 두 나라가 이미 망하고 말았으니, 세 번째는 우리 신라밖에 없지 않는가. 우리가 망하지 않고 살아남는 방법 중 하나는 욕심으로 가득한 당나라의 손에 든 칼을 뺏는 일이다. 그러려면 피의 전쟁을 치러야 하지만, 난 이 자리에서 무기보다 강한 지략으로 '피를 흘리지 않는 전쟁'을 선포한다. 이번에는 전투 아닌 전략을 성공하기 위해 신라가 천하를 얻는 정점에 서 있다는 것을 자랑스럽게 생각하며 하늘이 내려 준 힘으로 끝까지 공을 들여 하나의 나라를 만들 것이다."

　유신은 부장들에게 이렇게 일장 훈시하고, 전략의 철통보안을 유지하는 것까지 빈틈이 없도록 하나하나를 직접 챙긴다. 그리고 영웅 칭호를 받고 있는 소열을 최후에는 실패하는 패장으로 만들고 말겠다는 것이다. 당나라 군대는 침묵하는 죽음의 군대가 되고, 그 후 신라가 주도하는 삼국의 날을 맞게 된다고 생각하니 만감이 교차하기도 하고, 한편으로 불안감이 엄습해 오기도 한다.
　소열과 장군들을 접대할 젊은 시종들을 준비시키고, 음식과 술을 나를 사람들은 일부 군사들을 변복시켜 잔치의 전후를 서로 잘 조화롭게 만든다. "귀는 가슴으로 통하는 길이 있으니, 귀를 즐겁게 해 줘야 잔치가 즐거워진다."며 유신은 잔치 분위기를 띄우기 위해 신라 삼현인 거문고, 가야금, 비파 연주와 그림자놀이도 특별히 준비한다. 그리고 만일의 상황에 대비해 특별히 훈련된 정예 군사들을 요새 곳곳에 눈에 보이지 않게 분산 배치하면서 유사시 대비책도 완벽하게 마련했다.

　그동안 관문현 하늘재라는 고개에는 문막을 만들어 밤낮을 가려 길을 통제했다. 그런데 욕심이 많은 사람들은 문이 닫기 위해 있다고 말하지만, 욕심이 없는 사람들이 문을 열어 두고 그곳을 지나는 사람들에게 기쁨을 주는 것이라 했다. 남북으로 길을 가는 사람들은 기쁜 소식을 듣고 싶어 기왕이면 다른 고개를 피하고 이 관문현의 문을 통과하려고 했다.
　유신은 고령가야국에서 전해 오던 '이곳에 천제가 내린 천부인 3개가 있다.'는 말이나 고구려 온달 장군이 죽어 가면서도 관문현을 탐한 이유를 잘 알고 있다. 산태극 길태극 물태극이라는 삼태극(三太極) 기운과 금천, 영강, 황산강의 삼강(三江) 기세와 신라 백제 고구려의 삼국(三國) 힘이 한곳에 모이는 단전의 영험한 길지라는 소문이 회자하고 있기 때문이다. '이곳 땅을 밟고 지나는 사람들에게는 경사스럽고 상서로운 일이 생긴다.'는 문희경서(聞喜慶瑞)에다, 여기 지형이 사람 목구멍처럼 생겨 좁은 협곡을 반드시 지나야 하는 천혜의 요새지라는 것도 누구보다 더 잘 알고 있다. 고로 명장이란 대상을 보는 안목이 범인들보다 특별히 뛰어나야 들을 수 있는 호칭이 아닌가.

이런 성스런 땅에서 삼국 통일을 위한 거사를 치를 수 있다는 게 유신으로서는 참으로 다행이었다. 그에게 필요한 건 전쟁이 아니라 통일이다. 그는 통일을 이루기 위해서는 군사에 관한 일이라면 간사한 꾀도 꺼리지 않는다는 '병불염사(兵不厭詐)'를 전략으로 삼았다. 그리고 자신이 죄악시하는 전쟁의 고리를 끊으려면 아무 곳에서나 큰일을 도모해서는 안 된다는 것. 고령가야국이 '전쟁을 증오하고 평화를 사랑했던 나라'였다는 게 이번 잔치를 벌이는 의미에 부합하는 적지여서, 이곳을 마지막 일전의 자리로 선택하게 되었다.

그리고 유신은 대사를 치를 때는 정성을 들이지 않고 함부로 판을 벌여서는 안 된다고 생각한다. 그는 미리 날을 잡아 봉암용곡의 희양산 백운대로 가서 비밀리에 제사를 정성껏 지낸다. 하늘을 떠받고도 남을 듯한 이 거대하고 음기라고는 전혀 보이지 않는 성성한 그 봉우리의 양기와 근육질의 바위산을, 어느 스님은 '완전무장한 장수가 말을 타고 거침없이 달리는 형상'이라 했으니 결전을 앞둔 장수가 보면 숭모의 대상이 될 수밖에 없다. 먼저 산 동물의 피로 제사를 올려 사람들이 피를 흘리지 않고 삼국천하를 얻는 그 평화의 성지가 되게 해달라고 잔을 올리고 충심으로 천신께 기도를 드렸다.

잔치 준비가 완료되자 마지막으로 윤직전에 자리 배치를 해 본다. 특별석과 상석을 만들어 소열과 장군들을 더 편하게 앉도록 하고, 그 대궐의 뜰과 바깥마당으로는 넓게 자리를 펴 수많은 군사들을 집결시켜 음식을 한 장소에서 먹도록 정리한다. 무색무취의 독은 술에다 타고, 반찬과 안주는 가능한 맵게 만든다. 독이란 몸이 뜨거울수록 효과가 높아지기 때문에 그렇게 궁합을 맞춘다. 그리고 먹을 때 맛이 다르게 느껴질 것을 감안해 생꿀을 조금 첨가하는데, 꿀은 체온을 올려 주는 역할도 하므로 약효를 증대시키는 것까지 고려했다.

당나라 군사들이 승리의 기분을 자축하면서 독이 들어 있는 술을 먹으면 먹을수록 체온은 상승될 것이고, 그러면 소리 없이 위점막 출혈이 생겨 이내 죽음에 이르게 될 것이다. 유신은 몸이 병들어 술과 음식은 먹을 수 없고 죽을 먹는다고 공개한 터라 소열의 술자리에 잠시 얼굴만 보일 것이다. 대신 소열의 대면 자리는 죽마고우인 금충 장군이 영접하도록 해 그들에게 예를 갖추고 그들이 부담 없이 편하게 술을 마실 수 있는 분위기를 만드는 것으로 마무리했다.

한편 소경절이 소열로 위장하고 그 노릇을 당당하게 잘 수행해 간다. 행군을 하는 노정이니 군사들과 그렇게 가깝게 면대할 기회가 많지 않은 것도 위장에 도움이 된다. 그렇지 않아도 부자가 많이 닮아 정면으로 눈을 부비고 바라보지 않으면 구분이 곤란하다. 소열이나 소경절이 그동안 숱한 전장으로 다니며 그만큼 풍우에 시달렸다는 말이 아닌가.

신라에서 당나라 군사들의 동정을 살피러 간 첩자가 소경절의 위장 사실을 전혀 모르고 있었으니, 전쟁에선 속이고 속임 당하는 것이 다 통하는 게 평범한 상식이다. 계략이 계략을 서로 흔들지만 누가 더 이기는 계략으로 상대를 속이느냐는 것이 중요한 것이다.

소경절은 평양을 출발하며 소열이 준 환약을 챙겨 먹는다. 끼니마다 식후에 한 알씩 먹으며 아버지의 말을 바르게 새긴다. 당나라 군사들은 신라에서 베풀어 줄 잔치의 환대에 대한 기대감이 새록새록 피어나서인지 표정들이 밝고 분위기도 좋다. 소가 도살장으로 가는 것을 미리 용하게 알아채고 눈물을 흘리는 수준에 비하면, 그들은 소보다 우둔하다는 느낌도 든다.

하지만 그들은 엄연히 세계 최강의 정예병 군사들로서 조그만 나라인 신라의 힘은 그저 새 발의 피 정도에 지나지 않는다고 깔보고 있다. 그동안 거칠고 힘세고 끈질기다고 소문난 나라들을 차례로 모두 평정했으며, 머리 숫자와 무기로나 걸어 다니는 십만 대군이라는 소열 장군이 버티고 있는 한 신라는 아예 적수가 되지 않는다는 자부심을 갖고 있다. 이제 동쪽 반도의 세 나라와 왜를 다 집어먹고 나면 싸울 대상이 없으니 그다음은 세계를 떵떵 지배할 일밖에는 없을 것이다.

소경절은 평양에서 2만 대군을 이끌고 관문현을 향해 남하를 시작, 며칠 뒤 국원성(현 충주) 미륵댕이에 도착해 1박을 한다. 유신이 이들에게 길을 안내하기 위해 사람을 보냈으나 소경절은 괜찮다면서 그냥 돌려보냈다. 군대의 기밀을 캐내기 위한 첩자인지도 모르기 때문이다. 미륵댕이에서 하룻밤을 숙영하면서 산세를 살피는데 골짜기가 오묘하고 함부로 딴 길을 선택할 여지가 없는 병 주둥이 같은 곳이었다.

여기에는 미륵대원(彌勒大院)이라는 작은 절이 있었다. 수도를 하기 위해 몇 사람의 스님만 기거하는 정도이므로 군사들이 부근에서 1박하는 데는 신변상 문제가 생길 소지가 없었지만 소경절은 왠일인지 약간의 불안감을 느낀다. 북쪽(평양)에서 남쪽(서라벌)으로 오가는 길목이라도 골은 깊고 길이 하나밖에 없어 혹여 길손들과 서로 조우할 수는 있으나 그렇다고 누구라도 대군에게 시비할 리는 만무했다.

그날 밤 소경절이 아버지가 준 알약을 먹으려는데 어디에서 빠졌는지 도무지 찾을 길이 없다. 아버지가 손아귀에 꼭 쥐어 준 알약을 소홀히 하여 잃어버린 것은 치명적인 불효라는 생각이 들었으나 지금에 와서는 어쩔 도리가 없었다. 잠시 당황했으나 앞으로 무슨 별일이 있겠느냐면서 걱정은 접어 버린다.

다음 날 다시 군사를 이끌고 미륵댕이에서 관음리로 가는 고개를 넘는다. 이름이 하늘재! 곧 하늘과 맞닿은 퍽이나 순한 재였다. 멀리 주흘산을 바라보며 좌는 포암산, 우로는 월항삼봉을 끼고 앉아 월악산을 조산(祖山)으로 몸을 기대고 있는 듯한 고개는 자못 신비감을 준다. 베옷을 두른 도인이 앉아서 관문현 고릉 쪽을 지켜 주고 있는 지형이라, 이곳을 삼국이 서로 점하려고 치열한 각축전을 벌였다. 불쌍한 중생들이 미륵댕이에서 미륵을 만나고 온힘을 다해 하늘재를 넘어 관음을 보고서야 업을 씻는 고갯길, 어쩌면 하늘재라는 이름은 그곳이 곧 천국의 길이요, 인간이 살아서 천국에 발을 디딜 수 있는 첫 관문이 되는 재가 아니던가.

하늘재 정상에는 커다란 문막(門幕)이 길을 가로막고 서 있다. 신라에서 고구려로 통행하는 문으로 낮에는 개방하고 밤에는 닫아 통행인의 왕래를 막았던 문이지만 이젠 더 이상 필요가 없다. 백제 고구려가 하나되고 신라마저 당나라 손아귀에 들어가 있는데 무슨 경계와 통제가 필요한가. 소경절은 부하를 시켜 당장 그 문을 뜯어 버리라고 날선 목소리로 지시한다.

"여봐라, 저 앞에 우리 길을 막고 있는 이상한 문을 당장 뜯어 버려

라. 이곳은 고구려와 신라의 국경이 아니라 이제 우리 당나라 대제국의 영토이니 아무 필요가 없는 문이다."

소경절의 오만은 소열보다 큰 목청으로 관문현의 하늘을 찌른다. 군사들이 우루루 달려들어 문을 뜯은 후 소경절이 기분 좋게 문막을 통과하면서 더 기세가 등등하다. 관음의 뒷산인 포암산이 암벽이어서 이 암벽 위에서 흘러내리는 자연수로 인해 바위가 유난히 눈부시게 희다. 소경절의 눈엔 신라군이 항복의 뜻으로 거대한 백기를 건 것으로 보여 기분이 점점 좋아진다.

그는 길게 심호흡을 하고 난 뒤 두 팔을 벌려 본다. 좌우로 펼쳐지는 병풍 같은 산들이 그의 호연지기 기세에 눌려 발아래 엎드린 것 같다고 느낀다. 몇 겹의 산들의 품에 안겨 있는 너른 들판이 고령가야국이 있던 도읍지라 하므로, 이제 곧 소경절은 유신이 끓여 놓은 식은 죽을 그저 엎지르지 않고 맛있게 먹어 주기만 하면 될 일이 아닌가.

하늘재에서 반나절을 이동해 황정모리, 수셋골을 지나 살무이들 부근에 도착한다. 산 계곡을 흐르는 물을 따라가다가 도중 유백영이 쉬어 가기를 청하면서 잠시 머문다. 유백영은 사방을 휘휘 둘러보다가 갑자기 주흘산과 눈이 마주치자 순간 눈에서 광기를 발한다.

"소 장군님, 지금 저 산 좀 보십시오. 정자관을 쓴 모습인데다 좌우에 힘찬 용을 거느리고 조금도 빈틈을 보이지 않아 이 산의 기세는 천하를 호령하는 형상입니다. 그래서 이곳은 먼저 지배하고 있는 자의 아성을 누구든 쉽게 무너뜨리지 못하는 강력한 힘을 갖고 있습니다."

"유 장군, 우린 아직 이곳을 지배했다고 하기에는 이르지 않소? 그럼 어찌해야 하겠소?"

"이곳 지명을 당나라가 이미 지배했다는 뜻으로 당(唐), 저 산의 기세와 대항하도록 물을 뜻하는 포(浦)를 붙여서 '당포(唐浦)'라고 부르면 어느 정도 방비가 될 것입니다."

"그렇다면 앞으로 이곳을 '당포'라고 부르도록 명하시오."

유백영이 군사를 시켜 고을 사람들에게 '당포'로 고쳐 부르라 하고, 후일을 위해 이곳 주변 이야기를 좀 더 들어 보라고 한다. 소경절은 대범함도 있지만 때로는 이런 작은 것 하나라도 놓치지 않으려는 소심함이 있었다.

'주흘산 중턱에는 높은 고개가 하나 있는데, 그 고개를 비조령(飛鳥嶺)이라고 했다. 그곳에 사는 새가 영산골에서 평천으로 넘어가려고 매일 열심히 날았으나 산 준령에 가로막혀 단숨에 넘지 못했다. 그러자 그 산속 어딘가에 둥지를 틀고 깃들어 살고 있는데, 그 새는 천자가 보낸 새로 그 새가 비조령을 넘으면 삼국이 하나된다는 이야기가 전해 오고 있다.'는 말을 한 부하가 소경절에게 말한다.

그 이야기를 같이 듣고 있던 유백영이 소경절에게 이렇게 말했다.

"그 새는 필시 서쪽 나뭇가지에 둥지를 트는 당나라에 고향을 둔 길조임이 분명합니다. 얼마 뒤엔 그 새가 당나라 천하통일의 소식을 전해 주게 되리라 생각합니다."

이때 산까치 한 마리가 그들의 머리 위로 날아가자 유백영이 크게 소리친다.

"야아, 바로 당새다! 우리에게 기쁜 소식을 전해 줄 까치다."

"유 장군, 산까치가 당새(당나라 새)라는 말이오? 난 생전 첨 듣는 말이오."

"장군님, 이 나라에서는 '장수'를 '당새(고구려 방언)'라고 부르기도 한답니다. 이 말은 신라가 잔치를 베풀어 우리(당새, 당나라 장수)의 원정길을 절로 열어 주니 그것이 기쁜 소식을 전해 주는 비조룡의 희작(喜鵲)이 되는 까닭입니다. 방금 날아간 산까치가 저 비조룡을 넘어 당나라의 통일을 미리 알려 주는 것 같습니다."

"허허, 미물도 저렇게 우리 편이니 모든 게 순조로이 풀려 가고 있어 듣던 중 반가운 소리로다. 관문현으로 들어올수록 점점 경사스런 소식이 들려오고 있는 것 아니겠소."

실은, 투구꽃의 꽃말이 '밤의 열림'이자 '산까치'이다. 산까치가 자기들에게 기쁜 소식을 전해 줄 것이라고 믿는 유백영의 생각은 아직 좀 성급했다. 까치가 기쁜 소식을 전한다고 하지만 이곳 전설로 보면 산까치가 맹독을 가진 '투구꽃'인만큼 그 반대의 상황이 전개될 수도 있는 점이다. 서쪽 나라 병사들의 투구를 닮은 이 꽃은 어쩌면 기쁜 소식이 아닌 맹독에 의해 목숨을 잃는 불길함의 암시일 수도 있는 것 아니겠는가.

사랑하는 산까치 부부가 있었다. 둘은 늘 행복했고, 이른 아침마다 높은 나뭇가지에서 노래를 불렀다. 그 노랫소리를 처음 듣는 사람은 그날 반드시 좋은 일이 생기곤 했다. 그러나 어느 날 큰 뱀이 나타나 알에서 막 깨어난 새끼들을 잡아먹으려고 했다. 산까치 부부는 혼신의 힘을 다해 처절한 사투를 벌였다. 그 뒤 뱀은 물러갔지만 모성애가 강한 엄마 산까치의 부상은 너무나 컸다.

"여보, 아무래도 더 살지 못할 것 같아요."

"힘내, 아이들이 있잖아. 아이들이 자라서 날 수 있을 때까지라도 살아 주구려."

"이제 더 버틸 힘이 없어요. 우리가 아침이면 행복을 전해 주기 위해 노래하던 그 나무 아래 나를 묻어 주세요."

그렇게 엄마 산까치는 새끼들과 남편을 남겨 두고 세상을 떠났다. 남편 산까치는 아내를 유언대로 나무 아래 정성스럽게 묻어 주었다. 그리고 얼마 뒤 새끼 산까치들은 날기 시작해 하나 둘 둥지를 떠나게 되었다. 마지막 새끼 산까치가 날아간 날부터 남편 산까치는 둥지 아래 있는 아내의 무덤을 떠나지 않았고, 결국 그곳에서 숨을 거두고 말았다.

그리고 이듬해 가을, 그곳에서 꽃이 피어났으니 그 꽃이 바로 투구꽃이다. 새의 발처럼 생긴 뿌리에는 자기를 죽게 한 뱀독보다 훨씬 강한 집독 같은 초오 뿌리를 품고 있었다.

당나라 군사들은 당포 휴식을 끝내고 신북천을 따라 고릉으로 이동하기 시작한다. 계곡을 좀 벗어나니 고요의 소분지가 나오고 더 발길을 재촉하자 제법 너른 관문현의 마원 들판이 나타난다. 좌로는 산의 형세가 봉황이 나래를 치며 하늘로 올라가는 형상인 봉명산이 보이고, 우로는 옥녀봉 기슭에 봉황이 먹고산다는 대나무가 있는 죽실(竹實)이 있으니 거기서 느껴지는 기운이 심상치 않다.

이어 신북천과 조령천의 합수머리에 이르자 유백영의 눈길이 적을 만난 듯 날카롭게 번득인다. 대미산에서 내려온 신북천과 조령산의 초점에서 내려온 조령천이 관문현 마원리에서 합수해 하나가 된다. 이 강은 워낙 협곡 잔도를 거쳐 온 물이라 무사의 기운이 완강하므로 이 기세를 꺾지 않을 경우 함부로 이곳을 지배하지 못하게 된다는 것이다. 유백영은 이런 기운을 사전에 막아야 한다며 부하들에게 또 지시를 한다.

"여기 이 앞에 흐르는 강을 가로지르는 다리 하나를 놓아 무사의 기운을 꺾어야 한다. 지금 군사들은 즉시 섶다리를 놓도록 하고, 이 강

287

의 다리를 '소 장군의 힘으로 가로막아 낸다.'는 뜻으로 '소야교(蘇耶橋)'라고 부르도록 하라."

유백영의 지시를 받은 당나라 군사들이 이를 시행하니 그리 많은 시간이 걸리지 않았다.

다시 거기서 반 마장쯤 내려오니 갑자기 길이 묘연해지고 고깔형 투구처럼 생긴 작은 산 아래 두 물이 합해 물과 산과 길이 서로 부둥켜안고 감싸는 지형이 나타난다. 그 물이 용연 앞에서 한번 용트림친 후 봉생으로 굽이쳐 돈다. 이곳은 어룡(漁龍)이 용오름하며 승천할 기세인 데다 봉황이 활개를 치고 있어 분명히 왕이 날 기운(후일 후백제 시조 견훤 탄생)이 감지된다.

게다가 아래쪽으로 흐르는 영강의 물길은 수태극이요, 강의 물길을 편하게 품은 산들이 산태극이니, 이제 길태극만 찾으면 하늘의 천제도 구경하기 어렵다는 삼태극이라는 천하제일의 길지를 만나는 게 아닌가. 그 앞으로 고모산성을 품고 푸른 강이 말없이 흐르지만 언제나 물길은 관대하고 길은 미래를 열며 산은 하늘의 뜻을 아는 듯하다.

그렇다. 여기가 바로 삼국의 급소인 반도의 단전이자 배꼽 아래 한 치 다섯 푼에 해당되는 곳이다. 이곳에 힘이 있으면 정신이 맑아지고 신비한 힘을 얻으니 나라의 흥망도 단전에 기인하게 된다. 유백영은 정기가 탱천하며 하늘로 무쌍하게 뻗쳐오르는 기운을 강하게 느낀다. 조금 뒤 이곳을 그냥 지나갈 수 없다며 무슨 마땅한 조치를 생각하더니 다소 힘이 떨어진 목소리로 자신의 의견을 말한다.

"소 장군님, 이곳은 하늘의 천제가 임한다는 삼태극 자리입니다. 이곳 태극은 왼쪽으로 돌고 있어 천하를 움직이는 하늘 기운과 같은 방향으로 회전하며 그 힘이 배가되어 강력한 기운을 안고 있으므로 범인들의 접근을 허락하지 않을 것입니다. 그동안 소인이 평생 산하를 누비며 다녔어도 이런 곳은 처음 보는데, 이대로 두면 당나라에게도 후환이 생길 것 같습니다."

"그럼 어찌해야 한다는 말이오?"

"워낙 기운이 센 길지라서 마땅한 방법이 없습니다만, 소야교 아래쪽으로 흐르는 조령천을 '소야천(蘇耶川)'이라 고쳐 부르면 장군님의 강한 기운이 헌걸찬 기운을 막아 주어 이곳에 맴도는 서기를 조금이나마 억누를 수 있을 것입니다."

"허허, 유 장군. 내가 매일 좋은 것을 골라먹고 엄청난 힘을 기르지 않으면 신라에게 꼼짝없이 잡아먹히고 말겠소이다."

소경절은 씁쓸한 표정을 짓더니 이번 유백영의 말은 별로 믿고 싶지 않다는 표정으로 삼태극의 기운에 잘 대비하도록 건성으로 지시하고, 다시 군사들과 길트기에 열중한다. 보통은 사람이 가면 길이 되지만 이곳은 그 말이 적용되지 않는 험지다.

그러다 한참 후 강물을 발 아래 둔 채 고모산성을 끼고돌아 우거진 수풀을 헤치고 나아가니 바위벼랑 길이 어슴푸레하게 나타난다. 토끼만 겨우 지날 수 있다는 벼리길로 당나라 군사들이 네발로 기듯 조심스럽게 이곳을 토끼처럼 오래 기어서 통과했다.

가파른 토끼벼리를 포복하듯 힘들게 지나 견탄 머리를 돈다. 눈앞으로 희미하게 영신들이 다가와 보이는 호측현에 이르러서야 잠방이 깊이로 얕아진 영강을 건넌다. 해가 서산으로 뉘엿뉘엿 넘어가며 땅거미가 스물스물 오른다. 드디어 당나라 대군들이 꿈에도 그리던 윤직전 앞에 당도한다. 유신이 소열 일행을 반갑게 맞이하며 예를 차려 인사를 한다.

"소 장군님, 대군을 이끌고 먼길 오시느라 무척 노고가 많으셨습니다. 그동안 우리 소원대로 백제를 멸해 주시고 고구려까지 무너뜨려 주셨으니 신라의 위대한 영웅이십니다. 덕분에 우린 이렇게 큰 은혜를 입었는데 어찌 대국 군사들을 그냥 돌아가시게 할 수 있습니까?"

"감사하오. 대당제국이 중원을 지배하는 세계 최강의 나라인데 우리에게 협조하지 않는 나라들은 당연히 복속시켜야 하지 않겠소? 당나라 군사의 거룩한 의무는 세계를 하나로 만드는 것이오."

"옛 가야의 얼과 혼이 숨쉬는 역사 깊은 고도인 고릉 땅에도 이제 전쟁 없는 세상이 펼쳐질 것 같습니다. 모든 장수들의 손이 깨끗해지고, 백성들의 손에는 따뜻한 밥 숟가락이 잡히는 그날이 올 것입니다."

"유신 장군, 전쟁이 없는 상태라고 꼭 평화가 아니라고 생각하오. 때로는 전쟁을 없애기 위해서도 전쟁은 필요할 것이오."

"소 장군님, 군사들이 무기를 녹여 농기구를 만들고, 소를 끌어 밭을 가는 세상을 좋아하지 않을 사람은 없을 것입니다. 이제 잠시후 행장을 푸시고 오늘 밤을 기분 좋게 맘껏 회포를 풀도록 하시지요. 그런데 소 장군님을 덕물도와 사비성, 그리고 이번이 세 번째 뵙는데 어떤 이유에선지 오늘 따라 더 젊어 보이십니다."

유신의 말에 소경절이 흠칫 놀라는 표정이었다가 안색이 금세 정상으로 돌아온다.

"하하, 칠십이 넘은 나이에도 이렇게 건강하려면 자기만의 회춘 양생법이 따로 있어야 하지 않겠소. 그건 비밀이니 더 묻지 말았으면 좋겠소."

이윽고 술시가 되어 속이 출출해지자 당나라 군사들은 준비된 자리에 바투 앉아 침을 삼키고 있다가 잘 차린 잔칫상을 받는다. 깊어 가는 가을 밤, 국화 향기는 그윽하고, 음악과 춤과 고기와 안주와 술이 있는 그림자놀이 앞에서는 신선이 이곳에 있더라도 마땅히 혼미할 것인데, 사람인 이상 어찌 정신 줄을 제대로 당길 수 있을까.

그래서일까? 예로부터 영토나 벼슬, 술이나 여자이건, '탐욕을 좋아함은 짐새의 맹독과 같아 절대로 생각해서는 안 된다(貪慾鴆毒因著惑).'며 선인들이 과한 욕심을 금하라고 훈계했다. 어찌 보면 이런 잔치에 마음놓고 한번 빠지는 것도 탐욕이어서 고귀한 왕자가 갑자기 무일푼의 거지로, 위엄 있는 장수가 힘없는 포로처럼 전락할 수도 있다는 것 아니겠는가.

'둥 두두두둥, 땅 땅다다다 땅.'

"호오, 그 악기 연주 소리가 참으로 아름답구려. 음악 속에 흐르는 청아하고 섬세한 기상이 마음을 더욱 흔들고 있소."

"소 장군님, 격찬해 주시니 송구스럽습니다. 이 가야금 소리는 고령 가야국 애련 공주가 백성들을 위해 사랑으로 심은 뽕나무의 잎을 먹고 자란 누에실로 현을 매어 소리가 더 곱다 합니다. 진작 이런 자리를 마련해 드렸어야 하는데 죄송스럽습니다. 이 몸은 노쇠한 데다 풍질을 얻어 술과 씹는 음식을 입에 대질 못하니 본인 대신 금충 장군이 술벗이 되어 줄 것이오니 맘놓고 즐기시기 바랍니다."

그러고는 유신이 전 군사들의 술잔을 모두 채우게 하고 건배 제의를 한다. 2만의 당나라 군사들이 술을 한 잔씩 채우자, 유신의 건배사가 짧고 굵게 잔치 분위기를 압도한다.

"당당한 당나라여, 신나는 신라여, 다 같이 마시여, 하나를 위하여."

건배 뒤에는 "~여, ~여, ~여, ~여!"라는 삼국구호가 여운을 길게 남긴다. 이렇게 건배가 끝나자 유신은 양해를 구하고 자리를 슬며시 뜬

다. 그리고 금충은 남아서 뒷자리를 지키며 소경절과 최후의 만찬을 나누면서, 당나라 군사들의 마지막 순간을 지켜볼 참이다.

뒤이어 고령가야국 후손이라고 자처하는 이 고을의 선비 구향이 자신이 쓴 시 한 편을 운치 있고 울림 있게 읊는다.

어둠은 검다
어둠에 어둠을 더한다 하여
더 짙어지지 않고
그냥 그대로 검다
검은 것들이 움직이는 밤이면
비밀이 지배하려 하지만
실상은 꼬리 숨긴 그림자들의 집합
그 괄호 안에는 눈부신 빛이다
서로 포개고 뭉개고 춤추는
어둠의 백병전에서
칼은 없어도 비명이 들리고
빛은 숨어서
어둠의 눈을 겨눈다
진실을 보려면
빛으로 나가야 하고
빛을 보려면
그림자를 키워야 하는 것
키 작은 정오의 그림자가
빛의 감옥을 지키는 간수일 뿐
어둠은 빛으로 그린 지도 위에

등대를 세우고
빛은 몸으로 빚은 그림자놀이에서
눈먼 술래를 낳는다.

시낭송이 끝나자 군사들의 박수갈채와 함께 재창(再唱)을 원하는 함성이 일시에 터져 나온다. 그러자 구향이 잠시 망설이더니 그림자놀이의 분위기를 잘 드러내는 시 한 편을 다시 낭송하기 시작하자 곁에 있는 사람들의 숨소리가 들릴 듯 조용해진다.

어스름 저물녘
바람만 읽을 수 있는
벽화를 그린다
하얀 벽에 그림자로 살랑이는
나뭇잎 한 잎
외로운 목어를 닮았을까?

두드려야 들리는 소리를
흔들고 있는 나무는
아직 색깔을 고르는 중
깊어 가는 노을 속에
어둠은 선명하게
가랑잎 낙관을 찍고 있네.

두 번째 낭송을 듣고 나서 이대로 그냥 있을 수 없다는 듯 군사들이 서로 권하며 술을 한 잔씩 비운다. 가을 밤은 술발이 잘 받는 데다가 시낭송마저 더하니 어찌 품위 있게 술 한잔씩을 더 기울이지 않겠는가.

그런데 소경절이 짐짓 무슨 낌새를 차렸는지 첫 잔만 입술에 대었다가 술잔을 내려놓고 그 담엔 아예 미동도 하지 않는다. 그는 유신이 술을 먹지 않고 자리를 피했으니 혹시 술에 문제가 있을 수 있다는 생각이 든 것이다. 소열이 말한대로 음식에 독을 넣을 수 있으므로 매일 식후에 독을 해독하는 환약을 챙겨 먹으라고 당부했지만 며칠 먹다가 잃어버렸으니 혹여라도 큰 화가 생기지 않도록 잘 대비해야 하기 때문이었다.

소경절이 술을 마시지 않자 금충도 속이 탄다. 유신의 계획에서 가장 중요한 인물이 독살되지 않고 살아남는다면 이번 계책은 실패로 돌아가고, 그 뒤에는 나당 간 엄청난 외교적 파장이 예상되기 때문이다. 소경절은 약간 미간을 찌푸리며 괴이한 눈빛으로 주변을 꼼꼼이 살피더니 금충 장군과 시중드는 복화에게 각각 술을 부어 그 자리에서 마시라고 권한다. 혹시 술에 약이라도 탔다면 금충과 복화는 술을 먹지 않으려고 할 것이었다.

"소 장군님, 소녀가 이렇게 높으신 분의 잔 받는 것을 큰 영광으로 생각하옵니다. 이 잔은 먹은 것으로 하고 저는 시중드는 일에 열중하렵니다."

복화의 대답에 술에 정말 문제가 있다고 판단한 소경절의 표정이 일그러지며 판을 뒤엎기 직전 금충이 한마디를 거든다.

"소 장군님, 내가 이 술을 단숨에 한 잔 쭈욱 마시고 소 장군님께 올리겠나이다."

재빨리 금충이 술을 단번에 비우고 난 뒤 소경절에게 잔을 건네자 다소 안도하는 눈빛을 보이며 술을 받는다. 그리고 확실히 짚자는 의미에서 소경절은 복화와 둘이 건배를 하자고 하며 다시 잔을 내려놓는다. 복화는 아무것도 모른다는 표정으로 소경절의 제의를 뿌리치지 않고 같이 한 잔을 말끔히 비운다. 분위기도 무르익고 몸에서는 서서히 취기와 독기가 꿈틀거리기 시작한다.

　낙엽이 지는 가을 밤, 화분에 담긴 국화가 고결하게 등장한다. 아름다운 자태를 자랑하던 여름 꽃들이 시든 다음 국화가 피어나고, 그 꽃은 금방 지지 않고 오래도록 견디며, 긴 숨을 쉬도록 향기롭고 고우면서도 화려하지 않으며, 깨끗하면서도 싸늘하지 않은 꽃이 금방 하늘에서 내려 준 듯 신선하다. 이제 그림자놀이가 천천히 시작된다.
　빼어난 국화를 촛불의 그림자를 통해 즐긴다. 국화의 위치를 정돈해 벽에서 약간 떨어지게 한 다음, 적당한 곳에 불을 돌려 가며 국화를 비춘다. 그랬더니 기이한 무늬, 이상한 형태가 홀연히 벽에 가득하다.
　그중에 가까운 것은 꽃과 잎이 서로 어울리고 가지와 곁가지가 정연하여 마치 묵화를 펼쳐 놓은 것과 같다. 그다음엔 너울너울하고 어른어른하며 춤을 추듯이 하늘거려 마치 달이 동녘에서 떠오를 때 뜨락 나뭇가지가 서쪽 담장에 걸리는 것과 같다. 이같은 그림자 꽃놀이로 소경절과 유백영은 수준 높은 잔치 분위기에 흠뻑 빠져든다. 이럴진대 한 순배의 술을 더해야만 별유천지비인간이 아닐런가.

　잠시 뒤 거문고와 가야금과 피리로 합주하는 음악이 흐르자 눈과 귀를 더 집중하게 만든다. 거기엔 국화의 그림자가 음악과 함께 어우러지고 그 가운데 예인 한 사람이 나와 가야무를 춘다. 춤사위마다 은은한 향기를 뿜고 있다가 바람을 타고 기묘한 자태로 변하며 '나의 이런 모습을 언제 보았느냐.'고 묻는 듯하다. 푸른빛이 감도는 옷자락이 율동을 주고, 선이 고운 능숙한 손놀림과 우아한 동작이 물 흐르듯 바람이 부는 듯 달이 떠오르는 듯하다. 시와 술과 음악과 춤, 그리고 국화와 가을 밤을 느끼고 물들다 보니 바로 이곳이 곧 이상향이 아닌가.

소경절이 취기가 거나해져 갈 때 가야금을 뜯으며 장가를 부른다.
"큰 바람이 일어나니 흰 구름이 날리는구나. 가을 서리가 날리니 나뭇잎이 떨어지는구나. 난에는 꽃이 피고 국화에는 향기가 있구나. 사생(死生)에는 때가 있으니 즐길 때가 얼마인고. 아름다운 나라에 어떻게 군사를 얻어 사방을 힘으로 잡겠는가. 덕으로 베풀고 덕으로 살아야 하늘이 복을 내리는 것이라. 큰 바람이 지고 흰 눈이 내리는구나. 세상이 순백으로 빛나는 하나가 되는구나."
노래가 끝나자 서로 권커니 잣거니 잔치 분위기에 더욱 몰입되어 춤까지 춘다. 그렇게 술에 취하고 국화향에 취하며 음악에 취하더니 하나 둘씩 춤을 추는 듯 몸을 흐느적이다 힘없이 바닥으로 구겨지듯 스러진다.

짐주는 맛이 미미하게 쓰지만 꿀과 조화되어 자극적이지 않으며 목을 잘 넘어간다. 목을 타고 술이 넘어가면 속이 타들어 가는 게 아니라 오히려 속이 편해지면서 긴장이 풀어져 온몸이 이완된다. 시간이 지날수록 통증이 오는 게 아니라 눈앞에 땅거미가 오르고 마음이 점점 슬퍼지며 눈물이 조금씩 스미는 느낌으로 음악과 춤과 함께 환각에 빠져든다. 식은땀이 나고 한기가 들며, 맥박이 느려지고 위에서는 점막출혈이 생기면서 피를 토하며 몸이 무너진다. 게다가 홍신석의 독성이 부자와 섞여지니 번조로 미칠 것 같고, 명치 부위가 휘젓듯이 아프고, 머리가 빙빙 돌아 토할 것 같더니 이내 얼굴과 입이 검푸르며, 사지가 싸늘하게 식어 간다.
장수는 싸움터에서 죽는 게 답이거늘, 어찌 당교 잔칫상이 제사상으로 바뀌어 그곳에서 죽게 된다는 건 누구도 상상을 못할 일이다. 미끼는 술이었고 이제 무덤 안에서 실컷 술이나 마시고 오래 취해야 할 일이다. 술은 첫 잔을 들 때와 마지막 잔을 비울 때 그 뒤에 어떤 일이 벌어질지 모르는 것. 한 잔을 마시면 바보가 되고, 두 잔을 마시면 미치게 되고, 석 잔을 마시면 익사하게 된다는 말이 그대로 들어맞은 당교에는 덕과 지혜와 용맹을 가진 유신의 승리의 깃발이 나부낀다.

건장한 장수 소경절도 유백영도 같이 스러지고, 소경절이 머리에 쓴 딴머리가 바닥으로 떨어져 뒹굴고, 스러진 사람들은 다시 일어나지 못한다. 스러진 당나라 군사들이 고랑을 이루고 둑을 만들며 그 둑이 쌓여 작은 산이 되어 간다. 그런 주검 앞에서 환호하며 소리치는 신라 군사들이 있다.

"야아, 당새, 당나라 소열이 당교에서 죽었다. 만세, 만만세! 당당, 위풍당당을 신라가 죽였다! 배가 부른 군사는 전투도 도주도 잘 못한다. 이제 자기 배를 채우고 죽은 자는 아무도 애도하지 마라. 귀한 짐주를 먹고 천하태평하게 죽은 자들을 이제 다리 밑에다 묻고 꼭꼭 밟아 주어라."

몇 시간 뒤 유신이 현장에 나타나 군사들과 함께 즐비한 주검들을 수습한다. 이때 미처 챙기지 못한 것이 있었으니 바로 금충 장군과 복화였다. 둘 다 스러져 거의 의식을 잃은 상태다. 서둘러 해독을 위해 준비한 잔대뿌리와 칡뿌리를 섞어서 우려낸 즙을 먹인 뒤 손으로 배를 압박하며 인공호흡을 반복한다.

한참 후 복화는 술을 토해 낸 후 겨우 의식을 차렸으나, 금충은 노령이라서 그런지 아무 소식이 없자, 끝내 유신이 눈물을 흘리며 금충의 주검 앞에서 무릎을 꿇고 흐느낀다.

"존경하는 나의 친구 금충 장군! 자네 같은 훌륭한 화랑이 있어 신라가 소열을 꺾을 수 있었소. 우린 선덕여왕이 당한 '모란꽃 모욕'을 오늘에야 '투구꽃 짐독'으로 깨끗이 되갚음하였소. '꽃에는 꽃'으로 복수를 한다는 말이 이제 신라인의 입에서 입으로 오래도록 전해질 것이오. 금충이야말로 진정한 화랑이오. 끝 날까지 삼국이 하나되기를 원하며 목숨 바쳐 당나라 최고의 명장 소열을 죽였으니 이보다 공이 큰 장수가 어디 있는가? 친구이자 화랑이자 신라 장수인 나의 보루여! 이제 전쟁 지옥을 떠나 전쟁 없는 천국으로 부디 잘 가시게. 나도 뜻을 거의 다 이뤘으니 친구의 길을 뒤따라갈 것이오."

유신의 상상을 뛰어넘는 특별한 계책으로 당나라 정예군에게 칼부림 하나 없이 대승을 거둔다. 아름다운 무대와 편한 객석에 앉아서 독이 든 술과 국화와 음악으로 이긴 피 한 방울 흘리지 않은 신라의 완벽한 승리였다. 당나라 군사 2만 명을 깨끗이 독살하고 신라 장군 금충만 희생당한 이 대첩은 유신 일생의 전투 중에 가장 빛나는 전투였다.

움직이는 삼국이라는 유신이, 이젠 움직이지 않는 삼국 통일의 쇠말뚝을 박은 곳, 이곳이 바로 당교, 당나라 최강의 군사들이 몰살한 다리로 일명 떼다리가 된 것이다. 전쟁에서는 이기거나 지거나 죽거나 살거나 하면서 나라를 구하거나 망하기도 한다. 그렇다고 전쟁 업적이 평화 업적보다 크다고 할 순 없지만 예로부터 수천 명을 죽이는 전쟁은 특별한 명칭을 붙인다. 그래야만 역사는 명예로운 기술이 되고 불멸의 명성이 되며 전쟁이 없는 평화가 지켜지기에 유신은 이를 일러 '당교대첩'이라 부르도록 지시한다.

당교 소식을 접한 당나라 고종은 하늘이 무너질 듯 크게 경악하고 분노한다. 소열이 끝내 자신과의 약속을 지키지 못한 것도 자존심이 상했으나, 그보다 자신이 믿고 도와준 신라의 배신이 머리의 피를 거꾸로 돌게 만든다. 이젠 더 이상 무엇으로도 용서할 수 없는 최악의 상황이 도래한다. 측천무후는 고종의 때늦은 분노를 이해하면서도, 이 결과는 한두 사람을 너무 믿은 어리석음의 탓으로 돌리고 빨리 군사를 정비해 기필코 신라를 멸하자고 권면했다.

한편, 당교 소식도 모른 채 소열은 노구를 추스리며 하루빨리 소경절이 신라를 꺾었다는 소식이 전해 오길 기다린다. 작은 섬에 갇혀 있는 그에게는 그 생활이 감옥과도 같았다. 그러면서도 아직 소경절이 승리할 것이라는 굳은 믿음과 끔찍한 자식 사랑에는 변함이 없었다.

"해 뜨는 동방의 나라를 두고 내가 어찌 떠날 수 있겠는가. 나는 황제와 약속한 대로 고구려 백제 신라를 멸하고 돌아가야만 내 아들이 군주가 된다. 그러나 아무리 기다려도 소식이 없다면 조국과 가족 어느 한쪽을 택하지 않을 수 없다. 그렇다면 나는 황제에게 면목이 없어 어쩔 수 없이 조국을 배신해야 한다는 말인가?"

이렇게 파도가 부서지듯 마음도 부서지고, 안개가 끼듯 앞이 잘 보이지 않는 바다를 내다보며 자주 푸념하고 애태우는 날들로 이어진다.

그리고 얼마 뒤 소열이 소야도에서 당교 패전 소식을 듣는다. 참담한 표정에서 시작하여 갑자기 실성한 사람처럼 크게 헛웃음을 웃는다.

"소열이 죽었다고? 허허허, 아니 난 이렇게 시퍼렇게 살아 있다."

그랬으나 걸어 다니는 십만 대군 시대는 이미 끝이 났고, 소열은 살아 있지만 이미 소경절이 대신 죽었으니 그의 존재감은 죽은 시신이 되어 그의 이름 위에 패배자라는 붉은 줄이 그어진다.

그동안 세 나라를 멸하고 3개국 왕을 포로로 바친 공적도 이제 무의미해졌으나 소야도만이 아직 자신을 배반하지 않았다. 짐승은 죽어서 가죽을 남기는데, 늙은 장수는 죽어서 이름을 지우는 일만 남는 처량한 신세가 되어 버렸다. 살아오면서 뼈를 깎고 고혈로 이룩한 성공도 모래 위에 쌓은 성 같이 하루아침에 무너져 내린다. 도로아미타불이 되어 다시 당나라로 돌아가기에는 이미 다 틀려 버렸으니 어떻게 제정신으로 살아가겠는가.

"동방의 나라에 소야도, 장군섬, 소래산, 부소산, 당포, 소야교, 소야천, 당교가 내 이름을 불러 주고, 내가 이렇게 소리 내어 답하는데, 왜 내가 태어난 당나라와 무읍현은 날 불러 주지 않는가? 아! 장안이 침묵하고 있으니 난 어디로 가야 하는가? 돌아갈 배도 없고, 반겨 줄 자식도 없으니 차라리 내게 죽음을 달라. 경절이가 나를 고국 땅에 묻어 줘야 하는데 내가 경절이를 이국 땅에다 묻는 건 하늘의 뜻이 아니지. 아니고 말고. 하지만 발은 소야도를 밟고 있고, 눈은 신라를 향해 있는데, 내가 이곳을 버리고 어디로 간다는 말인가? 경절아! 이 애비의 말에 대답해 보거라. 경절아! 아무 대답을 않는구나. 침묵은 배신, 넌 나의 마지막 철저한 배신자로 남는구나."

이 노장의 절규를 지켜보던 소열의 수행원들도 저녁노을을 바라보듯 눈을 가늘게 뜨고 붉은 눈물을 흘린다. 그들은 천하를 호령하던 소열의 이런 나약한 모습을 한번도 본 적이 없었으니 당황스럽고 곤혹스럽기만 했다. 양쪽에서 소열의 팔을 부축하듯 부여잡고 정신을 차리고 좌정하라고 만류한다. 하지만 노장의 한번 흐트러진 모습이 다시 근엄한 모습으로 바뀌기에는 이미 때가 늦은 감이 있다.

"아, 서럽다. 이제 늙은 장수 하나가 이렇게 떠나가는구나. 자기 도리를 다하고 죽는 장수는 올바른 천명에 죽는 것인데, 나는 천박한 객사에 이르며 부끄러운 운명을 맞는구나. 내가 데리고 온 정병 2만이 모두 죽었는데, 어찌 이 한 몸 살아남길 구하겠는가? 황제와의 약속을 세 번이나 어긴 난 이미 장수가 아니라 죄인이다."

그렇게 외치지만 누구도 위로의 답을 줄 수 없다. 새가 죽을 때는 그 울음소리가 애처롭고, 사람이 죽을 때는 그 말이 착하다더니 소열이 바로 그렇다. 그러다가 소열의 눈동자에 흰자위가 더 많이 보이더니 갑자기 바닥으로 털썩 주저앉고 만다. 그리고 주머니에서 환약을 꺼내더니 입안에 한줌을 털어 넣고 다시 한줌을 더 털어 넣는다. 서서히 십만 대군이 스러지고, 당나라 역사 속의 최고 장수이자 장수의 세계사에서 손꼽히던 소열이 스르르 눈을 감는다. 그의 눈은 이제 머리의 일부가 아니고 세상을 닫는 문이 되고 만다.

걸어 다니는 십만 대군이라는 소열도 자신의 당도한 운명을 막지는 못했다. 단단한 것이 부드러운 것을 이기고, 강한 것이 약한 것을 이긴다는 착각이 결국 세 나라를 멸한 자신의 빛나는 공적까지 지워 버리고 만다. 자신만만하고 사기충천하던 그도 과도한 자식 사랑과 부귀공명에 눈이 어두워 스스로 저승 사잣밥 상을 차리고 그 앞에 눕게 된다. 이렇게 당나라 최고 수장인 소열이 무너지고 난 이후 세계 최강의 당나라도 서서히 기울어 간다.

승리의 잔치가 죽음의 축제로 바뀌며 소열 군대가 당교에서 유신에게 몰살당하자 당나라 군대의 힘은 현저히 떨어지며 동력을 잃는다. 백제의 계백 패전과 흑치상지의 투항으로 그랬고, 고구려는 연개소문의 욕심과 연남생의 투항이 그랬듯이, 당나라의 기둥이 무너진 당교대첩의 패전 충격은 나당전쟁의 주도권이 신라에게 완전히 넘어가는 전환점이 된다.

당교 사람들은 소열 군대 몰살사건 후 매년 시월이면 당교지희(唐橋之戲)라는 답청 행사를 열었다. 시월 상달은 으뜸 달인 데다가, 봄부터 열심히 일해 구월이면 추수를 끝내고 수확한 곡식으로 제사 올리기가 용이했고, 또한 그때가 당나라 군사를 물리친 뜻깊은 날이 들어 있어서였다. 예로부터 전쟁을 꾀하지 않고 평화를 사랑하는 이념을 가진 고령가야국, 그 후손들은 고릉에 있는 고로왕의 묘에서 큰 시제를 올리는 것으로 시월 행사가 시작되었다.

일 년 중 제일 큰 달답게 그 보름밤에는 만백성들이 집에서 나와 휘영청 밝은 달빛을 받으며 다리를 거닐었다. 북과 꽹과리를 치거나 퉁소를 불기도 하고 사람들이 걷는 행렬은 인산인해(人山人海)를 이루며 당나라의 욕심이 다시 살아나지 않도록 꼭꼭 다리를 밟는 것이다.

이렇게 다리 위를 걸으면 기쁜 소식을 듣게 되고, 다리를 열심히 밟을수록 건강해지며 전쟁과 적을 없애는 액막이가 된다 했다. 이후 당교는 삼국이 하나되는 가교이자, 한자 겨레의 호흡이 시작되는 허파이며, 평화의 수호신이 머무는 신성불가침의 다리로 나이를 더해간다.

"진정한 승리는 쉽고 빠르게 이기는 것이다. 하지만, 누가 봐도 이길 만한 방법으로 이기는 것은 뛰어난 승리가 아니다. 세상 사람들이 잘 싸워 이겼다고 하는 승리는 최선이 아니며, 우리가 짐독으로 당나라 군사들을 잔치로 유인해 일시에 몰살시킨 것은 결코 가벼운 승리가 아님을 우리는 분명히 알아야 한다. 세계 최강이라고 자부하던 당나라 군대, 그러나 그 끝이 어떻게 되었는가. 역사상 무적의 군대는 존재하지 않았으며, 앞으로도 존재하지 않을 것이니, 그 누구도 함부로 군사를 움직여 전쟁을 해서는 안 될 것이다."

이렇게 유신이 승리의 감회를 부하들에게 남긴다. 당교대첩의 승장과 신라의 노장으로서 큰일을 수행하고 나서 기운이 쇠함 때문인지, 아니면 세월의 무게로 인함인지, 유신은 처지는 어깨를 버릇처럼 으쓱거려 본다.

신라, 당나라에 선전포고

서기 670년 정월, 당나라 고종이 김흠순의 귀국은 허락하고, 김양도는 억류해서 감옥에 가두고 만다. 양도는 결국 당나라의 원옥(圓獄, 감옥)에 갇혀서 죽고 만다. 이는 문무왕이 유신을 시켜 소열과 정병을 당교에서 죽였고, 또한 마음대로 백제의 토지와 유민들을 차지하였다는 이유로 고종이 크게 노하여 조처한 분풀이 같은 것이었다.

그런 연유로 신라의 사신을 억류해 죽게 한 사건이 일어난 것이다. 이 소식을 접한 문무왕은 그동안 당나라에게 참을 만큼 참았고, 차분히 전쟁 준비도 진행해 왔으니 더 이상 미룰 수 없는 한판의 결전을 치러야 한다고 대신들에게 지시한다.

"위대한 신라인들이여! 하늘로부터 삼국 통일의 소명을 부여받은 신라인 모두는 지금부터 당나라와의 결전을 준비하라! 당나라의 욕심이 극에 달해 백제와 고구려를 멸망시킨 후 웅진도독부와 안동도호부를 설치했다. 그것도 모자라 신라에는 계림대도독부를 설치해 이 반도를 통째로 지배하려 한다. 이에 우리 신라는 당나라가 아니며, 절대로 야비한 떼놈들에게 신성한 이 반도를 넘겨 줄 수 없으니 이 땅은 반드시 우리가 지켜 내야만 할 것이다. 예전엔 우리가 그들에게 도움을 청한 적이 있지만, 이제 우리 신라가 당나라보다 결코 약하지 않다는 걸 보여 줄 차례다. 당나라 최고 영웅이자 고종의 대들보인 소열 장군이 우리 손에 의해 죽지 않았는가. 당나라의 군사력은 예전보다 크게 약화되었으니, 만백성이 화랑정신으로 뭉치고 임전무퇴의 정신으로 임한다면 결코 하늘이 우리를 외면하지 않을 것이다."

그해 3월, 사찬 설오유가 정예 기병을 이끌고, 고구려의 태대형 고연무는 유민군으로 합세, 각각 정병 1만을 거느리고 압록강을 건너서 옥골(오골성)에 이른다. 신라와 고구려 연합군이 요동의 선제공격으로 상상도 못한 나당전쟁이 이렇게 시작된다. 설오유가 고연무에게 말을 건넨다.

"고 장군! 우리가 비록 한때는 맞서 싸웠지만, 지금은 같은 정신과 같은 말과 같은 피가 흐르는 후예 아닙니까?"

"그렇소. 당나라도 주변국을 합하여 힘이 강해졌는데, 우리도 힘을 뭉쳐 일통삼한(一通三韓, 하나로 통일된 고구려, 백제, 신라)의 강성한 나라를 꼭 이뤄 냅시다."

설오유는 요동의 선제공격으로 시선을 북쪽에 집중시키는 혼란 전술로 당나라를 당황하게 만든다. 이 틈을 타 신라군은 당나라군이 지키던 백제 고토를 완전하게 영토화한다. 옛 백제 지역의 82개 성을 빼앗고, 671년에는 사비성을 함락시키며 그곳에 소부리주를 설치해 신라의 직속령으로 삼아 백제의 옛 땅을 완전히 회복하기에 이르렀다.

당과의 전쟁에서 유신의 전략은 전면전이 아닌 국지전, 단기전이 아닌 장기전, 적대적이 아닌 적대 공생으로 가는 것이었다. 과거 적이었던 고구려와 백제의 유민들을 달래고 모으는 유화정책을 펼쳐 나간다. 고구려 검모잠이 고구려 유민을 모으고, 고구려 대신이었던 연정토(연개소문의 동생)의 아들 안승을 한성(황해도 지역)으로 맞아 왕으로 삼게 한다. 문무왕은 그들을 서쪽지방 금마저(金馬渚, 익산)에 살게 했는데, 이는 고구려인들을 이용한 백제인들의 견제의 뜻이 들어 있었다.

설오유가 요동에서 시간을 번 동안 품일, 문충, 중신, 의관, 천관 등이 63개 성을 빼앗아 신라 사람들을 이곳으로 옮겨 살게 했다. 천존, 죽지 등은 7개 성을 빼앗고 적의 머리 2천을 베었으며, 군관, 문명 등은 12개 성을 빼앗고 적병을 공격하여 말과 병기 등을 많이 노획했다.

이에 당나라는 671년, 설예가 수군을 끌고 백제로 향하게 하고, 육지로는 당군과 말갈족으로 편성된 군대를 동원해 압록강으로 남침했다. 육군은 나름대로 성과를 거두어 672년 7월에 평양을 점령하고, 8월에는 한시성(韓始城)과 마읍성(馬邑城)을 점령하면서 신라를 위협했지만, 설예의 수군은 결국 신라군에게 격파당하고 당으로 되돌아간다.

이후 백빙산 전투와 호로하 전투에서는 당나라군이 이기기도 했지만, 이미 전쟁의 주도권은 소열 부대 전멸 후 신라가 쥐면서 당나라 군대를 곳곳에서 보기 좋게 유린하고 있었다.

원술을 버리고 신라를 구하다

　서기 672년, 문무왕이 반란한 고구려의 무리를 받아들여 세력을 키워 가고 백제의 옛 땅을 점점 점령해 나간다. 이때 갑자기 당나라의 말갈(靺鞨) 군사들이 석문(石門)의 들에 당도한다. 신라군이 아직 진을 치지 않은 틈을 타서 당나라가 선제공격을 맹렬히 감행한다.

　시간과 장소가 유리하면 이미 승리의 절반을 거둔 것이나 다름없다. 신라는 미처 숨 돌릴 틈도 없이 진을 치지 못한 상태였다. 당나라 군사들은 산을 끼고 싸우고, 신라는 들판에서 마주하고 싸우게 되어 불리함을 안고 있었다. 그랬으니 그 전투는 패배가 기정사실화될 수밖에 없었다.

　의복(義福)과 춘장(春長) 등이 이에 대항했으나 신라는 크게 패하게 된다. 이 싸움에서 신라는 효천(曉川), 의문(義文), 산세(山世), 능신(能申), 두선(斗善), 안나함(安那含), 양신(良臣)은 전사하고 원술이 살아남는다. 원술은 화랑이자 비장(裨將, 소대장)으로서 이 전장에서 죽지 않고 살아남은 것을 부끄럽게 생각하며 다시 전장으로 뛰어들고자 했다. 싸움에 임해서는 절대 물러나지 말아야 하는 게 화랑의 숙명이고, 또한 전사한 낭도들의 원수를 갚는 것이 자신의 사명이었기 때문이다.

　원술은 군장을 고치고 다시 날을 세워 적진으로 달려나가 싸우려

한다. 그러나 그를 보좌하는 담릉(淡凌)은 후일 도모를 내세워 원술의 말고삐를 굳게 붙들고 놓아 주지 않았다.

"원술 장군님, 대장부는 죽는 것이 어려운 일이 아니라 죽을 곳을 택하는 것이 더 어려운 일입니다. 만일 죽어서 성공이 없다면 살아서 후에 공을 도모함만 못한 것입니다. 지금 적진으로 뛰어드는 건 아주 무모한 일입니다. 머릿수가 적은 우리 군은 숨을 곳 없는 들판에서 싸우면 싸울수록 가치 없는 피만 더 흘리게 되는 것이라 빨리 후퇴함이 필요합니다."

"담릉, 화랑의 사전에는 전쟁에 임해 후퇴란 있을 수 없습니다. 화랑은 전장에 나오면 움직이지 않는 성이거나 움직이는 무덤입니다. 어서 이 말의 고삐를 놓아 주시오."

"절대 안 됩니다. 지금은 천리의 영토를 얻는 것보다 낭도 출신 장수 한 명을 지키는 것이 더 중요합니다. 그렇지 않으면 제가 원술 장군님의 팔을 자를 것입니다. 지금 피하지 않으면 우리 두 사람도 아까운 목숨만 적에게 제물로 헌납하게 될 것입니다."

"아니오, 절대 아니오. 패잔병으로 돌아오지 말고, 승전 용사로 돌아오든지, 아니면 명예로운 전사자로 돌아오는 게 화랑의 기본이니 어서 말의 고삐를 놓아 주시오."

"아니 됩니다. 병법에서도 작전상 도망친다는 삼십육계(三十六計)가 있고, 피해를 입지 않으려면 때로는 달아난다는 주위상책(走爲上策)이라는 전략이 있지 않습니까? 현명한 장수가 되려면 지금은 달아나는 게 최선입니다."

원술은 화랑의 명예와 아버지의 위신을 생각해서라도 적진으로 무조건 진격을 하려 했으나 완강한 담릉에게 끝내 저지당한다. 이때 적들이 더 가까이 급속히 진격해 오자 거열주(居烈州) 대감(大監) 아진함(阿

珍舍)이 다급하게 말한다.

"힘을 다해 빨리 이곳을 떠나가라! 내 나이는 이미 칠십이니 얼마를 더 살 수 있겠는가? 오늘이야말로 내가 싸우다가 죽을 날이다. 장군의 거룩한 의무는 전장에서 죽는 일이다. 이가 빠져도 아직 내 혀는 남아 있고, 무딘 칼이지만 내게도 한번 벨 힘은 남아 있다."

이렇게 소리치며 창을 비껴들고 적진 가운데로 돌입하여 전사하자, 그 아들도 역시 뒤를 따라 장렬하게 전사하고 만다.

아진함의 목에는 칼이 꽂히고, 적의 화살이 날아오면서 후퇴하던 원술의 어깨에 한 발이 꽂힌다. 깊이 박힌 화살이 아닌데도 화살을 뽑자 피는 그대로 흘러내린다. 사태가 이쯤 되자 남은 신라 군사들은 가까스로 퇴각했다. 담릉이 말고삐를 잡아당기며 놓아 주지 않았고 부상까지 당한 몸이라 겨우 무이령(蕪荑嶺)을 넘고서야 당나라 군대를 따돌렸다.

피신의 몸이 된 원술은 담릉을 향해 낮은 목소리로 말한다.

"화랑은 목숨은 바꾸어도 나라는 바꾸지 않았으니, 나는 비록 패했으나 아직은 신라인입니다. 비록 전투에서는 졌지만 자신에게 진 것은 아닙니다."

"그렇습니다. 파죽지세 같은 적군의 공격 앞에서 맞불 작전은 어리석은 일입니다. 일보 후퇴는 이보 전진을 위한 최선의 병법이기도 합니다. 그러니 우리는 반드시 훗날 이 패배의 수치를 몇 배로 갚음할 수 있을 것입니다."

패전의 멍에를 쓰고 서라벌로 돌아온 그들의 몰골은 초라하기 그지없다. 비굴한 패배가 아닌 불가항력적인 상황에서 후일을 위한 어쩔 수 없는 응전이었음에도 그들 앞에는 심상치 않은 분위기가 감지된다. 더욱이 힘이 들 때 가족들은 어떤 상황에서도 자기편이 되어 격려해 주고 다시 힘을 낼 수 있도록 보듬어 주건만, 원술은 아버지가 자신을 왕에게 참수할 것을 고집하는 그 완강함에 크게 좌절한다. 전쟁에서 목숨을 쉽게 버리는 것과 후일에 보다 값지게 목숨 바치는 것은 엄연히 다르기 때문이다.

"원술 비장은 왕명과 나라와 화랑을 욕되게 했으므로 참수해야 합니다."

유신이 왕에게 권했다.

"원술은 비장(裨將)인데, 혼자에게만 중한 형벌을 시행함은 불가하오."

왕이 용서해 주었다. 이에 유신이 왕에게 다시 단호히 간한다.

"폐하, 원술은 제 자식이라서가 아니라 원래는 아까운 사내이옵니다. 그렇지만 화랑으로서 그가 범한 죄는 큰 죄악이옵니다. 원술을 잃는 건 나라의 손실일지 모르지만, 만일 그를 용서한다면 더욱 큰 손실을 가져올 것이옵니다. 아까운 사람이면 아까울수록 그를 처단하여 대의를 바로잡아야 하옵니다. 부디 원술을 형장으로 보내 처형해 주시길 간구하옵니다. 소신은 얼굴을 소매로 가리지 않고 자리에 엎드려 울지도 않겠으며, 원술의 목이 진중에 내걸려 전군의 군사들이 저의 부덕을 조금이나마 용서해 주길 바랄 뿐이옵니다."

"유신공, 석문 전투는 원술 혼자만의 패배가 아닌 신라군 공동의 패배였소. 그 패배를 벌하려면 대부분의 장수들을 모두 처단해야 하오. 오히려 이번 패배가 신라 군사들에게 큰 자극이 되어 후일을 기약할 수 있는 큰 힘이 되리라 믿소."

유신은 왕에게 여러 차례 간곡히 처단할 것을 요구했지만 왕은 전투 상황을 잘 알고 있는 터라 유신의 의견을 무시하고 원술을 조건 없이 용서했다. 그러나 유신은 4대째 무공을 발로 차 버린 원술, 나라와 아버지를 저버린 그를 자식으로 용인하지 않았다. 화랑의 명예와 가문에 누가 된 원술은 아버지보다 높은 임금이 용서했으나, 나라보다 낮은 개인의 분노로 하여 집으로 발길을 할 수 없었다. 이제 적에게 패하고 후퇴한 그는 유신의 아들이 아니고, 어머니인 지소 부인의 아들도 아니며, 삼광의 동생도 아니었으니, 그는 고아나 포로의 존재로 전락해 버린다.

자신으로 인해 신라가 천하를 얻지 못한다는 건 유신의 부끄러운 아들이 아니라 이 나라를 망국으로 만든 천하의 반역자인 것이다. 그래도 아버지가 남긴 뜻을 생각하면서 칼을 놓지 않으니 원술이 칼을 가는 것이 아니라 칼이 원술을 갈면서 언제인가 다가올 임전의 때를 기다리게 된다. 칼을 가지고 있으면서 더 좋은 칼을 가지러 간 사람은 다시 돌아오지 않는다고 했는데 원술은 신라의 전장으로 다시 돌아올 수 있을지 모를 일이었다.

유신, 별과 함께 사라지다

서기 673년 봄, 유신이 이젠 천세를 누린 고령이다. 두 개의 별이 가슴으로 날아오는 태몽을 가진 유신은 지상에서 해야 할 소명을 다 이루었는지 서서히 어둠이 깃들자 북두칠성이 더 선명하다. 문무왕이 요즘 북두칠성이 이상하게 더 빛을 발한다는 보고를 받고 흠춘에게 묻는다.

"북두칠성이 요즘 유난히 빛을 발하는 이유가 무엇이오?"
"폐하, 북두칠성은 인간의 생사를 결정하는 별이라 하옵니다. 별의 사각형을 이루는 네 개의 별(탐랑성, 거문성, 녹존성, 문곡성)은 시체를 담는 관이고, 일자형을 이루는 손잡이 부분인 나머지 세 개의 별(염정성, 무곡성, 파군성)은 관(棺)을 끌고 가는 저승사자라고 하는데, 아무래도 큰 인물이 하늘 나라로 간다는 의미인 것 같사옵니다."
"호오, 그렇다면 누가 세상을 떠난다는 말이오?"
"소신의 불길한 생각인지 모르지만 요즘 유신공이 많이 편찮으셔서 심히 두렵사옵니다. 실은 유신공이 태어날 때 등에 북극성과 같은 일곱 개의 별이 있었다 하옵니다."
"아니 되겠소. 과인이 유신공의 병문안을 서둘러 다녀와야 하겠소."

점점 병이 위중해지자 문무왕은 대신들과 같이 병문안을 가서 눈물을 글썽이며 유신의 손을 잡고 묻는다.

"과인에게 유신공이 있음은 물고기에게 물이 있음과 같은 일인데, 만일 피하지 못할 큰일이 생긴다면 백성들은 누가 돌보고, 또 사직은 어떻게 하면 좋겠소?"

"폐하, 신이 어리석고 못났으니, 어찌 국가에 유익했다고 할 수 있겠사옵니까? 다행히도 밝으신 대왕께서 소인을 등용해 의심치 아니하시고 일을 맡김에 대왕의 밝으신 덕에 매달려 그저 조그마한 공을 이루었을 뿐이옵니다. 지금은 삼한(三韓)이 한 집안이 되어 가고, 백성들이 두 마음을 가지지 아니하니, 비록 태평성대에는 이르지 못했다고 하더라도, 적이 편안해졌다고 하겠사옵니다. 신은 예로부터 대통(大統)을 잇는 임금이 처음에는 정치를 잘 하지만 끝까지 잘 마치는 이는 드물었사옵니다. 그래서 여러 대의 공적이 하루아침에 무너지는 것이 가슴 아픈 일이었사옵니다. 바라옵건대, 폐하께서는 성공과 수성(守成)의 어려움을 생각하셔서, 소인을 멀리하시고 군자(君子)를 가까이하시면 좋겠사옵니다. 위에서는 조정이 화목하고 아래에서는 백성과 만물이 편안하여 큰 환란이 일어나지 않고 국가의 기반이 무궁하게 된다면 신은 죽어도 유감이 없겠사옵니다."

"유신공이 어리석고 못났다고 한다면 세상에 어디 잘난 사람이 있겠소? 오히려 과인이 부족한 게 너무 많아 유신공이 더 힘든 일이 많았소이다. 그리고 유신공의 가장 큰 유공은 백제, 고구려, 신라를 삼한(三韓)의 한 집안이 되게 한 것이고, 그렇게 되기까지 가장 빛나는 승리는 세계 최강인 소열의 군사를 몰살시킨 당교대첩이라 하지 않을 수 없소. 승리 이후 소열이 없는 당나라 군대는 오합지졸이 되고, 우리 군사들은 사기가 하늘을 찌르고 있으니 이 나라의 평화를 지키는 일의 마무리는 결단코 과인이 이뤄 내도록 하겠소. 또한 왕으로서의 덕행에 대한 충언을 가슴 깊이 새겨 백성들이 격양가를 부르며 살 수 있도록 노력하겠소. 독수리는 비만하지 않고, 편을 갈라 떼지어 날지 않으며, 하늘 높이 도도하게 나는 새인 것처럼 과인은 그렇게 독수리처럼 처신하도록 애쓰겠소. 독수리가 날 수 있는 것은 몸통의 힘이 아니라 깃털의 힘이라는 것을 잊지 않고 늘 과인보다 백성들을 위해 헌신하며 살아갈 것을 약속드리리라."

  문무왕은 울면서 유신의 유언을 받아들이고, 아직 끝나지 않은 당나라와의 전쟁을 기필코 승리로 매듭짓겠다는 각오를 새롭게 다진다.

  병이 더욱 깊어지자 유신은 지소 부인에게 다섯 아들을 부르라 한다. 원술은 이 자리에 부름을 받지도 못해 아들의 도리인 임종마저 보지 못한다. 그에게는 혈육의 정보다는 나라와 화랑정신이 더 중요하며, 왕이 용서한 원술을 끝 날에 이르러서도 결코 용서하지 않는 결기와 냉정함이 있었으니 대신들이 그를 존경하고 두려워했다.

  "난 이제 작위를 버리고, 명예도 버리고, 마지막으로 신라까지 버리고 떠나가려는 길이다. 장수는 죽어도 사라지지 않고 떠나는 것이어서 내가 언젠가는 다시 신라로 돌아올 수 있다는 것임을 알고 너희들은 앞으로 한 점의 부끄럼 없는 내 아들이 되어 달라. 그러나 마지막으로 아직 버리지 못한 한 가지는, 삼국을 완전히 하나되게 하지 못했으니 내가 떠난 이후에도 너희들이 힘을 모아 완수해 주기 바란다. 한 가문에서 5대가 한 나라 왕조에 큰 무공을 세우면 하늘이 천년 축복을 내린다는 그 말을 절대 잊어서는 안 될 것이다. 나의 조부와 아버지, 그리고 나까지 3대는 무공을 완수하였으되, 나머지는 너희들의 몫이니 그 숙업을 반드시 이루어 동방의 나라에 무극(無極)의 태평천하가 임하도록 해야 할 것이다."

이제 유신은 꿈속에서도 지켜 오던 신라를 떠나, 곧 하늘나라로 간다는 것을 스스로 예감하고 있었다. 맏아들 삼광에게 그동안 자신이 소중하게 보관해 오던 그림을 꺼내 오게 한다. 예전 동추라는 화공을 시켜서 그려 둔 그림을 펼치자 눈빛이 해처럼 강렬하고, 두 날개를 부채처럼 활짝 펼쳐 금세라도 쏜 화살처럼 날아갈 기세의 독수리 한 마리가 나타난다. 유신의 힘없는 눈에서 다시 신비한 광채가 비치고 맥박이 빠르게 뛰기 시작한다.

"신은 내게 좁은 이 땅의 전쟁 대신 더 넓은 하늘의 평화를 주셨다. 새에게는 눈물이 없듯, 이별을 두고 난 눈물을 흘리지 않을 것이니, 너희들도 절대 눈물을 보이지 말 것이다. 난 신라를 떠나서도 저 멋진 독수리의 기상으로 하늘을 날며 반도를 지킬 것이다. 이제 그림을 내 가슴 위에 펼쳐 내가 비상할 수 있도록 그렇게 하늘 길을 열어다오."

그해 7월 1일, 유신은 79세를 일기로 무거운 육신의 갑옷을 벗는다. 그가 전장에서 꽂고 다니던 푸른색 깃털은 먼지가 내려앉았으나, 그림 속의 독수리 눈빛은 보는 이의 눈동자를 뚫어 낼 듯하다. 유신이 손을 펴자 세 줄의 손금이 하나로 되고, 그의 등뒤에 있던 일곱 개의 별은 빛을 잃고 희미하게 사라진다.

그는 전쟁을 피하고 평화를 사랑하던 가야 정신을 굳게 지키며, 악과 싸우는 일은 선한 일이라 생각했다. 신라를 더 신라답게 키운 영웅도 이제 하늘의 순리에 따르며 지는 해를 거스를 수는 없다. 유신이 그동안 쌓아 온 공은 천년의 탑이오, 그가 지은 실수는 사흘 바람이다. 그의 공적을 일일이 열거하는 것보다 그의 실수를 헤아리는 게 더 쉬운 일인데 그나마 지나는 바람으로 스치고 말았으니 그의 공은 더욱 빛나는 것이다.

영웅의 죽음은 죽은 자보다는 살아남은 자들에게 더 중요한 답을 던져 준다. 신라인들은 부드러운 것이 단단한 것을, 약한 것이 강한 것을 이긴다는 것을 배웠고, 유신은 자기 도리를 다하고 올바른 천명에 죽은 것이니, 그가 가야 할 자리는 높고 푸르게 펼쳐진 삼국의 하늘이었다.

며칠 뒤 유신은 신라 삼현을 연주하는 소리를 뒤로하고 신라 사직을 떠나지만, 조정 대신들과 만백성들은 그를 떠나보내지 않으려 한다. 그의 말대로 유신은 사라지는 것이 아니라 하늘로 떠나가는 것이다. 유신의 영혼을 이끄는 새가 북쪽 하늘로 날아가는지 그 하늘에 서기가 뻗치고 초가을 바람이 소리 없이 속눈썹을 흔든다. 그리고 아주 멀리서 북극성이 서서히 빛을 발하며 맑은 눈빛으로 반짝인다.

원술, 매소성으로 말달리다

서기 675년 9월 29일, 당나라 장수 이근행은 20만 대군을 이끌고 신라 매소성(買肖城, 현 연천) 인근 지역을 공격한다. 이는 신라가 웅진성 도독부를 축출하여 백제 땅을 되찾는 등 신라에게 점점 유리하게 상황이 돌아가자 당나라에서 대군을 출병한 것이다.

상대는 20만 명에 이르는 대병력이자 강성한 군대이므로 이에 대적하는 보병 3만의 신라로서는 난감하기 그지없다. 앞으로 얼마만큼 당나라와 전쟁을 치러야 할지 예측할 수조차 없었기 때문에 최대한 효율적인 작전을 구사하지 않으면 안 되었다.

당나라군이 성안에 있는 이상 수적으로 열세이므로 선제공격을 통해 해법을 찾기란 거의 불가능했다. 설혹 당나라군이 먼저 군사행동을 시작해 대대적으로 공격에 나선다면 자칫 한강 전선마저 붕괴될 수 있어 마냥 공격 시기를 기다릴 수만도 없었으니 이래저래 머리가 복잡해지는 싸움이 아닐 수 없었다.

앞으로 나갈 수 있는 방법을 찾기 어렵고 그렇다고 뒤로 물러설 수 없는 진퇴유곡이었으니, 이럴 땐 장수의 특별한 지혜가 필요했다. 그해 늦가을, 매소성 전선은 팽팽한 긴장감이 흐르고 있다. 방어는 적이 파고들 여지를 주지 않는 일이고, 공격은 적의 빈틈을 노리는 일인데 신라와 당나라가 서로 예측할 수 없는 살벌한 눈치작전이 벌어진다.

이때 마침 천성 전투에서 신라의 승리로 인해 그 해법이 조금 보이기 시작한다. 당나라는 육로와 해로를 통한 군수물자의 보급이 모두 차단되어 이 상태로 20만이나 되는 대군이 좁은 매소성에서 겨울을 나는 것은 아예 불가능했기 때문이다. 결국 그들은 어떤 식으로건 이 성을 빠져나올 수밖에 없는 점이었다.

이어 신라에게 더 유리한 소식이 들려왔다. 당나라의 남서쪽에서는 티베트, 북쪽에서는 돌궐, 그리고 동쪽에서는 대조영이 급속하게 세력을 확장하고 있으면서 당나라를 공격하려 한다는 것이다. 북방의 오랑캐들은 가을철이 되면 힘이 더 왕성해져 곧잘 주변국을 침략한다는 걸 당나라가 잊어버리고 미리 이에 대비하지 못한 것이다.

당나라 입장에선 북방 오랑캐들의 공격을 막기 위해 어쩔 수 없이 한반도에 주둔하고 있는 병력 중 다수를 철군시킬 수밖에 없는 입장이 되었다. 날이 갈수록 20만에 이르는 주력군이 매소성에서 집단 아사의 위기에 몰리게 되는 식량 사정의 악화 전망도 철군을 서두르게 되는 호기가 된다. 어찌 보면 하늘이 신라를 도와 당나라가 곤경에 빠지게 되어 점점 스스로 물러가야 할 상황으로 급변되어 가고 있었다.

바로 9월 29일, 운명의 날이 온다. 매소성에 주둔해 있던 당나라군이 철군을 위해 성문을 열고 나오려고 하는 기미가 포착되었다. 당나라의 위기를 인식하고 잠복해 숨죽여 기다리고 있던 원술을 비롯한 수많은 역전의 용사들은 맹수가 자기보다 훨씬 큰 먹잇감을 단숨에 포획하듯 절호의 기회를 놓칠 리 없었다. 원술이 석문 전투에서 패했던 뼈아픈 치욕을 씻으려고 가장 선봉에 나선다.

그동안 화랑으로서 임전무퇴의 계율을 지키지 못한 수치와 부모에게 아들로 인정받지 못한 불효를 한스럽게 여기던 그에게 불명예를 회복하기 위한 마지막 기회가 주어진다. 그리고 노력과 힘과 때가 맞으니 하늘이 방해하지 않는다면 승리를 할 수 있다는 자신감으로 충만했다.

원술은 유신의 아들답게 전술에서 뛰어났다. 그는 결전을 앞두고 결의에 찬 목소리로 부하들을 지휘한다.

"키가 작은 사람은 방패와 갈라진 창을 잡고, 키가 큰 사람은 나와 함께 활과 장창을 잡아라. 힘이 센 사람은 깃발을 잡고, 용감한 사람은 징과 북을 쳐라. 힘이 약하지만 오감이 뛰어난 사람은 쇠뇌를 쏘아 장창당(긴 창을 든 병사)을 지원하고, 거동이 느린 사람은 화병(취사병)의 임무를 주니 그렇게 맡은 임무에 최선을 다하라. 이번 전투가 신라를 신라답게 만드는 가장 중요한 싸움이 될 것이니, 사람이 가진 가장 값진 세 가지, 땀과 눈물과 피를 여기서 아낌없이 쏟아야 할 것이다. 그러면 지금부터 내가 선창하는 구호를 외치며 일시에 진격할 것이다. 자아, 삼국구호를 다 같이 힘차게 외치며 나아가자. 나가여! 싸와여! 이기여! 전진 앞으로!"

신라군은 장창병, 노병, 쇠뇌 등을 앞세워 성문 밖으로 나온 당나라 기병 수천을 보기 좋게 무찌른다. 특히 구진천(仇珍川)이 개발한 기계활인 쇠뇌의 위력은 실로 대단하여 겁에 질린 당나라 군사들이 오금을 조금도 떼어놓지 못하게 만든다. 후방에서 쇠뇌로 지원사격을 하자 원술은 장창을 든 보병의 선두에 서서 밀물처럼 파죽지세로 성문 안까지 여지없이 밀어붙인다.

이 쇠뇌는 이미 예전부터 당나라에서 탐내던 무기였는데, 그들이 그냥 보고만 있지 않았다. 신라 쇠뇌의 위력을 알고 그 기술을 빼내기 위해 669년 고종이 사신을 보내 기술자인 구진천을 당나라로 불러들였다. 그에게 쇠뇌를 만들게 하여 신라 공격을 무력화하고자 하는 의도였으나 당나라에서 처음 제작해 만든 무기는 화살이 겨우 30보밖에 나가지 않았다.

"너희 나라에서는 1천 보가 나간다는데 겨우 삼십 보가 나가는 건 어찌된 일이냐?"

"그건 쇠뇌에 들어가는 나무가 좋지 않아서입니다. 귤나무를 회수 남쪽에 심으면 귤이 열리지만 북쪽에 심으면 탱자가 열리는 것과 같은 이치입니다. 본국에서 나무를 가져오면 잘 만들 수 있사옵니다."

구진천은 그렇게 적당히 둘러댔다.

이에 고종이 사신을 보내 신라의 목재를 구해 오라고 하자 문무왕은 복한(福漢)을 파견해 목재를 보낸다. 그러나 이번에는 60보밖에 나가지 못한다. 그 까닭은 "아마 나무가 바다를 건너올 때 습기가 차서 그럴 것"이라고 당당하게 또 변명한다. 고종은 그가 일부러 잘 만들지 않는다고 의심해 죽이겠다고까지 위협했으나 구진천은 끝까지 쇠뇌의 비술을 발휘하지 않았으니, 그는 목숨보다 나라가 더 중요함을 실천해 보인 충성스런 신하였다.

원술은 미쳐서 울부짖는 모습으로 흙먼지를 일으키며 춤추듯 창을 흔들었다. 한참 철군을 하던 당나라군은 맹렬하게 공격해 오는 신라군을 막기엔 아무리 수적인 우위에 있다 해도 성의 좁은 문을 통해서 나온 군사들을 공격하는 건 신라가 훨씬 유리했다. 마침내 원술이 완벽한 승장이 된다.

결국 20만에 이르는 당나라군은 이렇게 신라군에게 괴멸당하고 만다. 전투가 끝났을 때 신라군조차 믿을 수 없는 결과가 눈앞에 펼쳐지고 만 것이다. 그러자 원술의 눈에서는 굵고 뜨거운 눈물이 주르르 흐르고 있었다. '칼보다는 손이 먼저 생겼으니 이제 칼을 버리고 빈손을 부비며 근본으로 돌아가겠다.'고 생각한다.

"하늘에 계신 아버지, 이제 원술이는 흥무대왕을 아버지로 불러도 되는 것이옵니까? 서라벌에 계신 어머니, 이제 원술이는 지소 부인을 어머니로 불러도 되는 것이옵니까? 이 원술이는 부모는 잃었어도 끝내 화랑도는 잃지 않았습니다."

하지만 그에게 돌아오는 건 메아리마저 침묵했다. 하늘로 가신 아버지나 아버지를 보내고 서라벌에 홀로 계신 어머니는 꿈에라도 모습을 보여 주지 않았다. 그럴수록 자꾸 뜨겁게 흘러내리는 눈물과 또 다시 눈물을 흘려야 할 많은 이유를 생각하게 되었다.

"아버지는 자식 하나를 버렸지만, 큰 신라를 얻으셨습니다. 하나의 나라가 아니면 나라는 없는 것이 낫다고 하시던 아버지의 마음을 이제 조금은 이해할 것 같습니다. 나라가 무엇보다 중요하신 아버지, 아버지 생전에 4대째 무공을 이룬 모습을 보여 드리지 못한 불효를 이제 용서해 주십시오."

원술은 부끄럽고 두려워서 감히 아버지를 뵙지 못했지만, 이젠 어쩌면 어머니가 자신을 용서해 줄 수도 있다는 생각이 들었다. 그러나 어머니의 문 역시 바늘구멍만큼도 열리지 않았다.

"아들아, 부인(婦人)에게는 따라야 할 세 가지 의(三從之義)가 있다. 지금은 내가 과부가 되었으니 마땅히 아들을 따라야 하겠지만, 너 같은 자는 이미 선친(先親)에게 아들 노릇을 하지 못했으니 내가 어찌 그 어미가 될 수 있느냐?"

"어머니, 아무리 아들이 잘못을 했다 하더라도 후일 도모로 아버지께서 원하시던 큰 무공을 세웠는데 이토록 매정하게 쳐 버리십니까? 저는 아버지 이외에는 지상의 그 누구도 두려워하지 않았고, 아버지의 뜻도 저버리지 않았으며, 전장에서 무모한 전진의 희생보다 지혜로운 후퇴의 반전을 선택했을 뿐입니다. 늘 아버지께서는 5대가 무공을 세우면 하늘이 큰 축복을 내린다고 하셨습니다. 그렇다면 흠춘 숙부님의 무공이 있고, 그 아들인 반굴이 황산벌 전투에서 공을 세웠으니 이미 4대 무공은 성공한 것입니다. 그리고 제게는 원정, 장이, 원망, 군승 같은 동생들도 있고, 사촌인 원수, 원선, 원훈도 있으니 5대 무공까지 이루는 것을 어머니께선 너무 심려치 마십시오. 세월이 흐르면 원수를 대함보다 더 굳게 닫혀 버린 어머니의 가슴 문도 열리게 될 것을 믿습니다. 당나라가 우리 땅을 밟고 있는 한 아직 저의 전쟁은 끝나지 않았습니다. 이 나라를 지켜내기 위해 이대로 깊은 산속으로 들어가 다시 수련에 전념하겠습니다."

원술은 목매기 송아지가 어미소를 찾는 것처럼 울고 불며 차마 어머니를 떠나지 못했으나, 지소 부인은 끝내 그를 보지 아니했다. 그러고는 아예 머리를 깎고 거친 옷을 입은 비구니가 되어 속세와 캄캄하게 단절해 버린다. 아들을 버리고 신라를 선택한 유신을 아버지로 둔 원술은 어머니에게까지 용서받지 못했으니 그의 탄식은 오래갈 수밖에 없었다.
"나는 부러진 나무도, 꺾인 나무도, 잘린 나무도, 스러진 나무도 아니다. 나는 이 세상에서 꽃피우고 열매 맺을 수 없는 바로 뿌리 뽑힌 나무다."

눈물을 닦은 원술은 이제 부모를 잊을 수 있고, 떠날 수도 있다고 생각한다. 바람이 불지 않는다고 바람이 없는 것이 아니듯, 부모가 보이지 않는다고 부모가 없는 것이 아니다. 내가 신라에 보이지 않는다고 내가 없는 것이 아니어서 이름 모를 산속 깊이 작은 새처럼 깃들어 조용히 살고 싶은 심정뿐이었다.

끝까지 용기를 잃지 않고 당나라와의 승전에 목숨을 걸었던 외골수에게 하늘과 나라가 자신을 버리지 않고 기회를 준 것에 깊이 감사한다. 화랑이 멸사봉공과 임전무퇴의 정신으로 수많은 승리를 거두었지만, 자신은 의를 보고 행하지 않은 것이 아니었고, 용기가 없어서 싸우지 않은 것도 아니었으며, 장수는 반드시 싸움터에서 죽지 않아도 공을 세울 수 있다는 것을 보여 주고 나니 오히려 만족감보다는 일종의 허무감이 밀려온다. 이제 새로운 목표를 세우기보다는 사람다운 자유와 가치를 갖고 싶다는 생각이 더 간절해진다.

나당 전쟁의 전세를 역전시킨 자랑스런 매소성 전투! 이 전투에서 순수 당나라 출신 정예군인 기병 수천을 거의 전멸시키고, 말 3만 380필을 빼앗았으며, 3만 명분의 무기도 빼앗았다. 위기를 기회로 반전시킨 이 전투는 그동안 신라가 당나라와의 전투에서 거둔 승리 중 최대의 승전이었다.

이 전투에서 만일 당나라군을 꺾지 못했으면 신라는 당나라의 소수민족으로 전락하고 신라라는 나라가 지구상에서 존재하지 않을 수 있는 것이었다. 매소성 전투 패배 이후 수세에 몰린 당나라군은 더 이상 남하하지 못하고 18차례의 크고 작은 전투를 치르면서 천천히 북쪽으로 후퇴했다.

결국 매소성 전투 패배 후유증으로 당나라는 점점 승산이 희박해진다. 전쟁이 장기전 국면으로 전환되자 장거리 보급선 유지에 상당한 곤란을 겪기 시작하고, 시간이 지날수록 점점 모든 상황이 불리해져 간다. 마침내 676년 3월 이후 당나라군은 신라에서 단계적으로 철군하기 시작했으며, 7월 이후 더 이상의 육상전은 벌어지지 않았다.

기벌포 해전에서 삼국을 얻다

매소성 전투 이후 당나라가 신라 정벌을 완전히 포기한 건 아니었다. 당나라군은 육로로는 신라의 한강방어선을 돌파하는 것은 어렵다고 판단하고 방향을 선회한다. 그래서 마지막 수단으로 백제 멸망 때처럼 수군을 통해 일거에 돌파구를 마련해 보겠다는 의도로 대규모 수군을 파견한다. 그 안으로 설예가 지휘하는 당나라 수군이 676년 11월, 백제의 도성인 사비성에 닿을 수 있는 가장 중요한 관문인 기벌포(伎伐浦) 공격을 감행한다.

당나라 선박들이 덕물도 앞을 지나 기벌포 입구로 향하고 있다는 사실이 신라에 전달되자, 사찬 시득은 배를 몰아 기벌포 하구 쪽으로 향한다. 이때 당의 전함들이 갑자기 선제공격을 하는 바람에 신라군은 공격에 적절히 대응하지 못하고 처음에는 패하고 만다. 그 대신 당의 전함들과 최대한 정면충돌을 피하면서 겨울이라는 계절을 이용해 전략적으로 장기전 태세로 대응해 나간다.

매소성 전투의 승리로 북에서 내려오는 당나라의 보병에 대한 위협은 일단 사라졌으니 신라는 해전에만 전력투구하면 되는 아주 유리한 전세를 잡고 있었다. 이즈음 신라 수군은 멀리 떨어져 있던 신라 전함들이 속속 도착해 더 증원되기 시작했고, 기벌포의 변화무쌍한

325

초겨울 날씨에 익숙치 못한 당나라 군사들은 점점 추위에 움츠러들고 있었다.

신라의 배들은 매우 견고하고 빨랐으며, 신라군은 뛰어난 수군 운용 능력과 본토라는 장점을 충분히 이용했다. 전세를 소상히 파악하고 장기전 체제를 구축해 22차례에 걸친 크고 작은 전투를 벌였으니 아무리 강한 설예의 군사라도 어찌 버틸 재간이 있겠는가. 이 때문에 날로 지쳐 가던 당나라 함대들은 결국 물러갈 수밖에 없었다.

기벌포에서 신라 수군은 결코 약하지 않았으며, 서해에서 제해권을 완전 장악함으로써 당나라의 수군은 압록강 남쪽 해역으로 진출하지 못해 한반도 내에서 병참기지를 유지할 수 없었다. 이에 따라 더 이상 원정군 파병도 어려워진다. 신라는 기벌포라는 반도의 서해안을 지키는 중심 거점을 손에 넣었으니, 문무왕의 그다음 계획은 신라의 평화를 지키기 위해 왜구의 침입을 봉쇄하는 것이 될 수밖에 없다.

육상 결전이 매소성 전투였다면 해상 결전은 기벌포 전투였다. 이 해상 전투에서 상당수 당나라 전함이 침몰되고 4천여 명의 수군이 전사했다. 마지막 기벌포 해전의 승리로 7여 년간의 긴 나당전쟁에서 신라가 승리를 거두고 당나라 세력을 완전히 한반도에서 몰아내게 되었다. 남의 칼을 빌려 백제와 고구려를 몰아 냈다며 비겁한 차도살인(借刀殺人)이라고 비하하기도 했지만, 그것은 신라의 생존전략이었고, 당나라와는 동맹으로 위장한 정복의 칼날을 막기 위해 맺은 필수불가결의 정당방위 같은 것이었다.

드디어 백제와 고구려를 차례로 멸망시킨 다음 한반도에서 당나라 군까지 축출시킴으로서 문무왕은 676년을 '삼국이 하나의 나라가 된

기념의 해'로 선포하게 된다. 먼저 문무왕은 사직과 삼국 통일에 가장 공이 큰 유신의 묘에서 전쟁 종료를 아뢴 다음 만조백관 앞에서 엄숙히 담화를 발표한다.

천하를 얻는 것은 이기면 되는 전쟁이 아니었습니다. 흥무대왕 유신공이 '대덕(大德)이면 득기위(得基位)라고 5대가 큰 덕을 쌓아야 통일을 이룰 수 있다.'고 했습니다. 우리 신라는 아직 덕이 부족해 큰 통일을 이루지는 못했으나 드디어 나눠진 반도를 온전한 신라의 나라로 만들었습니다. 이것은 평화를 섬긴 나라의 축복이며, 힘으로 얻은 것이 아니라 지혜로 구한 것이니, 통일은 바로 하늘의 천자가 내린 것입니다.

백제는 의자왕의 오만이, 고구려는 연개소문 아들들의 권력 싸움이, 당나라는 순리를 저버린 과욕이 자신들의 무덤을 팠습니다. 왕이 욕심이 적을수록 평화가 많아진다는 것을 가벼이 여긴 나라들은 스스로 패배를 자초한 것이었습니다.

모든 강은 바다를 위해 존재하듯, 우리 모든 백성은 한 나라를 위해 존재합니다. 우리는 한겨레의 바다이며, 과인은 그 바다를 품어 안는 왕이 될 것입니다. 그러므로 욕심 많은 자들은 땅에 묻히지만, 앞으로 과인의 무덤은 당연히 바다에다 지어 죽어서도 한바다에서 이 나라를 지킬 것입니다.

우린 적을 만들지 않고 땅의 경계를 짓지 않는 순하고 자랑스런 동방의 나라로, 만백성들이 태평성대를 누리며 사는 신나는 신라의 천년시대를 열어 나가도록 합시다.

문무왕은 당나라와 적대적 관계를 피하고 우호적 외교 관계를 유지하면서 전쟁에 임했으니 나라를 어렵사리 지키고 천하를 얻을 수 있었다. 갈등을 해소하기 위해 전쟁에 의존하면 전쟁이 사람을 죽일 뿐 결과는 승자나 패자 둘 다 불행해진다는 점을 중시했다. 두 손과 두 다리는 서로 협력하기 위해 생겨난 것처럼 이웃 나라와의 외교 관계도 서로 협력을 유지하는 게 근본이며, 선린 외교가 세상에서 가장 훌륭한 갑옷이라 주장했다. 이런 문무왕의 평화정신을 행운의 여신은 결코 외면하지 않고 그의 두 손을 번쩍 들어 주던 것이다.

'당나라 군대'와 '떼다리 장수'

　속담 하나가 만들어지게 되는 건 전쟁에서 큰 승리 한번 거두게 되는 거나 다름없다. 그 말은 속담 속에 특별한 정신이나 큰 가치가 들어 있어 오래 회자되어 후세로 이어지면서 강력한 무기 같은 힘을 갖기 때문이다. 속담은 백성들의 삶 속에 자연스레 녹아들어 쉽게 소멸되지 않는다. 신라는 당나라와의 전쟁 후 생긴 속담 하나가 우산국 섬 하나의 가치보다 더 작지 않다고 여긴다.

　그동안 어느 나라 군대가 세계 최강이었는가? 7세기경에는 당나라 군대를 빼놓을 수 없다. 끝이 보이지 않는 중원 대륙을 지배하는 당나라의 군대는 병력 수나 용맹만으로는 되지 않는다. 초기 당나라 군대는 세계 역사 전체를 통틀어 역대 최강이라고 해도 손색이 없을 정도의 강군이었다.

　기병 전술을 발전시켜 소수의 보병으로 다수의 기병을 제압하는가 하면, 북방 유목민들의 장점을 받아들여 기동력을 살린 경 기병대를 출현시켰다. 나아가 사방 각지에서 데려온 이민족들을 적극적으로 활용해 당시 거의 모든 병종들의 장점을 하나로 모았으니 그 군사의 힘은 무궁무진하고 변화난측해 그 어떤 상대가 공격해도 건재함을 과시했다.

당나라 군대는 대륙의 고창, 위구르에서 돌궐, 거란, 발해, 말갈, 심지어 고구려, 백제 유민이나 신라군도 전력으로 쉽게 써먹었다. 닭, 개, 사자, 범, 고양이가 한곳에 모이면 서로 두려워 움직이지 않는 것처럼, 이합집산으로 인해 빨리 단결된 힘을 모으기 어렵다는 단점은 있었다. 하지만 군사들의 다양한 조합은 한마디로 중원 전역을 총망라하는 결집을 통해 통치력의 장악과 다양한 전술을 구사하는데 크게 기여했다. 대표적으로 돌궐 출신인 아사나사이, 선비족 출신인 울지경덕, 거란족 출신인 이해고, 백제 출신인 흑치상지와 신라 출신인 설계두, 그리고 고구려 유민 출신인 고선지 등이 활약했다.

이러한 저력은 중원의 작은 태원이라는 지방에서 시작해 불과 10년 남짓한 기간에 넓고 거대한 대륙을 통일한 당나라, 그것도 모자라 북쪽으로 유목 제국, 서쪽으로 고창과 위구르, 남쪽으로 월나라, 동쪽으로 고구려 및 백제를 제압하고 왜까지 굴복시킨 전과를 올린 군대를 누가 최고라 하지 않을 수 있겠는가.

이렇게 타의 추종을 불허하는 군대가 자신들의 존립을 걱정할 정도로 약체의 군대로 평가받는 신라에게 무참히 패하고 말았으니, 그건 엄청난 충격이었고, 그로인해 새로운 속담이 생겨나게 된다.

유신은 투철한 화랑정신과 무궁한 계략으로 당나라 군대를 지혜롭게 유린했다. 나당 연합군이 백제와 고구려를 쓰러뜨린 후 신라가 당나라 군대에 크게 승리하면서 당나라 국력이 급속히 쇠퇴하기 시작한다. 그러자 위풍당당하던 당나라 군대가 오합지졸의 군대, 하늘 무서운 줄 모르던 막강 군대가 그야말로 중구난방의 막장 군대가 되고 만다.

중원 대륙을 통일하고 역사상 최고 전성기를 이뤘던 당나라 군대가 어쩌다 이 모양이 되었는가. 유신은 당나라 군대를 대표하는 소열이 이끄는 2만 군사들을 관문현 당교에서 짐독으로 일시에 몰살시켰고, 아들 원술은 매소성 전투에서 20만의 당나라군을 대파해 당나라가 신라와의 전쟁을 포기하게 만드는 전무후무한 전공을 세웠다.

결국 작고 단단한 신라 군대가 일사분란하고 강하며, 많고 물렁한 당나라 군대는 오합지졸이고 약하다는 의미를 담아 '당나라 군대 같다.'는 속담이 생겨났다. 그 뒤를 이어 당나라 장수들을 조롱해 '떼다리 장수 같다.'는 말도 같이 따라다녔다.

"간밤에 대조(大鳥)못에서 나는 왁새(왜가리) 울음소리를 들었어?"

"응, 나도 들었는데 밤새 왁새가 너무 울어 담비떼들이 나타난 줄 알았거든."

"그런데 다음 날 가서 확인해 보니 왁새들의 빈 둥지만 남아 있었어. 하긴 당나라 군사들의 말소리가 왁새 우는 소리와 똑같으니 무슨 곡절이 있을 거야."

"사람들이 그러는데 당나라 군대가 유신 장군이 베푼 잔치에서 짐독을 먹고 몰살당한 후로 밤마다 저렇게 대조못에서 왁새 울음이 들린데."

"왁새가 겨울을 나려면 당나라 남쪽으로 돌아가야 하는데, 유신공에게 몰살당하고 말았으니 그 원귀들이 남아 대조못에 나타난 것 아니겠어."

"쯧쯧, 오합지졸의 당나라 군대가 화랑이 이끄는 신라군에게 어찌 대적이나 되겠어."

"야야, 그보다 떼다리 장수가 된 소열이 더 초라하고 불쌍한 존재이지."

기벌포 해전 후 떼다리 주변에 사는 갑남을녀들이 주고받는 대화가 이러했다. 이처럼 당나라 군대는 초라하기 그지없고, 반면 신라인의 자부심은 더 가파르게 올라가는 속담이 되어 끊임없이 회자하고 있었다.

결국 세계 최강을 자랑하던 '당나라 군대'는 신라 통일의 꿈을 이루게 했으며, 그 속담은 신라의 화랑정신이 만들어 낸 역사라고 말할 수 있다.

장수 한 사람은 승하거나 패해도 그가 앉아 있던 빈자리의 역사는 작지 않았다. 그동안 전쟁에서는 수적으로 당나라가 우세한 가운데, 신라가 당나라에 크게 이겨도 승전 장군의 이름을 아예 부각하지 않았다. 그만큼 신라에서 당나라의 자존심을 건드리지 않기 위해 눈치를 보았기 때문이다. 그러나 당교대첩의 승리로 인해 김유신이 승전 장군의 이름으로 크게 부각되고, 그 이후부턴 승전 장군 이름을 기록하는 데 당나라 눈치를 보는 일이 사라지게 된다.

표석을 세우고 하늘재를 넘다

원술은 자신이 나라에 무공을 세운 후 그동안 마음속에 앙금으로 남아 있던 모든 것을 비워 내기로 한다. 나라를 용서하고 부모를 용서하며 불운한 자신마저도 기꺼이 용서하려 한다. 이루고 나면 모든 게 허무한 것이어서 자신을 단단히 결박하고 있던 그간의 굴레를 이젠 훌훌 벗어 버리고자 한다. 그러면 그가 가야 할 곳은 과연 어디인가? 벼슬도 싫고 금욕도 없으며 사람에도 별 관심이 없으니, 이는 아무 병화가 없는 속세와 떨어진 곳으로 들어가는 게 자신의 길이 아니겠는가.

그렇지만 그에겐 아직 미결이 남아 있다. 통일의 신기원을 이루게 한 당교를 찾아가 죽은 혼령들을 위로하기 위해 술이라도 한잔 붓지 않았고, 후세들을 위해 당교 승리를 기억할 작은 표석이라도 하나 세우지 않았기 때문이다.

당교에는 한번 싸워 보지도 못하고 졸지에 변을 당한 당나라 군사들의 원혼이 구천을 떠돌고 있고, 아버지가 신라 장수로서 싸운 100여 차례 전투에서 가장 값진 승리를 거둔 곳이 바로 당교인데 승전 기념 표식 하나도 없다는 게 원술의 평온해져 가는 마음을 자주 찌른다.

이곳에서 유신이 당나라 군사를 몰살시킴으로써 신라군의 기세가 산불처럼 타올라 육상에선 매소성 전투, 해상에선 기벌포 전투를 승리로 장식하고 7년여 간의 긴 전쟁에서 승리를 할 수 있었다. 특히 당나라 최고의 명장인 소열을 꺾고 신라의 깃발을 높이 들어올린 유신의 당교대첩은 삼국을 하나되게 만든 평화의 성지를 열었으니 그 영광을 돌에 새겨 오래도록 기념해야 한다는 건 비록 원술의 마음만이 아니었다.

원술이 표석을 세우기 위해 조카 윤중과 윤문과 함께 윤직전에 머물고 있는데, 그때 한 낭자가 나타났다. 그 낭자는 원술을 꼭 한번 만나야 한다며 원술 조카들을 밀쳐내고 얼굴을 드러낸다. 스무 살을 갓 넘긴 청순함과 선이 곱고 아리따운 미모에다 은은히 번지는 미소가 보는 이의 시선을 오래 머물게 한다.

"낭자가 나를 보자고 했다는데 뉘신지요?"

"원술 장군님, 소녀는 잊지 않고 기억하는데 장군님은 절 잊으셨군요?"

"허허, 미안합니다만 본인은 아무 생각이 나지 않소이다."

"장군님께서는 석문 전투에서 적군의 화살을 맞아 어깨에 제법 큰 상처를 입으시고 급하게 피신하셨지요. 그때 담릉이라는 부하와 저희 집에 하룻밤을 은밀히 유숙하신 적이 있습니다. 그날 밤 제가 어렵사리 민가에서 약을 구해 장군님의 상처를 정성껏 치료해 주었던 도미라고 합니다."

원술은 도미 낭자의 이야기를 듣고서야 희미한 기억을 살려 낼 수 있었다. 패전으로 적군에게 쫓기는 몸이 되어 은신처를 찾던 중 때마침 도미의 집을 찾아들었고, 뜻밖에 도미 낭자의 극진한 도움을 받았다. 하지만 그때 원술은 화랑으로서 임전무퇴를 지키지 못한 생각으로 온통 머릿속이 수세미가 되어 도미의 은혜를 입은 것마저 까마득히 잊고 있었다.

"미안하오. 생명의 은인을 잊다니. 잊어서는 안 될 일을 기억하지 못해 너무 송구하오. 그 당시 너무 어려운 일로 하여 실은 내 정신이 아니었소. 그런데 어찌 알고 이곳까지 찾아왔소?"

"장군님, 소녀는 장군님이 떠나신 이후 하루도 장군님을 잊을 수 없었습니다. 남자를 가까이 대한 것도, 살이 닿아 본 것도, 마음이 흔들린 것도 처음이어서 그 후로 늘 장군님 뵙게 되기를 기도했습니다."

"도미 낭자, 난 이 나라에 지은 죄를 조금 갚았을 뿐, 부모님께 지은 죄는 아직 씻지 못하고 있어 그대 마음을 받아 줄 수 없으니 어찌하오."

그 말에 도미 낭자의 얼굴에는 실망의 빛이 역력했다. 그러나 입술을 재그시 물더니 오히려 눈빛이 더 밝게 빛나고 있었다.

"장군님, 남녀의 마음속에는 아름다운 궁전이 있는데 먼저 높은 담부터 치려 하십니까? 소녀가 하늘의 뜻으로 장군님을 도와준 소중한 인연이 사랑이 될 수 없는 것이옵니까?"

"도미 낭자, 아무리 애틋하고 흔들려도 지금 내 생각은 뒤집어질 수 없을 것이오."

"장군님, 영광이 광영이 되고, 평화가 화평이 되는데 왜 인연이 연인이 되지 못합니까? 사람이 몸을 뒤집지 못하면 일어나지 못하고, 마음을 뒤집지 못하면 다람쥐 쳇바퀴 도는 것과 무엇이 다르다는 말입니까?"

"낭자, 이 나라는 다시 전쟁이 일어나서는 아니 된다는 생각이오. 전쟁이 없는 천년평화 시대가 오려면 대륙과 반도와 섬이 하나되어야 한다는 생각이오."

"그게 우리와 무슨 상관이 있다는 말이옵니까?"

"나의 운명은 아버지의 유지를 받들어 헌신하는 것이오. 화랑이란 자고로 나라를 위해 목숨 바쳐 일해야 하고, 그다음에라야 사적인 것을 생각할 수 있으니 어쩌겠소. 지금껏 아버지 이외에는 지상의 그 누구도 두려워하지 않는데, 아직 그 뜻을 다 이루지 못했소. 그래서 나는 옥좌와 교수대 사이에 있는 꼴이니 어찌 낭자의 마음을 받아들일 수 있겠소."

　"장군님이 나라를 위해 일하시는 것을 방해하지는 않을진데, 그건 소녀를 뿌리치기 위한 하나의 핑계에 불과한 것이라 생각됩니다."

　"허허 참으로 난감하지만 내 뜻은 분명하오. 문무대왕은 바다에다 무덤을 지어 달라며 사후 바다에서 왜를 지키겠다 하시고, 선친인 흥무대왕은 사후 대관령 산신이 되어 나라가 위급할 때마다 나타나 적을 물리치며 반도를 지키시는데, 저 멀리 허허벌판 요동벌을 지키는 사람은 아직 아무도 없으니 미력이나마 내가 그곳으로 가서 사명을 감당하려 하오. 그래야 섬은 문무대왕이, 반도는 흥무대왕이 지키고, 나는 대륙을 지켜 우리나라 반도를 중심으로 대륙과 섬이 하나되는 천년평화를 오게 해야 할 것이오."

　"장군님, 백년평화도 어려운데 천년평화가 가능할까요?"

　"낭자, 인간의 능력만으로는 거의 불가능하여 하늘의 힘을 빌려야 하지요. 하늘이 내린 귀에다 푸른 깃털을 꽂은 신병(神兵)과 함께 전쟁이 없는 평화의 땅을 만드는데 헌신하려 할 따름이오."

　"깃털 신병이란 무엇이온데 전쟁을 없앤다는 말인지요?"

　"전쟁은 하늘의 뜻이 아니므로, 하늘의 뜻을 어긴 군주들을 벌하는 군사들이 곧 깃털 신병입니다. 군주가 몸통이라면 군사들은 깃털이므로, 깃털이 힘이 없으면 군주는 아무 힘이 없이 무력하게 되지요. 그래서 깃털 신병이 군주가 전쟁하지 못하게 막을 수 있을 것이오. 신라의 선왕인 미추왕도 망자들로 조직된 귀에 댓잎을 꽂은 신병을 동원하고 나타나 나라를 수호한 적이 있듯, 살생을 금하기 위해 간절히 구하면 하늘이 병사를 내어 도와준다고 합니다."

"원술 장군님, 소녀는 어차피 마음을 정한 몸, 장군님의 유지를 받들어 저도 이 땅에 전쟁이 없도록 화합하는 기도로 동참하겠습니다."

"고맙소. 대륙과 반도와 섬은 원래부터 하나였으니 경계를 갖고 사는 세 나라가 화합해 통일이 된다면 반드시 이 땅에 천년평화 시대가 찾아올 것이오. 그 중심에 있는 반도의 주인인 신라가 그 역할을 감당할 것입니다."

"장군님, 관음과 미륵이 하늘재에서 만나는 그날이 오면 이 땅에 만다라가 가득 피겠지요. 가을이면 제비는 남으로 가고, 기러기는 북으로 간다고 해도, 그날이 오면 장군님을 다시 뵈올 수 있을 거라 믿으며 소녀는 이만 물러가렵니다."

그렇게 서로의 마음을 확인한 뒤 갈 길로 떠나는 낭자의 그림자는 더 길어지고 마음은 도포 자락처럼 밝힌다.

도미 낭자는 원술을 다시 볼 수 없게 되자 주흘산 투구봉이 보이는 문막 아래 작은 암자를 짓고, 그곳에 얼굴 없는 석불 입상 하나를 세운다. 절로 들어가는 입구 좌우에는 나무 기둥을 세우고 그 기둥 위에 새를 한 마리씩 깎아서 앉힌다.

상서롭지 못한 일을 미리 금압하기 위해서다. 비조룡, 그 새가 날아저 하늘재를 넘는 그날이 오면 이 땅에 오백 년은 봄으로, 오백 년은 가을인 천년평화 시대가 열릴 것을 믿는다. 원술의 후대까지 5대가 무공을 세우는 그날이 오기를 날마다 기도하고 하늘을 바라보지만 나무새가 비상하는 날은 언제일지 그저 아득하기만 하다.

한편, 원술은 윤중, 윤문과 함께 무주고혼으로 고릉을 떠도는 혼령들을 위로하기 위해 당교에서 술을 붓는다. 그리고 재배를 하면서 이제 객사한 당나라 군사들이 짐독의 원한을 풀고 편히 잠들 수 있도록 사죄의 뜻도 담는다. 앞으로는 피를 흘리는 야만적인 전쟁이 사라지고 두 다리와 두 손처럼 서로 협력하며 한몸같이 사는 다툼 없는 나라가 되어 달라는 기원을 담는다.

"숙부님, 당나라 군사들은 적이었는데, 우리가 이렇게 술을 따르고 큰절을 하는 것이 적절한 처사인지요?"

"윤중아, 그들이 적이었다고 할 수 있지만 우리 신라는 어쩌면 당나라가 아니었으면 지금 살아남지도 못했을 터이다. 백제 고구려를 꺾고 통일하지도 못했을 것이니, 어찌 그들의 공을 잊고 원수로만 대할 수 있겠느냐? 공을 잊는다는 건 우리가 전쟁의 승리를 훔친 것에 비유될 수도 있으니, 그것은 인간의 도리가 아니므로 이렇게 잔을 올리는 것이다. 피를 흘리는 전쟁이란 따지고 보면 승자나 패자 모두 패배자라고 할 수 있는 것, 전쟁에서 명예로운 승리는 없으며, 다만 전쟁을 하지 않고 이기는 것이 가장 값진 승리라 할 수 있다."

"숙부님, 그렇다면 서로 말이 잘 통하는 삼국끼리 왜 사이좋게 지내지 않고 반 천년이 넘도록 죽고 살기로 싸우는 것입니까?"

"그건 욕심 때문이다. 국력이 강성해지면 왕들이 욕심이 생기고, 욕심이 생기면 이웃 나라를 치는 것이다. 그리고 그 전쟁을 정의라 하고, 폐허를 만들고도 그것을 평화라고 한다. 당교가 있는 이 땅은 원래 고령가야국의 도읍이었는데, 그들은 전쟁을 멀리하고 평화를 숭상하는 선한 왕국이었다. 하늘이 이곳에 쌍삼백의 축복과 삼태극의 신령한 기운을 내려 주고, 종국엔 이곳을 지배하는 나라가 천하를 얻을 수 있도록 천부인을 내려 준다는 것이다. 그러기에 만사는 힘의 논리로 고정된 것이 아니라 늘 변화하고 발전하는 것으로 약한 것이 강한 것을 이기기도 한다는 것이지."

"아, 그러고 보니 신라가 고구려나 백제보다 힘은 약했지만 평화를 더 사랑하고, 당교를 잘 지켜 낸 것이 축복으로 이어진 것 같습니다."

이렇게 원술이 부어 올린 당교의 술은 '원수가 품은 가슴의 원한까지 풀어내리는 명주'라 하여 이곳 사람들은 '소열주, 소정방주'라고 부르기도 했다. 이 술이 한 잔에 그치지 않고 두 잔을 넘으면 명주실처럼 세세하게 침투되어 수정처럼 맑고 소리 없이 취해 죽음의 잠에 이르도록 한다는 소문으로 과장되어 퍼져 나가니 그 술의 이름은 그리 길지 않았다.

원술이 술을 붓고 난 그날 밤, 대조못에서는 왁새들의 울음소리가 멎고, 붉은 별빛들이 푸른빛으로 변했으며, 넘실대던 못물이 아주 순해졌다. 원술도 더 악몽에 시달리지 않고 윤직전에서 깊은 잠에 젖어들 수 있었다.

사람의 몸도 목구멍이 생사를 좌우하듯 나라의 인후에 해당하는 당교가 그동안 원한으로 꽉 막혀 있다가 이제야 뚫렸으니 다시 나라에 좋은 기운이 돌게 될 것이다. 역사를 마음에다 새기면 한 사람의 생애까지만 가지만, 돌에다 새기면 누천년을 가는 것, 그다음 날부터 원술은 통일의 길을 가는데 초석이 된 당교대첩의 역사를 새기는 작업을 시작한다.

열흘쯤 지난 후 투박한 표석 하나가 완성된다. 표석의 크기가 업적의 크기는 아니므로 원술은 어른 키만한 화강석 전면에다 그리 길지 않은 내용을 새겨 넣었다. 그리고 사람들을 동원해 당교에서 반 마장쯤 떨어진 돈달산 기슭에 표석을 세우고, 그 골짜기를 '표석골'이라 이름 짓는다.

"숙부님, 기념비가 많을수록 전쟁이 잦았다는 건데, 기념비를 세우면 전쟁을 자주 잘 해야 한다는 것으로 오인할 수 있는 건 아닌지요?"

"윤중아, 니 말에 일리가 있구나. 하지만 당교대첩은 이 나라를 위한 전투이기보다 삼국을 아우르는 통일대첩이므로 작은 기념비라도 하나 세우지 않으면 오히려 영세불망의 무공을 후세들이 잊게 될 수도 있을 것이다. 그러나 기념비 없는 나라가 더 행복한 나라라는 말은 맞을 것이다."

"예, 그런 깊은 뜻이 들어 있군요."

"그래, 종이로 된 기념비가 가장 오래 간다지만 기왕 돌로 준비했으니 잘 세우도록 하자구나."

찰보다 손이 먼저 생겼으니 손이 다른 손을 잡아 주고, 전쟁보다 평화가 진정한 통일을 이루게 하니 평화를 더 사랑해야 하리. 짐은 왕이요, 짐이 새처럼 날기 위해서는 깃털의 힘이 필요한데, 깃털은 백성이니 백성을 하늘같이 모심으로 호국의 다리가 생겼다. 신라 유신공의 백전백승 중 가장 빛나는 1승이 당교대첩이라 그것은 피의 대가가 아닌 피가 뛰는 지략의 덕분이다. 신라가 강해 전쟁으로 당나라를 이긴 것이 아니라, 짐독의 전략으로 이겼으니 강한 것이다. 반도의 독수리가 대륙과 섬을 맘껏 비상하는 그날에 여기 한자 겨레의 태평천국이 열릴 것이니, 성벽과 군사가 따로 필요 없을 것이로다. 당교대첩의 힘으로 반도가 일어서는 여기 비를 세우니, 작은 삼국에서 시작해 큰 삼국의 길을 열어 가는 단전의 호흡은 영원히 계속될 것이다.

이렇게 비를 세우고 원술은 마음의 큰 짐을 덜어낸다. 그동안 아버지가 물려준 4대 무공을 세우는 것이 가장 큰 짐이었고, 지금 그 짐을 벗긴 했으나 그래도 이 세상에선 아버지와의 용서와 화해가 불가능한 것이 미열처럼 남는다. 이제 조카들과도 당교에서 같이 술 한잔 붓고 표석도 세웠으니 이별의 시간이 도래한다.

"윤중, 윤문아, 이제 숙부는 가야 할 길을 떠나야 한다. 그 길이 어디인지는 묻지 말고, 다만 나는 울이 없는 넓은 세상으로 갈 것이며, 그곳은 살생이 없고 깃털 신병이 있는 세상일 것이다. 나는 명예로운 화랑으로 살려고 했지만 본의 아니게 임전무퇴의 계율에 묶여 부모와의 인연을 잃어버렸다. 살생이 없으면 전쟁도 임전무퇴도 없는 것이니 미지의 땅이 나를 거부하지 않을 것이다."

"숙부님, 아직 숙부님께서는 서라벌로 돌아가시면 얼마든지 벼슬을 얻으시고, 나라에 큰일을 하실 텐데 가슴이 아픕니다."

"아니다. 난 능력이 남보다 뛰어나질 않다. 그리고 부모님께 불효는 나의 운명일 뿐, 아버지께서 나를 용서해 주셨다면 어찌 지금의 통일을 이룰 수 있었겠느냐? 그러니 난 결단코 부모님을 탓하지도 않을 것이다. 너희는 왕경으로 돌아가면 더 충성된 신하로 조부의 위업을 받들고, 5대가 무공을 세우도록 혼신의 힘을 다해 주길 바란다. 이것은 조부의 소원이자 마지막 나의 소원이다."

"예, 숙부님, 꼭 명심하여 뜻을 받들겠습니다."

그러고는 원술이 아직도 무엇인가 할 일이 있다는 듯 자기가 오래도록 쓰던 칼을 차고 혼자 영강으로 나간다. 칼을 찬 장수의 모습은 언제나 위엄이 느껴지기 마련인데, 왠지 오늘따라 원술은 위엄이 떨어져 보인다. 삼태극의 기운을 품고 유유히 흐르는 영강은 묵묵부답이고, 무심하게도 원술의 허허한 마음에 따뜻한 화답 한마디도 없다.

성천자(聖天子)라고 추앙받는 요임금이 허유에게 천하를 주겠다고 하자, 허유는 더러운 말을 들었다며 영수강(潁水江) 물에 귀를 씻었다는 강과 비슷한 품격을 가진 영강, 그 강에 서서 원술이 강물에 비친 자신의 남루를 씻으려는 듯 물끄러미 바라보고 있다. 물속에 누군가가 긴 칼을 들고 자신을 노려보며, 소멸되지 않는 욕심으로 가득한 바깥 세상을 향해 굽어진 칼날을 들이대고 있다.

 원술은 들고 있던 칼을 들어 갑자기 하늘로 겨냥한다. 햇빛에 반사된 장검의 날에서 무지갯빛이 어른거리다 사라진다. 누가 이 칼을 만들었으며, 그동안 얼마나 많은 목숨들이 칼에 의해 죽었는가? 전쟁은 무엇이고 승리는 또 무엇이며, 임전무퇴는 무엇이고 살생유택은 또 무엇인가? 이 모든 건 인간 욕심의 결과물일 뿐 아직도 역사는 전쟁의 연속이고 뺏고 빼앗기는 싸움이 이어지므로, 칼을 잡은 자는 누구도 죄인이 아닐 수 없다. 하지만 칼은 목을 베는 칼날도 있지만 비늘을 긁어내는 칼등도 있으니 누가 잡느냐가 더 중요한 것이다.
 이 칼을 잡고 있는 원술이 피의 냄새를 저주하지 않은 죄를 지고 있다는 게 스스로 부끄럽다. 그는 의미심장한 마음으로 가슴 깊은 곳에서 뜨겁게 올라오는 회한을 곱씹어 본다. 명경지수의 영강에서 이 칼을 씻고 개과천선하는 '영강세검(潁江洗劍)' 의식을 그렇게 치르고 있다.

 "나, 원술은 이제 세속의 더러운 것들을 모두 씻어 버리려 한다. 이제 장수의 손은 깨끗해져야 하고 정의의 손은 칼을 잡아서는 안 된다. 손으로 발을 씻을 순 있어도 발로 손을 씻지 못하듯, 손으로 칼을 씻을 순 있어도 칼로 손을 씻을 순 없다. 그러니 이 칼은 이제 내게서 수명을 다한 것이니, 영강에서 깨끗이 씻고 난 뒤, 다시는 칼을 휘두르지 않고, 칼에 피를 묻히지도 않을 것이다. 그리고 장차 칼을 녹여 호미를 만들어 쓰는 병화가 없는 땅을 찾아갈 것이다."
 원술의 하늘을 찌를 듯한 외침을 영강의 메아리가 따라하고 있었다. 그는 칼을 씻고 또 씻어 내린다. 그리고 그 칼은 칼집에 꽂아 두는 게 아닌 녹여서 호미를 만들 것이라 생각한다. 이제 누가 자기더러 장수가 아니라 해도 좋을 것이다. 아무리 불운하더라도 한번 화랑은 영원한 화랑이고, 한번 신라인은 영원한 신라인이니 차라리 이름은 바꿀지언정 나라는 바꾸지 않겠다고 결심한다.

"강물은 지금도 흐르고 있고, 앞으로도 쉼 없이 흐를 것이다. 영강의 강줄기는 바다로 흐르고 있고 저 강물이 마르지 않는 한 신라는 영원할 것이다."

세상에는 칼과 정신이라는 두 가지 힘밖에 없다지만, 이제 원술이 칼은 버리고 정신만 차리니 몸과 마음이 한결 가벼워지기도 하고 한편으로는 허전하기까지 하다. 정해진 목적지가 없는데도 이제는 어디론가 떠나야 할 때다. 그동안 자신에게 불어닥친 광풍이 이제 서서히 꺼지자 다시 미풍이 솔솔 잔불을 지핀다. 아직 자신의 가슴속엔 부처가 들어 있지 않고 앙칼이 들어 있는 느낌이다. 자신의 존재와 사명감이 남아 있다면 그것까지도 빨리 비워 내야 했다.

다음 날, 그는 속세와 떨어진 '광명산(光明山, 현 俗離山)'을 향해 우복동천(牛腹洞天) 길을 찾아나선다. 원술은 시끄럽고 복잡한 세상과 멀어져 있는 속리(俗離)로 가고자 한다. 청화산 자락 어딘가에 항아리 같은 곳이라고 하는 우복동(牛腹洞), 그곳은 적이 감히 침입하지 못하는 마을로 전쟁과 병화가 없다 했다. 산봉우리와 시냇물이 백 겹 둘러싸 여민 옷섶을 겹친 주름처럼 터진 곳이 없다. 기름진 땅과 솟는 샘물은 농사짓기 알맞아서 배고프지 않고 백년이 가도 늙지 않는 그곳이 과연 어디일지?

그의 마음은 무릉이라 일컫는 재악산록을 넘어 속리로 향하지만,

몸은 이미 양산천이 합류하는 영강의 삼태극을 지나고 있다. 원술이 길을 걸으면서도 아직 머릿속은 간단치 않다. 그동안 살아온 길을 돌이켜보면 비운인지 운명인지 너무 야속하다는 생각이 들기도 하고, 한편으로는 화랑으로서 전장에서 패배하고 돌아온 실수가 후회되기도 한다.

근심에 마르고 설움에 살찌는 세월을 살아왔지만 모두 자업자득이니 이제는 말끔히 정리를 해야 했다. 원술에게서 웃음과 눈물 사이를 왕래하던 시계추가 멎어 버릴 때가 온 것이다. 바다는 메워도 사람의 욕심은 못 메운다고 했지만, 욕심을 버리고 나니 바다도 사람도 다 관심 밖의 일처럼 마음이 점점 가벼워져 간다.

그런데 삼태극을 지나면서 갑자기 바람이 삽상하고 기분이 상쾌해짐을 느낀다. 굽이진 반달의 길을 분명히 혼자 걸어가는데, 어느새 물이 자신을 따라 돌고, 산도 하늘도 같이 걷는 신비로운 길이 열린다. 동행이 없는 나그네의 길이지만 외롭지도 슬프지도 불안하지도 않은 것이 신기하게 느껴지는 건 왜일까? 노루잠에 개꿈을 꾸어도 자신의 처지를 비관하면 불행해지고, 그것을 받아들이면 행복해진다는 것을 잊고 있었던가? 이 길은 아무도 없는 것 같지만 머리 위엔 산이 같이 가고, 발아래론 강이 흐르고 있는데, 어찌 눈앞에 태극을 제대로 보지 못하는가?

원술은 존재하는 것은 모두 유한하여 허무에 이르는 마음을 만들고, 만족하는 것은 무한하여 그 자체가 천국의 길을 연다고 생각한다. 삼태극의 길을 가다가 양산천과 소야천이 합수하는 지점에 이르자 원술은 갑자기 몸에 전율을 느낀다. 여기서 잠시 영험한 기운도 느끼고 몸도 쉬어 갈 겸 고모산성 아래 한 주막에 들러 주인에게 물어본다.

"이곳 기운은 예사롭지 않은 것 같소이다. 내사 풍수는 잘 모르지만 산전수전 겪은 소인이 그렇다고 문외한은 아닌데, 이곳에선 천하를 움직일 것 같은 신비한 기운이 흐르는 건 무슨 까닭이요?"

"예, 전해 오는 말에 의하면, 쌍용(雙龍)과 봉암(鳳巖)의 신령한 기운을 품고 흐르는 양산천과 주흘산, 포암산, 대미산에서 합수한 상장군 기세의 소야천이, 이곳 용연(龍淵)에서 어우러져 삼태극을 품은 후 어룡(魚龍)으로 승천할 기세라 합니다."

"그렇군요. 삼태극의 산에는 봉황이 둥지를 틀고 물에는 용이 노닐고 있으니, 이는 필시 왕후장상(王侯將相)이 날 곳인 듯합니다."

"그런데 몇 년 전 당나라 장수 소열이 이곳을 지나다가 용연의 기운을 무척 두려워하며, 장차 큰 인물이 날 것을 방비하려고 '조령천' 이름을 '소야천(蘇耶川)'으로 바꾸었다 합니다."

"그건 또 무슨 말이오?"

"왕이 태어날 기운을 막으려면 최소한 소열과 같은 신령한 장군의 기운으로 맞서야 한다며 소열의 성을 따서 '소야천'이라 부르게 했답니다."

"참 나쁜 사람들이군. 하늘이 내린 것을 자기 맘대로 바꾸는 건 당치 않소."

원술이 고개를 숙이며 한참을 생각하다가 문득 무슨 좋은 생각이 났다는 듯 다시 입을 연다.

"이 물을 거슬러 올라가면 봉암용곡의 남쪽 갈래에 큰 산이 하나 있을 것이오. 신선이 내려와 머물고, 암수 용이 사랑의 보금자리로 파 놓은 용추폭포가 있다는 바로 그 산인데, 사람들은 '선유산(仙遊山)'이라 부르고 있소. 선유산은 신선이 머무는 산이라 소 장군의 사악한 기세에 미치지 못하니, 대신 큰대(大)자와 그 존칭으로 아버지야(耶)를 넣어 앞으로는 '대야산(大耶山)'으로 고쳐 부르도록 하지요. 그러면 대가 소를 이기므로 '소야천'으로 왕의 기운을 누르겠다는 소열의 기세를 꺾을 수 있을 것이오."

"이제는 선유산을 대야산으로 불러야겠군요."

"그렇소, 특히 삼태극 길지는 사악함이 없이 선한 마음으로 보고 임해야 하늘이 내리는 좋은 기운을 듬뿍 받을 수 있는 것이오."

원술이 자리를 털고 일어나 사방을 한번 둘러보며 당포로 향한다. 관문현으로 가는 길의 방향은 삼태극을 왼쪽으로 도는 길이어서 확산이나 발산의 힘은 갖지만 기가 흩어지고 순리를 거스르는 것이므로 영험한 힘을 받기는 좀 어려워 보인다. 태극을 오른쪽으로 도는 길은 살아 있는 자의 길이고, 왼쪽으로 도는 길은 저승길로 가는 것이라 했다. 그러나 원술은 자기 희생을 통해 욕심으로 얼룩진 전쟁의 한을 풀어내는 수행자 같은 탑돌이의 길을 왼쪽으로 돌아가고 있었다.

해가 떨어지기 전, 얼마 전 먼저 떠난 도미 낭자가 머무르고 있을지도 모를 문막이 눈앞으로 가까워지고 있다. 그리고 얼마 후 원술이 문막 민가에서 하룻밤을 보내기 위해 머무르며, 다시 도미 낭자를 생각하게 된다.

자신은 아직 할 일이 남아 있어 그녀를 받아 줄 수 없다고 했지만, 도미는 그런 자신을 위해 평생 기도하며 재회의 날을 기다리며 살겠다는 사람인데, 어찌 마음이 편할 수 있겠는가. 문막에서 하늘재 고개를 넘으면 미륵리가 나오고, 그리고 북으로 수만 리 길을 가야 자신이 꿈꾸는 대륙에 이를 수 있는데, 이렇게 또 천리 길의 한 걸음도 떼어놓기가 너무도 힘이 겹다. 한번 떠나면 다시 돌아올 기약도 할 수 없는 처지라 그 밤에 원술의 불면은 짧지 않았다.

'관음의 길과 미륵의 길은 한 길로 통하되, 서로 다른 세상으로 흘러가는 것일까? 도미가 있는 관음세상을 뒤로하고, 하늘재를 넘어가는 나의 미륵세상은 얼마나 대자대비한가? 현세의 사랑을 그리는 도미와, 내세의 전쟁이 없는 평화의 밑그림을 그리는 내가 후일 하늘재의 정상에서 만난다면, 그곳이 우리 두 사람이 머무를 도원경 같은 소원의 성소가 될 수 있을까? 미륵과 관음이 만나면 과연 만다라가 피는 하나의 불국이 이룩될까?'

  원술은 도미와의 희미한 미래를 떠올리며 날이 밝자 천천히 하늘재를 넘는다. 계곡에서 바라보면 모든 것이 거대하고 산꼭대기에서 바라보면 모든 것이 작은 것, 이 계곡에 편히 머물러 있으면 결코 불함산을 넘지 못하게 되기에 그의 발걸음은 좀 더 빨라진다. 고개 정상은 남북의 산을 연결하는 산줄기에서 말안장처럼 움푹 패어 들어가 있어 원술의 마음을 편하게 만든다.
  그리고 얼마를 걸어 미륵리에 이른다. 고구려 온달 장군과 연개소문이 이곳을 차지하려 목숨을 걸었던 요새답게 산들이 사람을 편하게 안아 주는 품새였으니 칼을 버리고 욕심까지 버린 원술의 발길은 여기서 오래 머무를 수밖에 없다.
  바쁘지도 급하지도 않은 원술의 가슴속엔 아직도 지워지지 않는 아버지 유신공과 어머니 지소 부인, 그리고 도미 낭자가 눈앞에 자꾸 아른거린다. 떠나는 사람이 다시 돌아올 곳이 있다면 그것은 행복한 일이다. 원술은 어느새 스스로를 행복한 사람이라 생각한다. 미륵리에 발목 잡힌 원술에게 밭갈이는 기도이고, 심는 것은 예언이며, 추수를 응답과 성취로 받아들이며 얼마 후 마당에다 석불 하나를 세운다.

  그 석불은 눈을 감지 않고 늘 깨어 있되, 시선은 북쪽 대륙으로 두고 있었다. 요동벌로 나아가 깃털 신병을 만나고 평화를 사랑하는 자와 손잡아 원근(遠近)을 안정시켜, 대륙의 전쟁을 막아 평화를 지켜 내겠다는 원술의 마음을 알아주는 듯하다.

지금 자신이 할 수 있는 건 평화를 위한 기도 이외에는 할 것이 없으며, 기도는 그에게 낮의 열쇠와 밤의 자물쇠가 되어 그를 머무르게 만든다. 원술이 앉은 자리는 따뜻하지 않았고, 그의 굴뚝은 검게 그을리지도 않았다. 사람의 두 눈이 중간에 코를 중심으로 이웃해 있으면서 서로 볼 수 없는 것처럼, 해가 한두 번 바뀌는 동안 지호지간에 있으면서도 도미와 원술은 그렇게 떨어져 각자에게 주어진 기도 생활로 살아가고 있었다.

그러던 어느 날 원술은 행장을 다시 꾸려 미륵 앞에서 고별의 재배를 하고 길을 재촉한다. 미륵댕이 석불이 원술이 가는 방향 쪽으로 서서 자비의 눈빛으로 그를 지켜 주고 있다. 손바닥만한 좁은 반도를 떠나 자유의 벌판을 찾아가는 원술의 뒷모습이 부처의 눈에도 측은하기만 한지 눈을 가늘게 뜨고 있다.

태백산에 가서 길 잃은 행인이 되고 싶다
누가 이름을 불러도
대답하지 않으리니
혼자 허무주 한잔 마시고
동서남북 가리지 않는 뜬구름이고 싶다

패강을 등에 지고 압록강을 건너고 싶다
백두가 흰 머리라면
천지는 푸른 가슴이니
북향하고 엎드려 큰 기도하며
반도여 대륙이여 섬이여 한 몸이고 싶다.

수년 뒤 패강 부근 한 고을 백성에게 원술이 써 준 시가 발견된다. 그러나 가늠되지 않는 현실을 벗어나고자 하는 몸부림과 통일에 대한 강한 의지만 확인될 뿐 이후 원술의 종적은 확인되지 않는다. 대륙을 넘어 더 큰 꿈을 꾸며 요동벌로 떠난 그는 지금 어디에서 열심히 전쟁의 불을 끄며 평화의 나무를 심고 있을까?

아무도 대답을 해 주는 이 없고, 도미가 세운 석불과 원술이 세운 미륵도 서로 만나지 못한 채 하늘재를 양쪽에 두고 무심한 표정으로 우두커니 세월을 향해 침묵하고 있을 뿐. 인연이 있으면 천리 밖에서도 만날 수 있지만, 인연이 없으면 고개 하나를 두고도 결코 만나지 못하는 것이리라.

소열과 설예의 사당을 짓다

당나라 고종은 소열(소정방)과 설예(설인귀)라는 최고의 명장을 투입하고도 나당전쟁에서 신라에게 맥없이 패하고 말았으니 멀쩡한 하늘이 굉음을 내며 흔들리는 듯하다. 힘없는 고양이 새끼를 보살펴 살려 주었더니 천하를 호령하는 호랑이의 목덜미를 덥석 물어 버린 것이다. 은혜를 베풀었다가 도리어 배반당하고만 '양호유환(養虎遺患)'이라는 것. 하지만 그 호랑이가 재수 없이 급소를 물리긴 했어도 배은망덕한 고양이에게 그냥 고분고분 당하고 있지 않겠다는 소식이 바다를 건너서 신라에게 급하게 들려온다.

기벌포 해전 이후 당나라가 신라를 단죄하겠다는 뜻을 품고 대대적인 공격을 다시 준비하기 시작했다는 것이다. 피비린내 나는 지긋지긋한 전쟁이 이제 겨우 종식되었는데, 또다시 이 땅에서 전쟁을 벌인다는 건 결과와 상관없이 다시 피를 부르고 원한의 칼을 갈게 되는 악순환이 이어지는 엄청난 불행이다.

정보를 접한 문무왕은 전쟁에 대한 대비보다는 고종의 다친 마음의 상처를 아물게 하는 게 상책이라 판단한다. 답이 잘 나오지 않자 고민 끝에 중신들을 불러들여 회의를 개최한다.

"당나라가 우리에게 패한 것을 복수하고자 대대적인 공격 준비를 하고 있다니 큰 걱정이오. 그래서 과인은 이 나라에 찾아온 국운 상승의 호기를 놓치지 않아야 하고, 전쟁이란 가장 비천하고 죄 많은 무리들이 하는 저열한 짓이므로 전쟁만은 피해야 한다고 생각하오. 그러려면 고종의 상한 마음을 잘 다독여 줄 좋은 방법이 필요할 것 같은데, 어디 묘안이 없겠소?"

"폐하, 고종이 마음을 크게 다친 건 신라와의 영토 때문만은 아닌 것 같사옵니다. 물론 처음에는 신라를 집어먹으려고 욕심을 낸 것이 맞지만, 그보다는 최고의 명장을 내세워 수십만의 정예군을 보냈는데 그들이 신라에게 패했다는 것에 분노했사옵니다. 또한 승전 잔치를 베풀어 주겠다는 야비한 계략에 넘어가 군사들이 억울하게 몰살당했다고 생각하는 그 점이 큰 문제인 것 같사옵니다."

"일리 있는 말이오. 그렇다면 고종의 마음을 어떻게 풀어 줄 수 있겠소?"

"소신의 소견으로는 당교에서 고혼이 된 소열과 기벌포에서 패한 설예를 위해 우리가 겉으로나마 그들을 신으로 모신다며 사당을 짓고 제사를 지내는 척하는 것은 어떻겠사옵니까? 그 소식을 고종이 들으면 신라에서 자국의 장수를 신으로 모신다는 것에 기뻐하며 어느 정도 마음을 풀 수 있을 것 같기도 하옵니다."

문무왕은 대신의 제안을 받아들여 즉시 시행하라 지시한다. 지금 전쟁 준비에 열을 올리고 있는 당나라를 생각하면 한시라도 서둘러 제사를 지내고, 그 사실을 당나라에 고하는 것이 급선무였다.

소열의 사당은 그가 끝내 무너뜨리지 못한 임존성 전투를 위로하는 차원에서 임존성(현 예산)이 있는 봉수산 기슭에다 지어 '소도독사'라 이름하고, 위패를 세운 후 향과 축을 내려 봄 가을로 제사를 지내도록 했다.

설예의 사당은 설예가 천성 전투에서 패한 것을 달래 주고자 그곳 진산인 감악산(현 파주)에 '음사'라는 사당을 짓는다. 그리고 초상화를 그려서 붙인 다음 그 공적을 새기기가 저어하다 하여 산상에 몰자비를 세운다. 설 장군의 힘과 용맹성이 자못 대단해, 누구나 소원을 빌기만 하면 모든 게 이뤄진다며 '돌에다 빌면 이루어진다.'는 뜻으로 '빗돌대왕비'라고 부르도록 했다.

"황제폐하, 신라에서는 장군 소정방과 설인귀 두 사람을 숭앙하여 각각 사당을 지어 봄 가을로 제사를 지내고 있다고 하옵니다."

"그게 무슨 말이냐? 신라는 우리 은혜를 잊고 배신한 자들이 아니더냐?"

"그뿐 아니라 설인귀 장군의 비석을 산 정상에다 세우고 나라에서 그를 신으로 모시고 있으며, 신라는 두 장군의 이름을 함부로 부르지 못하게 하고, 자(字)를 사용하여 소정방과 설인귀로 부르도록 어명을 내렸다 하옵니다."

"그것 참, 그들이 갑자기 우리 장군들의 사당을 짓고 비석을 세워 제사를 지내다니. 그건 우릴 업수이 보는 게 아니라 내심 받들어 존경하고 있다는 말이 아니더냐? 여봐라. 그게 사실이라면 신라를 공격할 전쟁 준비를 즉시 멈추도록 하라."

문무왕이 사신을 보내 신라에서 당나라 두 장군을 숭모하여 사당을 짓고 제사를 지낸다는 소식을 전했다. 고종은 이를 흔쾌히 받아들이고, 크게 벌어질 전쟁 준비를 취소시키며 상당 기간 화해 분위기가 조성된다.

문무왕은 전쟁의 폐해를 워낙 많이 겪어 본 왕이라 위기를 피할 줄 아는 그의 주도면밀한 계책이 새롭게 빛을 발했다. 지혜로운 왕으로 하여 전쟁 대신 오히려 태평성대의 기회를 맞으니 신라로선 천재일우(千載一遇)이자 전화위복이 된다.

윤중, 5대 무공을 위해

   유신공의 적손(嫡孫) 윤중(允中)이 성덕왕(聖德王, 702~736) 때 벼슬해 대아
찬이 되고 여러 번 임금의 은혜를 입자 왕의 친속들이 그를 자못 질
투했다. 때마침 8월 보름에 왕이 월성(月城)의 산 위에 올라 경치를 바
라보며 시종관(侍從官)들과 함께 주연을 베풀고 즐기면서 윤중을 부르
게 했다.

   "폐하, 지금 종실(宗室)과 외척들 중에 좋은 사람이 없어 소원(疏遠)한
신하를 부르시옵니까? 이것이 어찌 격에 맞는 일이시온지요?"
   "지금 과인이 경들과 더불어 평안 무사하게 지내는 것은 윤중 조부
(유신)의 덕분이다. 만일 공의 말과 같이하여 그 은덕을 잊어버려 자손
에게 공대하지 않으면 큰 결례가 아니겠는가."
   마침내 윤중을 가까운 자리에 앉게 하고, 그 조부의 공적을 말하기
도 했다. 날이 저물어 윤중이 물러가기를 아뢰자, 윤기가 자르르 흐
르는 말 한 필을 하사한다. 여러 신하들은 이를 말없이 불만스럽게
바라볼 뿐이었다.

   서기 732년, 발해 2대왕인 무왕이 당나라 현종과 전쟁을 하게 된다.
당의 등주를 발해가 먼저 공격하면서 전쟁이 시작되었다. 그 원인은

흑수말갈의 관할로 인한 갈등이 문제였다. 무왕은 동생인 대문예를 시켜 당나라를 공격하라 하자 동생이 무모한 짓이라며 이 말을 듣지 않았다. 그러자 무왕은 그를 죽이려 했고, 동생은 당나라로 도망을 쳤는데, 대문예를 죽여 달라고 무왕이 당나라에 요청했으나 이를 거절하자 장문휴를 시켜 공격을 시작한 것이다.

서기 733년 당나라 현종은 신라 사신 김사란을 귀국시켜 군사를 내어 달라는 뜻을 전한다. 그리고 윤중에게는 금과 비단 약간을 보내면서 이 전쟁에 적극 협조해 줄 것을 원했다.

"발해(渤海)는 겉으로는 번방(藩邦)이라 일컬으면서 속으로는 교활한 마음을 가지고 있다. 지금 군사를 출동시키려 하니, 신라도 군사를 출동해 서로 협공하게 하라. 들건대 옛 장군 김유신의 손자 윤중(允中)이 있다고 하니, 모름지기 이 사람을 뽑아 장수로 삼아서 보내 주시오."

당나라에서는 그만큼 유신의 존재가 대단함을 인정하고, 그 손자를 발해 정벌에 장수로 삼아 달라고 요청한 것이다. 이에 성덕왕은 윤중과 아우 윤문 등 네 장군에게 명해 군사를 거느리고 당나라 군사와 회합하여 발해를 치게 한다. 윤중이 아우 윤문에게 말한다.

"조부께서 늘 꿈꾸시던 화평한 세상을 이룰 때가 드디어 왔구나. 원술 숙부님까지 나라에 4대가 무공을 세워 삼국 통일까지 이루었으니 이번에 우리가 공을 세워 5대 무공이 이루어지면 이 땅에 천년평화의 세상이 올 것이라 했다. 그러므로 우리는 이번 전쟁에 나가 목숨을 바쳐 공을 세워야 할 것이다."

"형님, 반드시 그렇게 해야 합니다. 그런데 윤중 형님, 발해를 치는데 그게 신라를 위한 무공으로 볼 수 있습니까?"

"윤문아, 발해는 원래 고구려의 영토였고, 고구려 유민들이 많이 사

355

는 곳이라서 많은 백성들이 우리 신라의 영토가 되었으면 하는 바람을 갖고 있단다."

"그렇다면 이번 전쟁을 통해 그곳을 우리 땅으로 회복하면 좋겠습니다."

"지금 당장은 그렇게 될 수 없을지 모르지만, 반드시 그 땅은 회복해야 된다는 게 나의 뜻이다."

"예, 저도 그렇게 형님 뜻에 따르겠습니다. 이번 임전을 통해 발해의 지형을 잘 익히고 군사들의 전술도 읽어 내어 후일 중원 대륙을 여는 계기로 삼겠습니다."

"그런데 출병에 앞서 우리 형제가 관문현을 한번 다녀왔으면 좋겠다."

"형님, 갑자기 관문현은 왜 가신다는 것입니까?"

"우리가 5대 무공을 세우려는 아주 큰일을 앞두고 있으니, 그곳에 가서 좋은 기운을 받았으면 좋겠다는 뜻이다. 가서 표석골에 있는 조부님 승전비 앞에 술 한잔을 올리고, 그리고 왠지 원술 숙부님도 생각나 관음과 미륵댕이도 다녀오고 싶구나. 그곳은 도미 낭자와 원술 숙부님이 나라를 위해 기도를 올리던 도량이라니, 문득 그곳에 가서 두 분의 족적이라도 접할 수 있다면 좋으련만, 너무 긴 세월이 훌쩍 흘렀구나."

윤중 형제는 뜻이 같음을 확인하고, 먼저 당교가 있는 표석골을 찾아 잔을 올린 후 네 번 절을 올린다. 보통은 2배로 끝나지만, 조부께서 흥무대왕(興武大王)으로 추봉(追封)되어 왕의 예를 갖추니 4배다. 그들은 자연히 왕자의 신분이라는 것을 이렇게 간접으로 확인하게 되니 더 경건해진다.

다시 발길을 옮겨 관문현에 있는 관음을 찾았으나 도미 낭자는 없고 석불만 남아서 혼자 합장을 하고 있다. 관음석불의 두 손이 누구를 위한 기도인지 굳이 묻지 않아도 알 듯했다.

관음에서 하룻밤을 보내고 그다음 날 아침이 밝아 온다. 문을 열자 눈을 뜰 수 없을 정도로 눈꽃이 빛나고 만산이 온통 별천지다. 상고대가 펼쳐진 풍경은 해가 떠오르자 흰옷을 입은 천군과 흰색 만마의 군사들로 변신해 윤중 형제를 보위하며 전장에서 그들을 뒤따르는 형상으로 다가온다. 너무 가슴이 벅차기도 하고 신비하기도 하여 잠시 넋을 잃고 눈앞의 풍경에 빠진다.

"형님, 난생처음 보는 대단한 눈꽃입니다."

"나도 감탄하여 할 말을 잃고 있다."

"형님, 그런데 저기 흰 나무는 무슨 나무인데, 혼자 눈꽃을 털고 당당히 서 있습니까?"

"아아, 저 나무는 신단수라는 박달나무다. 단군이 나라를 세울 때 환웅이 나무 아래로 내려왔다는 바로 그 신목이란다. 워낙 단단해 병사들은 무기가 없을 때는 나무칼을 만들어 쓰기도 하고 백성들은 다듬이, 홍두깨를 만들어 쓴단다."

"형님, 간밤 꿈에 조부님이 잠깐 보였는데, 북채를 하나 주시면서 그것으로 큰 북을 힘차게 쳐 보라고 주셨습니다."

"그래? 그것은 예사로운 꿈이 아니구나. 저 나무를 북채로 만들어 전쟁에 나갈 때 북을 치면 좋겠다는 생각이 든다. 박달나무 북채를 최고로 치고 있으니 지금 저 나무는 아마도 조부님이 우리에게 꿈으로 내려 주신 전장의 선물일 것이다."

윤중 형제가 가쁜 숨을 몰아쉬며 하늘재를 넘는다. 낙엽이 진 살풍경한 초겨울 산이지만 하늘재를 오르다가 뒤를 돌아보니 일망무제로 펼쳐지는 장엄한 산들이 여러 겹의 병풍처럼 관문현을 길게 둘러싸고 있다. 그러니 누가 이곳을 함부로 범할 수 있겠는가.

하늘재를 넘어서자 또 다른 산들이 안온한 기운으로 깊숙하게 품어준다. 그리고 미륵댕이에 이르는데 원술이 이곳에서 은둔했다는 후문을 들었으니 이들 형제의 발길이 더 오래 머문다. 관음의 석불과는 달리 이 미륵불은 엷게 웃는 표정으로 얼굴을 북쪽으로 향하고 서 있다.

"윤문아 석불이 북향을 하고 있는 것은 매우 드문 일이다. 그만큼 숙부님이 북쪽 대륙을 향해 평화의 사도를 자처한 그 마음이 읽히는구나."

"형님, 하늘재라는 고개 하나를 두고 도미 낭자님과 원술 숙부님이 서로 생사도 모른 채 각자 열심히 기도만 하셨군요. 두 분의 애틋한 생애가 가슴을 애잔하게 만듭니다."

얼마 뒤 왕명에 따라 윤중, 윤문 장군은 군장을 가다듬고 박달나무 북채도 챙긴 다음, 드디어 5대 무공을 그리며 대군을 이끌고 발해 전선으로 나아간다. 연합군은 패강 부근에서 출발해 평안도와 압록강 입구의 산악지대를 지나 당나라로 가는 요충지인 발해 서경압록부로 향한다.

이 무렵 산이 험하고 날씨가 추운데다 갑자기 눈이 많이 내려 군사들이 눈 속에 갇힐 지경이다. 그러나 윤중은 바위와 큰 소나무들이 든든히 버티고 있는 장소를 물색한 뒤 이곳에서 숙영할 계획을 잡는다. 병졸들과 진을 치고 말은 나무 밑에 매어 둔다. 투구는 바위에 씌워 두고 군대를 상징하는 깃발을 바르게 세우자 군기가 몸서리치듯 흔들린다. 이렇게 진지를 구축하고 버텨 보는 것은 사람의 왕성한 기가 뭉치면 상서로운 일이 일어나는 화기치상(和氣致祥)의 기적이라도 기대하고자 함이었다.

하지만 웬일인지 바람이 더 강해지고 눈보라가 몰아치더니 이내 세워 둔 깃발이 바람에 힘없이 눕고 만다. 눕기(臥旗)를 보고 마음이 약해진 윤중은 다시 가슴이 더 뜨거워진다. 한번 싸워 보지도 못한 채 이대로 물러서는 건 안 된다며 계속 전진을 하자고 병사들을 극구 선동한다. 이에 다른 장수들이 이렇게 하면 전쟁도 치르기 전에 모두 동사한다고 적극 만류한다. 하나 둘씩 병사들이 쓰러지는 것을 보고는 더 이상 전진하지 못하고 힘없이 퇴각하는 윤중이 전쟁에서 진 패잔병의 형색보다 더 초라해 보인다.

대군이 요동을 등지고 말머리를 남으로 향해도 며칠째 눈발이 더욱 굵고 세차게 뺨을 때린다. 눈은 길을 지워 버리지만 세상을 하나의 은세계로 만들고 아예 국경의 경계까지 없앤다. 이어 사람들의 욕심마저 다 묻어 버리고 하나의 순수한 세상으로 존재한다. 그가 상심하여 눈송이를 칼로 내리쳐 보지만 아무렇지도 않게 그대로 땅 위에 부서져 하얗게 쌓인다. 속절없이 내리는 눈길을 뚫고 가며 혼잣말로 중얼거린다.

"장수 중에 가장 무서운 장수가 백군장수로구나. 상처나지 않는 눈, 이길 수 없는 눈, 피 흘리지 않는 순백의 평화가 내게 퇴각이라는 길을 여는구나. 분하다. 이 북채로 승전고를 한번 울리지도 못하고 그냥 돌아가다니. 허나 바로 이거로구나. 조부께서 꿈꾸어 왔던 하나되는 신천지가 여기 설국에 있구나. 저기 하늘 가득 나는 무수한 흰 독수리들이 보인다. 독수리는 수평의 영토를 원하는 게 아니라 수직으로 하늘을 맘껏 누비며 피 흘리지 않는 순수하고 평온한 세상을 날아가는구나. 독수리는 비만하지 않고 욕심이 없으며, 영토의 철책이 없고 자물쇠가 달린 창고도 없어 그래서 가장 멀고도 높이 난다. 그래,

독수리가 높이 날기에 해안선이 보이고, 대륙이 보이며, 바다가 크고 푸르게 열리는구나."

눈길을 뚫고 윤중이 서라벌로 돌아와 눈물을 흘리며 성덕왕 앞에서 머리 숙여 아뢴다. 그가 흘리는 눈물은 전쟁도 해 보지 못하고 무공을 세울 수 있는 기회를 놓쳤다는 분함인지, 아니면 죄인으로서 왕 앞에서 흘리는 사죄의 눈물인지 잘 분간이 되지 않는다.

"폐하, 신라의 화랑들은 임전무퇴가 기본인데, 아예 임전도 못하고 돌아왔으니 이 죄인을 벌하여 주시옵소서."

"아니오, 폭설은 하늘이 내린 명령이니 어쩌겠소. 그건 장군의 귀책이 아니니 죄를 물을 수 없소. 앞으로 호랑이처럼 멀리, 소처럼 묵묵히 가다 보면 분명 좋은 일이 있을 것이오."

"소인의 원술 숙부는 불가항력의 석문 전투에서 무모한 죽음보다 후일 도모(매소성 전투)를 위해 살아서 돌아왔다는 이유만으로 생전에 조부께서 자식으로 받아 주지 않았는데, 저도 조부님이 계셨으면 아마도 가족의 인연을 끊으셨을 것이옵니다. 한 나라 한 가문의 5대가 무공을 세우면 천년평화 시대가 열린다고 했는데, 그걸 제가 이루지 못했으니 천하 역적이자 만고 불효를 저지른 셈이옵니다."

"아니오, 그건 장군의 조부께서 워낙 나라사랑이 과하신 탓이오. 허나 천년평화 시대가 도래할 수 있다니 꼭 다음 기회를 기다려 보기로 하지요."

서기 734년 성덕왕은 대륙 진출의 꿈을 버리지 않고 당 현종에게 발해를 토벌할 것을 다시 제안한다. 그 이유는 지난번 정벌에서는 폭설로 뜻을 이루지 못했고, 또한 윤중 장군의 5대 무공이 무산된데 대한 기회를 부여해 주기 위함이었으나 당나라에서는 이를 실행에 옮기지 않았다. 그것은 발해에서 무왕의 동생 대번을 당나라 화해 사신으로 보냈기 때문이었다. 이제 윤중에게는 마지막으로 기대했던 당나라 정벌의 불씨가 꺼져 버려 암울한 나날이 이어진다.

어느 날 절망 대신 위안을 주는 기쁜 소식이 서해를 건너 신라로 온다. 735년 4월 당나라 사신이 현종의 뜻을 성덕왕에게 전해 왔다.

찰보다 손이 먼저 생겼으니 손이 다른 손을 잡아 주고, 전쟁보다 평화가 진정한 통일을 이루게 하니 평화를 더 사랑해야 하리. 짐은 왕이요, 짐이 새처럼 날기 위해서는 깃털의 힘이 필요한데, 깃털은 백성이니 백성을 하늘같이 모심으로 호국의 다리가 생겼다. 신라 유신공의 백전백승 중 가장 빛나는 1승이 당교대첩이라 그것은 피의 대가가 아닌 피가 뛰는 지략의 덕분이다. 신라가 강해 전쟁으로 당나라를 이긴 것이 아니라, 짐독의 전략으로 이겼으니 강한 것이다. 반도의 독수리가 대륙과 섬을 맘껏 비상하는 그 날에 여기 한자 겨레의 태평천국이 열릴 것이니, "신라 윤중 장군이 발해를 정벌함에 있어 혹한과 폭설에도 불구하고 목숨을 걸고 참전해 후일 발해가 화해 사신까지 보내왔다. 그 공의 일부는 윤중 장군에게도 있다 하겠다. 그러므로 이제 패강(대동강) 이남의 땅은 전부 신라의 것이니 그동안 우리가 차지했던 그 땅을 잘 지켜 가길 바란다.

당나라에서는 신라 영토에 대한 욕심을 깨끗이 버리고, 신라 장군들이 발해 전쟁에 협조해 준데 대한 큰 감사의 표시였다. 비록 그것이 형식적인 조치였으나 신라 조정에서는 나라의 위상을 재확인함과 동시에 윤중에게는 5대 무공을 세운 것과 같은 반가운 소식이어서 윤중과 윤문은 그동안의 죄의식에서 다소나마 벗어날 수 있었다.

하지만 윤중은 윤문과 함께 이듬해 시월 다시 당교를 찾는다. 겉으로는 당교 다리밟기도 하고 표석골에 가서 조부 표석에 잔을 올리기 위함이었지만, 속으론 장담했던 5대 무공의 약속을 지키지 못한 것을 조부 승전탑 앞에서 사죄를 받고자 하는 마음이었다.

전쟁은 승리하건 패하건 간에 죽은 자보다 살아남은 자에게 더 중요한 문제를 던져 주는 것이다. 출병을 했지만 천재지변으로 그냥 돌아왔으니 승리도 패배도 아니어서 윤중의 짐은 완전히 벗은 것이 아니었다.

윤중 형제는 일찌감치 표석골을 찾아 전승기념비 앞에서 조부께 사죄의 잔과 큰절을 올렸다. 그리고 그 보름밤에 백성들과 함께 다리밟기(답청)에 참여한다. 남녀노소가 당교 다리로 모두 나와 걷는 것인데, 올해는 윤중이 성덕왕의 명을 받아 특별한 자리를 만든다.

보름달이 떠오를 때를 맞추어 다리 입구에 작은 무대를 만들고, 신라 삼현삼죽인 거문고와 가야금, 향비파에다 대금, 중금, 소금을 합주한다. 달빛을 타고 흐르는 음악에 월궁 항아가 모습을 드러내고 계수나무 아래에선 옥토끼가 춤을 추는 듯하다.

특히 피리 소리는 심금을 찌르는데, 그동안 전쟁으로 시달렸던 나라에 비로소 평화가 오니 이제 나라의 모든 걱정과 근심을 물러가게 한다는 그 만파식적의 소리가 아니겠는가. 죽어서 바다 용이 된 문무왕과 하늘의 신이 된 유신이 합심해 동해의 한 섬에 대나무를 보냈고, 그 대나무로 만든 대금이 만파식적인데, 이 피리를 불면 적의 군사는 물러가고, 병은 나으며, 가뭄 들면 비가 온다고 했으니, 지금 이 피리 소리는 영락없이 신비의 악기, 그 소리일 것이다.

삼현삼죽의 연주가 끝나고 난 뒤 큰북을 친다. 비조룡의 박달나무로 만든 북채로 윤중이 둥둥둥 북을 치는데, 그 소리는 윤중의 등을 두드려 용기를 북돋우는 소리다. 아니 슬픔을 씻어 주고 기쁨을 지어 주는 소리다. 둥둥둥 다리를 더 밟아 돌이나 무쇠보다 강한 백성의 다리가 되라고 응원하는 소리다.

북 속에는 백성들의 마음이 들어 있어 힘차게 두드리면 힘을 얻는 큰소리를 낸다. 단단한 북채로 두드리자 달리는 말발굽 소리보다 더 힘차다. 전장에서 들리는 진군의 북소리가 아닌 평화를 기원하는 행진 소리로 그렇게 당교의 밤은 깊어 간다.

백성들은 밤이 이슥토록 노래를 부르며 다리 밟기를 즐긴다.
"가야 가야 나도 가야, 가여 가여 너도 가여, 가야 가야 고릉 가야, 가여 가여 당교가여…."
"청춘남녀 짝을 지어, 오오삼삼 다니는데, 우리 님은 어딜 가고, 답교 하잔 말이 없다. 얼시구나 좋고 좋아, 절시구나 아니 놀진 못하리라."

열엿샛날 밤엔 선남선녀들이 나와 "연밥 따는 저 큰 아가 연밥줄밥 내따줌세 백년언약 맺어도고…." 공갈못 노래를 합창하며 흥겹게 어울려 논다. 당교 아래 잠든 당나라 군사들의 원혼도 당교로 나와 달밤을 같이 즐기며 한을 풀고 해독주를 흠향하며 평화를 함께 기약하는 듯했다.

다시 짐새가 날다

홍익인간의 후손들이 그토록 애타게 찾던 천부인을 보았다는 소문이 어디선가 들려오기 시작한다. 백의민족 중 흰색을 유난히 좋아하는 고령가야국 사람들은 쌀과 명주와 곶감, 그리고 박달나무와 은구어와 흰바위(화강암)라는 쌍삼백의 여섯 가지 축복을 누려 오면서, 드디어 당교대첩 후 천부인이 관문현에 있다고 했다.

천부인! 선택받은 나라에 하늘이 내리는 세 가지 축복, 그것은 바로 신단수라는 단목(檀木)인 비조룡의 박달나무가 답이었다. 공갈못 둑에 박은 나무 말뚝과 가야금 현을 받친 기러기발과 진군을 북돋우는 큰 북채가 그것이다. 하여 못물로 들판의 풍년을 만들고, 아름다운 선율로 풍류를 나누며, 힘찬 응원으로 용기를 북돋워 주어, 독수리가 비상하는 반도의 단전에 힘이 모여 통일은 그렇게 오고야 말았다.

눈이 내린다. 신라에서 시작해 당나라와 왜나라도 같이 내린다. 같은 겨울, 어느 산맥에 쌓여도 흰색 눈이고, 어느 골짝에 내려도 같은 물이며, 어느 강에 흘러도 하나의 대양에서 모인다. 사람들은 고구려 백제 신라를 아우러 작은 통일을 열었지만, 눈은 대륙과 반도, 섬마저 하얗게 하나의 설국으로 큰 통일을 연다.

머리와 가슴과 발이 한몸이듯, 대륙과 반도와 섬이 한 지붕이니, 이미 고구려 백제 신라가 한 나라가 되었듯, 이젠 당과 신라, 왜나라가 따로 존재할 수 없는 거룩하고 위대한 짐새의 나라이며, 그 하늘 아래는 순백의 축복으로 난분분하다.

짐새의 왕국을 나는 독수리는 자유롭다. 독수리에겐 국경이 없고, 독수리의 눈은 천리안이며, 독수리의 날개는 천하를 지배한다. 독수리가 눈 위에 앉으면 발자국이 남고, 그 발자국을 보고 만든 한자는 세 나라가 소통하는 하나의 언어가 된다. 새가 내려 준 대자연을 담은 한자! 그 글자를 사용하는 사람들은 소리는 달라도 글씨로 쓰면 뜻이 통하고, 그 뜻이 통하면서 한자 겨레가 탄생된다. 겨레는 힘과 땅의 크기에 따른 '소국이나 제후의 나라'가 아니라 서로 한자동맹을 맺고 천년평화를 누리며 살아가는 한겨레이다.

그 나라 왕의 지위란 모자에 꽂은 깃털에 불과하다. 왕은 백성을 먼저 생각하고 백성의 눈을 통해 세상을 본다. 그러기에 왕은 깃털로 비상하는 짐새라 비만하지 않고, 결코 욕심의 알을 훔치거나 탁란하지 않는다. 짐새는 빛나는 날개로 나는 게 아니라 무욕의 깃털로 날고, 용맹으로 나는 게 아니라 자비로 날아 세상을 넓게 보고 작게 지배한다. 이제 짐새의 볏과 날개는 봉황을 닮고 부리와 다리는 학처럼 길어져 평화의 불사조로 날아오르는구나.

욕심의 너머에는 짐승이 살고, 짐승의 너머에는 탐욕이 있으며, 탐욕의 너머에는 전쟁이 발발한다. 거긴 아무리 먹어도 채워지지 않고, 아무리 입어도 데워지지 않는 몸을 가진 뜨거운 피에 굶주린 욕망의 노예들이 산다.

하지만 평화 너머에는 사람이 있고, 사람 너머에는 사랑이 있으며, 사랑 너머에는 무극의 행복이 있다. 거긴 지상의 낙원, 깃털이 눈부신 짐새가 날고 그 비상의 하늘 아랜 하나의 나라가 존재한다. 가장 높이 나는 새, 가장 멀리 나는 새, 가장 멋있게 나는 짐새들! 새들은 새들끼리 서로 깃털로 알아보고, 깃털이 고우면 새도 멋지며, 깃털을 날리며 노래하는 새들이 세상의 주인이 된다.

"욕심 없는 짐새의 깃털은 날개가 되어 하늘을 날지만, 욕심 많은 짐새의 깃털은 독이 되어 하늘에서 떠나게 된다. 보라! 짐새의 깃털을. 흰색 깃털은 전투에 참여를 안 한다는 것이고, 빨간색 깃털은 희생된 죽음을 잊지 않는다는 것이며, 녹색 깃털은 평화를 누린다는 것인데, 지금 저 짐새의 깃털이 녹색이니 이 나라에 천년평화 시대가 도래하리라."

한반도의 독수리는 가야에서 신라, 신라에서 통일신라로 이어져 이제 작은 천하를 얻고, 다시 대륙과 섬이 반도로 이어지는 큰 천하를 펼쳐 나간다. 욕심 많은 짐새의 무리들은 당교에서 짐독으로 사라지고, 이제 반도를 중심으로 무한 태평성대의 시대가 온다. 통일이란 하늘에서 맺어지고 땅에서 완성되는 것, '천리의 영토를 얻는 것보다 당교 다리 하나를 얻는 게 더 낫다.'며, 왕들은 저마다 통일의 기대를 저버리지 않고 전쟁을 멀리하며 이렇게 외치기 시작한다.

"백성들이 그 칼을 쳐서 보습을 만들고, 그 창을 쳐서 낫을 만들 것이며, 이 나라 저 나라가 다시는 칼을 들고 서로 치지 아니하며 다시는 전쟁을 연습치 아니하리라. 그리하여 밤에 찾아오는 공포와 낮에 날아드는 화살과 어두울 때 퍼지는 포성과 밝을 때 닥쳐오는 재앙을 두려워하지 아니 하리로다."

〈끝〉

짐새의 깃털

짐새의 깃털- 통일 영웅 김유신 아, 당교대첩

상상의 짐새가 하늘을 날다

▲ 중국 광동성에 살았다는 짐새(한비자, 사기의 魯周公世家 등)

[鴆] 짐새 짐

1. 짐새(鴆) 중국 남방에 사는 독조(毒鳥), 그 깃을
   담근 술을 마시면 죽게 됨.
2. 독 먹일(鴆).

[짐독(鴆毒)]
명사 짐새의 깃에 있는 맹렬한 독, 또는 그 기운.

[짐살(鴆殺)]
명사 짐주(鴆酒)를 먹여 사람을 죽임. 毒殺(독살).

▲ '짐새 짐(鴆)字의 사전 풀이

▲ 뱀을 잡아먹는 짐새

짐새 동물, 중국 남방 광
둥(廣東)에서 사는 독
이 있는 새. 몸의 길이는
21~25cm이며, 몸은 붉은
빛을 띤 흑색, 부리는 검
은빛을 띤 붉은색, 눈은
검은색이다. 뱀을 잡아먹
는데 온몸에 독기가 있
어 배설물이나 깃이 잠긴
음식물을 먹으면 즉사한
다고 한다.

▲ 전설의 짐새 그림

▲ 짐새의 깃털로 만든 짐독과 짐주

광동성에 산다는 축복의 짐새가 왕들의 욕심으로 흉조로 변해 그 깃털이 술잔에 스치기만 해도 짐독으로 즉사하게
된다. 그래도 그 새를 잡으려고 사람들이 서로 뒤엉켜 싸우고 나라와 나라끼리 피에 피를 부르며, 싸움이 커진 즉
사뭇 전쟁질이다. 동명성왕, 박혁거세, 김알지, 김수로, 석탈해를 시조로 둔 우리는 새의 민족! 하여, 몸통인 왕이
날기 위해서는 깃털 같은 백성을 하늘처럼 모셔야 비상을 하기에, 푸른 피가 맥맥히 흐르는 가야의 왕들은 전쟁을
피하고 오로지 평화를 사랑한다.

고령가야국이 하나의 겨레를 꿈꾸다

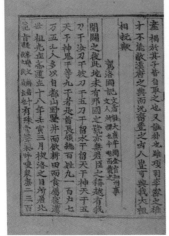

▲ 삼국유사 가락국기

▲ 고령가야국 태조왕릉

▲ 고령가야국 태조왕릉 안내판

▲ 재악산 기우제의 거북바위

▲ 고령가야국 공갈못

전쟁 삼국시대를 평화 통일시대로 열다

우리 역사에는 고구려·백제·신라 3국의 전쟁 역사는 자세히 기술되고, 평화를 사랑한 가야국의 600년 역사는 보이지 않는다. 한반도의 단전인 고령가야국! 태조왕릉과 공검지와 가야금이 있고, 가야 왕이 즐겨찾던 대가산(大駕山)과 재악산(宰嶽山)과 상감지(上監池), 왕궁의 진산(鎭山)인 숭덕산(崇德山), 승통산(承統山)과 국사봉(國記峰)과 왕도동(王都洞)의 지명이 이를 증언한다. 도읍에는 3강이 합수하고 남쪽엔 쌀, 누에고치, 곶감, 북쪽엔 은구어, 박달나무, 흰바위, 이렇게 6삼백(六三白)이 내린 천혜의 길지에는 삼태극과 최초의 하늘재 고갯길이 열리고 김유신이 이곳에서 '당교대첩'의 승리로 삼국 통일의 성업을 이루는 최초의 역사를 쓴다.

무혈의 당교대첩! 통일의 꿈이 이루어지다

신라를 중심으로 백제와 고구려의 삼국을 통일하고 반도(신라)를 중심으로 대륙(당)과 열도(왜)의 한자 겨레를 꿈꾸었던 통일 영웅, 김유신!

▲ 조령성(주흘산, 하늘재, 관음) 지도

▲ 통일 영웅 김유신

▲ 삼국유사에 당교대첩 기술

▲ 당교사적비(문경시청)

▲ 당교사적비 원문(상주시, 떼다리)

▲ 당교사적비 한글(상주시, 떼다리)

「삼국유사」 권1 기이1(태종춘추공)

新羅古傳云 定方旣討麗濟二國 又謀伐新羅而留連 於是庾信知其謀 饗唐兵鴆之 皆死坑之 今尙州界有唐橋 是其坑地[按唐史 不言其所以死 但書云卒何耶 爲復諱之耶 鄕諺之無據耶 若壬戌年高麗之役 羅人殺定方之師 則後總章戊辰 何有請兵滅高麗之事 以此知鄕傳無據 但戊辰滅麗之後 有不臣之事 擅其地而已 非至殺蘇李二公也]

「신라고전(新羅古傳)」에는 "정방이 이미 고구려와 백제 두 나라를 치고 또 신라를 치려고 머무르고 있었다. 이에 유신은 그 음모를 알고 당병을 초대하여 독약을 먹여 모두 죽이고 구덩이에 묻었다."

▲ 하늘의 축복을 받은 천혜의 길지, 삼태극

춘추는 왕을 꿈꾸고, 유신은 통일을 꿈꾸었으니 끝내 두 사람은 모두 꿈을 이루었다. 유신은 전투보다 지략을 앞세웠으며, 당교 대첩은 유신이 거둔 100승 중 가장 빛나는 1승이 된 통일 성전이었다. 짐독으로 2만 명의 군사를 몰살시킨 유신의 지략은 불멸의 승리를 안겨 주었으며, 이후 당나라는 전의를 상실한 채 매소성과 기벌포 전투를 끝으로 패전의 멍에를 쓴다. 가장 약한 신라가 세계 최강을 꺾자 '당나라 군대'와 '떼다리 장수'라는 치욕적인 속담이 생겨났으며, 통일 영웅 김유신은 떠났어도 영원히 살아 있는 영웅이다.

한반도의 독수리가 세계를 날다

▲ 독수리 형상의 한반도가 한자 겨레의 통일로 세계로 비상

▲ 정자관 형상의 주흘산

▲ 베를 두른 도인 형상의 포암산

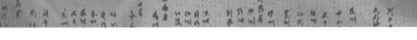

▲ 봉황의 머리를 닮은 희양산

▲ 함박꽃 형상의 재악산

▲ 우리나라 최초의 고개 하늘재(계립령)

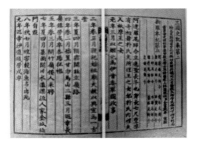

▲ 하늘재(계립령)를 연 신라 아달라 이사금(삼국사기)

▲ 천하도(여지도 안에)

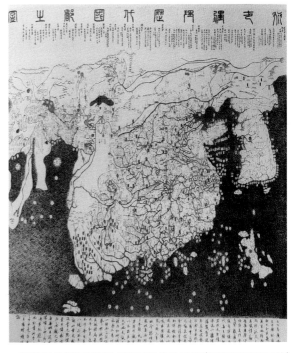

▲ 한반도를 중심으로 대륙과 열도를 한 나라로 그리다(혼일강리역대국도지도)

"반도의 단전인 관문현(마목현)을 지배하는 자가 천하를 얻는다."는 예언을 굳게 믿고 평화를 수호하며 선정을 펼친 김유신의 신라는 끝내 이곳을 지배하며 하늘이 내린 최초의 통일을 얻는다. 우리나라 첫 고갯길을 연 하늘재, 그로부터 삼부인(공갈못의 말뚝과 가야금의 기러기발과 승전고의 북채)을 얻은 후 천년 평화시대가 열려, 관음과 미륵이 하늘재에서 만나 드디어 세계가 하나 되는 천하통일의 축복이 있으리라.

하늘재

▲ 계립령 유허비

▲ 관음리 석불입상
(문화재자료 제135호)

▲ 갈평리 5층 석탑
(유형문화재 제185호)

▲ 하늘재 옛길

우리나라 최초로 연 고갯길(156년, 신라의 아달라왕이 북진을 위해 개척)로 높이 525미터이다. 경북 문경시 문경읍 관음리와 충북 충주시 수안보면 미륵리의 경계에 있다.

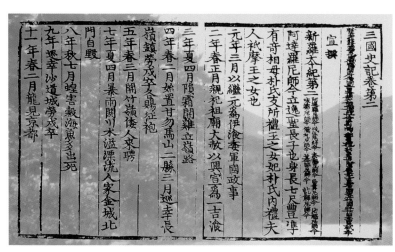
▲ 삼국사기 아달라 이사금조

계 보 도

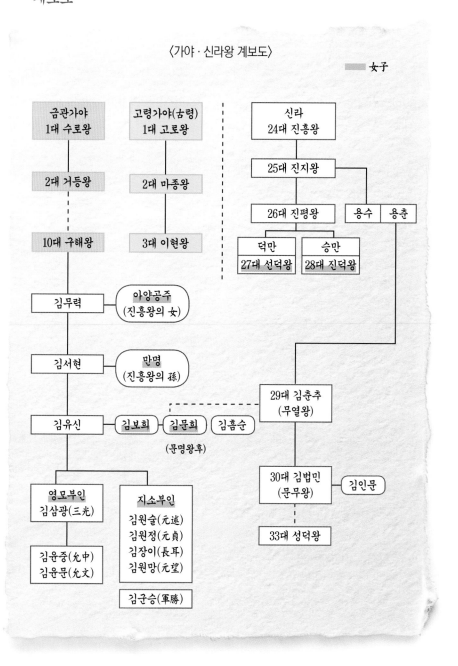

〈가야·신라왕 계보도〉

女子

| 금관가야 | 고령가야(금령) | | 신라 |
| 1대 수로왕 | 1대 고로왕 | | 24대 진흥왕 |

25대 진지왕

| 2대 거등왕 | 2대 마종왕 | | 26대 진평왕 | 용수 | 용춘 |

| 10대 구해왕 | 3대 이현왕 |

| 덕만 | 승만 |
| 27대 선덕왕 | 28대 진덕왕 |

김무력 ── 아양공주
(진흥왕의 女)

김서현 ── 만명
(진흥왕의 孫)

29대 김춘추
(무열왕)

김유신 ── 김보희 ─ 김문희 ─ 김흠순
(문명왕후)

30대 김법민 ── 김인문
(문무왕)

영모부인	지소부인
김삼광(三光)	김원술(元述)
	김원정(元貞)
	김장이(長耳)
김윤중(允中)	김원망(元望)
김윤문(允文)	

33대 성덕왕

김군승(軍勝)

375

짐새 관련시

벼릿길

김병중

사람은 먹
길은 벼루
토끼의 간을 찾으러 팔백 리를 가다 보니
희미한 길 하나 보인다

먹은 닳아도
길이 희미하게 열리며
옥토끼가 길을 내고
사람이 따라가는 삼태극의 길

하늘은 산태극
사람은 길태극
붓이 물태극으로 그려 낸 산수화에는
천자가 찍은 붉은 낙관의
가인강산 좋을시고

창을 들면 방패가 되고
토끼 꽁지가 보이면 절벽이 열리고
사람이 벼루를 갈면
생이 벼려지는 태극의 길엔
언제 가도 만세 평화의 함성이다

당교(唐橋) 장날

김병중

3일, 8일에 당교 장날은
가은 문경 영주 함창에서 오는 기차가
몸이 무거워지고
막걸리 한잔에 새재 아리랑 한 자락 뽑고
또 한잔에 당나라 군대가 떼다리 아래 엎드리면
산태극의 토끼 벼릿길이 다시 열리고
단전의 심호흡 소리 크게 들린다
남북을 세로 그은 하늘재
그 고개는 쉬이 범할 수 없는 고령가야국의
삼백(三白) 삼백의 순결선이라
허리가 꺾이면 머리는 고구려가 되고
다리는 불구의 신라가 되어
절름절름 고갯길을 넘지 못해
삼국의 노래 아무리 불러도 목이 쉰다
당교 다리밟기하다 만나
공갈못 연밥 따기로 사랑을 꽃피우며
평화란 우륵의 가야금 소리로 오고
통일은 하늘에서 내리는 천부인이라
누구에게 암만 물어봐도 그래여 맞아여
아무와 만나도 여여 맞장구라
오일장에는 시기 좋아여가 만발이다

새재의 베개

김병중

눈 앞에다 고개 하나를 두고
누군 기쁜 소식을 듣는다며
두근두근 설레고
누군 새도 넘기 힘들다며
지레 절망을 한다
세상에 고개가 없다면
정상은 어디 있으리
구부 고개에는
누가 불러도 눈물이 나는
설운 노래가 있어
밤마다 꿈을 꾸면서
고개 하나를 넘고
아침에 일어나면
다시 고개 하나 또 넘는다
고향에 빚진 고개를 두고 살다 보니
아흔아홉 고개도 두렵지 않지만
밤이면 새재를 베개 삼아
낙동강 발원의 초점을 거슬러 가며
맨발로 달빛 속의 박달나무를 찾아가는
신비한 스무 고개
물음이 있어 답이 구워지는
향수의 비색을 만드는 도공의 고을엔
그믐밤에도 달맞이꽃이 피고
한겨울에도 벙어리 뻐꾸기가 운다

하늘재의 삶

김병중

여기가 어디쯤일까
한양을 가기 위해
먼저는 이우릿재를 완행버스로 넘고
후엔 새재를 맨발로 걸어서 넘지만
아직도 넘지 못한 하늘재
온달 장군의 꽃상여 사라진 길을 떠나며
평강 공주는 울음을 그쳤을까

고개 북녘에는 미륵이 있고
남쪽엔 관음이 있어
하늘재 정상에서 둘이 만난다면
천년의 만다라가
도인 같은 베바위에 무량무량 피어날까

고개 하나 넘는 게 일생인데
지금이 몇 고개인가
저 재를 넘으면 기쁜 소식 듣는다는
문희(聞喜)의 골짜기엔
비애와 눈물을 막는 문막이 있어
문 열면 가야의 햇빛이 들고
발 내딛으면 三白의 향기가 반긴다

「짐새의 깃털」 키워드

〈공통〉

짐새, 짐주, 환웅, 천관녀, 기우제, 첨해왕, 거등왕, 구해왕, 무력, 대가야, 우륵, 가야금, 가야무, 12곡, 대가야, 낭성, 진흥왕, 국원소경, 김유신, 만노군, 김서현, 만명, 만뢰산, 태령산, 금충, 단전, 간척지무, 용화향도, 천관녀, 단석산, 난승, 청룡검, 철갑방패, 대성중활, 백석, 다림, 혈례, 골화, 진평왕, 아막성, 가잠성, 삼년산성, 고간도고, 성왕, 구진벼루, 서벌, 알천, 돌궐, 을지문덕, 천리장성, 안시성 전투, 동추, 당태종, 모란도, 춘추, 의자왕, 당항성, 윤충, 대량성, 김품석, 고타니, 검일, 모척, 죽죽, 용석, 선도해, 온달 장군, 가해성, 성열성, 동화성, 매리포성, 진덕여왕, 봉역도, 경관, 온군해, 의직, 비녕자, 거진, 합절, 옥문곡, 죽지, 조미곤, 임자, 금화, 계백, 소열, 소경절, 연개소문, 연자유, 연남생, 연남건, 삼광, 원술, 김인문, 정명진, 무미랑, 고종, 무열왕, 장춘, 파랑, 유백영, 풍사귀, 방효공, 덕물도, 남천정, 진주, 천존, 새곶섬, 소래산, 탄현, 장군바위, 소야도, 여여, 삼국구호, 성충, 의직, 상영, 흥수, 황산벌, 흠순, 반굴, 품일, 관창, 기벌포, 사비성, 동보량, 예식진, 부소산, 웅진성, 부여융, 부여태, 부여효, 양도, 유인원, 정림사지, 흑치상지, 임존성, 문무왕, 제명여왕, 복신, 부여풍, 도침, 백강전투, 지수신, 취리산회맹, 소사업, 철륵, 임아상, 방효태, 열기, 계필하력, 설례, 유인궤, 당교대첩, 떼다리, 당교지희, 설오유, 고연무, 검모잠, 효천, 의문, 담릉, 아진함, 매소성, 이근행, 쇠뇌, 구진천, 흥무대왕, 도미낭자, 깃털신병, 윤중, 윤문, 성덕왕, 당현종, 미륵댕이

〈문경시〉

선달산, 내성천, 대미산, 곶천(영강), 반제이천, 수통미기들, 영신들, 호측현, 관문현, 가해현, 모전, 마고산성, 고모산성, 북삼백, 희양산, 주흘산, 포암산, 하늘재, 마목현, 요거성, 토끼벼리, 삼태극, 하늘재, 영강세겸, 표석골, 문희경서, 관음, 황정모리, 수세골, 살무이들, 당포, 비조롱, 영산골, 평천, 신북천, 봉명산, 죽실, 조령천, 어룡산, 소야교, 우복동, 선유산, 문막

〈상주시〉

재악산, 고릉, 저천(이안천), 대가산, 작약지맥, 거북바위, 구미, 사맥등, 짐마골, 무릉, 사벌국, 고로왕, 마종왕, 이현왕, 숭덕산, 성내산, 두산, 금대산, 오봉토성, 가야성, 봉황성, 상감지, 남삼백, 금곡, 봉황대, 알운, 비봉, 덕봉, 명주실, 뽕나무, 공갈못, 공갈이, 애련 공주, 화달 왕자, 석우로 장군, 연밥 따는 공주, 구향, 새발돌쩌귀, 금돌성, 대조못, 왁새